魅丽文化

造作时光

3

月下蝶影 著

江苏凤凰文艺出版社
JIANGSU PHOENIX LITERATURE AND ART PUBLISHING

图书在版编目（CIP）数据

造作时光．3 / 月下蝶影著．-- 南京：江苏凤凰文艺出版社，2023.3
ISBN 978-7-5594-6549-8

Ⅰ．①造… Ⅱ．①月… Ⅲ．①长篇小说 - 中国 - 当代 Ⅳ．① I247.5

中国版本图书馆 CIP 数据核字 (2022) 第 002999 号

造作时光．3

月下蝶影 著

出版统筹 曾英姿
责任编辑 张 倩
特约编辑 夏 沅 鹿 川
装帧设计 圆
封面绘制 秃颓颓
出版发行 江苏凤凰文艺出版社
南京市中央路 165 号，邮编： 210009
网 址 http://www.jswenyi.com
印 刷 长沙金鹰印务有限公司
开 本 880mm × 1230mm 1/32
印 张 10
字 数 264 千字
版 次 2023 年 3 月第 1 版
印 次 2023 年 3 月第 1 次印刷
书 号 ISBN 978-7-5594-6549-8
定 价 46.80 元

目录

目录

第一章
太师病逝

贤妃意识到情况有些不对劲，停下脚步，没有继续往前走，说道：“要不你们继续，本宫先走？”

“贤妃娘娘。”太子开口叫住转身准备走的贤妃，“孤记得，宫中事务由几位娘娘协理？”

贤妃眉头皱得更紧：“这里发生了什么事？”她发现五皇子也在，往后退了几步，说道，“与本宫无关，本宫管不着未央殿这边的事。”

太子看了她一眼，没有说话，转头对花琉璃道：“琉璃，你先回内殿，我回东宫换一身衣服。”

花琉璃见他神情有异，忽然伸手摸向太子的胸口。

贤妃与五皇子连忙别过头，不敢再看，心里暗自嘀咕：知道你们两个感情好，在人前好歹收敛点儿行不行？

“你身上穿了……”

花琉璃话音未落，就听到鸢尾紧张地小声道：“太子、郡主，你们马上退出去，屋子里还有其他人的气息。”

“没事。”太子轻轻揽住花琉璃的肩，“那是东宫金甲卫首领。”

东宫金甲卫首领为何会在此处？

花琉璃看了太子一眼，忽然面色一白，嘤嘤哭着投入太子怀里：“幸好殿下你没事，我就知道殿下你不是这样的人，陷害你的人实在太坏了。”

“没事，没事，不怕。”太子轻轻拥着花琉璃，微笑着道，“你能这么相信我，就算让人捅我一刀子，我也是高兴的。”

花琉璃趴在太子肩膀上，目光在四处搜寻，终于在铜镜上方的横梁上，还有屋角上方，发现了两个隐藏得十分完美的人。

她飞快地收回视线，手轻轻拥上太子后背，他果然是穿了八宝软猬甲的。

大晋皇室有一件宝贝，名为八宝软猬甲，据说此甲遇火不燃，遇毒不侵，轻薄贴身，刀枪不入。

帝王御驾亲征时，便会把此甲贴身穿着，冲锋于阵前，以定军心。

今天这个场合，太子为何把此物穿在身上？

“好了，不怕，不怕。”太子松开花琉璃，牵着她的手来到贤妃面前，道，“贤妃娘娘，孤先回一趟东宫，福寿郡主方才受了惊吓，请您替孤照顾她一下。”

贤妃看了看地上的碎瓷片，又看了看神情温和的太子，点头，道：“行。”答应下来以后，她看着地上的碎瓷片，又多嘴了几句，“你们还年轻，有什么话好好说，不要脾气上来就口出恶言。姑娘家性格软，心也软，别让人伤心。”

福寿郡主胆子小、身体弱，真怕她哪天被狗脾气的太子欺负死。

站在旁边的五皇子总觉得哪里不对劲，但他一时之间又好像挑不出什么大毛病。

福寿郡主为了保护太子三哥，战胜了心中的恐惧与胆怯，与算计太子三哥的宫女斗智斗勇，从宫女口中逼问出真相，实在是令人敬佩。

难道，这就是传说中美好的爱情？

太子回到东宫，换上干净的衣服，走出内间，对候在外面的金甲卫首领道：“有没有什么可疑的人意图靠近后殿？”

“殿下，属下怀疑人没有出现。”金甲卫首领回道，“属下觉得，宫女的提前出现，影响了他们的计划。”

“那可真是遗憾，孤对谢家那位好姑丈的势力好奇得很。”太子把手背在身后，语气温和得有些可怕，“查清那个宫女是谁安排的，若真是父皇的后妃，就交由父皇处置。”

“靠着一个小宫女就想让孤未来的太子妃对孤心生怀疑？”太子冷哼一声，接着道，“孤的太子妃，也不是那等凡俗之人。”

金甲卫首领应声：“殿下说得是。”

如果您刚才看到福寿郡主时脸色没有那么难看，全身没有那么僵硬的话，这句话也许会更可信一些。

未央殿中，赵三财上前为昌隆帝倒了一杯酒，说道：“陛下，事情出现了意外。”

“太子受伤了？”昌隆帝手里的酒杯差点儿没有拿稳。

“太子安好无恙。”

赵三财在昌隆帝耳边快速说了几句，昌隆帝捏酒杯的手用了几分力气，面色越来越平静：“看来朕的后宫里，也不太平静。”

他的目光扫过几个有儿子的妃嫔，然后就看到了打扮得珠光宝气的贤妃带着五皇子跟花琉璃进来。

昌隆帝仔细观察了一下未来儿媳妇的脸色，微微松了一口气。

幸好幸好，福寿郡主并未因为此事误会太子，有个这么好的儿媳妇，真是大晋国之福啊。

酒足饭饱，宴席结束，礼部官员矜持地对使臣们表示，欢迎他们明天一起参观练兵场。

众使臣心道：今晚回去，又要思考明天的马屁内容了。

“三皇兄？”玳瑁公主察觉自家皇兄在走神，小声提醒道，“皇兄，宴席结束了。”

“抱歉，皇妹，我近两日没怎么睡好。”贺远亭回过神，整理了一下衣衫，起身向晋国皇帝道谢。

他看了一眼昌隆帝侧下首为太子设的座位，那里还空着。

昌隆帝与太后离开以后，众朝臣与使臣们才慢慢退出未央殿。玳瑂国使臣与金珀国使臣走得比较靠后。

金珀国使臣嘲讽一笑："当初你们若是能与我们一同攻打晋国，今日就不必如此低声下气，连和亲公主都送不出去。"

"莫非想让我们向你们低声下气，让你们抢走所有的公主？"玳瑂使臣还嘴道，"我们后悔的是当初没有与晋国一起打你们。"

若当初赢了的是金珀，那么他们的下场恐怕会比现在还要惨。

金珀使臣："呵。"

玳瑂使臣："哼。"

两方人不欢而散，出了殿门便一左一右各自离开了。

玳瑂公主沉默地跟在贺远亭身后，身为女子，她也不能跟其他使臣攀谈，这样会显得不够矜持，所以尽管对晋国的一些事情非常好奇，她也不敢开口问。

穿过宽敞的殿外空地，玳瑂公主看到晋国未来太子妃倚在一棵树下，她手里提着一盏灯笼，整个人就像是跌入黑暗中的光，有种璀璨夺目的美。

她们的视线在空中交会，她做出了一个大胆的动作，主动拉开脸上的面纱，朝树下的美人笑了笑。

对方似乎没有想到她会有此举，微愣之后，笑着朝她福了福身。

"你在看什么？"贺远亭转头见皇妹摘下了面纱，顺着她的目光望去，看到了树下带笑的花琉璃。

贺远亭停下脚步，静静地看着她。

"三皇兄，她是晋国未来的太子妃。"玳瑂公主紧张地咬着嘴唇，差点儿把下唇咬出血来。

"我当然知道她是晋国未来的太子妃。"贺远亭温柔地笑道，"皇妹，你为何有此一说？"

"没、没有。"玳瑂公主连忙摇头，把面纱戴了回去，也遮住了她脸上害怕的情绪。

"福寿郡主。"贺远亭上前给花琉璃行了个礼，"郡主若是无人同行，在下愿送郡主一程。"

“多谢三皇子好意，但不必了。”太子在夜风中走来，“孤与福寿郡主已经约好同行。”

“原来郡主已经与太子殿下约好，在下还以为郡主独自一人在此处。”贺远亭谦逊一笑，“既然如此，在下便先告辞了。”

太子微微颔首，当着贺远亭的面轻轻地握住花琉璃的手：“三皇子慢走，明日演武场，还请三皇子莫要缺席。”

“能有幸得见晋国大军风采，在下怎么舍得缺席？”贺远亭行了个礼，眼角余光扫过太子与花琉璃交握在一起的手，转身慢慢离开。

“殿下。”玳瑁使臣等贺远亭回来，小声道，“此前虽委屈您向福寿郡主使了美男计，但如今她已经成为太子的未婚妻，您实在不必再委屈自己。”

玳瑁公主惊讶地看向三皇兄，皇兄对福寿郡主用过美男计？为了玳瑁上下的周全，三皇兄竟然愿意使用美男计，这是何等伟大的牺牲！

不过瞧着福寿郡主对三皇兄态度冷淡，美男计似乎没有成功……

“你们想多了，我只是上前攀谈几句。”贺远亭挑眉看向说话的大臣，“晋国与我玳瑁风俗不同，能与未来太子妃交好，对玳瑁而言是件好事。”

“话虽如此，可我见太子对她甚是喜爱，想必不会喜欢其他男子太过靠近她，这样一来，反而会得罪太子。”玳瑁公主小声道，“三皇兄，我觉得，你日后见到她，还是远着些好。”

贺远亭看了玳瑁公主一眼：“多谢皇妹提醒。”

“我觉得那个三皇子长得贼眉鼠眼，不像是好人。”太子对花琉璃道，“以后离他远着些，我怕他丑到你。”

“没事，若是被其他人丑到了，就让殿下你帮我洗一洗眼睛。”花琉璃掩着嘴打了个哈欠，问道，“殿下，这么晚了，你想让我陪你去哪儿？”

“我要去杜府探望杜太师，你陪我一起可好？”太子拉着花琉璃，往马车的方向走去。

“殿下，大晚上的，你去杜府，我跟着去是不是不太妥当？”

“我觉得妥当得很。”太子拉着花琉璃坐进马车，说道，“杜太师历经两朝，虽然喜欢对我说三道四，为人又执拗，但他对大晋一片赤诚忠心，我平日里不爱跟他计较这些。现在他病重，心里肯定想着太子殿下跟谁定了亲，什么时候成亲。”

“他现在病成那样，我总不能让他带着遗憾走。虽然我们成亲的日子还没到，但你是我未来的太子妃这件事是不可更改的。”太子把花琉璃的手包裹进自己的掌心，又道，“为了让老人家心安，就请未来的太子妃委屈一回，陪我深夜去别人家做客吧。”

花琉璃道：“我听说杜太师以前很喜欢骂你？”

太子叹息一声：“我小的时候贪玩，被杜太师看见过两次，他便觉得我懒散，总觉得多骂一骂我就能让我变得勤快起来。”

“贪玩是小孩子的天性，殿下你现在不是很好吗？”花琉璃道，“殿下心胸比我宽广，我这个人小心眼还记仇。”

“胡说，分明是琉璃比我好一百倍。”太子调整了一下坐姿，与花琉璃面对面坐着，道，“今晚发生那个意外，我最怕的不是刺客，而是你误会我，怀疑我对你的心意。”

千言万语，都不如“信任”二字动人心。

花琉璃看着太子笑，没有说话。

马车从侧门出了宫，混入出宫的车流，穿过浓浓的夜色，来到杜府门前。

杜家人从宫里回来，刚坐下还没来得及梳洗，便听到门房来报，说是太子携福寿郡主来访，惊得一下子从椅子上弹起来：“快、快请。”

一家人还没走到门口，就听得满脸惊惶地跑过来的内院小厮喊道：“老爷，夫人，老太爷不好了！”

“什么？！”杜大人脑子里一片空白，竟是不顾太子在外面，转头跌跌撞撞地跑向杜太师住的院子了。

姚氏看着他慌乱的背影，用手帕擦去眼角的泪，与两位不知所措的小叔子道：“开中门，迎太子殿下。”

太子一下马车，就听到杜府里吵吵嚷嚷，隐隐约约有“老太爷不好了”的话传出来，他快步踏进杜府大门，不等杜家人行礼便问道：“老太师如何了？”

“回殿下，老爷子他……不太好了。”一位杜家人再也忍不住，用袖子掩着脸呜呜地哭了起来。

“殿下，我们快去看看。”见太子似乎愣住，花琉璃伸手推了一下太子的手臂。

太子回过神来，拉住花琉璃，直接往杜太师的院子走。

充满苦涩药味的屋子里跪满了杜家小辈，杜太师看着这些呜呜咽咽哭泣的子孙，脑子格外清醒，问道：“你们都回来了？”

“父亲，儿子们回来了。”杜大人跪行到杜太师床前。

“回来就好。”杜太师又问，“百国宴上，那些使臣可还老实？”

“陛下皇威浩荡，其他国家使臣岂敢无礼？开宴后，陛下还向儿子问了您的身体状况，还说让您好好休养，待您大好了，就请您进宫用膳。”

“他们能老实就好。”杜太师欣慰地一笑，又有些遗憾道，“可惜无缘得见这热闹的场面，以后……我怕是见不到了。”

“太子殿下到了！”

太子走进门，看到杜太师躺靠在床头，双目格外有神，心中咯噔一下，隐隐有种不妙的预感。

“太子殿下来了？”杜太师看到太子到来，脸上露出和蔼的笑容，“夜已深，路上可好走？”

“一路平坦。”太子走到床边，给杜太师行了一个晚辈礼。

这一次杜太师没有避开，而是朝太子招了招手：“殿下，治国犹如夜间行路。你心中有方向，自然是一路平坦；若你心中彷徨，便会处处碰壁。老臣已是油尽灯枯，无法再多看几眼我大晋的美好江山，但求殿下日后能爱民如子，多行仁德之政。”

杜家众人不敢说话，齐齐跪在地上。

老爷子嘴上总是对太子不满，可是在他的心里，唯有太子才是正统的继承人。

这种时候，花琉璃没有凑上去，她默默地站在一边，让太子与这位老太师安静地交谈。

“太师，孤知道你放心不下大晋的江山，你好好养身体，若是孤有做得不妥当之处，你便指出来。”太子摸着杜太师微微发凉的手背，内心轻轻叹息了一声，这是将去之兆啊。

“殿下，臣老啦，该休息啦。”杜太师很少在太子面前笑，但他今天笑得格外和蔼，他看向太子旁边站着的花琉璃，“这位小姑娘，可是未来的太子妃？”

“是，她是孤的太子妃，名为琉璃，孤今日带她一起来看看你。”太子回头温柔地看了花琉璃一眼。

“花应庭与卫明月教出来的闺女，不会差。”杜太师一直表现得不是很喜欢花应庭，当初有文臣弹劾花家时，他却坚定地站出来支持花家的人。

“她是个好姑娘。”杜太师想起先帝与太后的那段感情，幽幽叹息，道，“你莫要辜负她。”

杜家后人们见老爷子精神头越来越好，连说话都有了力气，心中不喜反忧，甚至有人已经捂着嘴无声哭泣起来。

杜太师不太好的消息很快就传到了内宫。杜太师在朝中虽然权力不大，但他是陛下的恩师，在文人中也颇有威望，所以妃嫔们得知此事赶紧派人去通知自己的儿子，让他们去杜府探望。

“娘娘，宁王殿下此时已经睡了。殿下睡觉沉，怕是起不来。”宫女道。

由于宫里举办了百国宴，容妃心疼儿子，就留他在自己宫里歇了，没想到杜太师快要不行了，自己的儿子还睡不醒。她瞪了一眼说话的宫女：“他若是不醒，你们用水泼也要把他泼醒。”

他们母子二人也不敢想什么帝王之位，但求安稳过一辈子，其他皇子都去了，就她的儿子没去，这怎么能行？

知道这些宫女太监不敢真的拿水泼自家儿子，容妃提起裙摆，单手拎起一桶水就冲进了宁王的寝房，把水全部泼在了宁王身上。

“啊！”宁王惨叫一声，从床上跳了起来，“发生了何事？！”

“把衣服换上，快去杜府探望杜太师。”容妃把木桶往地上一扔，指着托盘里的一套素净的衣服道，“太子在宴席结束以后就去了杜府，英王现在应该也赶去了，你现在马上出宫，不得耽误。”

转身走出儿子的寝房，容妃叹了口气。

今日杜家在宴席上表态，分明是支持太子的。没想到杜太师骂太子骂了这么多年，人家内心还是觉得太子是正统，难怪陛下与太子能忍他这么久。

“娘娘。”贴身宫女取了一件外袍给她披上，说道，“夜里凉，回去歇息吧。”

容妃揉了揉额际，问道：“今晚宴席上，贤妃是不是突然出去了一会儿，然后又带了福寿郡主回来？”

贴身宫女点头：“是的。”

“本宫怀疑贤妃那个蠢货被人算计了。”容妃太阳穴突突地跳，她是真的不想插手这些事，可是宫里就她们这几个妃嫔，若真有哪个惹出大事，以陛下对太子的重视程度，她们所有人都落不到好。

“娘娘，要不要奴婢去打听一下晚上发生了什么事？”贴身宫女见娘娘脸色不好看，起了打探的心思。

“不用。”容妃神情凝重地摇头，“从现在开始，让下面的人少与其他宫的人来往，尤其是……林妃与淑妃那边的人。”

贤妃那种蠢货不可怕，可怕的是聪明人。

被当作蠢货的贤妃此时也没有睡，因为她被气得睡不着。一开始她没反应过来，后来就明白了，她是被人当出头椽子了。

她在后殿见到太子的时候，后殿明显不对劲，但看太子与福寿郡主的脸色，事情应该是暂时解决了。

若是没解决呢？以她心直口快的性子，说不定会去刺上几句，到时太子会不会怀疑事情是她做的？

“都是昌隆年了，竟然还有人用这种恶心手段。”贤妃喝了两杯静心茶也没能让火气降下来，又道，“我就知道，在后宫里，只要有利益，就会有斗争。”

“娘娘，那该怎么办？”贴身宫女有些害怕。

“能怎么办？”贤妃一拍桌子，道，“本宫要找陛下去。”

“啊？”宫女惊呆了。

“不找陛下，难道找太后吗？”贤妃理直气壮道，“太后年纪大了，经不起折腾，大半夜的，不能去吵她。”

宫女腹诽：可是陛下又做错了什么呢？这大半夜的，他既要操心病重的杜太师，还要面对喜欢告状的贤妃娘娘。

贤妃这个人，浑身上下与贤惠有关系的只有她的封号。吃了这么大一个闷亏，找不到解决的办法，又怕陛下与太子误会她，除了跑去找昌隆帝哭诉委屈，她也没其他好办法了。

宫里如何鸡飞狗跳，身在杜府的太子还不知道。他看着眼神越来越明亮、仿佛燃烧着最后一缕生机的杜太师，语气柔和道：“太师，可还有什么话需要孤向父皇转达的？”

这是帝王对一个朝臣的承诺，只要杜太师提出的要求不过分，昌隆帝都会满足他。

杜太师目光扫过眼前的儿子孙子，最后落到消瘦很多的孙女身上。

“殿下，老臣并无所求，唯愿大晋国泰民安，风调雨顺。”杜太师收回自己的目光，脸上带起一丝笑意，“陛下是一个皇帝，他是老臣最好的学生。”

太子脸上有些动容，他看着杜太师道：“除了这些，就没有其他的了？”

“儿孙自有儿孙福，临走之前，陛下能让太子殿下送老臣一程，已是老臣莫大的福气。”杜太师笑得很是洒脱，“以前是老臣错了，殿下是一位合格的太子。”

刚踏进门的英王听到这句话，脚步顿住了。

花琉璃察觉到有人进来，扭头看了来人一眼。

英王与花琉璃的视线对上，他脸色微变，忙移开自己的目光。

“太师，”太子柔声对杜太师道，“今夜的百国宴十分热闹，孤想起太师病了，无法亲自进宫看到这一盛况，便取了两幅百国宴图来。”

他往旁边避了避，让杜太师看清太监们手里打开的盛宴图。

“太师，”太子握住杜太师的手，道，“晋国会越来越好的。”

杜太师目光贪婪地看着这两幅图，仿佛不想放过一丝一毫的细节。最后，他的目光落在图中端坐在上首的昌隆帝身上。

他忆起了年少中举时的风光，忆起了刚入宫廷时的忐忑，也忆起了第一次见到陛下时的期待与紧张。

从那一声“老师”开始，便是他的大半辈子。

视线渐渐变得模糊，他努力地睁大眼，仿佛看到白茫茫的空中有一缕缕奇异的光芒闪过。

一卷画放在了他的掌心，他知道，帮自己握紧画卷的是太子的手。

“太师，晋国能有今日的繁荣，有您之功。”

杜太师用尽全身的力气握紧了手中的画卷，嘴角带笑，缓缓地闭上了眼睛。

“父亲！”

“父亲！”

刹那间，杜府哭声震天。

太子愣怔地看着这个拉着他的手含笑而去的老太师，心里有些说不出的复杂感情。

他轻轻地松开老爷子的手，把他的手放进被窝，最后一次为他掖好被角，起身退后几步，拱手给杜太师行了一个大礼。

英王沉默地走到他身后，同样拱手行了一个大礼。

杜家人边哭边回礼，太子看着这些痛哭的杜家晚辈道：“请诸位节哀顺变，不必顾及我们，给杜太师收殓吧。”

后人给过世的太师擦洗身子、穿寿衣，太子等外人是不能在旁边观看的，他与花琉璃退到院子外，听着阵阵哭声，沉默良久后，太子道：“父皇若是得知杜太师病逝，定会难过不已。”

“杜太师已年过八十，高龄而去，算得上喜丧。”英王在旁边道，“有你在这里，杜太师含笑而去，父皇听说后，心里定会好受些。”

以前杜太师总是批评太子，偶尔还会夸赞他两句，他以为杜太师更看好自己，没想到人家虽然对太子处处挑剔，却仍旧盼着太子好，自己这个皇长子又算什么呢？英王郁郁地想。

“殿下，你也不要太难过。”花琉璃伸手去抓太子的手，却被太子避开了。

花琉璃诧异地看着他。

“我未净手，不吉利。”太子虽不忌讳这些，却担心花琉璃忌讳。

“殿下是皇子，传承了陛下的龙气，浑身上下龙气缭绕，吉利得很。”花琉璃不由分说抓住太子的手，道，“不可胡说。”

太子勉强笑了笑：“时辰不早了，我在这里替杜家处理杜家老爷子的后事，你先回去休息。”

花琉璃摇头：“刚才不是说了，今晚要陪殿下？我不会陪一半就走的。”她看出太子心情有些不好，抓住太子的手，安慰他道，“殿下，我会陪着你。”

太子眼睑动了动，说：“好。”

站在旁边的英王看着这一幕，内心复杂。

没人陪的他，站在这里的样子，为何很像街边无人搭理的狗？

没过一会儿，宁王就匆匆赶到了。他听说杜太师已经过世，愣了一会儿，去灵堂上了一炷香，转身找到太子与英王，才安下心来。

如果不跟着大皇兄或是太子做事，他心里就不踏实。

杜太师执拗了一辈子，也得罪了不少人，临终前有太子等皇子前来送行，也算得上十分风光。

可是对于真心敬爱杜太师的杜家后人而言，再风光都比不上老爷子还活着。

杜琇莹换上麻布孝衣，跪在灵堂前，哭得几乎喘不过气来，姚氏担心她哭坏身子，可是怎么劝都劝不住她，焦虑不已。

“杜夫人。”花琉璃来杜府时来不及换衣服，身上还穿着参加百国宴的华服，好在玉蓉机灵，多带了一件素服出来，花琉璃匆匆换上，卸去身上的钗环，才去灵堂前找杜琇莹。

见杜琇莹哭得这么伤心，她心里一阵难受，走到杜琇莹身边蹲下：“杜姐姐……”

“郡主……”杜琇莹满目伤心地看着花琉璃，忽然伸手抱住她，不再顾及形象，号啕大哭。

花琉璃轻轻地拍着她的后背，替她顺着气。

此时此刻，什么语言都是无力的，唯有无声的陪伴才是最好的安慰。

宁王看了一眼拥抱在一起的杜姑娘与福寿郡主。据说当初杜姑娘差点儿成为太子妃，不过看杜姑娘这么信任福寿郡主，而福寿郡主对杜姑娘也是一副温柔体贴的样子，两人似乎并没有因为这件事有什么芥蒂。

再扭头看了一眼假装什么都没发生的太子三弟，他恍然大悟地点了点头。

男人嘛，要想生活过得去，总要假装不委屈。

他再扭头看了一眼面色不太好的大皇兄，当初福寿郡主差点儿成为英王妃，可惜大哥自己不同意，父皇就没有再提这桩婚事。

他仔细想想，他们这里的男女关系，好像还有点儿复杂。

唯一没牵涉其中的，就只有他。

“杜表姐！”穿着素服的嘉敏匆匆跑了进来。

宁王再次看了英王一眼，感觉这下几人的关系更复杂了。

听说杜太师驾鹤西去，刚躺到床上的嘉敏换上素色布衣，匆匆赶到杜家，见花琉璃陪在杜表姐身边，这才松了口气。

“嘉敏……”英王刚准备开口叫住嘉敏，就见嘉敏一阵风似的从自己面前飘过，连看也没看自己一眼。

英王赶紧往四周看了看，确定没人注意到自己丢脸的这一刻，才放下心来，装作若无其事。

神女梦碎，覆水难收，再相见时，两人已成陌路！

好一出虐心的爱情故事。

宁王扭过头，假装没有看到英王刚才被嘉敏郡主忽略的场面，往墙角缩了缩。

太子见宁王一副憨傻的模样，忍不住道："二皇兄，你再退就要撞到墙，踩进排水沟了。"

"啊？"宁王回头看了一眼，笑着道谢，"多谢太子提醒。"

男人有了未婚妻，就是不一样，连太子都懂得体贴人了。若是放在以前，别说他踩进沟里，就算他摔进洞里，太子也只会面无表情地让人把他拖出来，绝对不会多提醒他一句。

也不知道他未来的王妃是什么样子，不知是像福寿郡主的娇弱型美人，还是像嘉敏这种明艳型美人？

想着想着，宁王忽然又觉得有些心酸，大皇兄与太子都有缠绵悱恻的爱情故事，唯有他的情感世界是一张白纸，也不知道他们三兄弟谁更可怜一点儿。

杜琇莹泪眼婆娑地看着飞奔而来的嘉敏，用手帕擦干净脸上的泪，哽咽道："你怎么来了？"

"我担心你一个人躲着哭，我过来让你骂一骂，你精神不就好了？"嘉敏掏出手帕帮杜琇莹擦脸，劝道，"你哭成这个样子，连自己的身体都不顾，杜太师在天之灵看到又怎么能安心？"

花琉璃起身从婢女手里接过一杯水，喂杜琇莹喝了几口，然后帮她整理了一下乱糟糟的头发，又把她戴在头上的孝帕理好，说道："还有三个时辰天就要亮了，你好好休息一下，明天可能还有更多的事需要你来操劳。"

杜琇莹木讷地点头，声音沙哑道："我知道，谢谢你们。"

"自家姐妹，有什么好谢的。"嘉敏道，"杜太师不喜铺张浪费，贵府的下人也不多，我怕你们人手不够，就带了一些下人过来帮忙，有什么需要的地方，尽管使唤他们，不用客气。"

杜太师刚走，杜家上下陷入悲伤之中，若不是有三位皇子坐镇，恐怕府中此刻还一片忙乱。

好在杜家后人很快就打起了精神，把府中所有色彩艳丽的东西都撤了下来，在大门外挂上了白纸灯笼。

“多谢太子殿下与两位王爷。”杜大人双目红肿地来到三兄弟面前，说道，“多谢殿下们帮着料理家父的后事，夜色已深，还请三位殿下回去休息。若是家父还在世，也不想三位殿下因他如此劳累。”

太子见杜府已经把府内外大小事务处理好，知道他们再留在这里只会让杜府上下人等忐忑不安，于是点头，道：“既然如此，孤便先告辞了，明日再来给杜太师上香。”

“微臣惶恐。”杜大人连忙作揖谢恩。

宁王见太子要走，也赶紧表态自己会跟太子一起离开。已经知道杜太师到死都支持太子的英王，自然也顺势开口请辞。

太子看了一眼还在安慰杜琇莹的花琉璃，对宁王道：“请二皇兄稍等。”

宁王点头：“太子请便。”

太子走到花琉璃身边，说道：“琉璃，我先回宫向父皇汇报，你若是放心不下杜姑娘，就先留在这里陪着她，我留了金甲卫在这边护你周全。”

若是平时，花琉璃已经答应了下来，可是她想到那两个潜伏在未央殿后殿的金甲卫，还有太子身上穿的八宝软猬甲，怎么都没法放下心来，说道：“你等我一下，我去跟杜姐姐说几句话就跟你一起走。”

“好。”太子看了一眼精神头已经好了不少的杜琇莹，对花琉璃道，“我在外面等你。”

花琉璃对太子点了点头，走回杜琇莹身边，道：“杜姐姐，我有事先回去，明早再来。”

杜琇莹还没忘记太子与花琉璃遇刺的事，她抓住花琉璃的手，提醒道：“各国使臣未走，这些人表面一团和气，内里算计连连。太子身份特殊，你与他同行，一定要多加小心。”

“我知道，杜姐姐不用担心我。”花琉璃轻轻拍了拍杜琇莹的手背，说道，“姐姐自己也要多注意身体。”

杜琇莹点了点头，起身送花琉璃出了院门。她看到花琉璃下台阶时，太子很自然地伸出手牵住了花琉璃的手，“小心台阶”四个字在嘴里打了个转，咽了回去。

三位皇子中只有英王是骑马来的，宁王看了一眼自己舒适的马车，好心地问英王："皇兄，要不要跟我共乘？"

"不用。"英王翻身上马，看了一眼宁王微微凸起的肚子，冷哼一声，骑着马离开了。

"不用就不用，给我甩脸色干什么？"宁王也不生气，慢吞吞地爬上马车，对侍卫道，"让太子的马车走前面。"

他掀起车帘往外看了一眼，大半夜的，街上一个人也没有，还挺让人害怕。他倒吸一口凉气，赶紧把帘子放了下去。

马车前行了一段路，街道上突然传来兵刃相撞的声音。

"大理寺办案，无关人等速速回避！"

宁王把车帘掀起一条缝，就看到几片瓦从天而降，砸碎在他的马车前。

守护在东宫马车与宁王马车旁的侍卫，纷纷拔出了佩剑。

宁王大着胆子往上面一瞧，只见几个蒙面黑衣人在屋梁上健步如飞，几个穿着大理寺官服的人踩在房顶上追。

这可是京城，天子脚下，竟然有小贼跑到京城作乱？！

忽然，他眼前一花，依稀看到太子的马车里接连飞出两样东西，跑在后面的两个黑衣人就像是下锅的饺子，"扑通扑通"摔了下来。

其中一个砸在宁王的车顶上，又从车顶摔了下来。

见状，宁王默默地把车窗挡板拉了上去。看热闹诚可贵，性命价更高。

皇室王爷乘坐的马车都是特殊材料制成的，飞箭插不透，火烧不毁，人砸在上面……也特别疼。

大理寺的人立即上前把掉下来的刺客绑了起来，剩下的人继续去追跑掉的那一个。

"哇，殿下，你的手法好准！随随便便一扔，就能砸中两个刺客。"花琉璃从马车里探出头，看着那两个被绑得严严实实的刺客，赞叹道，"不愧是文武双全的殿下。"

缩在马车里的宁王听到福寿郡主的声音，把挡板拉了起来，见刺客已经被抓，放心地探头望了出去。

刚才从太子的马车里飞出来的东西，是太子扔的？

他怎么不记得太子有这么好的身手？以前上武术课的时候，夏天太阳太烈，太子嫌出汗难受，冬天冷，太子嫌风大刺骨，就连剑术他都是小时候跟花将军学的，他能随便扔个东西砸中刺客？

难道太子是表面嫌弃，实际上偷偷躲在屋子里苦练神功，好让人以为他是个天才？咦，没想到太子还有这种小心思。

大理寺的人本来还在好奇，究竟是谁助他们抓住了这几个潜进大理寺的刺客，没想到竟然是太子殿下，赶紧上前行礼，道："卑职见过太子殿下。"

"不必多礼。"太子穿着一身白衣，从容不迫地从马车上下来，他看着摔得鼻青脸肿的刺客，问道，"这些是什么人？"

"回太子殿下，这些刺客潜入大理寺天牢，意图谋害犯人谢瑶，被卑职等发现后就慌忙逃窜，幸而有殿下相助，卑职等才能这么快抓住他们。"大理寺官员回道，"还有一个刺客潜逃，裴大人已经带人追捕去了。"

"裴济怀做事，孤还是放心的。"太子点了点头，"逃走的那个刺客，往哪个方向去了？"

"回殿下，似是……使臣们入住的别馆的方向。"

"哦？"太子挑眉，转头对跟着他走出马车的花琉璃道，"琉璃，大理寺的人说，还有个刺客往别馆方向逃了，我们可要去看看？"

"看，要看。"

太子与花琉璃扭头看向说话的宁王。

宁王干笑着从马车里下来，说道："我的意思是，这几个刺客胆大包天，竟然敢夜闯大理寺，必定要让他们所有人认罪伏法，不然大理寺颜面何存？"

大理寺众人只想翻白眼：这万一要抓不住人，他们是不是就没脸见人了？

刺客一路奔逃，裴济怀紧追不舍，穿过一座座别馆。刺客忽然从怀中甩出一个铁钩索，借着巧劲翻进了院子。

裴济怀面无表情道："把这座院子围起来。"

第二章

武力震慑

从百国宴上回来，金珀国使臣就愁得睡不着觉，二皇子没救出来，还要把大皇子交到晋国人手里，这让他们有何颜面回去面对陛下？

他们凑在一起商议了半天也没想到更好的办法，只好回到屋子里，脱下衣服准备睡觉。谁知他们刚躺下不久，都还没来得及做梦，就听到下人急匆匆地敲他们的房门，说他们居住的别馆被围住了。

他们吓得连忙从床上爬起来，开门走到院子里，就见到一个面无表情的年轻官员站在院子里，手里的佩剑已经出鞘，在黑夜中闪着白惨惨的寒光。

金珀使臣吓得往后退了两步，两国交战都不斩来使呢，更何况他们都不再打仗了，晋国不用把事情做得这么绝吧？

院子里一片寂静，没人敢说话。

裴济怀的视线从众使臣身上扫过，把剑插回剑鞘中，拱手道："惊扰各位使臣非下官本意，但是方才有个刺客潜入了这座别馆，下官职责在身，需要在此处搜查一番，请各位大人行个方便。"

刺客？！金珀使臣们心中一紧，互相对望一眼，这事儿……不是他们干的吧？怎么会有刺客往他们的别馆里跑？这边别馆不少，他们住的这栋不是最靠前的，也不是最靠后的，刺客怎么就往他们这里跑了呢？

“请问这位大人，不知这个刺客犯了什么罪？”为首的金珀使臣心惊胆战地问了一句。

“夜闯大理寺天牢。”裴济怀一扬手，大理寺的人便开始搜查。

“什么？！”金珀使臣似乎听到了自己心脏被吓裂的声音。

夜闯大理寺天牢，被发现了还跑进他们这里，这……这不是要坑死他们吗？这事若是传出去，就连三岁小儿都会觉得刺客是他们派去的。

可……这事真的跟他们没关系啊！金珀国使臣感到委屈，但是他们不敢说，说了也没用。

“太子殿下到！”

“宁王殿下到！”

金珀使臣更加害怕了，抓个刺客，为什么连晋国太子与王爷都惊动了？

裴济怀也有些意外，这么晚了，宁王喜欢凑热闹就罢了，怎么连太子也来了？再一看，福寿郡主也在。

太子自己来就是了，怎么把未婚妻也带了过来？一个严肃的办案现场，怎么忽然有了看热闹的气氛？

“大人，此事与我们绝无关系，请大人明察！”金珀使臣为自己的清白发出了绝望的呐喊。

哪个缺德玩意儿，这么陷害他们？！是被他们欺负过的青石、玛瑙、红翡、绿釉……还是玳瑁？糟糕，以前欺压的对象太多，一时半刻他们竟不知道哪个国家的使臣最可疑。

看到被众人簇拥着走进来的晋国太子，金珀国使臣第一次深深感到后悔，他们当年要是少欺负几个国家就好了，这样至少也能有个精准的怀疑对象啊！

“哎呀，这不是金珀国的诸位大人吗？”宁王笑眯眯道，“可真是巧，这么晚了，竟然都没睡？”

金珀国使臣满脸绝望。不，一点儿都不巧，谁想要这种巧合，谁拿去啊！

“见过尊贵的太子殿下，宁王殿下。”金珀使臣看了一眼太子身边的花琉璃，“见过美丽的郡主。”

“见不见不重要。”太子道，“重要的是，刺客一定要抓到。”

金珀使臣心里十分郁闷：这件事跟他们真的没关系！

“殿下。”裴济怀走到太子面前，行礼，道，“刺客潜入别馆后就不见踪影了，微臣正带人搜寻。”

“嗯。”太子微微点头。随侍太监搬来凳子，太子带着花琉璃坐下，抬了抬下巴，说道：“搜吧。”

金珀使臣见晋国这么不把他们放在眼里，忍不住道：“太子殿下，我们不可能派刺客……”

话还未说完，大理寺的人便匆匆跑了过来，说道：“启禀殿下，刺客已经被抓住了。”

金珀使臣们扭头看向被大理寺从屋子里押出来的黑衣刺客，瞬间哑口无言。人是从他们的屋子里捉出来的，夜行衣都还没来得及换，可这刺客他们不认识啊。

“太子殿下，”金珀使臣急道，“这个刺客与我们绝无关系。”

“哦？”太子挑眉，“既然跟贵国没有关系，为何他不跑到别处，偏偏跑到这里了？”

金珀使臣：他们也不知道啊，他们若是能知道，就不会被人陷害了。

“搜身。”裴济怀面无表情道。

大理寺的人搜遍刺客全身，在他身上找到了淬毒的匕首、毒针，还有一支吹针筒。

“裴大人，这些都是专业杀手必备的东西。”大理寺的人在刺客身上发现了刺青，刺青的图案是金珀祭拜的神兽。金珀人喜欢把这种神兽绣在自己的衣服上，或是刺在身上，祈求神兽保佑。

“这是陷害，明目张胆的陷害！”金珀使臣急道，“请太子殿下明鉴，若是我国真要派刺客，又怎么会让他在身上留下这么明显的标识？”

“也许你们是故意留下这种破绽，好减小你们的嫌疑呢？”宁王慢悠悠道，“贼喊捉贼又不是什么新鲜事。”

金珀使臣：“……”

真是浑身有嘴都说不清，这事若是闹大了，会惹得晋国再次与金珀发生战争，他们现在拿什么跟晋国打？

“把这个刺客先关押起来。”太子看了金珀使臣一眼，“诸位好好休息吧。”

“殿下！”金珀使臣见太子什么都不说就准备走，心里更加焦急，齐声道，“殿下，这事真的跟我们没有任何关系。”

太子站起身，伸手扶住花琉璃的手腕，说道：“夜里突然跑出刺客，孤心爱的未婚妻受到了惊吓，孤要送她回府休息了。”

说完，他也不顾金珀使臣们的呐喊，带着花琉璃就走。

金珀使臣们傻眼了。他这是相信他们，还是不相信他们？晋国人怎么这样，有什么话直说不好吗？非要折腾得人睡不好觉，心里也跟着七上八下的。

宁王见太子走了，赶紧从椅子上起来，故作高深地看了金珀使臣一眼，然后摇着头走开了。就像是大夫看到久病不治的人，既不把脉，也不拿药，叹息两声就走。

那表情好像在说“没救了，回家等死吧”，害得人心惊肉跳，满腹都是绝望。

“王爷……”金珀使臣伸出手，想要宁王给两句准话，谁知对方干脆利落地转身，只留给他们一个潇洒的背影。

大理寺的人呼啦啦地离开，只留下焦急不已的金珀使臣。二皇子带不回去，大皇子丢了，现在还担上了行刺的罪名，他们回国后，肯定会被陛下砍头。

“想办法打听，那些刺客究竟在大理寺干了什么。”为首的使臣冷静下来，说道，“还有，晋国皇帝最宠爱的儿子是太子，太子对他那个未婚妻好像非常看重，我们马上备下厚礼，去给这位郡主送礼。”

“大人，她可是花应庭与卫明月的女儿。”另外一个使臣说道。这两个将军打败了他们，他们还要送礼去讨好他们的女儿，这日子太难过了。

“男子汉大丈夫，能屈能伸，为了尊贵的皇帝陛下，我们受些委屈算得了什么？”为首的使臣咬了咬牙，道，“就说是提前祝贺太子与她的大婚。”

“大人，还有个问题，咱们带来的珍宝送得都差不多了。”为了能让晋国的权臣们帮他们说几句好话，他们送了不少好东西出去。没想到这些人收礼的时候很痛快，真要他们办事的时候，个个都不顶用。

“都凑一凑，身上还有什么好东西，全部拿出来。”为首的使臣叹了口气，“事关金珀安宁，不得不如此了。”

最后，为了能凑齐一份体面的贺礼，使臣们把身上值钱的东西都拿了出来。

太子把花琉璃送到花府门口，花琉璃从马车上下来，对太子道：“殿下，等等。”

她在花府大门上敲了敲，大门打开，花琉璃点了几个人，道：“你们护送殿下进宫。”

“是。”这几人齐齐行礼，看这气势，很像是从战场上退下来的。

“他们都是上过战场的勇将，虽然因受伤无法再上战场，但反应很快，让他们送你进宫，我能安心一些。”花琉璃伸手帮太子整理了一下衣襟，又道，“明天事情很多，你赶快回宫睡一会儿。”

“好。”太子没有拒绝花琉璃的好意，他看了看花家这几个护卫，个个都很健硕，只是有人缺了半个手掌，有人缺了一只眼睛。

他冲几人微微颔首：“有劳。”

“小民不敢！”这些护卫原本担心太子会嫌弃他们身体残疾，都不敢站得太近，没想到太子殿下竟对他们如此温和。他们心里有些激动，又觉得在战场上付出的鲜血与汗水并不是白费的。百姓们尊敬他们，就连太子殿下也对他们如此温和呢。

花琉璃假装没有看到他们眼中的激动，目送太子的车驾离开以后，转身回到府中。

“家主，刺杀失败了。”

昏暗的屋子里，谢驸马面无表情地看着跪在地上的人，良久后，他开口问：“为何会失败？”

“我们接近的二小姐是假的！”这人捂着身上的伤口道，“为了让属下成功回来报信，其他三人帮着引开了大理寺追兵，现在只怕凶多吉少……”

“假的？”谢驸马冷笑出声，“陛下果然防备着我们。”

“你逃回来的时候，可有人发现你？”

“回家主，没有。”他面色惨白，“属下办事不力，但求一死。”

“罢了。”谢驸马道，“你先下去养伤，其他的事暂时不要多管。”

“多谢家主。”他感激地行了一个大礼，起身退了出去。

屋子里安静下来，谢驸马看着窗外的夜色，第一次有了“千算万算，不如天算”的疲惫感。

这么多年的完美计划，隐藏得极好的势力，就因为一个发疯的女儿被毁去了大半。不仅势力被毁，谢家也被皇家猜忌，进退不得。

如今京城越来越危险，他如果再留在此处，恐怕连命都保不住。

“家主！”一个小厮匆匆跑来，气喘吁吁道，“急报！玳瑁国太子病重不治，已经在十几天前病逝。”

“玳瑁太子死了？！”谢驸马面上露出了淡淡的笑意，他深吸了一口气，道，“传消息出去，就说我病了，病得神志不清，需要回乡养病。”

对于一个发了疯的驸马，皇家就算再无情，也要送归家乡。

太子回到东宫，换了身衣服，匆匆赶到宸阳宫。刚走到殿门外，他就听到贤妃扯着她那高嗓门在呜呜地哭着。

他脚步一顿，转身就准备离开。

被贤妃哭得脑仁疼的昌隆帝看到太子的身影在门口晃了一下，赶紧叫住他：“元溯，这么晚了，你来找朕有什么事？”

“嗯？太子来了？”贤妃内心还藏着让太子哭着求着唤自己母后的理想，所以听到太子来了以后，赶紧擦干净脸上的泪，起身站在了一边。

她可是要母仪天下的女人，怎么能在后辈面前露出这么肤浅的一面？

见贤妃终于不哭了，昌隆帝觉得整个世界都变得美好了，连常常偷懒的儿子也顺眼起来。

“父皇，”太子给昌隆帝行了个礼，又对贤妃行了个礼，“贤妃娘娘。”

贤妃回了一个礼。

“父皇，”太子看着昌隆帝，语气有些犹豫，“儿臣刚从杜府那边回来。”

“为何回来得这么晚？杜太师怎么样了？”对这个执拗的老太师，昌隆帝内心还是有感情的，虽然他老爱骂自己亲手带大的孩子。

“杜太师……已经西去了。”

昌隆帝浑身一僵，沉默良久后，缓缓道：“他老人家走得可还安宁？”

“儿臣给杜太师带去了两幅百国宴图，他老人家是含笑走的。”太子担心昌隆帝心里难受，扶着他在龙椅上坐下，轻声说道，“还请父皇节哀。”

“只要是人，都会有这一遭。”昌隆帝拍了拍太子的手臂，叹了口气，道，“早在杜太师病重时，朕就做好了心理准备，只是……”

那些在他年少时便待他极好的人，是越来越少了。

贤妃看到这样的昌隆帝，欲言又止，她无声地福了福身，轻手轻脚地退出了宸阳宫。平日里，她闹上两场，陛下能容忍她。这种时候，她如果再去闹，陛下脾气再好也会责罚她。

宫斗，她是专业的。撒泼，她也是专业的。

贤妃走后，太子把大理寺捉拿刺客的事也告诉了昌隆帝。

“金珀那边暂时不用管，先看看他们要怎么闹。”昌隆帝心情不好，也就没了太多包容心，说道，“派人去监视南方的谢家，不要让他们有机会在读书人面前诋毁皇家。”

“父皇放心，只要查出谢家有问题，儿臣就有办法让他们在南方遗臭万年。”太子表情冷淡，他做事向来不爱讲究君子风度，要对付谢家这种爱名声如命的家族，多的是手段。

第二天一早，使臣们在大晋官员的带领下来到了京郊的练兵场。看着晋国官兵亮闪闪的盔甲，还有他们手里锋利的兵器，使臣们默默地咽了口口水。

“金珀的各位大人，黑眼圈怎么重成这样？”青石使臣看到金珀使臣脸上挂着黑眼圈，阴阳怪气道，“难道是因为被神武的大晋士兵吓破了胆，想到今天要来练武场就不敢睡觉了？”

同被金珀欺负过的玛瑙国使臣接话道：“说不定是因为做了什么亏心事，被人发现以后，吓得睡不着觉。”

金珀使臣冷笑道：“诸位大人有心情来奚落我，不如多想想自家那几亩种不出多少东西的地。”

两边互相奚落了一会儿，直到昌隆帝与太子到来才安静下来。

“步兵，出列！”

看到高坐在马背上指挥众将士的女将军，金珀使臣脸色变得难看起来。这正是把他们金珀的大军打得哭爹喊娘的女人——卫明月！

“盾兵、弓兵列阵！”

看到这个女人，他们就想起了大军被她诱入陷阱的噩梦般的场景。这哪里是女人，分明是女罗刹啊！

“哇，卫将军好美！”

“好想嫁给她！”

“我觉得……福寿郡主也很美。”

金珀使臣扭头看向这几个衣衫华丽的晋国贵女，表情有些复杂。

晋国的女人，究竟是什么奇葩口味？

玳瑁国的使臣十分尴尬，他们中间有人嘲讽过晋国女子做将军，结果今天来了练兵场，晋国皇帝直接让女将军做了兵阵演示的统领，他们几个大老爷们儿站在这里，只觉得面上火辣辣地疼。

他们偷偷地看了一眼背脊挺直、不卑不亢的三皇子，尴尬的情绪缓解了些许，心说：还是皇子殿下沉得住气。

让女子统领千军万马已经令人意外，没想到这么严肃的场合，晋国竟允许女子来参观。那些衣衫华丽的女子，应该都是晋国的贵族。

隐隐约约听到有女子说什么福寿郡主很美，玳瑁使臣好奇地看了几眼，问晋国的侍从："不知那位穿着蓝色宫裙的姑娘是贵国哪家小姐？"

"那是敝国姚驸马的侄女，姚侯爷的孙女。"侍从笑着回了一句。

贺远亭听到使臣与晋国侍从的交谈内容，偏头看向姚文茵所在的方向，一眼就认出这是姚家老侯爷的孙女，与福寿郡主是闺中密友。

想到那位令人心动的福寿郡主，贺远亭忍不住在人群中寻找了一番，最后在晋国太子身边找到了她的身影。

嗖！利箭破空声响起。贺远亭凝神望去，只见骑在马背上的女将军手持重弓，竟是一箭射穿了靶子。

"好！"

"陛下万岁！卫将军威武！"

卫明月把弓单手递给卫兵，卫兵接住以后双手用力才把弓拿了下去，只是脸涨得通红，看起来有些吃力。

"身为女子，有这一身蛮力，哪个男人敢……"玳瑁使臣目瞪口呆地看着这一幕，话说到一半，想起这里是晋国不是玳瑁，赶紧把话咽了回去，脸上露出恰到好处的微笑。

"本将军听闻诸位使臣中也有骁勇善战的儿郎，不知哪位勇士愿与我切磋一番？"卫明月掉转马头，把目光投向众使臣。

金珀使臣与玳瑁使臣齐齐把脑袋缩了回去，恨不得以袖遮面，希望这位女将军不要看到自己。

但是卫明月并没有放过他们，她最后把目光投向了贺远亭，说道："玳瑁国的三皇子殿下，听闻贵国这次也带了一位将军过来，请这位将军不吝赐教。"

负责护送皇子与诸位文臣的玳瑁武将心酸不已：这么多国家派了使臣来，为什么偏偏就挑中了他？

他一个大老爷们儿就算打赢了，也会被人说欺负女人，传出去也不好听。

如果输了，那更丢人。他一个年轻力壮的年轻将军，打不过一个生了四个孩子的女人，传回国内他也没法做人了。

“我的娘亲就是这么厉害！”花琉璃一拍手掌，很是兴奋，“这个玳瑁国的人瞧不起女将军，就让他们看看得罪女人的下场。”

太子与她挤在一块儿，隔着扶手围栏往练兵场上看，说道：“那个玳瑁将军下盘虚浮，外强中干，一看就知道不是卫将军的对手。”

“殿下眼光真好。”花琉璃听了太子的马屁通体舒畅，抓着太子的袖子道，“我娘亲特别厉害，曾经带着三百精兵冲破敌军三千兵马防线，打得他们丢盔弃甲，连夜逃窜。”

连擅长战斗的金珀士兵在她娘亲手下都讨不着好，更别提不重视武将的玳瑁人。

“我最好的眼光就是遇上你，喜欢上了你。”随时随地都不忘说甜言蜜语的太子道，“所以我也觉得自己眼光好。”

可惜他的这番甜言蜜语并没有打动花琉璃，她正激动地看着练兵场，等着娘亲给玳瑁武将致命一击。

端坐在龙纹椅上的昌隆帝心情十分平和，甚至有一点儿幸灾乐祸。当年卫明月的一巴掌，让他对女人的审美产生了翻天覆地的变化，所以他现在乐于见到卫明月成为其他男人心中的噩梦。

世界如此美好，跟他一起倒霉的人越多越好。

“来者是客。”卫明月看了一眼穿着锦衣上来的玳瑁使臣，脱下身上的盔甲，把一只手背在身后，“本将先让你三招。”

什么叫侮辱？这才是不动声色的侮辱。

在场所有使臣都知道，玳瑁国使臣一来京城就因为胡说八道得罪了卫明月，后来还闹出了人命，虽然最后查明事情跟花家无关，但也引起不少人好奇。

这些日子，花家从未对玳瑁国使臣有过刻意刁难的举动，他们还以为事情已经过去了，没想到惩罚竟然在这里等着。

如果被一个女人让三招，最后还输了，玳瑁国武将是半点儿脸面都不会剩了。

“卫将军客气了，我身为男子，怎能由一个女娇娥相让？”玳瑁国将军话音刚落，就见卫明月单手向他面门袭来，他连忙伸手格挡。

几招之后，他应对便有些吃力，也不再维持男人风度，全身心投入这场比试。

哪知道卫明月竟然把双手都背在了身后，只躲不攻，连让他三招以后，才笑着道：“说好了让将军三招，本将军绝不食言。”

侮辱，这是毫不遮掩的侮辱。

玳瑁将军气得面色赤红，只想打败卫明月，一雪刚才受到的侮辱。但是卫明月偏偏只用一只手与他对战，仿佛他只配她使五成力道。

“卫将军，为将者在战场上也是如此敷衍了事吗？！”玳瑁将军怒道，“还请将军你尊敬对手。”

“既然如此，那便得罪了。”卫明月把背在身后的手伸出来，不到五招，玳瑁将军感到一阵天旋地转，人已经被揍趴在了地上。

“承让了。”卫明月似笑非笑地看着躺在地上、还有些回不过神的玳瑁将军，扭头看向玳瑁使臣们，道，“贵国对本人做将领一事颇有微词，不知今天过后，诸位的看法会不会有所改观？”

“啊啊啊！”嘉敏扑到围栏上，激动地大喊，“卫将军女中豪杰，天下无双，所向披靡，战神下凡！”

卫明月听到嘉敏的声音，朝她温柔一笑。

嘉敏捂着胸口，抓住姚文茵的袖子，兴奋道：“卫将军怎么这么帅，这么好看！”

坐在旁边的顺安长公主面无表情地喝茶，冷哼了一声。

见识到玳瑁武将被卫明月压倒性毒打后，其他国家的武将默默地往后退了一步，大家都吃武将这碗饭，面子很重要的。

可怜的玳瑁武将躺在硬邦邦的地上，望着蔚蓝的天空怀疑人生：我是谁？我在哪儿？我真的是个武将？

想到回到玳瑁国以后会面临的那些嘲讽的眼神，他差点儿没忍住掉出几滴男儿泪。

世界上为什么有这么可怕的女人？这样一个凶悍的女人是怎么生养出如此娇滴滴的女儿的？

他踉跄着从地上爬起来，笑得比哭还难看，道："卫将军果然神武非凡。"

"将军……也不错。"卫明月安慰他道，"很多人在我手下过不了三招，将军能与我打这么久，已经很厉害了。"

是啊，能打这么久，全靠你单手作战，还让了我三招。

玳瑁将军走回去的背影，充满了无助与悲伤，还有自信被摧毁的绝望，也许"女将军"三个字会成为他后半生的噩梦，到死他都无法摆脱。

他瞪了一眼几个垂着脑袋不敢说话的文臣，如果不是他们乱说话，得罪了卫明月，卫明月又怎么会特意把他拎出来，冷酷无情地摧残他？

看完这场单方面碾压式对打，太子手有些发抖，小声问花琉璃："琉璃，卫将军平日在家中，可会动手打人？"

"那倒不会，娘亲对我很好的。"花琉璃脸颊红扑扑的，她牵着太子的手高兴道，"娘亲对百姓也好，很少发脾气，更不会打自家人。"

太子微微放下心来，等他与琉璃成亲，作为女婿，他跟卫明月也算是一家人了。

看到玳瑁将军一副受到严重刺激的模样，昌隆帝只觉得浑身上下舒服极了，连他平日不甚喜欢的几个朝臣，都看着顺眼起来。

"比赛第一……第二，友谊第一。诸位使臣不要把此事放在心上。"昌隆帝温和地安慰道，"尔等放心，这些只是小事，不会传至百姓耳中。"

说完，他抬了抬左手，示意站在旁边的史官记上几笔。

他不欲此事传到百姓耳中，只是记在大晋史书中。

史官是个对卫将军十分崇拜的年轻文人，见昌隆帝抬手，连忙"唰唰"几笔把这件事记录了下来。

卫侯曰："尔乃贵客，吾让三招。"

玳瑁将军遂怒："吾为七尺儿郎，何惧一女娇娥？"

二人交手，玳瑁将军不敌，见卫侯单手应敌，甚怒。卫侯无奈，唯有全力以赴，未至三招，玳瑁将军大败，泫然欲泣，面有惭色。

玳瑁将军有没有哭不重要，重要的是他输了，还输得格外惨。史官自觉记录的内容没有半点儿偏颇，满意地停了笔。

就在玳瑁国使臣以为卫明月还会继续跟人比试时，她竟然转身下了场，让其他将领上场。

玳瑁国使臣不得不承认，他们是被卫明月恶意针对了。

其他国家的使臣倒是暗暗松了一口气，看到玳瑁将军输得那么惨，谁还敢跟卫明月比试？

“琉璃啊，”太子看着那些在卫将军面前没有半点儿气势的武将，小声问花琉璃，“你一身武艺，可是卫将军所教？”

“我小时候体弱，学的路子与娘亲有些许不同，爹爹与娘亲的本领，我只学了点儿皮毛。”花琉璃娇羞一笑，随后又补充了一句，“不过像娘亲那样把玳瑁将军打翻在地，是没什么问题的。”

太子愣了愣。

“怎么了？”花琉璃笑着看向太子。

“没什么，我就是觉得琉璃好生厉害，小小年纪已经学到了两位将军的本领。”太子赶紧道，“以后有你在我身边，我便安心许多。”

“殿下，你又忘了。”花琉璃用手帕掩着嘴角轻咳两声，说道，“人家体弱多病，风一吹就倒呢。”

太子立刻改口：“别怕，我来保护你。”

“殿下真好。”花琉璃对太子娇俏一笑。

“殿下，陛下请您过去一下。”赵三财走过来，对花琉璃友好一笑，对太子道，“等下各国要比赛骑射，请殿下到陛下身边观看。”

“那殿下你快去吧，我去找嘉敏她们玩。”花琉璃丢下太子，提起裙摆柔柔弱弱地离开，只是步伐并不慢。

看着她欢快的背影，太子忍不住想：也许琉璃早就想扔下他去找小姐妹玩了，他真的是琉璃最爱的人吗？

太子跟着赵三财刚走到父皇身边坐下，就见昌隆帝神情凝重地看着他：“元溯，看到了没有？”

“什么？”太子心中一紧，难道刚才有什么重要的事被他忽略了？

“以后对琉璃好些，不要对她发脾气，最重要的就是不能把人气回娘家。”昌隆帝伸手拍了拍他的肩，又道，“不过好在你的太子妃是个温柔性子，体弱力气小，只要她不在娘家人面前说你对她不好，你还是安全的。”

太子暗道：卫将军究竟对父皇做过什么，竟然让父皇害怕至此？

“请父皇放心，我一定会好好对待琉璃的。”为了照顾父皇的感受，太子决定把琉璃同样擅武的秘密死死埋在心底。

“花琉璃，你怎么过来了？”嘉敏见花琉璃过来，好奇道，“你不是跟太子在一起吗？”

“陛下找太子有事，我就来找你们了。”花琉璃挤在嘉敏身边坐下，说道，“等下有箭术比赛，有几个使臣团带了女弓手过来，你可以下去跟她们比试比试。”

话音刚落，她就听到一个爽朗的女声道：“听说卫将军膝下有一女，年已十五。有您这样的母亲，有花将军那样的父亲，想必她也是一位叱咤疆场的女英雄吧？”

打扮得花枝招展、化着精致妆容的花琉璃：“哈？”谁说将军的女儿必须是女英雄的？

嘉敏幸灾乐祸地扭头看她：“女英雄？”

花琉璃淡定地掏出袖子里的绣花手帕，鸢尾与玉蓉快速走到花琉璃身后，两人弯腰扶起花琉璃。

“让您见笑了。”花琉璃捂着嘴角低声咳了几声，在婢女的搀扶下慢慢走到说话的这个女将士身边，对她温柔一笑，“姐姐可是在说我？”

女将士没想到会是一个瘦瘦弱弱、白白净净的小姑娘出来，再看她细细的腰肢、带着盈盈水光的美目，女将士甚至怀疑自己嗓门大一点儿会不会把这个小姑娘吓倒。

“虽然小女子以双亲自豪，但遗憾的是，小女子并不擅武。”花琉璃虚弱一笑，然后用抒情的语调讲了一个怀孕女武将如何一边抗敌一边艰难养活早产女儿的故事。

在寒风呼啸的雪夜里，女将军为了女儿找来救命的药材，在雪山中摔倒又爬起来，即使浑身都被冻僵也不放弃。弱小的女儿在死亡边缘听到父母泣血的呼喊声，忍着全身的剧痛睁开了眼睛。

她靠着各种药物艰难地长大成人，却成了一个无法习武的病秧子。世人嘲笑她，说她污了双亲的名声。

讲到这里，花琉璃用手帕擦拭了几下眼角，娇弱的脸上满是坚定："无论世人如何评价我，我都知道，爹爹与娘亲是深爱着我的。"

女将士早在故事讲到一半的时候就红了眼眶，等花琉璃讲完，已经泣不成声："多么感人的亲情，我为自己的肤浅向您道歉。"

"你是一个了不起的女人。"女将军抹着眼泪敬佩道，"你战胜了死亡，是英雄。"

目睹这一切的嘉敏不由得沉默了。论一本正经地胡说八道的本事，她就佩服花琉璃。她再扭头看了一眼四周低声哭泣、被花琉璃的故事感动的女眷们，内心升起一股淡淡的悲伤。

"琉璃这孩子真不容易。"顺安长公主用手帕擦着眼泪，哽咽道，"嘉敏，上次为娘给你的暖玉可还在？"

嘉敏："怎么？"

"听说暖玉养身，琉璃身体不好，把玉给她吧。"

完了，又完了一个，这次还是她的亲娘。嘉敏悲伤不已。

"卫将军好生厉害，不仅能行兵打仗，孩子也教得好。"

"哪里哪里。"

"我家孩子有这么懂事就好了。"

"你太谦虚了。"

平时都是一堆武将围着她问行兵布阵的事，这还是卫明月第一次被大堆女眷围着问她是怎么教孩子的，还有人垂泪道："养好孩子不容易，卫将军，这些年你受苦了。"

卫明月沉默了。

"青寒州那边，冬天几乎被积雪覆盖，为了找药材，卫将军吃了很多苦吧？”

卫明月继续沉默。

“可怜天下父母心，不过福寿郡主对你也孝顺。”一位夫人红着眼眶道，“将军真是不容易啊。”

卫明月记得这位夫人以前好像不是很喜欢她，怎么听了一个故事忽然就转变态度了？

都说京城里的人心思不简单，可在她看来，分明简单得很，琉璃那个丫头胡编乱造出来的故事，这些人竟然也相信了？

可能是因为花琉璃刚回京的那天被田锐栋等人吓得生了病，京城众人对她早就有了体弱多病的印象，竟没人怀疑她说的话。

这样一来，不仅没人叫她出来比武，还有不少漂亮的小姑娘围过来安慰她。

“福寿郡主，不能练武也没什么关系，谁说孩子必须跟父母一样？”漂亮姑娘甲道，“家父是榜眼，家兄连秀才都考不上，他也活得开开心心的。”

“可不是。”漂亮姑娘乙接话道，“我祖父是个文臣，家父却去军营做事，也没有子承父业呢。”

“这算什么，家父家母都是俊男美女，结果我哥还尽挑他们长得不好的地方长。”漂亮姑娘丁道，“福寿郡主你长得这么漂亮，完美继承了双亲的相貌优点，比家兄强多了。”

花琉璃跟其他小姑娘齐齐扭头看向说话的人，哎，这不是康王家的闺女安宁郡主吗？

想想长得确实不怎么样的康王世子，她们沉默了。

没想到安宁郡主平日不说话，安慰人的时候竟然如此实诚，这真是亲妹妹才说得出来的话。

被这些小姑娘挤到一边的嘉敏面无表情地双手环胸，看着花琉璃被无数娇俏小美人围绕的画面，伸手把准备凑上去的田珊与姚文茵拉了回来。

“没看见她左拥右抱正开心吗？你们去凑什么热闹？”把这两个

小姐妹摁到椅子上，嘉敏没好气道，“人家有这么多小美人陪着，哪儿还想得起我们？”

“嘉敏，你这语气好像是在吃醋哦。”田珊小声道，“可是福寿郡主真的很不容易啊，从出生开始就吃各种药，生病的时候全身都疼，如果是我，早就撑不下去了。”

嘉敏差点儿没忍住翻白眼，她当然能撑下去了，因为她在撒谎啊。

“是啊。”姚文茵跟着点头，“想到福寿郡主小时候吃了那么多苦，我就后悔当初故意与她作对。”

嘉敏没好气道：“你们放心吧，人家以后是太子妃，身边伺候的人多得很，谁受委屈她都不会受委屈。”

姚文茵扭头看了看四周，确定没人注意她们才小声道：“就是因为她以后要做太子妃了，我才不放心。”

太子虽然长得好看，但他脾气多差啊，嘴上还不饶人，福寿郡主这么温柔的人，跟他在一起得受多少委屈啊？

嘉敏咽了口口水，她觉得花琉璃受委屈的可能性不大，但她很担心太子跟花琉璃会互相伤害，最后花琉璃还有可能忍无可忍把太子按在地上打，打完还会嘤嘤哭着说太子欺负她。

“我若是个儿郎就好了。”姚文茵忧郁地捧着脸道，“这样我就能厚着脸皮求娶福寿郡主，让她过上自由自在的生活了。”

嘉敏冷笑：呵，肤浅，无知！

“你们怎么都坐在角落里？”花琉璃走了过来，在田珊身边坐下。

“不陪那些小美人了？”嘉敏挑眉。

“在我心中，当然还是嘉敏最美啊。”花琉璃边说边扭头对那些离去的小美人温柔一笑，伸出白皙细嫩的手，朝她们挥手作别。

小美人们脸颊绯红，拎着裙摆羞涩地走开，一边走一边时不时回头看上两眼。

“你可消停点儿吧。”嘉敏忍无可忍道，“你一个女儿家，招惹人家小姑娘做什么？”

花琉璃眨巴着眼睛看嘉敏，乖乖低头，道：“哦。”

她一个委屈的字眼都没说，但田珊与姚文茵都觉得花琉璃受了委屈。

“嘉敏，我们知道你是好意，但不要这么凶嘛。”姚文茵赶紧哄看起来情绪有些低落的花琉璃，“嘉敏是在开玩笑呢，郡主你不要放在心上。”

花琉璃笑着道：“我知道嘉敏是好意。”

姚文茵偷偷瞪了嘉敏一眼：看人家福寿郡主多温柔，多体贴，多善解人意！

嘉敏深吸一口气：不生气，不生气，这是她亲堂姐。

她端起桌上的茶喝了一口，正准备开口说话，忽然听得花琉璃喊了一声“小心”，接着花琉璃伸手拦住了飞到她面前的一粒小石子。

不远处，有两个国家的使臣似乎有了矛盾，打得正激烈，石子正是从那边飞过来的。

“你的手没事吧？！”嘉敏一把抓住花琉璃的手，见她掌心有道红印，语气一下子弱了下来，“谢谢。”

“一颗小石头而已，打在我手上总比毁了你的容好。”花琉璃站起身，提起裙摆正准备往打架的那边走，就见穿着锦袍的三哥穿过人群，直接把打架的两人拨到了两边。

“两位大人，前面有专供交流的演武台，请你们不要在这里动手。”花长空微笑着道，“这边坐着很多贵客，不小心伤到她们不好，诸位以为呢？”

打架的两个人都是其他国的勇士，看到一个文弱书生打扮的年轻人轻轻松松就把他们分开，顿时有些怀疑人生。

他们真的是勇士吗？是他们太弱，还是晋国人太强，连一个文弱书生都有神力？

“好、好的。”两人一是不敢招惹晋国官员，二是对这个文弱书生有点儿害怕，总觉得他们若是不同意，这个书生就能把他们俩摁在地上揍。

“很好。”花长空满意地点了点头，转身走入人群中。

两个勇士看着他离去的背影，小心翼翼地问站在旁边的晋国护卫：“请问，方才那位公子是何人？”

晋国护卫脸上露出神秘的微笑：“那是敝国新科状元郎。”

“武状元？”

“两位勇士说笑了，自然是文举状元。”

两位勇士惊呆了，对晋国更加崇拜了。晋国果然深藏不露，连文举状元都有如此神力，武举状元岂不是更加厉害？

可怕，真是太可怕了，他们死也不要跟这样的国家为敌！

“哇，福寿郡主，令兄好厉害，轻轻松松就把那两位武将分开了。”田珊震惊道，“我还以为令兄是不喜欢习武才学文的。”

“三哥从小跟着先生念书，拳脚功夫也没有落下，还随军上过战场。”说到家人，花琉璃脸上的笑容都灿烂了几分，“分开两个只有蛮力的男人，对三哥而言只是小事一桩。”

“他还上过战场？”田珊惊讶道，“那他为什么要去参加科举？”

“因为哥哥更喜欢念书吧。”花琉璃笑了笑，垂下眼，见嘉敏不说话，伸手戳了戳她的手臂，“怎么，被石子吓到了？放心吧，有我在，我不会让你受伤的。”

嘉敏欲言又止。

姚文茵感动地想：福寿郡主真是个好人，宁可自己受伤，也要保护别人。可惜这么好的姑娘，怎么就被太子祸害了？

“福寿郡主，”东宫随侍太监穿过人群，终于找到了花琉璃，说道，“太子殿下请您过去，不知您可有空？”

“我去找太子殿下啦。”花琉璃对这几个小姐妹笑了笑，“你们要注意安全，离那些打架的人远一点儿。”

“郡主慢走。”

姚文茵与田珊要起身相送，被花琉璃拒绝了：“朋友间不讲究这些虚礼，好好坐着。”

目送花琉璃走远，姚文茵道：“嘉敏，福寿郡主身体这么弱，还想着保护你，她可真好。”

嘉敏第一次开始怀疑自家小姐妹的脑子，她就没怀疑过，花琉璃身体那么弱，怎么能接住飞过来的石子？

可是她沉默了。

花琉璃接住石子的时候，有没有考虑过会暴露自己的实力？也许考虑过，也许没有考虑过，但她还是毫不犹豫地伸手替她挡住了飞过来的石头。

嘉敏心里又酸又软，想说几句花琉璃不好的话都说不出口了。

“花琉璃身体那么弱，太子怎么会选她做太子妃啊？”

练武的人耳力好，嘉敏想也不想便瞪向说话的千金小姐：“不选她选你吗？说这话的时候，你有没有好好照过镜子，看看自己的脸，你配说这种话吗？”

“你不配！”嘉敏冷笑着道，“人家身体弱不弱跟你有什么关系？太子就是喜欢她，你若是看着不顺眼，那就给我好好憋着。有本事的话，你去太子面前说去。躲在背后小声念叨，算什么本事？”

说话的千金小姐没想到自己的话会被嘉敏听到，她又羞又气，偏偏又不敢得罪这位京城有名的刁蛮郡主，捂着羞红的脸哭着跑走了。

“说人闲话就知道哭，连哭都没人家福寿郡主哭得好看，也好意思在背后叽叽歪歪的，什么玩意儿！”嘉敏扫了那个千金小姐的好友一眼，见她们一个个都不敢说话，才高傲地哼了一声，坐了回去。

她不骂几句人，大家都快忘记她是个心直口快的性子了。

第三章

谢驸马之疯

花琉璃来到太子身边，见他身边特意留了一个空椅子，问道："留给我的？"

"世间除了病弱美少女花琉璃，还有谁值得我特意为她留座？"太子把一碟早就剥好的干果放到花琉璃面前，说道，"演练还有一会儿才结束，你若是无聊的话，我们去旁边马场骑一会儿马？"

"今天人多，不合适。"花琉璃摇头，看着场上那些比赛箭法的勇士道，"刚才那些话殿下不要放在心上，有些并不是真的。"

太子沉默片刻，道："有多少是假的？"

"五分真，五分假吧。"花琉璃笑了，在他耳边小声道，"你不要担心，我的病已经好了。"

太子轻轻握住她的手，脸上虽然在笑，眼神却很认真："我还想陪你走过百年，到了那时，你是世上最美的老婆婆，我是最俊的老爷爷。"

"会的。"花琉璃回握住他的手，道，"殿下，你不要自己吓自己。"

太子看着她不说话。

花琉璃无奈叹息："我如果骗了你，我就是小狗。"

"可有些人说不定为了骗我，情愿做小狗呢。"太子喂花琉璃吃了一块水果。

“如果我是狗，你是什么？”花琉璃也塞了一块水果到太子嘴里。

“不是有叫鸡飞狗跳、鸡鸣狗盗的成语嘛，你如果是狗，我就是鸡，到哪里都不分离。”太子脸皮很厚，对自己变鸡变狗没有任何意见。

“什么鸡鸣狗盗，殿下，作为一个文武双全的好儿郎，你这词语用得是不是有些问题？”花琉璃被太子不要脸的精神惊呆了。

“没问题。”太子理直气壮道，“我这叫妇唱夫随，做什么不重要，重要的是我们是一对。”

“殿下，你还不是我的夫。”花琉璃无情地提醒他。

“未婚夫也是夫，难道你想对我始乱终弃？”太子抓住花琉璃的手，摇头叹息，“美人儿，你好狠的心。”

宁王手里捧着一盘蜜瓜，迎上太子望过来的眼神，吓得脸色都变了，忙道：“太子，我什么都没听见！”

他只是想抱一下太子的大腿，觉得蜜瓜很甜，想送来给太子尝尝。早知道会遇到这么尴尬的场面，他宁可把蜜瓜全部吞下去也不会多此一举。现在大腿是抱不上了，说不定自己的腿都会被恼羞成怒的太子打折。

结束观看练兵的当天下午，宁王就收到了两筐由殿中省送来的蜜瓜。

“王爷，太子殿下说了，既然您喜欢吃蜜瓜，就把这两筐蜜瓜吃完，不要浪费太子殿下的一番心意。”为首的太监笑了笑，“殿下还说，既然您喜欢吃，以后但凡得了什么瓜，他都会第一个给您送过来。”

宁王看着这两筐瓜，小腿肚子有些发抖。

“多谢太子殿下。”宁王让下人把这两筐瓜抬进自己的院子里，长长地叹息一声，虽然他喜欢看热闹，但这次真的是无心的。

这么多蜜瓜，他怎么吃得完？

以太子的小心眼，如果他知道自己把这些蜜瓜分给下人，说不定他明天就能让殿中省送来四筐瓜，而且还会让人盯着自己吃完。

“来人，把本王外出办事的衣服拿出来。”

听到“办事”两个字，宁王的随侍太监有些犯愁，犹豫着道：“王爷，容妃娘娘说了，不让您再去做这种事。”

“本王文不成，武不就，干什么都不行，还不能有点儿小爱好？”他不耐烦地摆手，道，“去去去，赶紧去。”

随侍太监心里发苦，别人的爱好是吟诗作画，就他家王爷比较特别，喜欢穿上短打布衣混到市场上摆摊卖东西，没事就喜欢跟卖菜的老头老太太聊些家长里短。

容妃娘娘骂也骂过了，打也打过了，可王爷这毛病就是改不过来。

下人们没有办法，只能换上粗布衣服装作商贩跟王爷一起摆摊，好保护他的安全。

宁王把小马扎往地上一放，熟练地跟旁边的小贩打招呼。

“王老二，好长时间都不见你出来摆摊了，家里发财了？”旁边卖笋的菜贩指了指天，说道，“这都下午了，摆摊赚不了什么钱啊。”

“前些日子，我弟弟找了个有钱的媳妇，家里宽裕起来了。”宁王双手往袖子里一揣，得意道，“弟媳妇人特别好，买了大宅子让我全家住，可我闲不住，又想念大家伙儿了，就出来摆个摊，打发打发时间。”

“哟，好事啊。”卖笋菜贩羡慕道，“我要是你，就在家当老爷了，还卖什么菜啊。”

“干一行爱一行嘛。”宁王把蜜瓜整整齐齐地摆好，说道，“最近有什么热闹的事？讲出来听听。”

“我看你不是来卖菜的，就是在家闲得无聊，来找咱们说话的。”旁边卖鱼的老夫妻闻言笑道，“你还别说，最近发生的新鲜事儿可多了。”

宁王在菜场里人缘极好。一是因为他从不跟其他商贩抢生意；二是因为他买的摊位常常不用，别人借去用他也不介意；三是因为他卖不完的东西随手就送给大家伙儿，大方得很。

最重要的一点就是，跟他讲八卦的时候，他听得特别认真，让讲八卦的人非常有成就感。

宁王这一问，顿时引起了大家的谈话兴趣，下午菜场的客人少，大家都闲得打瞌睡，能聊天打发时间多好。

于是，这个讲谁家男人不是东西，背着媳妇在外面偷吃，那个讲谁家婆婆苛待儿媳，闹得儿媳跟儿子要和离。而最精彩的莫过于有人聊起东家的儿子原来是西家的。宁王听得津津有味，当场开了几个蜜瓜分给大家，让大家边吃边讲。

“我最近听说了一个小道消息，你们可别往外瞎传，跟宫里贵人有关，传出去是要掉脑袋的。”卖笋菜贩一脸神秘，吊足了大家的胃口。

装作商贩的宁王护卫面色变了变，宁王顺手又分了一块蜜瓜给菜贩，催道：“快讲讲，咱们都是普通老百姓，就算想传出去，也没贵人会相信我们的话。”

“你就可劲儿吹吧，你一个卖笋的，能知道贵人的事？”卖鱼妇人冷哼了一声，“我看你就是想骗王二的瓜吃。”

卖笋菜贩不乐意了，当即道：“你们知道公主不？”

“知道啊，不就是皇上的闺女吗？”

“皇上的妹妹，那也是公主。”卖笋小贩道，“我家有个亲戚，是给有钱人府上倒夜香的。前几天晚上，他看到有个黑衣人从公主府里跳出来。那个黑衣人瞧着身材高大，动作快得很，一眨眼的工夫就都不见了。”

“啊！”小贩们顿时来了精神，“难道那是公主的……”

底层老百姓平时没有什么乐子可以消遣，听到谁家有点儿风吹草动，这就成了他们茶余饭后的谈资，若是贵人的事，那就更有兴趣了。

“听说这位公主的驸马当年还是什么京城有名的美男子，没想到还是被戴了绿帽子。”大家脑补了一番公主如何偷偷与小白脸幽会的画面以后，有人问道，“那个驸马不是读书人吗，怎么能容忍这种事？”

眼见这些人越聊越下流，宁王赶紧道：“你们也不要瞎猜，说不定是个想去公主府盗窃的小贼呢？”

“哪个小贼会从侧门进出？”卖笋小贩肯定道，“这里面一定有问题。”

宁王内心涌出无限的猜测，笑着点头，道：“你说得有道理。”

“而且我那亲戚还不止一次看到黑衣人。”卖笋小贩神秘道，“不过我那亲戚说，昨天下午，那个黑衣人被大理寺的人抓走了。说不定是那个书生驸马爷知道被公主戴了绿帽子，心里气不过，又不敢对公主发脾气，就只能让人把奸夫抓起来。”

“你是说，那个奸、奸夫，昨天下午被大理寺的人抓走了？”宁王这下不敢吃瓜了，他手上的瓜被吓掉了。

“那还能有假？”卖笋小贩道，“我亲戚对那个奸夫印象深得很，大理寺抓人的时候，他一眼就认出来了。不过那奸夫长得倒挺普通，也不知道公主看上他什么了，难道是驸马……不太行？”

驸马行不行宁王不知道，反正他心里是掀起了惊涛骇浪，连平时最感兴趣的家长里短都听不下去了，他找了个借口离开菜场，回家换了身衣服就往宫里跑。

宸阳宫内，昌隆帝正在翻看一份密报。

“玳瑁太子病逝了。”昌隆帝把密报递给太子，说道，“朕记得玳瑁国三皇子，也是中宫皇后所生？”

“是，贺远亭与太子皆是皇后所生，玳瑁太子一死，他就是唯一的嫡子。”太子一边翻看着密报一边想，玳瑁太子死于半个月前，此刻留在大晋京城的贺远亭知不知道这件事？若是知道，那他表现得也太平静了。

在太子的印象里，贺远亭是个性子温吞的皇子，除了相貌有几分可取之处，几乎没有闪光点。他如果不说话，都没人能注意到他。

“父皇，我们不是把金珀使臣留下来做客了吗？”太子把密报放到桌上，慢条斯理地说道，“做主人的，不能对客人厚此薄彼，所以也留玳瑁使臣在京城多住一个月吧。”

昌隆帝笑骂道：“你这是想把那个玳瑁三皇子气死吗？”

“儿臣好心留他们做客，怎么是气他？”太子笑道，“前段时间，玳瑁国不是想让我们召见他们？大不了后面一个月隔三岔五召见他们一次便是。”

“你说得有道理，就照你的意思办。”昌隆帝知道太子想拖延玳瑁三皇子的行程，借此查清最近发生的那些事，所以并不打算阻拦他的计划。

“陛下，宁王殿下求见。”

“宣。”昌隆帝叹气，这个二儿子平时不爱找他，只有想吃什么或是银子不够花的时候才会跑来讨好卖乖。他整日里没个正行，干啥啥不行，吃啥啥不剩。

“父皇，”宁王走进殿，见太子也在，赶紧把在外面街市听到的事说了一遍，说完以后顺口道，“儿臣觉得谢驸马有问题。”

“那个卖笋的商贩在哪儿？你可有问清他的亲戚是谁？”昌隆帝神情微变，连坐姿都端正了。

“卖笋的商贩当然是在菜场啊。”宁王茫然地看着昌隆帝，似乎在疑惑父皇为何要问这么愚蠢的问题。

昌隆帝深吸了一口气，默默地提醒自己，这是亲生儿子，不能骂，也不能打，气坏身体无人替，要冷静，要克制。

“来人，马上去菜场找到这个卖笋小贩，立刻把他跟他亲戚一家保护起来。”太子见父皇气得说不出话，起身走到门口唤来金甲卫，交代道，“速速去办，不得延误。另外，尽量掩饰好行踪，不能打草惊蛇。”

“是！”金甲卫领命退下。

听到太子一通吩咐，昌隆帝心情总算平静了些许，好在还有一个头脑清醒的儿子，不然他会被气得英年早逝。

等太子走回来，宁王小心翼翼道：“太子三弟，多亏了你送的瓜，我才能打听到这个消息。”

“太子送你蜜瓜，跟你听到小贩的话有什么关系？”昌隆帝怀疑地看着宁王，“你去干什么了？”

太子看了一眼二皇兄吞吞吐吐的模样，微笑着端起茶杯轻啜一口，仿若不染凡尘的翩翩公子。

“父皇，儿臣……儿臣……”宁王不敢说。

昌隆帝不再理会他，直接把宁王的随侍太监宣了进来：“你来说，你家主子最近都在干什么？！”

随侍太监见到昌隆帝，吓得两腿发软，却不敢出卖自己的主子，整个人抖得犹如寒风中的小草。

“父皇，”看够了这对主仆吓得哆哆嗦嗦的样子，太子才懒洋洋地开口，“二皇兄做事向来稳妥，不会惹出什么大麻烦的。今天若不是二皇兄，我们还抓不住这么大的把柄，您看在他这次立功的分上，就不要责罚他了。”

昌隆帝深吸一口气，也不想当着三儿子的面责罚二儿子，于是道：“不要整日游手好闲不干正事，明日就给朕去工部学着做事。工部那边正在忙粮食种子选育的事情，你也跟着一起做。”

这个消息对于宁王而言，无异于晴天霹雳，他当场哀求道：“父皇，您看儿臣是那种干正事的人吗？为了工部诸位大人着想，请您收回成命吧。”

昌隆帝差点儿气晕过去：他上辈子究竟是作了什么孽，才会有这样一个傻儿子？

最后，在昌隆帝的咆哮声中，宁王哭哭啼啼地走了，还领了一份工部的差事。他那悲伤孤单的背影，就像是在纪念自己逝去的悠闲人生。

“父皇，您消消气。”太子给昌隆帝换了一盏茶，说道，“您看天色不早了，儿臣想……”

“什么都别想，在奏折没有批完之前，你哪里都别想去。”昌隆帝冷酷无情道，“媳妇朕厚着脸皮帮你求娶了，私库里的珠宝也被你搬去东宫了，你还想什么？”

太子笑眯眯道：“儿臣想您的肚子应该饿了，要不要用点儿晚膳？”

昌隆帝愣了愣。

想到儿子关心自己的身体，自己却对他发脾气，昌隆帝有些愧疚，面色柔和下来，让赵三财准备晚膳。

晚膳用完，太子继续笑眯眯道：“父皇，再过几日，宴请诸国使臣的事情就要结束了，转眼又要入夏，夏天过去以后，冬天也不远了。”

“你想说什么？”吃完饭，昌隆帝情绪已经稳定下来。作为一个疲惫的老父亲，他已经被儿子们气习惯了，所以有着丰富的平复情绪的经验。

“您是不是该帮着儿臣催一催钦天监那边，让他们推算出一个万事皆宜的大喜日子，让儿臣跟福寿郡主成亲？”

“你近几日不是已经往钦天监跑了几次？”昌隆帝叹气，他就知道三儿子突然变得这么有耐性，肯定是有事相求。

“没有您的命令，他们办事拖拉得很。”太子道，“儿臣看八月就很好，正是不冷不热的好时候。”

昌隆帝无奈点头：“朕会跟花爱卿、卫爱卿商量此事的。”

“多谢父皇。”太子目的达到，乖乖地坐在椅子上帮昌隆帝把奏折批阅完。

“父皇，夜色已深，您该回寝宫休息了。”太子放下朱笔，搓着手道，“听说这次有些国家使臣送了很多漂亮宝石来，儿臣想给媳妇做几套宝石衣服，您看……”

“滚！”

他上辈子到底有多缺德，这辈子才会这么倒霉，给这几个臭小子当爹？！

“谢谢父皇，儿臣这就滚去挑宝石。”作为大晋脸皮最厚的啃老男，太子笑眯眯地往昌隆帝的私库走去。

昌隆帝：“……”

陈老五是个倒夜香的，这个工作虽然不体面，但是由于愿意干的人少，所以每个月赚的钱并不少。不过京城里贵人多，他一般是晚上才出去做事，白天帮着做家里的活计，日子过得还挺滋润。

天还没黑，他就换上了晾在外面的粗布旧衣服，还没来得及出门，就见几个普通人打扮的男人闯了进来。他吓了一大跳，正准备大声叫喊，就被一个身材魁梧的男人捂住了嘴巴。

“呜呜呜，你们想干什么？”他吓得脸都白了，再看这几个男人身上竟然带了刀，怕自己惹得这些男人恼羞成怒伤害他，就不敢再出声。

“金甲卫办案，请你配合。”其中一个男人见他安静下来，掏出身上的令牌，对他道，“太子殿下要见你。”

“太、太子？”陈老五惊得舌头打结，心里更加害怕了。难道他前几日说的“太子要娶的媳妇一定是个大美人”这句话，传到太子耳朵里去了？

陈老五安抚好家人，换上衣服跟金甲卫一起坐上马车以后，发现自己的表弟也在马车里，这正是在菜场卖笋的那个小贩。

“表哥。”卖笋小贩看到陈老五，心虚得不敢用正眼看他。他觉得自己被抓，一定是因为下午说了谢驸马戴绿帽子的事。

“怎么你也被抓来了？”陈老五小声道，“听说，外面这些人是太子殿下的手下？”

在普通老百姓心中，太子就像是另一个世界的人，神秘又不可侵犯。

“也、也许会没事的。”卖笋小贩哆哆嗦嗦道，“太子殿下的未婚妻可是花将军的女儿，花将军那么好，娶他女儿的太子肯定也是好人。”

陈老五觉得有哪里不对，但又说不出究竟哪里不对，只好跟着点头。

没过一会儿，马车停了下来，金甲卫拉开马车门。两人走出来一看，竟然不是皇宫，心里隐隐有些失落。

不是说太子住在皇宫里吗？他们两人虽然不识字，但也知道这里是大理寺，心里更加紧张，没想到说闲话是会被抓到大理寺的。

两人战战兢兢地跟着金甲卫走进大理寺大门，一个金甲卫似乎看出他们的紧张，微笑着道：“不要害怕，你们的家人我们已经派人保护起来了。”

这话一出，他们心里更害怕了，怎么连家人都牵扯上了？

卖笋小贩再也控制不住心中的恐惧情绪，“扑通”一下跪在金甲卫面前：“各位大人，草民错了，草民以后再也不说书生驸马爷戴绿帽子了！”

“什么绿帽子？”一个穿着锦袍的男人走进来，他身后跟着不少人。

卖笋小贩哭得一把鼻涕一把泪，抬头看到进来的人，连哭都忘记了。世界上为什么会有这么好看的男人？

他有些不好意思地抹了抹脸上的泪，总觉得在这样的人面前太过邋遢都是冒犯。

太子看着这两个傻愣愣的人道：“你们又不是犯人，跪在地上做什么？起来吧。”

两人不知道这个男人是谁，下意识选择了听他的话，他们乖乖站起身，虽然有人给他们拿来了凳子，但他们也不敢坐。

“刚才你说书生驸马戴绿帽子，是怎么回事？”太子在雕花木椅上坐下，懒洋洋地问了一句。

“贵人，小的都是胡言乱语……”

“说说。”太子饶有兴致道，“孤对这个事感兴趣得很，不会追究你的责任。”

“这可是太子殿下。”东宫随侍太监一甩拂尘，尖着嗓门道，“你们知道什么就说什么，可不能有半点儿隐瞒，懂吗？”

“太、太、太子？”陈老五脚下一软，又跪了下去。

我的个天老爷，太子殿下竟然长得这么好看？

“不要紧张，孤只是找你们闲聊几句。”太子让随侍太监扶着这两个百姓坐下，抚着手腕上的珠串，抬了抬下巴，道，“说吧。”

陈老五不善言辞，吞吞吐吐不知道该说什么，好在卖笋小贩常年跟市井百姓打交道，见太子是真的对这事有兴趣，当下便开始讲。

他一边讲一边观察太子的表情，见太子并没有动怒，反而露出了笑意，顿时明白过来，太子也不喜欢这个书生驸马。

于是他开始使出市井里流行的添油加醋大法，把一个黑衣人从公主府出来的故事说得跌宕起伏，好像整座公主府都已经绿云悠悠，风都吹不散。

“有意思。”太子笑了两声，把玩手串的动作微微一顿，抬手道，“把那个黑衣人带过来，让他们认认。”

阿大从没想到，世界上竟然有这么能说的人。从他关进这间牢房开始，那个犯人就一直说个不停，就连睡觉的时候都不忘说几句梦话。更让他不能理解的是，旁边牢房里的人竟然都没有意见。

“三十年前，我祖上如果不犯事，我现在也是大少爷呢。”

这句话，他至少听了二十遍了。

“唉。”

他已经听了至少五十次叹息了。

“兄弟，你是犯了什么事进来的？”

这个问题他至少被问十遍了。

“哎，我看你长得有几分像前几天来探望云寒的那个兄弟。”这个犯人敲了敲牢房柱子，把云寒叫过来，“喂，你看看这个人是不是长得有些像你那个失散多年的兄弟？”

云寒早就被这个犯人烦得不行，头也不抬，道：“我没兄弟！”

“话不能这么说，前几天你兄弟还给你送吃的来了。”这个犯人叹道，“我倒是想有个失散多年的兄弟来找我呢。”

阿大心中一惊，他冒充云寒兄弟时是易容过的，这个犯人竟然能看出有几分相似？！

“你就别做梦了。”旁边一个犯人取笑道，“你关进来好几个月了，有人来看过你吗？”

“做个梦都不行吗？”这个犯人摸了摸脖子上的珠子，冷哼一声，“你们都给我客气点儿，我祖上是阔过的。”

众人都哄笑起来，也不知道是取笑，还是觉得这个犯人的这句话可笑。

阿大看着这个犯人脖子上的玉珠，皱了皱眉。

正在这时，他看到几个人从外面走了进来，不知道这些人跟狱卒说了什么，他们便直直朝这边走了过来。

“你，出来。”这些人指了指他，打开了门。

好机会！

阿大想也不想就准备逃走，哪知道这几个人看似懒散，实际上是有备而来，当下便把他捆了起来。

“果然是个练家子，逃跑的本领不错。”捆他的人嗤笑一声，把他拖了出去。

这些人都是高手！

阿大心中大惊，这些人是有备而来的，难道他的身份暴露了？

七拐八拐后，阿大被带到一间摆设精致、甚至点着淡淡熏香的屋子里。

他吸了吸鼻子，这种熏香他在家主书房里闻到过，据说非常珍贵。

屋子四周潜伏着无数护卫，屋子里应该有一个身份十分尊贵的人。

他抬头看向坐在上首的男人，没有说话。

太子抬了抬下巴，示意陈老五认人：“你看看，可是此人？”

“对，就是他，就是他大晚上的从公主府侧门出来，神神秘秘的，一看就知道不是正经男人。”陈老五激动道，“大晚上的，都已经到了宵禁时间了，正经人怎么会在那个时候出门？”

“好，赏。”太子摩挲着手串，斜靠在椅子上，让大理寺的人把卖笋小贩跟陈老五带回去，然后懒洋洋地看着阿大道，“说吧，你是公主府的什么人？”

阿大沉默不语，他看了陈老五一眼，眼中有杀意。

“看别人做什么？”太子眼神一冷，“昨天晚上刺客混入大理寺的事，你可知道？”

阿大仍旧不语。

“孤喜欢有脾气的人。”太子也不动怒，扭头对裴济怀道，“来，替这个人写口供。”

裴济怀拿出了纸笔。

太子：“你可是谢驸马的人？”

阿大沉默。

太子：“谢驸马是不是派你杀谢瑶？”

阿大依然沉默。

太子又问了一些问题，阿大都没有出声。

“都记清楚了？”太子把手串戴好，偏头看裴济怀。

“回太子殿下，都已经记录好了。”裴济怀吹干纸上的墨，把它交到太子手里。

太子看完以后，满意地点了点头：“很好，孤就知道，谢驸马包藏祸心，对皇室不忠。”

“我什么都没有说！”阿大愤怒地吼道，“你在颠倒是非。”

“什么？”太子诧异地挑眉，“原来你会说话？”

阿大郁闷得直欲吐血。

“俗话说默认，沉默就等于承认，孤刚才说的那些你没有反驳，就说明孤的猜测没有问题。”太子把口供记录交还给裴济怀，说道，“封存到大理寺档案馆，留作证据备用。”

“你们诬陷好人！”阿大咆哮道。

“孤诬陷谢驸马，与你有什么关系？你紧张什么？”太子故作恍然大悟，道，“孤又忘了，你是他的属下，自然要替他鸣不平。”

“我与公主府没有关系。”

“你当然跟公主府没有什么关系，因为你是跟谢家有关系。”太子重重一拍椅子扶手，道，“孤不管你们想干什么，但是煌煌京城，不是你们玩阴谋诡计的地方！”

阿大冷哼一声，道：“你们诬陷忠良。”

“孤是太子。”太子站起身，道，“孤说什么就是什么，你说谢驸马是忠良，谁承认了？”

“孤说谢驸马包藏祸心，那他肯定就有问题。”太子又淡淡道。

“太子殿下说得对！”东宫随侍太监甲道，“谢驸马长得尖嘴猴腮，一看就有问题。”

太监乙：“为了脱罪，他连自己的亲生女儿都不放过，真是恶毒！虎毒尚且不食子呢，他连畜生都不如。”

太监丙：“私养杀手，他这是想造反！”

“瞧瞧，群众的眼睛都是雪亮的。”太子“啧”了一声，道，“可见孤并没有冤枉他。”

阿大感叹：他从未见过如此厚颜无耻之人。

“事情已经问清楚，孤也懒得在这里耗费时间。”太子对裴济怀道，“把这个人好生关押起来，如果这个人不小心死了，那肯定就是谢驸马想杀人灭口，那他的罪名又能多一条。”

“是！”裴济怀毫不犹豫地应下，似乎对太子的行为没有半点儿意见。

“太子，你如此草率办案，不怕得到报应吗？”阿大恨恨地看着太子离去的背影，恨不得从太子身上撕下一块肉来。

“孤在伸张正义，问心无愧，就算是有报应，也该落在谢驸马身上，与孤何干？”太子笑了笑，“不要着急，孤整治过那么多人，有谁是被冤枉的？”

阿大心头一震，他虽常年在南方，但是关于太子的传言也听说过。

据说太子脾气非常怪，有时候发起脾气来不会给人留半分面子。更邪门的是，但凡被他刁难过的人，最后都被查出有重大的问题。

“看在你这么忠心的分上，孤决定早点儿把谢驸马关进来，好全了你们的主仆情谊。”太子挑眉，“不要太感谢孤。”

阿大：怎么不来一道雷劈死他呢？

京城近几天流传着一个十分奇怪的谣言。

茶馆里，一些游手好闲的汉子聚在一起喝茶聊天。

“你们听说没有，今天一早，公主府去了好几个大夫，据说是谢驸马身体出了问题。”

“难道是不太行？难怪公主宁可养一个其貌不扬的面首，都不要他呢。”

“你们这些消息已经不新鲜了。”一个汉子满脸神秘道，“听说，那个谢驸马疯了。”

“什么，他疯了？”茶客们顿时来了兴致，“真的还是假的？”

“那还能有假？”汉子把胸膛拍得啪啪响，又道，“我家亲戚是开药房的，听说公主府这两日四处求医问药，就是为了治谢驸马的疯病。”

“被戴绿帽子，气疯了？”一时间，众人不知道该看笑话还是同情这位驸马了。

“谁知道呢。”汉子摇了摇头，“反正人已经疯了，听说那位公主还在哭呢。”

“不对啊，若是公主不喜欢他，他疯了不是更好？”

“那倒也是，难道不是因为绿帽疯的？”

事实证明，普通百姓最感兴趣的还是绿帽，至于谢驸马身份如何，才华如何，他们并不在乎。

他们甚至觉得无法看到这位驸马爷发疯的样子，有些可惜。

“什么，谢驸马疯了？”花琉璃听到这个消息，觉得有些奇怪，前两天这位驸马还去东宫门口跪着装可怜，明明是个很会隐忍的人，怎么突然就疯了？

“为什么疯？”花琉璃惊讶得连早饭都没心思吃了，说道，“总不能因为太子让他跪了，他就开始装疯卖傻吧？”

现在只要这些人闹幺蛾子，花琉璃第一个想法就是：这些人又想暗算太子？

“在皇家，疯不疯不重要，真疯还是假疯也不重要，重要的是他疯了后想干什么。”卫明月看了一眼花琉璃的碗，发现里面的食物没怎么动，说道，“好好吃饭，我看你是被太子惯坏了，吃个东西越来越挑嘴。”

“女儿只是有些好奇。”花琉璃赶紧扒了两口饭，试图从父母这里打听出点儿消息，问道，“爹爹、娘亲，你们说，谢驸马想干什么？”

“谢聘心思十分复杂，是一个深藏不露的人。”卫明月道，“就算是乐阳公主疯了，他都不会疯。”

“他就是个表里不一的好色之徒，”花应庭冷哼一声，“装模作样的男人！这样的男人，哪里及得上你爹的一半！”

“爹爹，你不要说笑了。”花琉璃被花应庭逗笑了，故作严肃道，“在女儿看来，他根本不配跟爹爹对比。”

“听到没有？”花应庭用小眼神看卫明月，“咱闺女多有眼光。”

花长空看腻了亲爹争风吃醋的场面，放下筷子，道：“父亲、母亲，我吃完了。”

他进了翰林院当值，每天都要准时去。

“路上小心。”卫明月起身替儿子整理了一下衣襟，问道，“翰林院可有人欺负你？”

“您放心吧。”花长空偷偷看了一眼花应庭，在卫明月耳边小声道，“翰林院有几个老翰林提到您就赞不绝口，对儿子好得很。”

卫明月笑着拍他的肩，说道：“促狭！若是受了委屈，一定要告诉家里。”

“是。”花长空作了一个揖，笑着看了一眼花琉璃，“小妹，今天你一个人在家，不要出去惹事。”

自从妹妹跟太子定亲以后，他发现她非但没有收敛，反而带着太子一起……捣乱了。

恐怕陛下现在还不知道，他的儿子被琉璃带坏了。

“我今天有事要办。”花琉璃放下筷子，一脸神秘。

“何事？”

“正事。”花琉璃眨了眨眼，“你们放心吧，我有分寸的。”

她要去办的事，与乐阳公主府有关。

等家里人都出了门，她特意盛装打扮了一番，坐上了去大理寺的马车。

现在整个京城都流传着谢驸马被戴绿帽子的故事，花琉璃坐在马车里都能听到一两句流言蜚语，也不知道谢驸马现在是什么感受。

到了大理寺，花琉璃刚走下马车就听到了争吵声，她抬头，看到了神情焦急的谢世子。

谢世子只有十多岁，脸上还带着没有长开的婴儿肥，虽然相貌普通了一点儿，但白白净净的，并不让人讨厌。他身上有股纯真劲儿，一点儿都不像谢驸马与乐阳公主的孩子。

看现场的情形，应该是谢世子想进去探望谢瑶，但是被大理寺的人拦下了。

“福寿郡主。”谢世子察觉到身后有人，扭头一看，见来人是花琉璃，面上一喜，“福寿郡主，请你帮我向这几位大人求求情，让我看一眼二姐。”

“世子，你可知谢二小姐要杀的是太子，当日我差点儿死在刺客的剑下？”花琉璃捂着受伤的手臂道，“直到现在，我的手臂还不能用力。世子让我这个受害者来帮你求情，是不是有些不妥当？”

谢世子顿时面色通红，低着头支支吾吾地向花琉璃道歉。

“世子请回吧，虽然陛下没有禁你的足，但你此刻在京城里走来走去也不妥。”花琉璃道，“听闻谢驸马病了，可用了药？”

“多谢郡主关心，家父已经请医用药，大夫说需要到他熟悉的地方静养，不能再受刺激。”想到神智失常的父亲，谢世子面色惨白。他实在没有想到，一向优雅的父亲会变成现在这副样子。

“既然如此，驸马就在京中好好休养，京城里的御医医术高明，定会让驸马痊愈的。”花琉璃福了福身，说道，“我还有事要办，先走一步。”

“郡主慢走。”谢世子想拜托花琉璃帮家里求求情，希望她能帮着说服陛下，让父亲回南方治病。可是想到二姐曾想杀了这位郡主，他就开不了这个口，只能眼睁睁看着她在婢女的簇拥下走进大理寺。

“这两日有恶人潜入大牢，为了这些犯人的安全，这两日没有安排他们出去做劳役。”狱卒一边引着花琉璃往里走，一边解释为什么今天牢房里人满为患。

花琉璃跟着狱卒走了一段路，在一个十分隐蔽的角落看到了被关押的谢瑶。现在的谢瑶，看起来比上次要憔悴很多。失去了华服美食与胭脂水粉的衬托，谢瑶原本有七分的美色只剩下两分。

看到花琉璃出现，谢瑶竟然没有露出更多的表情，只是隔着围栏冷冷地看着她，眼里是冰凉的恨意。

“谢二姑娘，我们又见面了。”花琉璃笑了笑，“好几日没见，你想我了吗？”

谢瑶恨声道：“贱人！”

“裴大人，”一个下属匆匆跑到裴济怀面前，道，“福寿郡主去见谢瑶了，我们要不要跟过去看看？”

想起上次福寿郡主与太子把谢瑶气得晕了过去的事，裴济怀拿笔的手一顿，只考虑了三息时间，他放下手中的笔，道：“本官过去看看。”

“谢二姑娘，令尊怎么说也是南方有名的才子，你怎么一出口就是粗鲁之言？”花琉璃诧异地看着谢瑶，“虽然谢二姑娘没怎么想我，我却很想你呢。”

谢瑶冷眼看着装模作样的花琉璃，忽然道：“你以为太子喜欢的是你吗？”

花琉璃一笑：“殿下说了，此生只爱我一人，再看不见其他女子。”

“你若是见过我的姐姐，就不会说这种话了。”谢瑶一脸恶意地笑道，“她比你更柔弱，比你更美，你以为你是太子表哥的心上人，实际上，你只是我姐姐的影子。”

跟在花琉璃身后的鸢尾与玉蓉微微变了脸色。

“谢二姑娘真会说笑，如果殿下喜欢令姐，令姐香消玉殒后，他应该拿你当替身才对，为何会喜欢我？”花琉璃轻笑出声，“我知道二小姐嫉妒我，所以我不会跟你一般见识。”

谢瑶脸颊上的肉抖了抖，冷冷道：“你就自我欺骗吧。”

“人家就算要做影子，也是做太子殿下的影子，从此我们便如影随形，永不分离呢。”花琉璃羞涩一笑，“哎呀，这样的甜蜜，你是体会不到的。”

谢瑶神情扭曲了片刻，随后恢复正常，说道：“哼，你以为我还会上你的当吗？”

没想到经过上次的刺激，谢瑶的承受能力变强了，花琉璃深感遗憾地叹息一声，轻笑道：“谢二小姐以为我今天来只是为了气你？”

“不然呢？”谢瑶冷嗤一声。

“谢二小姐，你可知道昨天晚上闯进大理寺的人想干什么？”

谢瑶眼睑颤了颤，没有说话。

“虽然我不知道二小姐为何在家里不受重视，但让我没有想到的是，你会可怜到这个地步，连你的亲爹娘都想杀了你。"花琉璃摇了摇头，"其实仔细想想，我也不该来气你，像你这么可怜的贵族姑娘也不多了。"

"长得没有姐姐漂亮，又比不上弟弟受父母疼爱。做错了事，父母不仅没有帮你说一句话，还派杀手来杀你灭口。"花琉璃在椅子上坐下，怜悯地看着谢瑶，"像我这种被家人捧在掌心宠着长大的人，实在无法想象你过着怎样的生活。我实在好奇得很，要不你给我讲讲？"

"你是想故意激怒我？"谢瑶双手握成拳，面上却没有半点儿表情，"你死心吧，我不会上当的。"

"难道你以为我过来是想从你这里知道什么？"花琉璃愣了愣，随即大笑出声，"天哪，谢二姑娘，究竟是什么让你产生了你很重要的错觉？"

"你一个爹不疼娘不爱的弃女，能知道什么有用的东西？"花琉璃笑了笑，眼角眉梢皆是对谢瑶的轻视，"你被关在牢中这么多天，贵府可有人来探望过你？"

谢瑶反驳道："难道不是你们拦着他们，不让他们进来？"

"如果这样想能让你开心一点儿的话，那你就这么认为吧。"花琉璃同情地看着谢瑶道，"百国宴那天早上，令尊和令慈在东宫门口跪了好几个时辰，只提出了一个要求。"

尽管无数次在心里提醒自己，花琉璃有可能在骗自己，但谢瑶仍旧忍不住开口问："他们提了什么？"

"他们说……"花琉璃顿了顿，扭头看了一眼赶过来的裴济怀等人，慢吞吞道，"他们说你罪无可赦，不会替你求情。但谢世子是无辜的，希望陛下与太子殿下能饶了谢世子。"

"不可能，你骗我……"谢瑶喃喃道，"你在骗我。"

"你被大理寺带走那天，乐阳公主可有拦住大理寺的人？"花琉璃叹了口气，说道，"我可是听说，你是在自己的院子里被带走的。"

谢瑶想起自己被带走的那天，母亲确实没怎么拦大理寺的人。刹那间，母亲骂她的画面，众人围着姐姐讨好的画面，还有父亲抱着小弟弟走来走去、连她摔倒都没注意到的画面，就像是挥不去的魔咒不断地涌进她的脑海里。

“你信不信都没关系，反正你已经被判了斩首，不久之后就要被推去菜市口斩首了。”花琉璃叹息道，“也许没了你这个不省心的女儿，你家中二老，还有你弟弟，才能过上安静的日子。”

“不过也不能怪他们，谁能想到你这个做女儿的会胆大到安排杀手刺杀太子呢？”花琉璃站起身，道，“如果我是他们，也会急急忙忙离开京城，回到南方，宁可当作从来没有生过你。”

“你说他们要回去了？”谢瑶瞪大眼睛看着花琉璃。

“是啊，昨天乐阳公主连夜给陛下写了奏折，说她与谢驸马身体不适，要回南方休养。”花琉璃指向站在一边的裴济怀，“这事很多人都知道，不信的话，你可以问裴大人。”

谢瑶扭头看向裴济怀，似乎想从他口里知道真相。

“乐阳公主确实给陛下写了一道奏折，希望与谢驸马回南方养病。”裴济怀面无表情道，“而且乐阳公主还说，希望能越快越好。”

他看了一眼面带怜悯的花琉璃，忍不住想：世界上大概再也没有比福寿郡主更适合太子的女人了。这两人，天生绝配！

谢瑶表情扭曲起来。他们想杀她灭口，失败以后就想抛弃她？！他们舍不得弟弟，那她就拉着全家一起死！

“那些杀手不是我在外面请的，是谢家私养的。”谢瑶这一句话让大理寺所有人都来了精神，裴济怀下意识从怀里掏出了口供记录册。

“你们想要我说也可以，但我有个要求。”谢瑶指着花琉璃道，“她必须给我道歉。”

“我哪里做错了？”花琉璃眨了眨眼，理直气壮道，“你不说就算了，反正受委屈的人又不是我。”

说完，也不等谢瑶反应，她转身就走。

大理寺的人敢拦吗？他们不仅不敢拦，还得笑着把人送出门。

“福寿郡主，”裴济怀问花琉璃，“您知道这样会让谢瑶说出事实真相？”

“什么真相？”花琉璃诧异道，“办案有你们大理寺，我不过是与谢瑶有些过节，故意过来气她的。”

说到这里，她害怕道：“我真没想到，谢家竟然如此大胆，敢私养杀手。裴大人一定要把这件事查清楚，保护皇室的安全。”

裴济怀看着一脸害怕的福寿郡主，拱手行礼：“请郡主放心，属下一定会把此事查得清清楚楚。”

“那就太好了。”花琉璃放心一笑，“爹爹与娘亲都说，大理寺办案是最厉害的。”

裴济怀面上露出笑容：“两位将军谬赞了。”

送走花琉璃，裴济怀脸上的笑容消失不见。他转身走进牢里，面无表情地看着谢瑶道：“谢姑娘，你若是知道什么，就尽快说。如果你说出来的消息有用，本官可以向陛下请奏，饶你不死。”

“真的？”谢瑶看着裴济怀道。

“谢姑娘若是不相信本官，本官也没有办法。”

谢瑶敛下眉，说道：“我说过了，只要花琉璃给我道歉，我就说出真相。”

“看来谢姑娘并不想配合我们。”裴济怀合上口供记录册，语气淡淡道，“既然这样，我们可以等谢姑娘想清楚再来谈这个事。”

“不过……”裴济怀慢悠悠道，“希望你在乐阳公主与谢驸马离京前想清楚，不然你说的这些东西也没什么用处了。”

让福寿郡主向一个罪犯道歉？别说他们大理寺的人开不了这个口，单说太子殿下那一关，他们就过不去。若让太子殿下知道，他们大理寺从上到下都会跟着倒霉。

裴济怀转身走出牢房，他的手下叹了口气，对谢瑶无奈道：“谢姑娘，你是不知道我家大人的脾气，他平时很少主动替犯人求情的。这次难得破了例，你却提这种过分的要求，这不是故意惹怒我家大人吗？”

谢瑶只觉得可笑，她身为公主的女儿，到了这个时候，竟然需要一个大理寺的官员替她求情。

可是事到如今，除了把希望放到大理寺少卿身上，她已经别无他法。亲爹娘怕她说出家里的秘密，宁可杀了她，也不想办法把她从牢里救出去。

也许在她不能嫁给太子以后，她对他们而言就失去了利用价值。

想到自己死后，家里人快活生活在一起的画面，谢瑶的内心被无尽的恨意淹没。既然他们不愿意护着她，她又何必替他们着想？

“郡主，前面好像是太子殿下的车驾。”

马车停了下来，花琉璃掀开帘子望去，刚好太子也掀起了帘子。

太子见到花琉璃，露出一抹灿烂的笑容，对她招手道：“琉璃，来。”

花琉璃爬到太子的马车上，占据了最舒服的位置，懒洋洋道：“殿下，还是你的马车坐起来最舒服。”

“那你早点儿嫁给我，嫁给我以后，我所有的东西你都能用了。”太子随时随地都不忘催婚。

花琉璃腹诽：好好一个美男，怎么不知不觉就变成了一个催婚狂魔？

“这个时候，你去哪儿？”花琉璃有些好奇，“前几天，东宫的几个官员遇到我，看我的眼神都不对劲了，好像我是带坏你的妖妃，让你不理政务。”

“詹事府的那些官员脑子不正常，不用理他们。”太子看到那几个天天提醒他要小心这个防备那个的官员就头疼。

虽然他们是好意，但是按照他们的想法，他若不把几个兄弟通通踩在脚下，就不算是合格的太子。

他确实不喜欢这些兄弟，但把他们踩在脚下又有什么意义？

“谢驸马病重，父皇让我代他去探望谢驸马。”太子叹了口气，道，“谢驸马也算是个有才华的人，没想到说疯就疯了，真让我感到遗憾。”

花琉璃忍着笑意道：“殿下不要太过担心，京城御医这么多，一定会治好他的。”

第四章

软禁京城

此时此刻的公主府，上至主人，下至仆人，心情都不太好。明明他们家驸马爷是因为女儿刺杀太子一事又气又难过，加上在宫里受了太子侮辱，才会变得神智失常，也不知道外面是哪些刁民乱传谣言，说是……说是……

公主与驸马感情好得很，这些乱说话的贱民知道什么？！

可是不管他们怎么解释，外面的人都会露出一脸“我懂我明白”的微笑，嘴上说着同情驸马，转头就看起热闹。

京城里的这些百姓，实在是不要脸。

乐阳公主早就哭成了泪人，整整一天都没吃下什么东西，听大夫说，这种癔症要去熟悉的地方治疗，她连夜写了奏折，希望皇兄能恩准他们一家回到南方。

“公主，驸马又不好了，他说自己是小鸟，但他的孩子丢了，要去屋顶找孩子。”

“什么？”乐阳匆匆跑出院子，就见谢驸马披头散发地在房顶走来走去，她不敢大声叫喊，只好强忍着泪水道，“不是让你们看好驸马的吗？”

“你是谁？”谢驸马看到乐阳，温柔地笑着道，“请问，你看见我的孩子了吗？”

“我知道，你下来我就告诉你。”

“好。”说着，谢驸马就要挥着双臂往下面跳。

乐阳公主吓得尖叫一声：“不要！”

“怎么了？”谢驸马疑惑地看着乐阳公主，似乎在看一个阻拦他飞翔的恶人。

乐阳公主已经泣不成声，语不成句。

花琉璃踏进公主府大门，看着痛哭的乐阳公主，停下了脚步。她一直以为乐阳公主是个自私的女人，因为她提到失去的大女儿时，哭得十分虚假。她的二女儿被关进大理寺后，她也只是表面悲伤，看不出有多少真感情。

但是今天的乐阳公主，让她改变了以往的看法，乐阳公主对谢驸马的感情是真的，没有掺杂半点儿虚假。

花琉璃抬头看向在屋顶装疯卖傻的谢驸马，他好像并没有看到乐阳公主的悲伤，反而做出了更多常人不会做的举动。

“你没有骗我，我的孩子果然在这里。”谢驸马看到走进来的太子与花琉璃，眼神落到花琉璃身上，“乖女儿，你怎么现在才回来？”

跟着花琉璃与太子一起进来的下人们变了脸色，这谢驸马是在占福寿郡主的便宜啊！

“乖女儿，你快飞上来，爹爹带你去云彩上面摘星星。”谢驸马笑呵呵地看着花琉璃，“来，快过来。”

“您忘了，我还不能飞吗？”花琉璃弯了弯嘴角，“你可以现在就飞下来，带我上去。”

“好。”谢驸马作势就要跳下来。

“不要，求求你，不要！”乐阳公主的大吼声阻止了谢驸马的动作。好在此时已经有下人爬上了屋顶，把谢驸马一把按住了。

乐阳公主擦去脸上的泪，恨恨地看着花琉璃：“福寿郡主，我们无冤无仇，你为什么要害我家驸马？”

花琉璃挑眉："无冤无仇？"

"你的女儿差点儿杀了我的男人，你好意思说我们无冤无仇？"花琉璃冷笑道，"子不教，父之过，这个道理你都不懂吗？"

说完，她抬头看向被人压在屋顶上的谢驸马，道："你还说要带我去天上摘星星，这个女人欺负我，你都不管？"

乐阳公主没想到花琉璃竟然这么无耻，她紧紧攥住手帕，恨不能挠烂花琉璃的脸。

"你这个恶毒的疯婆子，放开我的女儿！"谢驸马挣扎着从房顶上滚了下来，好在公主府下人趁他不注意时，在地上铺了很多柔软的被子，不然他会摔得不轻。

平日里谢驸马斯斯文文，发了疯以后，竟变得力大如牛，几个下人没有拦住他，让他直冲到了乐阳公主面前。还没等乐阳公主反应过来，他就一巴掌挥了过去。

乐阳公主呆愣地看着挥过来的巴掌，没有半点儿反应。

"好了。"花琉璃伸出手拦住了谢驸马，冷笑着道，"身为一个畜生，你怎么能欺负女人呢？"

谢驸马赶紧放下手，说道："乖女儿，爹爹错了，看在你的面子上，我就放了她。"说完，他试图去抓花琉璃的手。

太子注意到他的动作，想也不想就迈开腿踹过去，把谢驸马踢翻在地。

"驸马！"乐阳公主心疼地扑到谢驸马身上，把谢驸马护在自己身后。

她愤怒地看着太子："太子，就算你恨谢瑶，也不要做得如此绝情，他毕竟是你的姑丈。"

"姑姑，孤看姑丈发疯想要伤害你，才出手相助。"太子抖了抖衣袍，皱着眉道，"孤的一片好心，却被姑姑如此曲解，孤心里很是难受。"

"不用你管。"乐阳公主恨恨道，"今日你们要是敢伤害驸马，我就跟你们拼了！"

花琉璃看着拼命想保护谢驸马的乐阳公主，蹲在她面前，道："他刚才为了我一个外人，想要伤害你，你还这么护着他？”

“驸马只是得了癔症，平日又怎么舍得伤害我？”乐阳公主把谢驸马藏在身后，用近乎哀求的眼神看着太子道，“太子，我知道谢瑶做错了，我不敢替她求情，但驸马是无辜的，请你放过他吧。”

太子面无表情道：“姑姑，孤什么都没做。”

“那你放我们回南方好不好？”乐阳公主急切道，“只要你愿意放驸马回南方养病，什么条件我都答应你。”

“即使让你舍弃公主之位？”太子看着躲在乐阳公主身后傻笑的谢驸马道，“你也愿意？”

乐阳公主面色一白，她转头看着自己的丈夫，良久后，声音颤抖道：“我、我愿意。”

“你是谁？”谢驸马忽然一把推开乐阳公主，“你这个恶毒的女人，离我远一点儿，不要伤害我的乖闺女！”

“我才是你的妻子！”乐阳公主情绪崩溃了，她死死地抓住谢驸马的双臂，神情狰狞道，“是我为你生儿育女，你为什么要把那个贱人生的孩子认作你的女儿？难道你连疯了都忘不了她吗？！”

谢驸马被乐阳公主的尖叫声吓住了，他躲闪着往后退了几步，说道：“你、你别过来，我的娘子很厉害的。”

“你、你……”乐阳公主泪如雨下，哽咽道，“这么多年的温情，你都是在骗我吗？”

花琉璃皱了皱眉，这个谢驸马故意这样装疯卖傻，是想干什么？

乐阳公主双目赤红地看向花琉璃，恨声道：“你跟你那个恶毒娘一样，你娘勾引我的男人，你又勾引我女儿看中的男人，你们都是贱人！”

太子冷着脸开口道：“姑姑，你虽然是皇家公主，但也不要往自己脸上贴金。卫将军的丈夫是赫赫有名的花将军，与你的男人没有关系。你的男人当年勾引卫将军失败，卫将军连看都懒得看他一眼，是他魅力不够，与卫将军有什么关系？”

“至于你的女儿……”太子“啧”了一声，冷笑着道，“京城里看中孤的女人不少，你的女儿就算排队，也排不到第一。”

“孤好不容易凭着美好的内涵得到福寿郡主的芳心，你说这种话是想破坏孤与未婚妻的感情？”太子冷着脸道，“这样孤就不高兴了。”

“你总不能因为得不到谢驸马的真心，就迁怒别人。”太子嗤笑一声，“依孤看，你的丈夫的风度与花将军相比，可差远了。”

大概是因为太子的话实在太气人，乐阳公主气极，竟然神奇地冷静了下来。她让仆人们把驸马扶回房间，擦干脸上的泪痕，面无表情地请太子与花琉璃去前殿落座，问道：“太子今天来敝府，是为了探病，还是为了看热闹？”

“父皇听说驸马病了，就让孤代他来探望一番。”太子见乐阳公主连茶都不愿意给他倒一杯，道，“孤看驸马病情严重得很，不宜远行，就留在京城慢慢养病吧。姑姑，你也不用担心药材跟大夫，万事都有父皇与孤。”

乐阳公主忍不住在心中冷笑：皇兄为了仁德之名，表面对兄弟姐妹们好，实际上呢？她跟驸马在东宫门口跪了那么久，皇兄非但没有派人来劝阻太子，反而撤去她的长公主封号。既然彼此都是面子情，就不要说什么“万事有我的话”，实在太可笑了。

她抿了抿嘴唇，说道：“大夫说，驸马更适合在熟悉的环境里养病。”

“京城公主府他居住的时间并不短，也算得上是熟悉的环境。”太子半点儿退路都不给乐阳公主留，“更何况，南方的那些大夫，医术怎么能跟太医院的御医相比？”

“能进太医院的大夫，都是世代从医、治过各种疑难杂症的名医。”太子换了一种语气道，“孤知道你现在对孤有怨言，实际上，孤对你们一家也没什么感情可谈。不过看在父皇的分上，孤最后一次好言劝你。”

太子轻轻摩挲着手串道：“退一万步说，谁也不知道姑丈的病什么时候能好，谢家旁支众多，难保没有起其他坏心思的人，你们离京城这么远，万一发生什么事，宫里想保护你们一家都来不及。”

“你是公主，是姑丈的娘子，如果连你都不能冷静地替他考虑，还有谁能全心全意地保护他？”太子似笑非笑道，“难道靠那些心思复杂的谢家亲眷？”

乐阳公主没有说话。

她心里清楚，太子说的并不是没有道理，谢家在南方势大，与当地望族同气连枝，如果他们真的起了歹意，失去皇家庇佑的她既保护不了驸马，也保不了他们的孩子。

“你跟姑丈就安心在京城养病，出京的话不要再提。”太子站起身，道，“父皇不答应你这个要求，也是为你好。”

乐阳抬头看着太子道：“当真是为了我好？”

太子语气平淡道：“再怎么样，你也是姬家子孙。”

乐阳愣怔地看着太子，没有说话，她呆滞地坐在椅子上，直到太子带着花琉璃离开，也没有回过神来。

“公主殿下。”在驸马身边伺候的小厮匆匆过来，满脸急切道，“太子可同意让驸马回南方养病了？”

乐阳公主缓缓摇头，失魂落魄道：“好好照顾驸马，回南方的事情不要再提。”

“可是大夫说了，驸马这种癔症，必须要回熟悉的环境才能缓解。”小厮急了，“若让驸马继续留在京城，小奴担心驸马的病情会加重。”

“留在京城不是更好？”乐阳公主冷笑着道，“这里有最厉害的御医，还有……他最喜欢的女人。”

这些年来，驸马从没在她面前提过卫明月，她以为他早就放下了，没想到他患上癔症后，竟然把卫明月的女儿当成了自己的女儿。

原来他心里，是想跟卫明月生儿育女？那她又算什么？这么多年的甜言蜜语，他全部是哄骗她的吗？

为了这个男人，她与同父妹妹反目成仇，放下自己的骄傲远嫁他乡，可她做了这么多都比不上一个多年没见的卫明月。还是说，男人总是最在乎没有得到的女人？

乐阳知道自己应该恨那个跟自己同床共枕多年的男人，可她恨不了，所以只能恨卫明月，她恨不得这个女人死。

当天中午，宫中就派了大量的禁卫军把乐阳公主府严密保护起来，对外宣称是谢驸马病重，为了他的安全才派人保护。

可是乐阳公主府的下人很快发现，他们不能出门了。他们缺什么，要什么，全由殿中省的人送进来，但没有一个人能够出去。

整座公主府，就像是一潭死水，突然死寂下来。

“我被姬元溯骗了！”乐阳公主看着被看守得密不透风的公主府，气得砸了屋子里的摆件，愤怒道，“皇兄想要软禁我！”

什么为了驸马的病情，为了她的安全，都是骗人的鬼话，他们只是不想放他们回南方。难道皇兄已经知道谢家为了宣扬自己的思想理念，在京城安排了自己的人脉？

想到这点，她顿时坐立不安起来，让人把谢世子叫了过来，神情凝重道：“我儿，若是我与你父亲出了什么事，你就去宫里求见太后。当年你外祖母在宫里，与太后娘娘是好姐妹，你皇舅登基时，你外祖母还帮过忙。看在过往的情分上，他们不会为难你。”

“母亲，发生了什么事？”谢世子疑惑地看着乐阳公主，“为什么外面围了那么多禁卫军？”

“你还小，不需要知道这么多。”乐阳公主摸了摸谢世子的头顶，说道，“若不是你那个蠢货二姐，我们家也不会落到这个下场，只可怜我的儿……”

“母亲，二姐刺杀太子，确实是大罪。等皇舅查明事情真相，就算降罪下来，也不会要了我们的性命。”谢世子见母亲哭得双眼红肿，连忙安慰道，“有什么事我们一起面对，您不要哭坏了身子。”

看着对所有一切还懵懂无知的儿子，乐阳公主强忍住眼泪，深吸一口气，道：“等下我就去写奏折，请皇兄与太后收留你在宫中读书，不管后面发生了什么，你都要乖乖听太后的话，哄她老人家开心，明白吗？”

“母亲，究竟发生了什么事？你不要吓我……”

“不要怕，没事。”乐阳公主笑了笑，“我就是觉得，比起一直留在南方学习，也许皇家学院更适合你。”

“好了，你回去好好收拾东西，说不定明天就有人接你进宫了。”乐阳这些年敢横行霸道，就是因为她知道太后与皇兄都是念恩的人，当年她的母妃帮过太后，以太后的性格，肯定不会让她吃亏。

这些年来，她受惯了众人的吹捧，从未受过委屈。临到落难，她突然就冷静下来，也想通了很多东西。

早知道二女儿会惹出这么多麻烦，乐阳宁可让她死在南方，也不会带她到京城来。若不是谢瑶惹出这么多事，那般光风霁月的驸马怎么会疯？她又怎么会让最疼爱的儿子在太后面前讨好卖乖，过寄人篱下的日子？

写好给太后的信，乐阳公主却发现她的信送不出去。府中的人出不去，禁卫军根本不听她的，在这些禁卫军眼里，她这个公主毫无地位。

手里捏着信，她看着守在门口的卫兵，咬了咬牙，正准备撒泼打滚都要把这封信送到宫里时，有人骑着一匹威风凛凛的骏马而来。

来人穿着深色锦袍，胡须剃得干干净净，五官俊雅，看起来似乎不过三十多岁。乐阳却清楚，这个骑在马背上的男人早已经年过四十，只是看起来不显老。

她恨卫明月，也恨卫明月的男人，可悲的是，这个时候，她只有低下头颅，请花应庭帮忙。

“花将军。”乐阳压下心头翻涌的情绪，叫住了花应庭。

花应庭扭头看了一眼乐阳公主，让马儿离乐阳更远一些，才道：“请问公主有何吩咐？”

“不敢。”乐阳朝花应庭福了福身，哀求道，“我有一封信想要交给太后娘娘，请将军帮我代为转交。”

“公主殿下，末将身为男子，带信去后宫恐怕不太合适。”花应庭往后看了看，说道，“不过末将的夫人倒是可以帮这个忙，不如你与末将的夫人商量此事？”

乐阳猛地回神，才看到后面不远处，卫明月穿着男子劲装，笑盈盈地骑在马背上。

她刚才狼狈求人的模样，都被卫明月看见了？

乐阳紧紧捏着手中的信，良久后，才缓缓朝卫明月一福，道：“请……卫将军帮我转交一下这封信。”

“公主太客气了。”卫明月侧了侧身子，避开乐阳行的礼。她跳下马背，走到乐阳公主面前，接过她手里被捏皱的信，转身就准备走。

恰在此时，大门里突然跑出一个人，他似乎想冲到卫明月面前，可惜被禁卫军拦了下来。

“驸马？”乐阳看到谢驸马瞧卫明月的眼神，感觉犹如万箭穿心。

她狠狠地瞪了一眼跟着驸马的小厮，说道：“带驸马回去。”

“夫人，你是来找我们女儿的吗？”谢驸马话音刚落，一个刀鞘直袭他的胸膛，谢驸马连哼都没来得及哼一声，就被刀鞘砸倒在地。

“对不住。”花应庭跳下马，弯腰捡起掉在地上的刀鞘，笑道，“这把刀鞘有些问题，谢驸马可还好？”

敢装疯卖傻占我的娘子便宜，我打不死你。

“喀喀喀。”谢驸马咳嗽两声，忽然坐地大哭起来，哭得像个受了委屈的孩子。

乐阳看着他这样，心疼不已。

“咦。”卫明月嫌弃地往后退了一步，冷笑着道，“原来这个披头散发的丑男人就是谢驸马？这么多年不见，他怎么变成这样了？”

乐阳的泪水瞬间止住，她放在心尖尖上的男人，竟被卫明月说丑？

似乎意识到自己说错了话，卫明月朝乐阳公主抱拳道：“抱歉，我是个粗人，不会说话，请公主见谅。也许不是谢驸马长得丑，是我眼神儿不好，公主不用把我的话放在心上。”

乐阳觉得卫明月是在羞辱她。

卫明月三步并作两步翻身上马，一副很害怕被谢驸马碰到衣角的模样，说道：“请公主放心，我这就把你的信送进宫。”

有求于人，乐阳公主什么都不敢争辩。她看着神采飞扬的卫明月，默默地咽下心头翻涌的委屈与愤怒，咬牙切齿道：“多谢卫将军。”

“公主殿下不用客气，告辞。”卫明月拱了拱手，“哦，刚才的话还请公主不要介意。”

乐阳：你少提两句，我就可以假装不介意了！

谢瑶改变主意的速度很快，快得裴济怀刚走出大牢就被叫了回来。

随着谢瑶供出来的东西越来越多，裴济怀面色也越来越凝重。如果谢瑶提供的这些消息都是真的，谢家至少从几十年前就开始谋划了，居然能隐忍这么久，这个家族的人也真沉得住气。

事关皇室，裴济怀不敢耽搁，记录好口供以后，就匆匆进宫面见陛下。这个案子干系重大，他们大理寺不敢自作主张。

花琉璃与太子刚在东宫吃完饭，宸阳宫那边就派人来请太子过去。

“现在？”太子看看花琉璃，起身，道，“你们先回去，孤与福寿郡主稍后就到。”

“为什么我也要过去？”花琉璃疑惑道。

“等下卫将军与花将军也会进宫，人多热闹。”太子还想趁着两边的人都在提一提成亲的事。

太子带着花琉璃走进宸阳宫正殿，没想到除了未来的岳父岳母，大理寺的张硕与裴济怀也在，他皱了皱眉：“儿臣参见父皇。您的脸色如此难看，发生了什么事？”

“谢瑶招了。”昌隆帝见太子与花琉璃进来，对太子道，“你来得正好，看看这个。”

太子翻看完口供内容，冷笑着道：“真是异想天开，荒唐得可笑。”

大晋读书人那么多，他们就算想要青史留名，靠的也是文采或是治理政事之能，谢家想的怎么全是不靠谱的歪点子？

恐怕他们真正想要的不是名，而是权！

站在一群神情凝重的人里面，花琉璃觉得自己跟他们有些格格不入。她把眼神投向太子，想让太子给她一些提示。太子直接把谢瑶的口供递到了花琉璃面前。花琉璃没有伸手接，她只是朝廷加封的非皇室郡主，朝政之事，按理她是不能多参与的。

“花家小丫头，你也看看。”昌隆帝没想那么多，他觉得花琉璃是他未来的儿媳妇，作为太子妃，她多接触一点儿这些东西也好。太子这么懒，有太子妃管着，说不定能勤快一点儿。

“臣女冒犯了。”花琉璃朝昌隆帝行了个礼，优雅地从太子手里接过口供，快速看了起来。越看她越觉得迷糊，谢家人因为崇尚玳瑁的礼仪，所以一直想更改大晋的礼仪标准？可让谢家失望的是，先帝拒绝了他们的提议，当今陛下登基以后也拒绝了。

当今陛下不仅拒绝了谢家的提议，还提拔卫明月做女将军，统领几万大军。这让谢家觉得昌隆帝在故意跟他们作对，不采纳他们的建议便罢了，还故意让女人掌权。

对昌隆帝心怀不满的他们，不仅偷偷与反动势力勾结，收买人心，还与玳瑁国的人有过往来。可惜谢瑶在家中不受重视，不能知道太多隐秘的事，所以也不清楚与谢家有来往的玳瑁人是谁。

花琉璃有些不太理解他们的想法。他们折腾这么多，就为了更改大晋礼仪？人的本性不是追名逐利吗？做这种事对谢家好处不大啊。她把口供还给太子，一时间不知道该说什么话好。

难道她是因为脑子太正常，所以才无法理解他们？

她看了看太子，又看了看神情平静的娘亲，觉得这个时候不说话最好。

可能是因为昌隆帝对这个儿媳妇格外满意，所以尽管心头有怒火，他还是笑容温和地问花琉璃：“花家小丫头，这事你怎么看？”

裴济怀都已经跟他说了，若不是福寿郡主去大理寺刺激谢瑶，谢瑶不会这么快就松口说出谢家的秘密。

“陛下，臣女不懂朝政大事。”花琉璃羞怯一笑，“在臣女看来，谢家敢私养杀手，还刺杀太子，那就是谋害皇室的大罪。”

昌隆帝一听就明白，花家丫头还在记恨太子差点儿遇刺这件事。

做父亲的，谁会不喜欢一个全心全意护着自家孩子的儿媳妇？

昌隆帝大笑出声，点头，道：“福寿郡主说得有道理。”

花琉璃有些茫然。她说什么了？有什么道理？

“谢家究竟想做什么，已经不重要了，重要的是他们做过什么，造成了什么恶果。”昌隆帝敲了敲桌面，说道，“按照谢瑶提供的线索，把谢家的问题查清楚。”

“陛下，南方的那些学子……”裴济怀有些犹豫。谢家在南方的名声太大，加之南方离京城远，万一谢家散布谣言，就算他们最后把谢家人全部捉拿归案，这件事也会对陛下产生一些不利的影响。

“朕不能因为一些虚名，让谢家的阴谋得逞。”昌隆帝却比裴济怀想象的还要坚定，他说道，“谢家所图甚多，为天下百姓计，朕容不了他们。”

“父皇，花将军与卫将军打败金珀贼兵是件大喜事，儿臣以为，仅仅举办百国宴是不够的。”太子道，“不如开恩科，明年开春再举行一次科举考试？”

“按照流言传播的速度，谢瑶刺杀太子的消息应该已经传到南方了。”太子笑了笑，似乎十分无奈，“流言这种东西，传得越远就越走样，说不定传到南方的时候，已经变得十分离谱了。”

“太子说得有道理。”昌隆帝欣慰一笑，“花爱卿与卫爱卿打退敌国确实是一件功垂百年的大事，加开恩科也是应该的。”

裴济怀看着这对相视而笑的天家父子，忽然觉得某些盼着太子被废的文臣可能要失望了。他认为太子不仅不会被陛下罢黜，还会继续嚣张下去，嚣张到他登基为帝那一天。因为这个表面看上去嚣张跋扈的太子，是个聪明的明白人。

加开恩科，绝对是拉拢南方文人的最好办法。此举不仅能拉拢文人，能在无形中昭示皇室对武将的看重，还能缓解文武臣子的矛盾。

加开恩科的理由是什么？是两位将军打了胜仗。

世上不缺名士，但更多的是普通人，有几个读书人不想金榜题名，光宗耀祖？

恩科一开，最开心的莫过于读书人。今年科举，南方学子拿到好名次的并不多，他们定想要一雪前耻，朝廷开恩科，等于是雪中送炭。

谢家名望是高，可是跟自身利益与国家安定相比，谢家的事就不是什么大事了。

天大地大，吃饭与国家最大。

“既然如此，朕这就召六部官员，商议加开恩科之事。”昌隆帝不再提谢家的事，他扭头看向花应庭，“太子与花爱卿留下，朕有事要与你们商谈。”

“陛下，末将受乐阳公主所托，送一封信给您与太后娘娘。”卫明月把乐阳写的信从怀里拿出来。

昌隆帝神情淡淡的，没有接这封信，只道：“交给太后做主便好。”

谢瑶刺杀太子一事伤透了昌隆帝的心，他对乐阳一家已是半点儿温情都不剩。

好在当时与太子同行的是福寿郡主，她虽然体弱却愿意冒着生命危险为太子引开杀手，若是福寿郡主不在呢？

太子是他亲手培养起来的继承人，是他最疼爱的儿子，他甚至不敢想象，太子如果真的没了，他会难受成什么样。

若是连自己的孩子都护不住，他还做什么皇帝？

六部尚书得知皇上急召，匆匆赶到宸阳宫，听到陛下开口就准备加开恩科，尚书们都没反应过来。

不过这是在为读书人谋福利，是好事。六位尚书大人都没有反对，开始商量着如何把这好消息以最快的速度传到全国各地，也能给读书人多一些准备时间。

大家商量完，老老实实退出宸阳宫后，才慢慢反应过来，陛下这个态度分明就是让他们好好做事，没打算征求他们的意见啊。

几位老尚书互相看了一眼，觉得这事有些奇怪。先前一点儿征兆都没有，陛下怎么突然就加开恩科了？

“刚才太子与花将军也在，难道这是太子的主意？”

“太子有这么好？”兵部尚书疑惑道，“太子与文臣的关系，也不……”也不怎么样啊。

不仅不怎么样，有些文臣还盼着太子被废呢。只可惜他们盼了好几年，太子依然嚣张跋扈，也不知道要盼到哪一天，他们的愿望才会实现。

没两天，尚书们得到了消息，加开恩科的意见还真是太子提出来的。由于透露这个消息的人是大理寺少卿裴济怀，大家都没有怀疑消息的真实性。大家开始怀疑太子的脑子出了问题。

尤其是那些盼着太子被废的文臣，太子提出加开恩科后，他们这几天都不好意思继续在背后偷偷骂太子了。身为高高在上的太子，他就不能一恶到底吗？这样会让他们很难做的！

京城里贵人多，读书人也多，加开恩科的消息传出来，歌颂昌隆帝、太子和花应庭、卫明月的文章如雨后春笋般出现。所以，竟没有多少人关注乐阳公主的儿子谢世子搬进宫里的事。

谢世子搬进宫后，住在还没封王爵的四皇子与五皇子旁边。不过五皇子不喜欢谢家人，而四皇子又不爱说话，他搬过去后，处境十分尴尬。

他身边伺候的人，也是太后新安排的，至于公主府的那些下人，一个都没能带进来。谢世子虽然十分天真，但到了这个地步，他也明白家里是出了大事了，母亲送他进宫是为了保住他的性命。

加开恩科的消息，就像一股春风很快传到了全国各地。学子们欢喜异常，加紧读书练字，以求来年进京能取得好名次。

谢瑶刺杀太子的消息，比加开恩科更快一步传到南方。消息刚传过来的时候，学子们只当是谣言，还说一定是恶人嫉妒谢家的好名声，故意抹黑谢家。可是随着传来的消息越来越多，学子们渐渐有些相信谢家嫡女真的犯了杀头大罪。

"什么，你们还不知道谢瑶为什么要杀太子？"一个从京城过来的商人似乎很惊讶南方人对这事一无所知，说道，"这不对啊，我刚从北边过来，这事早就在北边传遍了，你们南方人往常消息那般灵通，怎么反而在这件事上一问三不知？"

他挠了挠头，迷惑道："难道有人故意压下了消息？"

谁会故意压下这种消息？自然是不想让大家知道这件事的谢家。

在不少南方学子心中，谢家向来是光明磊落的，是书香世家的代表，现在突然有人告诉他们，这家人只手遮天，连京里的消息都敢隐瞒，文人们顿时觉得有些奇怪。

世人总是如此，坏人做了件好事，他们就会觉得这人也不是太坏。可若是心目中的好人做了一件坏事，他们难免会怀疑此人是伪君子。

不过大多数读书人还是觉得这个商人在胡说八道，两边人谁也说服不了谁，竟然吵了起来。

“这是怎么了？”这个大茶馆里来往的商人很多，又一个商人走进来，听到两边人争论着谢家二小姐刺杀太子一事，忍不住道，“这种连三岁小孩都知道的事，有什么好吵的？不就是驸马爷想让谢二小姐做太子妃，可是太子想要求娶的姑娘是花将军之女，便拒绝了谢家的提议。谢家恼羞成怒，派了刺客刺杀太子。据说花将军的女儿为了保护太子，被刺客用刀砍得鲜血淋漓，一身衣服都被染红了。”

有几位书生似乎对花将军一家十分敬佩，听到花家姑娘被砍得鲜血淋漓，脸色都变了：“那、那花家姑娘，可还好？”

“小姑娘家流了那么多血，能好吗？”商人摇了摇头，端起茶杯喝了一口，接着道，“命是保住了，就是不知道身体什么时候能养回来。太子也是有情有义的男人，当着众多官员的面，向花家求了亲。”

文人大多心思细腻，在场不少年轻文人都忍不住感慨：“花家小姐舍弃性命保护太子，太子以真情报之，真是令人感动。”

这样一来，谢家的行为就显得更加丑恶了。

商人叹息道：“可不是嘛，花家小姐天生体弱，又受了不少伤，能从死亡边缘挣扎着活过来，也许就是因为放不下对太子的一片情谊吧。”

她痴情无悔，为了心爱的人能够舍生忘死，甘于忍受苦痛，这简直是无数男人心目中最完美的女子形象。

文人们感动了，他们甚至觉得自己应该回家写一篇歌颂太子与花家小姐爱情故事的文章。

“不过你们南方的读书人为何如此悠闲？”商人话锋一转，又道，“其他地方的学子都在头悬梁锥刺股，为了明年的恩科拼命看书，你们怎么都跑到茶馆来凑热闹？”

“什么恩科？”文人们诧异地看着商人。

“为了庆贺国家打了胜仗，陛下决定加开恩科。”商人比这些文人更加诧异，说道，“公告早就张贴到全国各地，昨天谢家旁支的读书人还在我这里买了几套从京城带过来的科举套题，说是为了明年恩科做准备，你们竟然还不知道？”

众文人蒙了，这么大的消息，为什么他们一点儿风声都没有听见？

“其他地方也张贴公告了？”有几个文人面色不太好看。

“北方那边五天前就张贴公告了。”刚才那个自称从北方过来的商人接过话头道，“你们这边是郡府地界，离京城还近一点儿，难道公告还没有张贴出来？”

后进来的商人满脸不解，嘀咕道：“没道理啊，谢家旁支都知道的事情，你们怎么还不知道？”

为什么谢家知道的事情，他们却不知道？是不是谢家想隐瞒消息，提前准备？今年科举，谢家旁支没能拿到状元，他们想明年科举拿到状元，一雪前耻？

想拿到状元没错，可是自己偷偷学习，不让别人知道朝廷加开恩科的消息，就有些过分了吧？

众所周知，当地太守与谢家是姻亲，太守的儿子娶了谢家的姑娘。为了谢家，太守压下公告，晚几天贴出来也是有可能的。

虽然还有部分文人安慰自己，这里面或许有什么误会，但是谢家的地位似乎已经摇摇欲坠。

朝廷加开恩科的消息很快传到每个南方学子耳中。文人们发现，在消息越传越广后，太守府贴出了朝廷开恩科的公告。为了平息文人们的怒气，太守亲自出来解释，说他们也是刚刚接到朝廷传下来的消息。

文人们进京赶考，需要在衙门办理路引等手续，他们表面上相信了太守的解释，实际上对谢家以及太守府已经满腹怀疑。如果谢家不是提前知道这事，谢家人又怎么会买京城传出来的资料？

不过这个关头，文人们虽然不满，但也没有精力与谢家人争吵。

“听说明年恩科主考官的书籍已经开始在书肆售卖了，我们快去买。”

对于考生来说，主考官的偏好十分重要，所以不管有钱没钱，他们都要想办法弄来一本。

可等这些文人赶到书肆一打听，书已经全部卖完了。

“卖完了？”文人们惊讶道，“老板为何不多准备一些？”

书肆老板苦笑道：“各位老爷，小的准备了不少。可今天小店刚开门，就有谢家的下人过来，把相关的书都买光了。几位老爷若是不介意，可以去邻县买，那边应该还是有的。”

那几个自称是谢家家仆的人出手大方，他一个开门做生意的，自然是谁给的钱多就卖给谁了。

“多谢老板告知。”文人们没有办法，只好去下一家书肆问，结果得到的答案是相同的——书被谢家下人买走了。

接连几家都是这样，这几个文人一打听才得知谢家几乎把全城的书都买了，剩下没被买走的那几家的书籍印字不清晰，纸张也不好。

“谢家虽是名门望族，但如此欺负人也太过分了。”脾气再好的人，遇到这种事都会有怨言，更何况事关科举。

可他们大多是小门小户出身，得罪不起谢家，就算心中有怨气，也不敢表现出来，只能好言好语求书肆老板下次多准备一些，他们一定来买。

新书到的那一天，很多文人一早就守在了书肆门前。书肆刚开门，他们还没来得及说话，就见几个神情凶悍的人冲进来抱起他们想买的书，扔下一锭银子就走。

有文人想上前理论几句，就见一个身材高大的男人沉着脸道：“我们可是谢家的人，谁若是敢多说一句，小心我们不客气。”

说完，他们转身就走。

“这、这、这……”文人甲气得说不出话来，好半天才道，“谢家近来为何如此嚣张？”

以往谢家行事十分谦逊，素有善名，很少做这种横行霸道的事。

“大概是假仁假义的面目被拆穿，就破罐子破摔了。”一个看起来有些面生的书生道，“谢家人胆大妄为，都敢刺杀太子了，还有什么不敢做的？”

“兴许有什么误会？”

“什么误会，分明是怕我们考得太好，抢了谢家的风头。”陌生书生道，“几位兄台都是有名的学子，若是你们都被打压，我们这些学识平平的人又怎能看到希望？”

说到这里，他掩面哽咽道：“可怜家中老母一直盼望我能金榜题名，衣锦还乡，谢家如此行事，我如何能不负二老的期望？”

“抱歉，在下失态了，告辞。”说完，在其他文人同情的目光中，他跌跌撞撞地跑开了。

“唉。”一位文人看着这个书生狼狈跑掉的样子，忍不住叹息，“谢家一时半会儿这样便罢了，若是一直这样……”

众人心头顿时乌云密布，心生惧意。

谢家还不知道，很多文人对他们已经产生了不满的情绪。应该说，谢家此时已经顾不上这些小事了，他们所有的精力都放在了京城。

听说有交好的家族来向谢家借书，谢家人虽然觉得奇怪，但还是借给了他们。不过由于家里发生了大事，他们没有把这种小事上报给家族长辈谢幺爷。

“你确定家主被软禁在京城了？”谢幺爷是谢家辈分最高的，他早年在京城里任过职，后来因与杜太师政见不合告老还乡，在南方过着悠闲日子。

“为了迷惑陛下，家主已经服下暂时能使心智迷失的药物。”传话的人是谢驸马身边的小厮，他又道，“可是陛下非但没有因此放过家主，反而派了重兵把公主府重重围了起来。小人非常担心，陛下会因为谢二小姐的罪，把家主关押在京城一辈子。”

谢幺爷摸着花白的胡子道：“备马车，老朽亲自进京，求陛下放家主回南方养病。”

当年先帝差点儿废去陛下太子之位，他也在朝堂上帮陛下说过话，希望陛下能看在当年的情分上放谢家一马。

谢幺爷带着几个族人连夜赶往京城，全然不知谢家在读书人中的名声已经渐渐坏了。

家主不在，习惯管着后辈的谢幺爷一走，谢家旁支几个纨绔子弟就不安分起来，在外面闹了不少事。

有次喝醉了，他们还把一个敢冒犯他们的读书人推进了河里。这个读书人挣扎了一番，便沉了下去。等其他路过的文人安排书童来救的时候，这个被推入河中的书生已经被水流冲走，他们连尸首都没找到。

文人们虽不认识这个被推入河中的书生，但见不得这种仗势欺人的事，跑去衙门报了官。哪知太守却说：活要见人，死要见尸。没有尸首就跑来报官，那就是污蔑。

文人们被太守维护谢家的行为气得拂袖而走，回到河边时，见一个头发花白的老妇人跪在河边伤心痛哭，心中又愧又难过。于是他们下定决心，这次去京城一定要考取功名，为这位失去孩子的老妇人讨回公道。

没过几天，老妇人消失了。文人们私下偷偷打听，有的说老妇人进京求大官主持公道了，有的说老妇人已经被太守与谢家灭了口。但无论真相如何，老妇人与那个被淹死的书生就像是不值一提的蜉蝣，被谢家与太守忽视得彻底。

文人们却是因此彻底寒了心。

那几个推书生下河的谢家旁支子弟丝毫没有把这件事放在心上，甚至心中生出老天都帮他们的错觉。不然为何那个书生的尸首被河水冲走，一点儿证据都没有留下？

第五章

婚期已定

南方发生的种种事情，并没有影响到京城众人的生活。

昌隆帝甚至特意挑了一个风和日丽的日子，把花应庭跟卫明月请进宫里，再次提起了商定婚期的事。

“元溯这孩子是朕一手养大的，年岁已经不小，婚事也该提上日程了。”昌隆帝搓着手，有些不太敢看卫明月，又道，“钦天监算了几个吉日，朕觉得都不错，两位爱卿也看看。”

赵三财拿着写有钦天监算出来的吉日的纸片，准备放到花应庭手里，但是在走近花应庭时，他脚步顿了顿，转身将纸片双手呈给了卫明月。

“五月初六？”卫明月皱了皱眉，“陛下，这个日子怕是早了些。”

昌隆帝赶紧点头：“朕也觉得早了些，元溯乃朕之爱子，福寿郡主是两位爱卿的掌上明珠，朕自然想把他们的婚礼办得隆重些，这点儿时间朕怕准备得不够充分。”

“当然，若是卫爱卿觉得这个日子好，朕就让礼部加紧准备，定不会委屈令爱。”昌隆帝觉得，这种小事顺着卫明月完全没问题。

毕竟卫卿家能够拳头碎大石啊。

卫明月缓缓摇头："陛下，末将以为，这个日子不够好。"

"那……看看下一个？"昌隆帝忍不住抹了一下额头上的汗。

"六月二十八？"卫明月想也不想就摇头，"六月暑气正盛，小女体弱，这么热的天，她坐在花轿里怕是受不住。"

"卫卿家所言有理，朕也觉得这个日子不够好，一切以令爱身体为要。"昌隆帝想了一下太子妃的吉服，大热天穿着确实难受。

"七月天气倒是渐渐凉爽下来了，只是这个月份不太好。"卫明月又摇了摇头，"腊月又太冷。依末将看，明年三月正好。不冷不热，万物复苏，寓意也好。"

明年三月？那岂不是要等上将近一年？

他那不孝儿天天都想把福寿郡主娶回东宫，他这个当父皇的，怎么都要替儿子努力一把。

"朕瞧着今年八月的那个日子也挺好，天气适宜，又是即将丰收的季节，寓意也不错。"昌隆帝干笑一声，扭头看向花应庭，"花爱卿，你说是不是？"

花应庭莫名其妙地看了昌隆帝一眼：陛下，我的意见并不重要啊，反正我说了又不算。

昌隆帝看着花应庭夫纲不振的样子，就知道这位老友他是指望不上了，他鼓足勇气望向卫明月："卫卿家，令爱嫁进皇家，朕定会把她当作亲生女儿一样对待。"

花应庭开始思索：陛下对两个女儿好还是不好？

"八月那个日子确实不错，只是……"卫明月怜悯地看了昌隆帝一眼，心说，早早让琉璃嫁去东宫，最后苦的只能是太子啊。

"卫卿家没有意见就好。"昌隆帝拍了拍手掌，笑着道，"既然我们两边已经说定，那朕就让钦天监把日子定在八月十二这一日，让他们好好算算那天的吉时。"

"陛下……"花应庭忍不住道，"末将以为，殿下与小女都还年轻，不必急着把婚期定下来。"

"男儿先成家后立业，太子成了亲，朕也能早点儿把身上的担子交给他。”昌隆帝打断花应庭的话，“更何况，太子已经二十一了，不算小了。”

“可小女才……”

“太子虽年长令爱五岁，但年龄大些也好，大一点儿知道疼人，你说是不是这个理？”昌隆帝没想到花应庭竟然闹出幺蛾子，语重心长道，“应庭，朕这些年一个人撑着偌大的皇宫，已经累了。太子有了你跟卫卿家这样的岳父岳母，朕才勉强能松口气。我们既是君臣，又是好友，你就当是为了朕，就把婚期定下来吧。”

为了儿子，昌隆帝连卖惨这种手段都用上了。

花应庭有苦说不出，心里暗道：陛下，末将就是为了您着想，才想把婚期延后啊。

“一切都按陛下的意思来办。”卫明月沉默了片刻，对昌隆帝行了一礼，道，“末将没有意见。”

花应庭看了看夫人，又看了看满含期待的昌隆帝，缓缓低下了头颅，说道：“末将，谨遵圣意。”

陛下，末将真的已经努力过了，未来的一切，你都不要怪在末将的身上。

送走花应庭与卫明月，昌隆帝终于松了一口气，他抹去额头上的冷汗，对赵三财道：“去把太子叫来。”

太子一进宸阳宫大门，就见昌隆帝指着一大堆奏折道：“今天这些奏折，都交给你。”

“父皇，儿臣忽然想起，东宫还有些事……”

“朕已经跟你未来的岳父岳母说好，婚期定在八月十二，你如果有意见的话，改到明年三月也是可以的。”昌隆帝端起茶杯轻轻抿了一口茶，说道，“朕向来偏疼你，为了你，出尔反尔之事也是做得出的。”

太子转过去的身子瞬间又转了回来，他笑容满面道：“是儿臣记错了，东宫那边没什么事，能为父皇排忧解难是儿臣莫大的荣幸。”

他走到桌边坐下，拿起朱笔“唰唰”写了起来。

昌隆帝喝了一杯茶。

昌隆帝吃了一碟点心。

昌隆帝出去赏了一会儿曲，乐声时不时传进书房里。

听完曲，他回来看着奋笔疾书的儿子，内心不由得升起一股畅快之意。原来把自己的快乐建立在别人的痛苦之上，是如此美妙。

“父皇，婚期您真的帮儿臣定下来了？”太子假装没有看到昌隆帝脸上灿烂的笑容，手中的笔不停，说道，“儿臣就知道，父皇待儿臣的爱，比泰山还要厚重，比大海还要宽阔。”

昌隆帝：“呵。”

别以为说好听的话，他就会帮着处理这些奏折。这种没有创意的讨好手段，太子从三岁用到二十一岁，他这个做父皇的早就看腻了。

“父皇，儿臣前些日子得了一块好玉，请匠人雕成了一大一小两只瑞兽。”太子笑容灿烂，“儿臣让赵三财把这两只瑞兽摆到您的寝宫里，您若是喜欢就留着，不喜欢就扔去私库。”

昌隆帝想起太子还小时，得了新奇玩意儿总会给他留一份，就连抓虫子都会特意多抓一只给他带回来。

一炷香后，昌隆帝看着时不时揉手腕的太子，默默地坐回了御案旁，拿起了御笔。

算了，儿女都是债啊。

皇家学堂内，其他皇亲后辈正在院子外打闹，谢世子沉默地坐在走廊下，双眼无神。

“谢世子，”一位皇族远亲小辈走到他面前，道，“下午我们要去练武场学习骑射，听说卫将军会来给我们授课，你去吗？”

谢世子骑射功夫非常差，也不喜欢学这些。可是进了皇家学堂以后，他发现京城的这些皇亲国戚都会一些拳脚功夫，甚至以文武双全为荣。他们中间有个小世子习得一套好剑法，在学堂里人气很高。

“去。”谢世子知道自己不能任性，除了努力让自己看起来合群，他不知道自己还能做什么。

虽然学堂里其他人表面上对他客气，但他看得出来，这些人大多不敢与他来往密切。这是他第一次体会到人情冷暖，以及皇亲国戚们的虚伪。

中午用饭的时候，其他人都是三三两两凑在一起，捧着食盒有说有笑的，他坐在角落里，食不知味地担心着被软禁的父母，还有被关进大理寺天牢的二姐。

“听说了没有，今天下午不仅卫将军会来演武场，太子与几位王爷也要过来。”一位少年公子道，“听说四皇子五皇子要封爵建府，需要一些同龄人做两位皇子的副手，太子殿下过来是要替两位皇子挑选的。”

他们里面有些人虽然与皇家沾亲带故，但只是家族不太显赫的远亲，到封爵的王爷府上谋职，算得上一条不错的出路。

两位皇子的副手由太子来挑选，可见陛下对太子的信任与看重。

谢世子对太子的惧多于敬，因心虚而害怕，只要想到太子差一点儿被二姐害死，他就没法在太子面前抬起头来。

他突然有些后悔，早知道太子会来，他就不该同意下午去演武场。可惜以他现在的处境，若是他真不去，在别人眼里又会变成别有用心。

难怪有人主动邀请他去演武场，原来他们知道太子会来，把他叫去只是为了看笑话。

谢世子恨不得午休的时间长一些，再长一些，可是不管他如何不愿意，最后还是站在了演武场上。

弓，他拉不开。剑，他也舞不动。就连最基本的强身拳法，他都练不好。

他知道旁边的人在偷偷地笑话他，可他已经无暇顾及这些，只在心里偷偷祈祷太子不要过来。

骑在马背上的他心神不定，甚至连缰绳都没有握紧。随着一声尖叫，他才发现自己骑着的这匹马好像突然发了疯。

这些温顺的马，怎么会突然发疯？难道是有人想要他死？

会是谁？太子还是花家人？！

马儿把他甩来甩去，谢世子恶心得想吐。就在他终于抓不住缰绳，将要摔下马背的那一刻，有一个人骑着马飞奔而来，把悬空的他捞了起来。

“谢世子，可还好？”

他被此人放下马背，天旋地转间，他看清了此人的长相，竟是……母亲极不喜欢的卫明月将军。

是她救了他？想到自己刚才还在怀疑花家，谢世子只觉得臊得慌，满脸通红道：“多谢卫将军救命之恩。”

“这匹马得了热症。”卫明月皱起眉，“负责管理这些马的官员是谁？马儿患了病，为何没有查出来？！”

马夫们吓得变了脸色，这些马儿是专给皇亲国戚使用的，出了事谁都担待不起。每天他们都会认真挑选这些马儿，今天怎么会混入一匹病马？

“把所有人都叫过来。”卫明月把手里的马鞭一甩，冷笑着道，“皇亲国戚的安全你们都敢不放在心上，还有什么是你们不敢做的？”

负责演武场事务的小吏们见卫明月动了怒，都叩头求饶起来。

那些皇家小辈纷纷用敬仰的目光看着卫明月。

“娘亲，出了什么事？”花琉璃走进演武场，见自家娘亲脸色难看，旁边一个小太监扶着站立不稳的谢世子，演武场小吏跪了一地，意识到演武场可能出了事。

“你怎么来了？”卫明月见太子把花琉璃带了过来，又是无奈又是好笑，太子今天过来替两位皇子挑选王府副手，把琉璃叫来，是想让皇子们提前熟悉琉璃这个皇嫂？

花琉璃讨好一笑：“女儿陪殿下过来看看。”

她不爱插手后辈的私事，所以也不会管女儿与太子的相处方式。她对太子行了个礼，道：“太子殿下，演武场的病马方才差点儿伤了谢世子。”

皇家演武场怎么会出现病马？

太子与花琉璃交换了一个眼神，认定这里面一定有阴谋。

谢世子若是摔成重伤，以京城那些没事都喜欢多想几分的世家的行事风格，这口锅多半要落在太子或者花家头上。

早不摔晚不摔，为什么他们一来这边，谢世子就摔了？那肯定是故意欺负人啊。

有些人嘛，就是喜欢不讲道理并毫无原则地同情弱者，这样才能彰显出他们无处安放的善良。

好在娘亲及时赶到，还把谢世子救了下来。

这下就变成卫将军放下上一辈恩怨，危急时刻勇救仇人的儿子。谢家女儿雇杀手杀她，她的娘亲却以德报怨，救下了乐阳公主的子嗣，这是何等高尚的情操与品德？多么值得所有人夸奖与赞扬啊！

也不知道背后设计这件事的人，会不会被气死？

太子二话不说，叫来金甲卫，把这些小吏全部带走，交给大理寺一一审问。

“孤今日来的用意，想必在座各位都清楚。”太子往雕花大椅上一坐，看向这些皇室宗亲，说道，“你们有什么擅长的，都开口介绍一下。”

说完，他偏头看向两个弟弟：“四弟、五弟，你们自己看着挑。”

皇室宗亲：怎么感觉自己像是地里的萝卜，等着兔子来挑拣似的？

四皇子抬了抬眼皮，又飞快地垂下眼，说道：“都由太子做主。”

“既然四弟没什么要求，那只能由孤来替你挑了。”太子的目光在众人脸上扫过，他点了几个相貌出众的少年郎，“你们几个，谁擅长与人交流？”

这些宗室子弟有些茫然。擅长与人交流的标准是什么？

“孤的这个四弟，平日不愿与人来往，也不喜跟人说话，孤想替他挑两个性格活泼、能说会道的。”太子指了其中一人道，“孤瞧着你挺机灵的，去，站到四皇子后面。”

“谢太子殿下。”被太子挑出来的人满脸喜色地给四皇子见礼，“学生见过四皇子殿下。”

“嗯。”四皇子拒绝多说话。

这个宗室子弟他有印象，家世清白，与其他势力也没有什么牵扯，但是……太聒噪。不爱说话的他，实在不想拥有两个话多的手下。

可是太子能如他的意吗？当然不能。

他给四皇子多挑了两个副手，还都是话多的。

四皇子忍不住怀疑，太子是在报当年他不理太子之仇。

那时候，太子才几岁大，主动找他说话，他却懒得开口。之后，太子就再也没有主动与他攀谈过。这些年，他们一直相安无事，他也以为太子早就忘了小时候的事情，没想到报复竟然在这里等着他。

“太子三哥。”自从百国夜宴以后，五皇子对太子就亲近了不少，他见太子帮四哥选完了副手，赶紧提出自己对副手的要求，“臣弟想要几个擅长绘画且懂画的人。”

太子扭头看了他一眼，沉默了片刻，道：“好。”

但是宗室子弟们发现，太子给五皇子殿下挑的四个副手只有两个擅长作画，其他两个最大的特长……就是说甜言蜜语，把人哄得眉开眼笑。

不管太子挑选出来的这八个人各自有什么特长，他们都有一个共同点，那就是家世清白，家里没有性格偏激的长辈。

这些宗室子弟家里的长辈，没有任何一个是偏向太子的。

卫明月赞赏地看了太子一眼，难怪陛下对帝位继承人的选择从未有过动摇，因为治理江山需要有胸怀的人。

世间没有十全十美的人，也没有完美的皇帝，但太子身上有着好皇帝的品质。

太子替两位皇子选完副手，没有马上离开，而是在宗室子弟面前展示了一下自己还算拿得出手的骑射功夫及剑法，在未来的岳母面前刷足了存在感，才礼貌又客气地提出告辞。

卫明月神情温和道：“太子殿下慢走。”

花琉璃看了看太子，又看了看卫明月，乖巧地笑着道：“娘亲，女儿留在这里陪您。”

“演武场上灰尘重，你身体不好，在这里待久了会咳嗽。”

卫明月可不想打扰自家小花猪拱水灵大白菜，对太子笑道：“小女就拜托殿下多多照顾了。”

“孤乐意之至。”太子观察着未来的岳母看自己的眼神，心头大定，看来岳母大人对他还是很满意的。

花琉璃笑眯眯地拉着太子离开演武场，好奇问道：“殿下，为何要给四皇子挑能说会道的副手？”

“孤担心四弟整日闷着不说话，对身体不好。”太子露出温柔的微笑，“有几个喜欢笑闹的副手，对他也是好事。”

“原来如此。”花琉璃感慨道，“殿下对几位皇子殿下真好。”

殿下都这么好了，还有文臣时不时挑殿下的错处，真是鸡蛋里挑骨头。不知道她家殿下从小到大受了多少委屈。

想到这里，花琉璃心疼地握住太子的手，说：“以后你不要这么好了。”

太子露出包容的笑容：“以后他们会明白我的苦心的。”

四弟当年对他爱搭不理，现在他要四弟被烦得痛哭流涕。

“以后他们如果不听话，我帮你一起教训他们。”花琉璃道，“你是太子，其他皇子若是有做得不对的地方，该教训就要教训，不要老让着他们。”

“郡主，”东宫随侍太监道，“请恕奴才斗胆插几句话，太子殿下这些年，可是受了不少委屈。”

“不要胡说。”太子打断随侍太监的话，“你们这些下人知道什么。”

“奴才虽然不懂，但是奴才有眼睛。”随侍太监道，“您受的这些委屈，奴才瞧着都心疼，更别提郡主……”

“既然知道郡主知道了会难受，就不要提。”太子冷着脸道，“自己下去领十个板子，以后再敢胡说，就不要留在东宫伺候了。”

虽然随侍太监没有说太子以前受了什么委屈，但是已经足够花琉璃心疼了，她紧紧地握着太子的手，想着以后她要对太子更加好，不能再让他受这些委屈了。

听说太子为皇子挑选副手，林妃特意招来四皇子，问他太子挑选了哪些人。四皇子抬了抬下巴，示意自己的贴身太监开口回话。

等四皇子身边的太监说完这几个人的名字，林妃缓缓点头道：“虽然这几个人身份没有本宫预想的那么好，但好歹不是太子那边的人。本宫就知道，太子再胆大，也不敢在你父皇的眼皮子底下明目张胆地在你身边安插眼线。”

只可惜陛下不让她插手这件事，不然她挑出来的人肯定比太子挑出来的好。

四皇子看了林妃一眼，忽然挥手让屋子里的宫人都退下，说道：“母妃，儿臣有话说。”

难得见儿子主动跟自己说话，林妃想也不想就让这些人退下了。

“母妃，百国宴那天晚上，太子在后殿出了一些事，您可知道？”四皇子看着林妃，不想错过她脸上的表情。

林妃神情平静道：“你在说什么？”

“儿臣只是想劝您悬崖勒马，太子此人……”四皇子劝道，“生性记仇，你不要做一些不可挽回的错事。”

“母妃心里有数。”林妃板着脸道，“你只需要好好讨好你的父皇，其他的事不用你管。”

四皇子皱起眉：“母妃，父皇是个英明的君主，他待儿臣很好。”

他不爱说话，父皇从不逼迫他，平日赏赐其他兄弟什么东西，也从未忘记给他一份，并没有因为他阴沉的性格。而对他有半点儿厌弃。

“好？”林妃语气突然变得尖刻，“有对太子好吗？！”

她与惠妃同年进宫，陛下待惠妃只是平平。太子刚出生时身体不太好，她实在想不明白陛下为什么会最喜欢这个病恹恹的儿子。

论容貌，惠妃比不过她；论才华，惠妃也不如她。陛下为什么要偏宠她生下来的孩子？

“母妃，”四皇子睁着一双阴沉沉的眼睛看着林妃道，“太子比儿臣长得好看。”

四皇子继续道：“太子从小就比儿臣讨父皇喜欢。”

四皇子一本正经道：“父皇对儿子很好，对太子更好，不是很正常？”

林妃深吸一口气，提醒自己：不要生气，生气催人老。

“本宫为什么会生出你这样的儿子？！”

“这个问题，十四年前，您已经问过了。”四皇子目光直直地看着林妃道，“儿臣也不知道。”

林妃悚然一惊，十四年前，他才三岁，怎么会记得她私下抱怨的那些话？！

林妃还记得，她与淑妃是同年诞下皇子的。当她发现比自家儿子还要小半岁的五皇子已经能够流利地说话，而自己的儿子连“父皇”都不会喊，也不爱笑、不爱闹时，她忍不住当着儿子的面对亲近的宫人抱怨过。

“本宫与兄长都不是愚笨之人，为什么会生出这样的蠢货，连话都不会说！”

林妃依稀记得，当时自己是这样抱怨的。

她出身贫寒，不像贤妃、容妃那样，出身富贵，见多识广。好不容易生下儿子，她是高兴的。可是这份开心，在儿子三岁都还不会说话时，就变成了怨恨。

为什么偏偏是她的儿子有问题？

那时的她觉得整个后宫都在嘲笑她生了一个傻儿子，她甚至觉得这个傻呆呆的儿子就是她的耻辱。

后来，还是昌隆帝把他接进宸阳宫养了一段时间，并且给他改名为启辰。

陛下说，“启辰”这个名字，代表着新的开始。孩子还小，三岁不会说话，也许只是开智晚。

没想到陛下把启辰接到宸阳宫，与太子在一起养了一段时间后，启辰竟然真的学会了说话。

宸阳宫的宫人说，启辰本来在角落里玩木马，听到太子的老师不断地说话，忽然开口说了一句：“闭嘴。”

从那以后，启辰虽然仍旧不爱说话，但是再也没有人在背后偷偷说他是傻子。

这段陈年旧事，林妃已经忘了，或者说她刻意想要遗忘这段代表着屈辱的时光。但是她怎么都没有想到，启辰还记得。

她面色惨白地看着眼前这个没有表情的儿子，说道："启辰，母妃当年说的那些只是气话，你不要当真。母妃是爱你的，只要是你想要的，母妃都会帮你夺回来。"

四皇子神情平静地看着林妃道："母妃，儿子记事早。"他很早就能听懂大人的话，也能敏感地察觉到身边人的情绪，可是说话太累了，他不想跟这些平庸的人说话。

林妃不喜欢他，他的心里并没有怨恨，有谁规定母亲必须要喜欢自己的孩子？

只是他不喜欢母妃给自己的野心包裹上一层母爱的外衣，强加在他的身上。本来对他就没有多少喜欢，何必委屈自己做一个慈母？

"人生短暂，母妃无须委屈自己。"四皇子眼瞳黑得不见底，说道，"儿臣不想做太子，也不想做皇帝，母妃不要做无用功。"

朝堂上那么多笨蛋，如果要天天跟这些人说话，那真是生不如死。

林妃忽然明白过来，自己在这个儿子面前无所遁形。她的野心，她的谎言，甚至她的一切伪装，都被他看在眼里。

她就像个傻子一样，丑态百出地表演着。而她的儿子，就这么平静地看着，没有情绪，没有反应，甚至没有正常人的喜怒。

她生出来的，是个什么样的怪物啊！

林妃太难堪了，她恼羞成怒，道："你是个怪物吗？这么多年，你都在看我的笑话？！"

四皇子皱起眉，面对生母的责骂，他脸上半点儿难过的情绪都没有，只平静地表述："儿臣是您生出来的，就算儿臣是怪物，那也不能怪儿臣。"

林妃气得发抖，她这么多年的谋算成了一场空，成了笑话，她口不择言道："早知道你是个怪物，当年我就不该生下你。"

这声怒吼后，林妃才意识到自己说了什么，她有些慌乱地看着唯一的儿子，却不知道该说什么挽回这份本就虚假的母子情。

片刻的沉默后，四皇子才呆愣道："哦。"

“没关系。”四皇子嘴角上扬了一抹极小的弧度，说道，“当年父皇对儿臣说过，儿臣是上天给他的礼物。太子也说过，虽然我笨了些，但不会让其他人欺负我。”

“虽然您后悔生下了儿臣，但至少宫里还有两个人希望儿臣好好活着。”四皇子见林妃脸色变得更加难看，大方地安慰道，“不要因为别人跟您看法不同而生气，世间跟您看法不同的人太多了，您会气不过来的。”

林妃情绪崩溃，怒道：“你给本宫滚出去！”

四皇子看了一眼面目扭曲的林妃，听话地滚了出去。

离开林妃的寝宫，四皇子觉得今晚的夜色不错，打消了乘坐步辇回寝宫的想法，把手背在身后，慢吞吞地走着。

天上的星星真亮，倒是月亮没看见影子。

“四皇子殿下？”花琉璃提着灯笼，见四皇子单独走在宫道上，诧异道，“您怎么一个人在这里？您身边伺候的宫人呢？”

四皇子扭头看看身后，缓缓地摇头：“不知。”

花琉璃叹了口气，把灯笼提得近了一些，帮四皇子照亮脚下的路，说道：“四殿下，您单独走在宫里，臣女有些不放心，臣女送您回去吧。”

四皇子看着花琉璃白嫩的脸颊道：“你比我小。”

“您是皇子，臣女理应保护你。”花琉璃失笑，见四皇子一个字都不愿多说的样子，直接道，“走吧。”

四皇子想，福寿郡主是未来的太子妃，那就是他的三嫂。嫂子为长，护送他回寝宫，也说得过去。

鸢尾和玉蓉跟在四皇子身后，把四皇子保护得严严实实。不是她们太过小心，实在是京城刺客太多，让她们不得不绷紧心弦。

“四殿下看起来好像不开心，是发生了什么事吗？”花琉璃见四皇子一直闷不吭声，被树上落下的果子砸了头也不说话，便多嘴问了一句。

“不开心？”四皇子停下脚步，疑惑地看着花琉璃，伸手摸了摸自己的脸，淡淡道，“没有不开心。”

花琉璃抬头看了一眼天空，说道：“那您方才一直抬头看天，是在看星星？”

“嗯。”

“既然如此，殿下不如与臣女一起去观景台，那里最适合欣赏夜色。”

“不合适。”四皇子瞥了一眼花琉璃。身为小叔子，他怎么能与未来的嫂子一起去看星星？太子那么记仇，这会给自己惹来麻烦的。

“殿下误会了。”虽然四皇子没有什么表情，但是花琉璃竟然从他黑沉沉的眼睛里看懂了他的想法，说道，“太子殿下也在观景台。”

太子在观景台，那他就更不能去了。太子那么喜欢福寿郡主，他这个时候跑去凑热闹，太子说不定会多塞几个话痨随侍给他。

“不。”四皇子连连摇头。

想要安静地生活不容易，他觉得现在这样就挺好。

“琉璃？”太子久等花琉璃不至，便从观景台上下来了，见四皇子竟然与花琉璃在一起，便多看了四皇子几眼。

迎上太子的目光，四皇子后退了一步，觉得不够安全，又往后退了一步。想了想，他又往后退了三步。

花琉璃看了一眼自己与四皇子之间的距离，挑起了眉，她看起来像是要吃人的坏人吗？

“四弟怎么在此处？”太子上前牵住花琉璃的手，见四皇子身边一个下人都没有，问道，“伺候你的人在哪儿？”

四皇子摇了摇头。

太子皱起眉，对身后的随侍太监道：“让殿中省的人去查，办事不上心的宫人不能留在四皇子身边。今晚在四皇子身边伺候的人，全部换掉。”

他的这些兄弟虽然个个都是歪瓜裂枣，但也只有他嫌弃的份儿，容不得外人慢待。

听到太子要惩罚自己身边伺候的人，四皇子也没有反应，他沉默地低着头，仍旧是那副阴沉沉的模样。

太子正准备让人送四皇子回寝宫休息，四皇子忽然抬头看着太子道："太子三哥，臣弟想看星星。"

太子盯着四皇子看了片刻，点了点头："跟孤来。"

四皇子默默地跟在太子身后，他如果不说话，几乎没有什么存在感。他抬头看着太子与福寿郡主牵在一起的手，有些不解。

太子平时脾气差，说话又不好听，为什么在福寿郡主面前完全是另一副模样？难道，这就是传说中的爱情？

攀登观景台的阶梯时，四皇子看到太子弯下腰，十分自然地替福寿郡主提起裙摆，再牵着人慢慢往上走。

太子的行为过于出乎他的意料，他已经忘记看天上的星星了。

好不容易爬到观景台上，四皇子看到福寿郡主从腰间解下一个锦囊，从里面掏出一把零嘴，然后分给了太子一半。剩下的一半，福寿郡主递到了他面前。

零嘴这种东西，还是他三岁多时住在宸阳宫那几个月吃过的。母妃把他领回去以后，他就再也没有碰过这些东西。

他扭头看了太子一眼，伸手接住这些零嘴，学着太子的模样坐在观景台的石凳上慢慢吃着。

花琉璃在太子身边坐下，她看了一眼坐在太子另一边的四皇子，笑着道："殿下，你看我们像不像是排排坐、分果果的小朋友？"

"嗯。"太子点头微笑，"在孤的心中，你永远是需要呵护的小朋友。"

四皇子的屁股往石凳旁边挪了挪，用行动表示自己觉得这话有些肉麻。

他想起在宸阳宫的时候，太子端着盘子跟他分枣糕吃。父皇不让他们多吃零嘴，所以每天都是有定量的。

每次分完，他都会发现太子分到的比自己的多上两三个。然后，太子会用尽心机把多分的零食留给父皇。

那时候，他不明白，这些东西都是父皇给他们的，父皇想要什么东西没有？太子为什么还要特意留给父皇一些？他更不明白的是，父皇竟然每次都很高兴，好像太子留给他的不是零嘴，而是什么稀罕东西。

现在他明白了，也就不觉得父皇偏爱太子一点儿有什么奇怪的了。

他不明白的是，那些盼着父皇废掉太子的臣子是什么心思。世上怎么老有盼着人家父子感情不好的外人，缺德不缺德？

“四殿下，还要吗？”花琉璃注意到四皇子竟然不声不响地把零嘴吃光了，又从锦囊里掏出一把递给他，“来，给你。”

看着笑容灿烂的福寿郡主，四皇子把零嘴接了过来，偏头见太子眼神幽幽地望着自己，忽然来了一句：“多谢三嫂。”

“哈？”花琉璃以为自己耳朵出了问题。

“四弟年龄还小，有时候说话不过脑子，你不用放在心上。”太子脸上露出善解人意的微笑，“琉璃也不要生他的气，好不好？”

花琉璃干咳一声，假装什么事都没有发生，抬头望天，说道：“殿下，你看，有颗星星划过去了。”

四皇子跟着抬头，他只看到星星划过去的尾巴。

他看了看太子，吃着福寿郡主给的零嘴，嘴角微微上翘。

太子偏头看向四皇子，心道：笑起来的歪瓜裂枣，比不笑的时候要顺眼一点。

第六章

贤妃的阴谋

宸阳宫中，昌隆帝看着有关百国宴当天情况的调查资料，良久后，叹息一声。

“赵三财，去宣林妃，不必惊动他人。”

“是。”赵三财担忧地看了昌隆帝一眼，躬身退了出去。

两刻钟后，林妃推开了虚掩的大门，看着正襟危坐的昌隆帝，脸上的笑意渐渐消失。

“妾，见过陛下。”

“你来了？”昌隆帝看到林妃，指了指屋子里摆着的椅子道，“坐下说话。”说完，他让屋子里其他伺候的宫人全部退下。

椅子上铺了软垫，但是林妃坐下的时候觉得有些别扭难受。

“你知不知道，朕为何要召你来？”

听到这话，林妃垂首道：“妾不知。”

当年她用尽手段进了宫，做了皇妃，本以为凭借自己的美貌定会宠冠后宫，哪知陛下对她虽好，却并不偏宠后宫任何一个女人。

“事实上，朕并不希望今晚要见的人是你。”昌隆帝看着眼前的女人，他与林妃相识二十多年，并不想以一个难堪的结局收场。

林妃心头一颤，她抬头看向昌隆帝，抿着唇不说话。

她做的那些事……陛下都知道了？

“朕待你不好？”昌隆帝看着林妃，眼神里有失望，有遗憾，最终都化为了平静，“林妃，朕给启辰挑好了封号，为诚。这孩子有一颗赤子之心，朕以为诚很适合他。”

诚的确是一个好字，林妃起身行礼：“多谢陛下。”

既然陛下愿意封她的儿子为王，还给了好封号，那就说明陛下并没有厌弃启辰，也不知道她私下里做的那些事。

那陛下叫她来做甚。难道是宫里其他几个女人在背后陷害她？

“你不必谢朕，朕是启辰的父皇，为他的未来考虑，是父亲的责任。”昌隆帝试图在林妃的脸上捕捉到半点儿愧疚或是害怕，可是她的脸上只有完美的笑容。

“朕记得，当年在宫外巧遇林爱卿，你说你心悦于朕，坚持跟着朕进了宫。”当年的林妃还只是一个十八岁的少女，尽管得知他的宫中已经有了其他妃嫔，她还是委屈自己做了宫中的妃嫔。

这是他的错，如果当年他没有答应她的要求，也许她还是当初那个满腹才华的女子，而不像现在这般被无尽的野心迷失心智。

“因为陛下您不知道，您有多么英俊。”林妃弯起嘴角，道，“在那么多的读书人里，您是最特别的存在。”

这么多年，她最骄傲的便是当年认出了陛下的身份，借机靠近他，让他同意纳自己进宫。

如果没有进宫，也许她会像大嫂一样嫁给一个两袖清风的文官，过着捉襟见肘的日子。

“这些年，你在宫中过得还好吗？”昌隆帝看着林妃漂亮的双眸道，“朕不是一个温柔体贴的男人，这些年委屈你了。”

“不，陛下对妾一直很好。”林妃虽然怨恨昌隆帝偏爱太子，但也不得不承认，陛下对后宫的几位妃嫔都很好。

他不是好色的帝王，后宫妃嫔数量是晋国历朝皇帝里最少的，他是个负责的丈夫。

“朕以为你心中对朕有怨气，才会做出这些事来。”昌隆帝把查出来的东西放到林妃面前，问道，“林妃，你究竟想要什么？”

林妃抖着手拿起那些资料，只看了最上面几页便心慌不已，大脑嗡嗡作响，好半天才找回自己的声音：“陛下既然已经知道，妾也没什么可说的了。”

“朕很后悔。”

“陛下后悔让我进宫了？”林妃一脸嘲讽地笑问。

“是。”昌隆帝徐徐点头，“朕后悔当年让你进宫，让你成为朕的女人。”

“哈。”林妃自嘲一笑，她最得意的事却成了对方最后悔的事，难道她这一生就是个笑话？

“你虽出身寒门，却饱读诗书，是个有见识的女子。”昌隆帝叹息一声，“若是当年朕没有让你进宫，你也不会生出这么大的野心，也不会走上这条路。”

林妃怔住，她看着这个自己从未爱过的男人，第一次有了难受的感觉。这种难受就像是一张网，把她笼罩其中，她想哭，却哭不出来。

“这些年，你在朕面前总是温柔又体贴，无论朕做什么，你都会说好。”昌隆帝站起身，走到窗边站定，背对着林妃道，“朕会好好照顾启辰，以后你幽居在宫中，不要再出来，也不要接触启辰了。”

“陛下要幽禁我？”林妃回过神，她看着昌隆帝的背影，眼泪顺着脸颊落下，哀求道，“陛下，妾知道错了，求陛下饶妾这一次。我们的启辰还没有成亲，还没有出宫建府，请您看在我们孩子的分上，饶了妾这一次吧。”

以往她若是这样哭泣，昌隆帝总是会对她心软。可是这一次，昌隆帝没有回头看她。

“林妃，你做这些事之前，若是能顾及启辰半分，朕也不会如此待你。”昌隆帝声音里带着疲惫和无奈，“你退下吧。”

林妃知道，这一退，她就再也不是昔日的林妃了。

“陛下，陛下……”林妃跪行到昌隆帝身边，抱着他的腿哭求道，

“陛下，您不要这么对我。”

昌隆帝闭上眼，不去看她狼狈可怜的模样，叹了口气：“林妃，朕善待后宫里每一位妃嫔，但朕的孩子是朕的底线。”

见昌隆帝不为所动，林妃的心渐渐沉了下去。她知道陛下是一个温和却不优柔寡断的男人，他可以包容孩子、妃嫔甚至是朝臣的小错误，但是当他下定了决心，便无人能更改。

不，曾经有人让他改变过主意，那就是太子。

知道自己无法让陛下收回成命，林妃忽然就冷静了下来，她擦干净脸上的泪，声音平静道：“陛下到底还是更加偏宠惠妃。”

昌隆帝没有说话。

“我与惠妃同年进宫，她的儿子成了太子，而我的孩子，至今只是一个没有封号的皇子。”林妃冷笑道，“陛下是无法容忍我的野心，还是无法容忍妾算计太子？”

“太子被您宠爱得无法无天，当朝对大臣无礼，随意调换东宫詹事府官员，您不仅没有怪他，反而给他挑了花应庭的女儿为太子妃。”林妃情绪突然失控，她大声问道，“我们都不是正宫皇后，凭什么您让惠妃的儿子做太子？”

“您嘴上说不偏宠谁，实际上却给了她封号‘惠’，而我呢？”林妃指着自己的胸膛道，“我跟她都是寒门出身，你给了她封号，而我只是以姓为号，难道我天生就该低她一等吗？！”

昌隆帝睁开眼，看着一脸不甘的林妃，良久后才开口道：“朕记得我们初识时，你说‘林’这个姓氏是令尊给予你的尊贵礼物，朕信了你。”

“嗡——”林妃觉得自己的脑子里似乎有什么在轰隆作响，她踉跄了几步，浑身无力地瘫坐在了地上。当年她只是为了引起陛下的注意，她又怎么会记得随口说出的话？

“您在骗我！”林妃声嘶力竭地吼道，“您在骗我！”

站在殿门外的赵三财听到林妃的嘶吼声，把手中的拂尘一挥，轻轻摇头叹息了一声，好好的日子不过，非要折腾出这么多事情来，她这又是何苦？

林妃从不觉得自己为孩子算计有什么错。陛下偏宠惠妃，就连她死了也是最偏爱她生的儿子。如果她不算计，整座后宫哪儿还有她的容身之地？

她不甘心只做一个妃嫔，也不甘心儿子只做一个没有地位的王爷。都是陛下的儿子，姬元溯凭什么是太子？

“不可能，陛下您明明就是偏宠惠妃……”似乎只有证明陛下偏宠死去的惠妃，她才能说服自己，自己做的这一切都没有错。

空旷的大殿里，除了林妃不甘的嘶吼声，无人说话。

林妃渐渐安静下来，她擦干脸上的泪，看着昌隆帝道：“陛下……准备怎么处置我？”

昌隆帝叹息了一声。

这声叹息，就像是一把刀，直直地插在林妃的心头。

看着昌隆帝的背影，她忽然回忆起当年与他的初见。那时，他穿着一身浅色锦袍，笑起来犹如人间的四月天，灿烂得让她忍不住多看了几眼。

她想起来了，那时的她在那个瞬间，心跳是慢了几拍的。

那样的翩翩佳公子，谁见了都会想要多看两眼的。

“你回去吧。”昌隆帝疲倦地摆了摆手，说道，“一日夫妻百日恩，朕不想杀你。你病了，需要养伤，朕会派人好好照顾你。”

“好。”林妃朝昌隆帝叩头，颤抖着声音说道，“妾，告退。”

昌隆帝背对着她，月光照在他的身上，在他身后投下一道长长的影子。这道影子一直蔓延到林妃的面前。

她忽然问：“陛下，当年妾生下启辰，他不会说话，不会哭闹，您可曾厌弃过我？”

“从未。”

黑色的影子动了动，但它的主人仍旧没有回头。

“朕未怨过你，也未嫌弃过孩子。他是朕的孩子，是上天赠予朕的礼物，身为父亲，朕又怎会嫌弃他？”

“妾，明白了。”林妃失魂落魄地站起身，跌跌撞撞地往门外走。

殿门“吱呀”一声打开，门外是璀璨的灯火。她回头看着昌隆帝的背影，忽然道：“陛下……”

她想说什么，却忽然发现自己其实已无话可说了。

迈过高高的门槛，林妃出了大殿。

“恭送林妃娘娘。”

林妃停下脚步，看了一眼宸阳宫正殿外的宫人们，忽然笑了一声，转身消失在夜色中。

昌隆帝站在窗前，久久没有挪动步子。赵三财躬身关上殿门，心里却不住地叹息。

他真没想到，看起来最是知书达理的林妃娘娘，竟然会用这么肮脏的后宫手段。威逼宫女构陷太子，还特意挑与福寿郡主有几分相似的宫女。

这事若是成功，不仅会害了太子，也会害了福寿郡主。

出了这种事，最难过的恐怕就是陛下了。

赵三财在门口守了一会儿，忽见太子抱着一个盒子过来，脚步轻快，面上带笑，似乎还不知道刚才发生的事。

“太子殿下。”赵三财迎了上去。

“赵三财，你怎么守在门口，父皇呢？”

“陛下在殿里，您……”赵三财话还没说完，就见太子殿下推开殿门走了进去。

殿下，陛下心情不好，您别往上撞啊。

可惜太子是听不到赵三财心中的呐喊了。他见昌隆帝站在窗边，上前道：“父皇，儿臣给您带了一个好东西。”

“什么好东西？”昌隆帝声音有些沙哑，他转头看着太子，面色看起来还算平静。

“刚才儿臣带着福寿郡主还有四弟在观景台赏星星，忽然觉得腹中饥饿，就带着他们俩去了东宫小厨房，自己动手做了点儿吃的。”太子打开盒子，里面摆着几块奇形怪状的点心，看起来像是动物模样，但昌隆帝实在认不出这都是什么动物。

它们有一个共同点，那就是丑。

“你们自己做的？”昌隆帝走到椅子边坐下，看着面前的点心，有些下不了手。

“丑是丑了些，但味道不错。”太子用银筷夹了一块喂到昌隆帝嘴边，说道，“儿臣听说您今晚没有吃什么东西，想必早就饿了。”

昌隆帝犹豫了片刻，还是把这点心吃下了。

说句实话，他觉得他的两个儿子跟未来的三儿媳在厨艺上都没有什么天分。

虽说这点心没到让人无法下咽的地步，可是除了甜，他也尝不出其他味道。他的舌头习惯了御厨的手艺，受不得这种委屈。

“光吃点心不爽口，儿臣还带了汤来。”太子从食盒的下面一层端出一大碗汤，用小碗分了，与昌隆帝坐在一起喝汤。

汤味浓郁，一尝就知道熬了好几个时辰。昌隆帝看了一眼捧着碗的太子，伸手拦住他：“夜里不宜多食，你刚吃了东西，怎么还吃？”

“儿臣没吃饱。”

昌隆帝失笑：“朕知道你是想让朕胃口好一点儿，才过来陪朕一起吃。”他端起碗喝了两口，说道，“朕会好好用饭，你不要硬撑了。”

太子当即放下碗，揉着肚子苦着脸道：“知儿臣者，父皇也。为了哄您未来的儿媳妇高兴，儿臣把她做的几块丑点心全吃光了，这几块是儿臣跟四弟做的。”

昌隆帝拈起一块点心吞下，脸上有了些笑意：“依朕看，这些点心做得也不甚好看。”

“外形不重要，重要的是心意。”太子哄着昌隆帝喝了汤，用了点心，又道，“刚吃完东西不能睡觉，儿臣陪您在院子里走走？”

“好。”

守在外面的赵三财见太子殿下陪着陛下用了汤，还出门散步，放心了不少。幸好有太子殿下在，陛下心情也能慢慢好转过来。

天上繁星点点，昌隆帝听着太子各种讨好卖乖的话，忽然笑道：

“元溯，朕没有事，你不用担心。”

“什么担心？”太子扭头，满脸疑惑，“儿臣只是过来送点心的。”

昌隆帝笑了笑：“明天早点儿过来，帮着朕处理奏折。”

“好。”

“这两天事多，不要出宫了。”昌隆帝道，“大理寺那边有几个卷宗，你拿去看看。”

“是。”太子虽然苦着脸，但还是同意了。

昌隆帝笑着摇头，平时太子哪儿有这么听话？看来他是知道林妃出了事，特意跑来哄他开心呢。

第二日一早，在寿康宫留宿的花琉璃听到了一个让她有些震惊的消息——四皇子生母林妃娘娘病重，在她养病期间，闲杂人等都不得进去探望。

在宫里，所谓的病重而不能被探望，都是掩人耳目的借口。

林妃出事了。

花琉璃皱了皱眉，想起了百国宴期间那个诬陷太子的宫女。难道那件事……是林妃做的？

可是四皇子既不占嫡，也不占长，林妃这么做，能受益的也是英王，而不是四皇子啊。

圣旨说闲杂人等不能去探望，可是花琉璃作为未来的太子妃不能当作事情没有发生过，所以她让鸢尾备上礼物，去了林妃的寝宫。

这个时候，最重要的是探病过程。

刚进宫门，花琉璃就听到贤妃高亢的质疑声。

“那天晚上，是不是你引我去后殿的？！”

林妃声音冷漠极了，与以前判若两人：“不是我。”

“不是你还能有谁？”贤妃根本不相信林妃的话，接着道，“整个后宫，就数你最会装模作样。我算是看出来了，其实你早就嫉妒我比你更受陛下宠爱，所以才故意算计太子，还把我也算计进去，对不对？”

“我嫉妒你更受宠？”林妃仿佛听到了什么笑话，贤妃这个蠢货，生下皇长子都没能让姬明昊得到太子之位，就这也好意思说自己受宠？

以贤妃那榆木疙瘩似的脑子，若不是陛下待后宫诸位嫔妃宽容，临翠宫早就变成冷宫了，她还好意思说自己受宠？

她反唇相讥道："究竟是什么让你觉得陛下宠爱你？"

"每年换季，陛下都会给本宫分最新鲜的东西；本宫偶尔犯了错，陛下也舍不得责怪本宫。本宫不是最受宠的，谁是？"贤妃得意扬扬，就连福寿郡主在她的宫里中了毒，陛下都没有迁怒于她，如果这还不算是宠爱，什么才是？

"这算什么宠爱，陛下待我……"林妃突然顿住，面色惨白。

是了，陛下待她也是这样的。

可是她从不觉得陛下是在偏宠她，也从未把陛下对她的好记在心上过。只有贤妃这样的傻子，才会把别人也有的当作陛下对她的特别对待。

"怎么不算？"贤妃见林妃变了脸色，以为她是在嫉妒自己，心中越发得意，"就连去年冬天陛下分给临翠宫的橘子，都要比你宫里的个儿大。"

"你也不用太过羡慕我，谁叫我长得比你好看，又比你会讨陛下欢心。"贤妃冷哼一声，"幸好陛下英明神武，查出了真正的主谋是你，彻底洗清了本宫的嫌疑。"

所以陛下对她是真的好，从没有冤枉过她。

"你不用在我面前得意。"林妃带着些恶意道，"就算你真的受宠又如何？你的儿子还是做不了太子，陛下最偏宠的孩子还是姬元溯。"

话音刚落，屋子里的门突然被推开了，门撞在墙上发出重重的声响。

"对不住，下人做事没轻没重，吓着两位娘娘了。"花琉璃站在门口，朝林妃与贤妃福了福身，"臣女见过两位娘娘。"

贤妃看到花琉璃，就下意识地紧张，恨不能让身边伺候的人全部过来把花琉璃围着，免得她突然发生意外。

"郡主不必多礼。"贤妃瞥了一眼门槛。这门槛好像有些高，福寿郡主迈进来的时候会不会摔着？万一摔着，别人会不会以为是她故意推的？

“还愣着干什么？”贤妃不满地看了一眼身边的宫人，说道，“还不好好扶着郡主？”

“听闻林妃娘娘病了，臣女前来探望。”花琉璃把手递给临翠宫的宫女，任由她们扶着自己走进屋子。

林妃靠窗坐着，面上未施脂粉，一头秀发随意披散在身后，神情看起来有些憔悴。以往精心装扮出来的美丽，在此刻消失得无影无踪，她整个人看起来老了近十岁。

林妃看到花琉璃带进来的下人里还有寿康宫的管事姑姑红袖，自嘲一笑。宫中最偏宠太子的不是陛下，而是太后娘娘。为了照顾福寿郡主这个未来的太子妃，她老人家可是付出了不少精力，就连皇家正经公主都没有这个待遇。

所有一切已经被陛下拆穿，林妃也懒得再在其他人面前装模作样，她冷淡道：“福寿郡主身体娇贵，莫靠近我这个病秧子，免得染上我身上的病气。”

“臣女见娘娘气色好得很，想必患的不是能传染给别人的病。”见林妃不欢迎自己，花琉璃也不介意，她自顾自走到椅子旁，转头问贤妃，“贤妃娘娘，有什么话我们坐着慢慢说。”

“郡主说得是。”贤妃当真坐了下来，还招呼着花琉璃一起，“郡主也坐下说话。”

林妃紧皱眉头，这两人是故意来看她的笑话的？

“贤妃娘娘、福寿郡主，本宫病重，没精神招待你们，请回吧。”

“没关系，我们带了伺候的人，不用你费心。”贤妃一口恶气还没有出完，怎么舍得走？

林妃：“……”

她本以为自己被陛下厌弃已经是最惨的结局，没想到被厌弃后还要被人围观，这才是最惨的。

“贤妃，你到底想干什么？”林妃虽然讨厌花琉璃，但她最讨厌的还是坐在花琉璃身边的贤妃。

“没什么，就是过来看看你。”贤妃意有所指道，“过了今天，以后再见到你就不容易了。”

林妃构陷太子的消息虽然还没传出去，但后妃们都已经猜到林妃做了什么，不然以陛下的温和性子，他不会对她这么无情。

“你不用嘲笑我！”林妃冷笑道，“我虽然输了，但是你们也赢不了。”

“你不要胡说，什么赢不赢的。”贤妃紧张地看了花琉璃一眼，见她还是一副纯善懵懂的样子，松了一口气，随即义正词严道，“身为后妃，竟然胆敢陷害太子，你落到现在这个下场也是活该。”

“都是陛下的孩子，我凭什么不能想？”林妃嘲讽地看着贤妃道，“难道你不想？”

“除了你，还有容妃与淑妃，谁没有想过？”林妃毫不顾忌道，“当年容妃与你在同一个月怀孕，为了诞下皇长子，容妃甚至偷偷吃了催产药。只是她命不好，折腾了大半天，还是你先把儿子生了出来。”

“还有淑妃，为什么要教儿子隔三岔五去给太子请安？”在林妃看来，后宫的这些女人没有一个是干净的，她又道，“不就是想让陛下看到姬宴丘的恭顺？”

刚走到院子里的容妃与淑妃听到屋子里传来的话，神情有些尴尬。

这些陈年旧事被重新提起，她们面上很不好看。

“林妃娘娘，您怎么说起这些？是不是有什么误会？”花琉璃打断林妃的话，“容妃娘娘对宁王殿下温柔体贴，就连太子殿下都对臣女说容妃娘娘是一位好母亲。催生药这些东西没凭没据的，你可不能诬陷容妃娘娘。”

花琉璃的话传到容妃耳里，她紧紧握住扇柄的手微微松开。这些年来，她最后悔的就是当年昏了头，听信宫里的谣言，以为陛下会立皇长子为太子，所以吃下了催产药。

每每看到儿子读书习武都比不上其他皇子，容妃都会暗暗后悔与愧疚，若是她当年不吃催产药，也许儿子也不会样样都不及别人。

这个秘密，她没脸告诉儿子，也不敢让他知道，她能做的就是尽力护他一生平安，不让他卷入后宫的利益争斗中。

“更重要的是，宁王殿下对容妃娘娘孝顺得很。您这样故意挑拨人家母子之间的感情，是不是不太妥当？”花琉璃不知道当年发生了什么，但是作为一个从小在父母的宠爱下长大的人，她一眼就能看出，容妃看向宁王的眼神里是满满的母爱。

林妃嗤笑道：“你这种边关来的蠢笨丫头知道什么？”

鸢尾与玉蓉齐齐看向林妃，她们家郡主十一岁就坐镇军中，她说谁蠢呢？

“林妃娘娘，有句话叫心里想着什么，眼里看到的就是什么。”花琉璃温柔一笑，“臣女觉得，做人呢，最重要的就是要阳光，不然看谁都是不安好心，看谁都是虚情假意。五皇子给太子请安，那叫兄友弟恭，不叫恭顺。陛下对五殿下好，不是因为他给太子请安，而是因为他是陛下的孩子。”

说到这里，花琉璃叹息一声：“娘娘您饱读诗书，最是善解人意，没想到您会说出这种让人失望的话。”

院子里的淑妃娘娘眉头挑了挑，随后淡淡地笑了笑。

她与容妃对望一眼，有了福寿郡主这番打岔，她跟容妃之间的尴尬已经消失无踪。

不过想到贤妃得理不饶人，没理也要强占三分的性子，她们不打算进去了，免得贤妃发疯骂人的时候把她们也牵连进去。

“本宫就是失了势，也没有你一个外臣女说话的份儿，不需要你来指手画脚。”听到“饱读诗书”这四个字，林妃就觉得心烦，因为寒门出身的她除了饱读诗书，已经没有什么可以提的了。

这些年，为了在陛下面前维持形象，她总要书不离手，写诗作词。可是她做这些又有什么用，她的儿子是个怪物，而陛下对她跟对其他女人也没有差别。

就比如贤妃这个蠢货，除了出身比她好，贤妃还有哪里比得过她？

可是在陛下面前，就连这样的蠢货都能与她平起平坐。

“林妃，你怎么说话呢？”贤妃厉声呵斥林妃，“福寿郡主是两位大将军之女，又是陛下亲封的郡主，还是陛下请康王爷亲自说媒定下的未来的太子妃。她心地善良，出身高贵，说你两句怎么了？”

说到“出身高贵”四个字时，贤妃特意加重了语气。

贤妃讨厌花琉璃吗？当然是讨厌的。但也仅仅只是讨厌，在此时此地，她们就是有相同立场的盟友，她跟花琉璃都是百国宴后殿阴谋的受害者。

“林妃，不是本宫说你。”贤妃摇了摇头，“你我在福寿郡主面前，也算是长辈。世上哪儿有心思阴毒的长辈，故意安排下人给晚辈戴绿帽子的？”

“贤妃娘娘，您不要生气。”花琉璃对贤妃娘娘笑了笑，“臣女虽然对林妃娘娘的行为感到痛心与失望，但是臣女相信，太子殿下不会背叛臣女。所以从一开始，臣女就没有相信那个宫女说的话。”

贤妃：“……”

她真的一点儿都不关心太子与花琉璃感情好不好，她只是想借花琉璃来打击林妃，为什么这位郡主一点儿都不懂她的用意，还一脸“你真好”地看着她？

卫明月怎么把孩子养得这么天真单纯？等以后进宫，不知她要吃多少亏？她就不能严肃点儿，认真点儿？

她们现在是在宫斗，不是在长辈关心晚辈的现场。

“林妃娘娘，臣女不知道您为何如此讨厌太子殿下，处处不忘记挑拨几位皇子殿下与太子的兄弟感情。”花琉璃捂着胸口猛咳几声，神情愤怒道，“就算其他人认为臣女不讲规矩，臣女也要说。您欺负一个从小就没了母亲的可怜孩子，就不会良心不安吗？”

贤妃一头雾水，从小没母亲的可怜孩子指的是谁？太子？！

没想到这位郡主不仅脑子单纯，眼神儿还不太好，那个狗太子到底哪里跟可怜有关系？

林妃用看神经病的眼神看着花琉璃。欺负太子？谁敢欺负太子？整个后宫，还有谁没被太子折腾过？她能不能把话说清楚，究竟是谁欺负谁？

“娘娘，臣女今日好心来探病，你却挑拨了臣女的未婚夫与他的兄弟们的感情。”花琉璃虚弱地站起身，似乎被气得不轻，说道，“早知如此，臣女就不该来。”

“您不喜欢臣女，批评臣女都可以，但您不要说臣女的未婚夫的坏话。”花琉璃看着林妃道，“太子没有母亲疼爱他，我疼他。”

贤妃听着这话，实在觉得荒唐，她瞧着福寿郡主较真的眼神，有些怀疑人生。

看福寿郡主的眼神，她这话好像是真心的。

太子站在和煦的阳光中，忽然扭头看向跟在自己身后的英王与宁王，对他们露出一抹亲切友好的微笑。

英王被这个笑容恶心得够呛，把头扭到了一边。

可是福寿郡主那句“我疼他”，就像是一把刀戳在了英王心头。他知道太子为什么会突然笑得这么恶心，可他偏偏不想如太子的意。

宁王想得比较简单，没想到福寿郡主看起来柔柔弱弱，对太子三弟居然这么好，难怪在刺客到来时，她会挡在太子三弟面前。

人生在世，若有人一辈子愿意以命相护，那实在是太幸运了。

“福寿郡主，你可真会说笑。”林妃嘲讽道，“太子身份尊贵，谁敢招惹他？”

“正是因为他身份尊贵，所有人才会觉得他不会受任何委屈。”花琉璃绷着脸，“他受委屈的时候，你们没人看见，因为你们没有把他放在心上。”

人们只会关心自己在乎的人好不好，对于不在乎的人，人们往往只会看到他的风光，看到他犯的错。至于委屈不委屈，难过不难过，关他们什么事？

“呵。”林妃冷笑一声，不再跟花琉璃争辩。

花琉璃也不在乎她听没听进去这句话，起身，道：“臣女见林妃娘娘气色不好，需要好好休养，臣女告退。”

“这就走啦？”贤妃有些意犹未尽，她还想听福寿郡主多说几句呢。

花琉璃福了福身，说道：“娘娘，明日是杜太师下葬的日子，臣女想再去杜府为他老人家上一炷香。”

杜太师死后，陛下追谥了他“文忠”两个字，杜家请僧道在家中念了足足二十一天往生经，去杜家拜祭的文人络绎不绝。

杜太师在京城及周边州府文人心里极有地位，以往这老爷子就爱时不时挑太子的刺，她还挺高兴。没想到他病重后，时不时在访客面前夸太子几句，就连咽气前他还夸了太子。

这老爷子，做人怎么能不坚定呢？既然喜欢骂太子，他就该一直骂到底啊，怎么转口就夸了起来？

“既然如此，那本宫也就不留你了。”贤妃脸上挤出一抹笑，“路上小心。来人，送送福寿郡主。”

“娘娘。”贤妃身边的宫女提醒道，“这里是林妃娘娘的寝宫。”

您这做派，太像主人了。

贤妃瞥了一眼林妃，林妃现在已经不顶事，她还是让人亲自送花琉璃出门比较好，至少安心。

“你们在这儿等着，孤有事，去去就来。”太子转身出了院门。

宁王不解地看着太子离去的背影。福寿郡主都要出来了，他怎么反而走开了？是害羞了？

“见过各位娘娘，见过两位王爷。”花琉璃没想到院子里竟然站了不少人，给他们一一行了礼。

“福寿郡主好。”容妃与淑妃对花琉璃笑得格外温柔，这让花琉璃有些受宠若惊。她记得这两位娘娘以前看她的眼神没有这么和蔼啊。

“娘娘与王爷们，是去探望林妃娘娘的吧，臣女不打扰了。”花琉璃对英王与宁王微微颔首，走出林妃的寝宫内院。

院子围墙那边种着几棵柿子树，树上已经挂了果，绿油油的，看起来格外喜人。

“这些树在林妃娘娘进宫以后就种下了。”送花琉璃出来的宫女是贤妃身边的人，她看了一眼柿子，解释道，“林妃娘娘与恭惠皇后娘娘同年进宫，但林妃娘娘一直没有怀孕，就让人在院子里种下了柿子树。”

“哦。”花琉璃点了点头，她还以为种柿子是为了吃。

“福寿郡主。”英王追了出来，见花琉璃站在柿子树下，上前道，“本王正好也要出宫，郡主与本王一起吧。”

贤妃身边的宫女见英王追出来，脸色都变了。

“多谢王爷好意，不过太子殿下已经替臣女备好了马车。”花琉璃往旁边退了一步，扶着鸢尾的手道，“臣女不敢让王爷相陪。”

“是不敢，还是不想？”英王忍不住道，“本王又不会吃了你。”

鸢尾与玉蓉扭头瞥了英王一眼，心说：您再这么作下去，郡主有可能会揍你。

“王爷说笑了。”花琉璃不想与英王有过多牵扯，引得太子难过，所以对英王福了福身，便转身大步离开。

英王面色不太好看。

“王爷，您请息怒。”英王的随侍太监劝慰道，“郡主与太子殿下有婚约，宫里这么多人，郡主或许是怕人说闲话，才……”

“不需要你这个狗东西来提醒我。”英王恼羞成怒，转身走了出去。

随侍太监低下头，匆匆跟上。

“郡主当真以为太子是什么善良好欺负的人？”英王大步追上花琉璃，说道，“你会这么说，是因为还不够了解他。”

花琉璃不愿意理会他，继续往前走。

“从小到大，父皇最偏爱的都是他，他也习惯了在宫里横行霸道。你以为他可怜，其实他只是在骗你。”

“王爷，”花琉璃停下脚步，转身看向英王，道，“您这是在挑拨臣女与太子殿下之间的感情吗？”

英王看着眼前这个柔弱的少女，声音不由自主地降低：“本王只是不想让你受骗。”

“王爷，臣女不知道殿下对别人如何，但是他对臣女很好。”花琉璃道，“你说他骗臣女，臣女不知真假，但世间那么多女子他不去骗，为何只骗臣女？说明臣女对太子殿下而言，是最特别的。”

“啥？”英王满腔的话，被花琉璃这番言论堵了回去。见她是这样的态度，他都没有兴趣说太子的坏话了。

“太子殿下文武双全，受陛下看重，又有冠绝京城的容貌，这样一个出众的儿郎，却愿意为臣女掩饰自己的情绪与爱好，哄臣女开心……”花琉璃脸上露出了感动之情，“如果这都不能证明太子殿下对臣女是真心的，还有什么能够证明？”

英王忽然觉得自己无话可说。

“你难道没有想过，太子娶你是为了花家的势力？”英王觉得自己还不能放弃。

“王爷，您又在说笑了。臣女家的一切都是陛下给的，太子是陛下的儿子，他需要什么东西，只需要对陛下开口就行，何须牺牲自己的幸福来哄骗臣女？”花琉璃道，“您之前不是还说，太子殿下在宫里横行霸道吗？一个能在宫里横行霸道的人，又何须委屈自己？”

“臣女明白了。”花琉璃一拍手掌，感激地看着英王道，“王爷，您是故意说这些话，让臣女明白殿下对臣女的爱吧？”

英王：“……”

我不是，我没有。

“多谢王爷提醒，臣女会跟太子殿下好好的，您不用担心。”花琉璃笑眯眯地对英王行了个万福礼。

英王深吸一口气，提醒自己声音要温柔，不要吓着福寿郡主，笑道：“郡主，本王今日来找你说这些，是想告诉你一件事。”

花琉璃有种不太好的预感。

“本王心悦于你。”

英王红着脸说完这句话，就见花琉璃与她的婢女们神情紧张地四处张望了一番。

她们这是什么反应？

“郡主，四周没有可疑的人。”玉蓉在花琉璃耳边小声道，“以英王说话的音量，十步外无人能够听清他说了什么。”

花琉璃松了口气，她看向面红耳赤的英王，叹了口气，道：“王爷，您并不是心悦于臣女，只是遗憾。”

英王皱起眉：“不是这样的……”

“王爷知道臣女喜欢什么吗？”

“王爷知道臣女平时的生活习惯吗？臣女喜欢穿什么，吃什么，喜欢去哪儿玩，您通通不知道。”

花琉璃快速打断英王的话，一连串的问句把英王问蒙了。她知道绝对不能让英王走上抒情的道路，于是继续说道：“王爷不曾了解过臣女，臣女也不曾了解过您。您喜欢臣女什么呢？这张脸吗？”

英王很认真地回想，他看到福寿郡主就忍不住心生怜惜，想多看她几眼，是因为她长得好看？

“其实您喜欢的不是臣女，只是因为臣女差点儿与您有婚约，您看到臣女才会有不一样的心情。”花琉璃道，“这个人可以是我，也可以是其他姑娘，您明白吗？”

英王皱眉思索，他觉得自己好像有些明白，又好像不是很明白。

“王爷如此聪明，一定会很快想明白的。”花琉璃笑了笑，“臣女与太子殿下已经定下了婚期，今年八月十二便会举办婚礼。请王爷以后不要再说这些容易引起别人误会的话。”

赶紧溜，赶紧溜，再不走就麻烦了。

太子与福寿郡主的婚礼，定在了八月十二？

英王呆愣地看着花琉璃匆匆离去的背影，像是挨了闷头一棍，半天都回不过神来。

他是因为不甘，才觉得自己喜欢她的？

“王爷？”随侍太监见王爷神情不对劲，小声道，“福寿郡主已经走远了。”

几个伺候英王的下人早就被英王的一席话吓白了脸。自家王爷究竟是怎么想的？竟然敢跟未来的太子妃告白！

王爷以前跟太子抢马抢兵器抢宝石没抢过，现在连女人也抢不过。

惨，那是真的惨。

昌隆帝见太子盯着一本奏折发笑，起身把这份奏折拿起来，里面全是一堆无用的拍马屁的话。以往太子看到这种奏折，都只画个圈扔到一边，今天怎么笑得这么开心？

“在笑什么？”昌隆帝一夜没睡好，眼下还有着淡淡的乌青。

“没什么。”太子回过神，笑着对昌隆帝摇了摇头。

见自家父皇一脸不信，他美滋滋道：“方才琉璃对其他娘娘说，就算世间所有人都不护着儿臣，儿臣也有她护着。”

昌隆帝：“……”

“儿臣很开心。”太子笑容灿烂，欢快得像是个十分满足的孩子。昌隆帝看着儿子脸上的笑，忽然想起元溯已经很久没有笑得这么傻气了。

“开心就好。”昌隆帝拍了拍太子的肩膀，说道，“这些天，各国使臣已经陆陆续续离开京城，玳瑁的使臣为了能够成功离开京城，不停地在京城中走动，朕看他们已经坐不住了。”

“也不知道这位三皇子愿意付出什么代价。”谈到正事，太子脸上的笑意又变得玩世不恭起来，“儿臣觉得，父皇您可以慢慢等。”

“这事由你来做主。”昌隆帝意有所指道，“未来，他们会是你的对手与盟友。”

乘坐马车离开皇宫，鸢尾疑惑道：“郡主，那个英王到底想做什么？”

“可能是想挑拨我与太子殿下的感情？”除了这个，花琉璃想不到其他的理由。反正不可能是因为喜欢她，英王也从没在她面前表现过一丝喜欢的意思。

“当初陛下想让您与英王成婚，后来又不再提，应该就是贤妃与英王爷不同意。现在您跟太子殿下婚期都确定了，他才出来说这些。”玉蓉皱起眉，“一看就知道别有用心。”

唉，皇宫里的这些皇子心真坏，见不得人家好。

难怪郡主会心疼太子，这皇子对太子的未婚妻都想撬墙脚，实在是欺人太甚。

贤妃听宫女说自家儿子追出去向福寿郡主告白，气得差点儿一巴掌甩到英王脸上，怒骂道："你怎么就不动动脑子？当初林菀因为你对花琉璃口出恶言，甚至诅咒花家。我如果是花琉璃，也不会以为你是喜欢我，只会觉得你别有用心。"

"母妃，儿臣对福寿郡主……是真的喜欢……"

"喜欢个屁！"贤妃口吐粗鲁之言，"你说你喜欢人家，你做过什么？！"

"你父皇都知道常常给后妃送东西，你呢？"贤妃讥笑道，"给过人家珠宝，还是给过人家绫罗绸缎？知道狗太子追求福寿郡主时，你做了什么吗？"

"人家送珠宝首饰，带人观景游湖，送美食珠宝，冷了送暖手炉，下雪送斗篷，还陪人看星星看月亮。"贤妃气得浑身发抖，"你呢？！"

别说送东西，连句甜言蜜语都不会说，长得又不如狗太子讨女人喜欢，他拿什么跟人家争？

英王："儿臣对她的心是真的。"

"什么都不做，就不要说什么真心。"贤妃指着英王，语气严厉道，"我不管你是真心还是假意，但你给我记着，她与太子已经定亲了。从今天开始，你必须把这可笑的心思收起来，不然我没有你这个惦记弟媳的儿子，我丢不起这个人！"

英王双目微红："母妃，儿臣后悔了……"

"世间没有后悔药。"贤妃看着跪在面前的儿子，重重扳住他的肩，认真地看着他道，"明昊，你要记住：对了，你可以去嘲笑对手，错了，就老老实实咽下所有的苦果。身为皇子，有些东西你可以去争，有些不可以。"

她松开手，心疼地摸着儿子的脸道："这事，放下吧。为了你好，也为了我好，以后你都不要再提。"

英王朝贤妃磕了一个头，良久后，哽咽道："是。"

"英王对未来的太子妃有意？"昏暗的屋子里，一只白皙的手轻轻拿起一份密报，那人忽然笑了一声，"晋国太子与英王本就不和，若是因为女人争吵起来，不知京城里会热闹成什么样子？”

“主公，您想做什么？”

“我想让晋国皇室乱起来，再无暇顾及他国之事。”男人冷笑道，“我不相信晋国皇帝当真对花家毫无芥蒂。”

“可晋国皇帝连禁卫军都交给花应庭掌管了……”

“如果花家有通敌的嫌疑呢？”男人把密报扔到一边，说道，“帝王多疑，只要有人能够证明花家通敌卖国，不管最后结果如何，昌隆帝都会对花家心生猜忌。”

花家不除，他心中一刻都不得安宁。

他定要让昌隆帝亲自拿起猜忌那把刀，杀了花家人。

第七章

南方来人

杜太师下葬当天，路两边摆满了各家族的路祭。

一些受过杜家恩惠的文人自发换上粗布麻衣，跟在送葬的队伍后面送灵。杜家后人哭得形容憔悴，几乎得靠着下人的搀扶才勉强能挪动步子。

有人写了祭文，有人在路边作揖送行，就连一些还没有离开京城的他国使臣也在路边摆上了祭品。

花琉璃穿着白衣，身上没有半点儿珠翠，青丝用几支素银簪绾着。花家摆的路祭与顺安长公主府摆的路祭离得很近，花琉璃见嘉敏神情憔悴，猜到她在杜府陪了杜琇莹一夜，走到她身边，问：“一夜没睡，扛得住吗？”

“我还好。”嘉敏叹了口气，“杜表姐这半个月来瘦了一大圈。”

花琉璃抿了抿嘴，没有说话。生离死别，纵是贵族也逃脱不了。

没过多久，远远有哀乐声传来，花琉璃知道这是送葬的队伍过来了。

纸钱漫天飞舞着，八大金刚抬着棺木，时走时停。棺木停下时，孝子贤孙们便要跪下，行三拜大礼。

杜琇莹的父亲哭得后背弓起，抱着牌位踉踉跄跄地往前走，连经过各家路祭台时都顾不上道谢。

不过这个时候，也没有人会去追究杜大人的失礼，他们朝杜太师的棺木行了个礼，再抓出一串金元宝，在祭盆里点燃，口里念叨着："恭送杜太师，愿您来世福寿双全，吉星高照。"

花家点燃金元宝的是花琉璃的三哥花长空，因为他是花家最有文化的人，花应庭觉得，让考上状元的儿子来烧金元宝，杜太师会走得开心一点儿。

"杜姐姐。"花琉璃在杜家送葬的队伍中看到形销骨立的杜琇莹，担忧道，"请多保重。"

杜琇莹沉默地给花琉璃福了福身，沉默地跟上队伍，慢慢远去。

跟在后面的文人们在默默哭泣，让这场葬礼显得轰轰烈烈起来。

死后能有这么多人为自己真心哭泣，杜太师也算得上是哀荣无限、死无所憾了吧。

即使见惯了生死，花琉璃心情也有些低落，她看着地上飘落的纸钱，耷拉着肩，没精打采地回府换了一身衣服，对花长空道："三哥，我跟嘉敏出去走走。"

"小小年纪，不要显得这么有气无力的。"花长空拍了一下花琉璃的发顶，笑道，"打起精神来。"

"哦。"花琉璃找到已经换好衣服的嘉敏，说道，"走吧，我陪你到茶坊坐坐。"

谢幺爷刚进城，马车就正面迎上送葬的队伍。民间有规矩，绝对不能冲撞送葬的队伍，这叫冲煞，会给人带来厄运。

他没想到刚到京城就遇到这种事，连忙让谢家马车队避让到一边。

谢幺爷掀起马车窗帘，发现送葬的队伍里有很多文人，心里有些疑惑，难道死的是德高望重之人？

看着漫天飞舞的纸钱，还有送葬的队伍里举着的送魂幡，谢幺爷心里隐隐有些不舒服，总觉得这不是什么好兆头。

等送葬的队伍走远，谢幺爷拿下捂着口鼻的手帕，哑着声音道：

“去打听打听，这是谁的葬礼。”

很快，打听消息的小厮回来了，说道：“老太爷，刚才过去的是杜太师的棺木。”

“杜颂闻？”谢幺爷愣了愣，过了好半天才叹气道，“没想到竟然是他。”

当年，他与杜颂闻同朝为官，可是他们两人政见不合，所以交情不太好。当时，大晋人称南谢北杜，他们谢家在南方文人中有很高的名望，而杜家则是在京城及周边州郡很有影响力。

先帝病逝，当今陛下登基后，他向陛下提出重修晋国礼则，陛下拒绝了。他一怒之下辞官回了南方，从此以后再也没有踏足过京城。

没想到时隔近三十年，再回到此地，他得到的第一个消息竟是老对头死了。

可惜杜颂闻的几个儿子都是平庸之辈，他一死，杜家想要继续维持在北方读书人心目中的地位恐怕就难了。

想到这里，谢幺爷心情又畅快了起来，杜家倒下，那就是他们谢家复兴的好机会。只可惜谢瑶无用，没能嫁给太子，不然谢家也能趁着这个机会把势力发展到京城这边。

马车直接赶到乐阳公主府，谢幺爷年事已高，为了赶路几乎都没有好好休息过。他扶着小厮的手臂，浑身僵硬地走下马车，可是还没靠近公主府大门就被禁卫军拦了下来。

“老先生，此乃公主府，不可擅闯。”

“老朽乃南方谢家的人，听闻家主病重，特来探望。”

“你是谢家人？”看守的护卫看了谢幺爷一眼，态度冷漠地说道，“抱歉，陛下有令，任何人都不得进入公主府。老先生若真是谢家人，可以奏请陛下，凭陛下的手令进去。”

“多谢小兄弟告知。”谢幺爷客气地拱手，转身回到马车里，面色瞬间沉了下来。

昌隆帝竟然把家主跟乐阳公主软禁在了府中，看来陛下对谢家的厌恶之情已经超越了他跟乐阳公主的兄妹之情。

谢幺爷又去了一趟大理寺，得到的结果也是一样——大理寺不让他探望谢瑶。

他一时间也没有办法，只好带着下人们在客栈里住下，然后拜托以前的同僚，希望他们能想办法让自己面见陛下。

只可惜他三十年没来京城，以前交好的朋友，老的老，病的病，死的死，能够帮他说话的竟是寥寥无几。

人走茶凉，他早就不在朝里做官，这些人分明是怕跟他们谢家扯上关系，受到牵连。

谢幺爷只好四处送礼求人，舍下了老脸，才与户部尚书曹进伯搭上了关系。

曹进伯当年参加科举考试的时候，谢幺爷是那届科举的副考官，两人勉强算得上有“师生之谊”。

听谢幺爷说明来意，曹进伯道：“谢老先生的奏折，晚辈愿意替您送进去，只是陛下愿不愿意见您，晚辈无法保证。”

“曹大人愿意替老朽把奏折送到陛下面前，老朽已是感激不尽。”谢幺爷松了口气，陛下是个念旧情的人，就算对谢家有怨气，看到奏折以后也会见他一面。

出了尚书府，谢幺爷看着繁华得迥异于从前的京城，摆手让扶他上马车的小厮退开，说道：“老夫想四处走走，你们让马车在后面跟着。”

他当年离开京城的时候，陛下刚登基不到一年，由于先帝偏宠妖妃，为妖妃修建行宫，京城乌烟瘴气，百姓们人人自危，很是小心。

现在的京城，人来人往，时不时还能见到头发肤色有异的外族人，老百姓们穿的衣服也鲜亮，四处都是欢声笑语，热闹得很。

与南方不同的是，这边的女子更加豪放，就连穿衣打扮也比南方女子开放。临近初夏，一些女子穿着漂亮的纱衣，胳膊的形状在纱衣下若隐若现。

谢幺爷皱了皱眉，觉得女子还是温婉些好看。

“杜姐姐，你这样天天闷在家里，对身体不好。”

“对，杜表姐，这边茶楼风景独好，坐在二楼靠窗的位置，楼下的景致一览无余，看到漂亮的少年郎，还能往他的头上丢一块手帕，或是扔下几朵花，看看他们手足无措的模样，也很好玩。”

这是哪家姑娘，竟如此随性无礼？

谢幺爷眉头皱得更紧，就见几个打扮精致的少女围着一个身穿素色衣服、头戴银簪的女子说说笑笑，毫不避讳四周有外男经过。

不过三十年，京城里的这些女子怎么都这样了？

他捂着胸口，有些喘不过气来。

“老太爷，您没事吧？”花琉璃正劝着杜琇莹出来散心，见路边一个老爷子捂着胸口喘个不停，连忙叫来会一些医术的鸢尾，“鸢尾，替这位老爷子看看。”

“急怒攻心，肝火太旺。”鸢尾看了两眼，取了一粒药丸递给老太爷，“老太爷，人到了您这个年纪，就要讲究喜怒有常、喜怒有度，您要放宽心神。”

这老太爷穿着绫罗绸缎，也不像是缺吃少穿的，怎么脾气还这么大？

谢幺爷捏着来历不明的药丸，一口气没上来，仰着头翻了几下白眼。

“哎，你这老人家脾气也太大了。”鸢尾干脆把药丸直接喂到老爷子嘴里，见他面色渐渐好起来，才道，“老爷子，有什么事慢慢来，气出病来可无人替。”

谢幺爷板着脸道：“多谢。”说完，他看了一眼方才说说笑笑的几个华服少女，转身坐进马车。

他不能再看京城里这些女子的豪放行为，怕再看下去，他的眼睛受不了。

谢幺爷又在客栈里等了两天，终于等到了陛下愿意召见他的消息。第二天一早，他换上干净衣服，匆匆进了宫。

可惜他去得太早，昌隆帝这时还没有下朝。

“谢老爷，您已经很多年没进宫了，老奴陪您四处走走。”赵三财殷勤地招待着谢幺爷，若不是他在乐阳公主府门口碰壁，恐怕不会相信软禁家主的人是陛下。

“那就有劳公公了。”谢幺爷不敢得罪昌隆帝身边的太监，便顺着他道。

“您太客气了。”赵三财叫来几个宫女太监，与他一起陪谢幺爷去往御花园。

京城里繁华了很多，皇宫却还是三十年前的样子，有着高高的宫墙，恭敬谨慎的宫人，还有彩蝶飞舞的御花园。

先帝在世时，因妖妃独爱牡丹，所以整个御花园种满了各种各样的牡丹花。三十年过去，御花园里的牡丹少了很多，多了一些其他的花。

谢幺爷没走出多远，就听到了一对男女亲密的说笑声。

“殿下，这朵花是整个御花园最美的花，送给你了。”

“你骗人，这根本不是最好看的，我分明看到了一朵更美的，你把它送给我好不好？”

“在哪儿？”

“就在我的眼里。”

谢幺爷停下脚步，扭头看向赵三财。这是哪位皇子，竟敢在御花园与女子如此轻浮地说话？

赵三财把头埋得更低了一点儿：太子殿下今天又没去上朝！

“殿下说错了，最漂亮的花明明在我的眼里。”

“那我送给你，你送给我，好不好？”

“好呀……”

“咯咯咯。”谢幺爷实在听不下去，他干咳几声，提醒这对在御花园里谈情说爱的年轻人，旁边还有其他人。

“赵三财？”太子从假山后探出头，玉冠上还插着一枝半开的牡丹花，问道，“你今天怎么没在父皇身边伺候？”

“老奴见过太子殿下，见过福寿郡主。”赵三财笑眯眯道，“陛下今天召见谢家老爷子，老奴奉命在宫中等候。”

“谢家的老爷子？”太子取下玉冠上的牡丹，转身牵住花琉璃的手，把牡丹戴在了她的鬓边，随后满意地点头，“我家琉璃果真国色天香，这花不及你。”

这个轻浮的年轻人，就是当今太子？

谢幺爷再看太子牵着的少女，这不是两天前他在大街上看到的那个女子吗？

赵三财唤她福寿郡主，难道她就是未来的太子妃？！

“老朽见过太子殿下，福寿郡主。”谢幺爷不敢得罪最受帝王宠爱的太子，压下心头所有的情绪，给太子行礼。

“谢老不用多礼。”太子语气淡淡的，态度更是冷淡，就差在脸上写“我不想多理你”几个字，问道，“谢老不远千里来到京城，是有什么事？”

谢幺爷面色有些尴尬。越是讲究的人，说话越是迂回。太子忽然开门见山地把话题点出，他反而有些反应不过来。

见谢幺爷不说话，太子恍然大悟地点头：“原来谢老是来京城游玩的？”

“游玩好呀。”花琉璃笑得一脸天真，“这些年在陛下的治理下，咱们大晋国富民安，百姓的日子也越过越好。谢老多年没来京城，多走走、多看看也挺好的。”

听着太子与他的未婚妻一唱一和地把他此行的目的说成游山玩水，谢幺爷只好开口辩解：“殿下，老朽此次进京，除了观赏陛下治理下的盛世江山外，还有一事相求。”

“哎呀，殿下。”花琉璃忽然捂住了胸口，说道，“臣女胸口好疼。”

“孤送你回去休息。是不是旧疾犯了？”太子心疼地扶住花琉璃，对谢幺爷道，“前些日子，孤在宫外遇到刺客，福寿郡主为了保护孤，身受重伤，旧疾也犯了。谢老请随意，孤先送郡主回寿康宫休息。”

在宫外遇到刺客……谢幺爷面色更加尴尬，他当然知道太子说的是哪件事。

“恭送太子。”

“谢老，太子殿下与福寿郡主感情极好，如有怠慢之处，还请您不要放在心上。”赵三财目送太子与福寿郡主远去，转头对谢幺爷道，“您是不知道，太子殿下遇刺那一日，禁卫军在山下找到太子与福寿郡主时，福寿郡主浑身是血，差点儿连命都救不回来，太后娘娘心疼得都落泪了。”

“老朽教导后辈无方，让太子殿下与福寿郡主受苦了。”

除了谢罪，谢幺爷还能说什么？他总不能说，谢瑶虽然姓谢，但身上也有一半的皇家血统吧？如果他真敢这么说，也许家族就不用被冷落了，因为昌隆帝会直接把他推到菜市口斩首。

自知不占理，谢幺爷除了对一个自己看不上的老太监露出讨好的微笑外，什么话都说不出口。

赵三财仿佛没有察觉他的难堪，微笑着道：“谢老，请往这边走。”

谢幺爷很快就发现，御花园比自己记忆里的要大很多，他走得气喘吁吁，却不敢让人来搀扶。

“陛下应该快下朝了。”赵三财一甩拂尘，皮笑肉不笑道，“谢老，请随老奴来。”

“多谢。”谢幺爷强打起精神，跟赵三财回了宸阳宫。

“赵公公。”守门的太监见赵三财回来，小声道，“陛下在正殿与曹尚书、花将军议事。”

“那可真是不巧。”赵三财对谢幺爷道，“谢老，老奴带您去偏殿休息一会儿吧。近来礼部事忙，由户部曹大人协理恩科之事，他们怕是还要商议一会儿呢。”

“公公客气了。”谢幺爷忽然忆起了当年，那时候，他与杜颂闻平起平坐，进宫面见陛下时，也不用在外面等这么久。

谢幺爷心里越来越不安，总觉得此行不会太顺利。

等了将近半个时辰，谢幺爷终于得到了昌隆帝召见。他踏进正殿大门，上前恭恭敬敬地行了一个大礼。

“谢老请坐。”昌隆帝让人把谢幺爷从地上扶起来，给他赐了座，笑道，“多年未见，谢老的身子可还硬朗？”

“托陛下的福，老朽一切都还好。”谢幺爷小心地在椅子上坐下，观察着昌隆帝的脸色。

几十年不见，昌隆帝看起来沉稳成熟了许多，给人深不可测之感。

昌隆帝没有问谢幺爷的来意，亲切地与他聊了一些家常，仿佛在关心一位普通的老人。

谢幺爷心里着急，可昌隆帝不露半点儿情绪，他实在没有办法，只好直接开口道：“陛下，老朽厚颜，想向您求一个恩典。”

“哦？”昌隆帝脸上的笑容渐渐淡去，他盯着谢幺爷，喜怒难辨。

谢幺爷头皮有些发麻，可是为了谢家，他只能硬着头皮求情：“陛下，驸马病重，老朽想接驸马回南方养病。”

“谢老放心，谢驸马乃朕的妹婿，朕会派人好好照顾他的。”

“老朽并无他意，只是驸马的病情复杂，接回南方休养，更有利于他养病。”谢幺爷看出昌隆帝不愿意答应这个要求，豁出老脸哭道，“陛下，老朽膝下无子，待驸马如亲子。得知他患了瘟症，老朽担心得一夜未睡，连夜赶到京城，唯盼他平安。”

谢幺爷年纪大了，伤心哭泣的样子分外可怜。

“这是怎么了？”太子大步走进正殿，看了一眼以袖抹泪的谢幺爷，朝昌隆帝行礼，道，“父皇，谢老怎么哭了？您为难他了？”

“陛下仁厚，岂会为难老朽？太子殿下，您误会了。”谢幺爷赶紧解释。

“既然父皇不曾苛待你，你哭得这么伤心做什么？”太子走到椅子边坐下，接过赵三财端来的茶轻啜一口，说道，“不知道的，还以为父皇欺负老人，让人误会可就不好了。”

正在抹泪的谢幺爷：这是连哭都不让人哭的意思吗？

他移开袖子，看了一眼没有什么表情的昌隆帝，又看了一眼颇为猖狂的太子，擦干眼泪，把袖子放下，说道：“是老朽失态了。”

“谢老哭得这么伤心，是因为得知谢家后人刺杀孤，心怀愧疚？”太子摩挲着花琉璃送给他的手串，慢条斯理道，“虽然谢瑶刺杀孤是满门抄斩的大罪，但父皇向来心软，并不想牵连他人。所以请谢老放心，父皇不会因此事追究整个谢家的罪责。”

谢幺爷面色微变，太子这话是什么意思？在威胁他？

谢家在南方传承百年，在学子心中好感度极高，陛下与太子当真敢动整个谢家？谢幺爷不相信昌隆帝会这么冲动，但他看不透这个太子的脾性。

初见时，他只觉得这个太子肤浅好美色，可太子现在往这里一坐，他便感受到了压力。

“谢瑶常年跟随公主到京中居住，我们长辈对她管教不严，这是我们的错……”

“等等。”太子把玩手串的动作微微一顿，眉头轻皱，“谢老这话的意思是，谢瑶跟乐阳公主有时候到京中居住，她犯了错，就是跟我们京城有关？”

“老朽绝无此意。”

“孤看你分明就是这个意思。”太子摆了摆手，“算了，孤懒得跟你争辩，免得传出去有人说孤欺负老年人。”

谢幺爷默默咽下一口老血。

“俗话说，儿孙自有儿孙福。谢老年纪大了，就该好好养生，其他的事情不要太过操心。”太子站起身，道，“至于谢驸马回南方养病一事，你不必再提，孤是不会同意的。”

“陛下……”谢幺爷没料到太子当着昌隆帝的面都如此嚣张，扭头看向昌隆帝，希望他能斥责太子几句，哪知昌隆帝不仅没有生气，反而笑得一脸无奈。

“这孩子从小被朕惯坏了，何况又受了那么大的委屈。”昌隆帝叹了口气，又道，“谢老，你是谢驸马的长辈，朕是太子的长辈，你心疼谢驸马，朕何尝不心疼太子？可是刺杀太子一案事关重大，在事情没有查清楚以前，乐阳公主府的人谁都不能离开京城。”

“至于谢老你……”昌隆帝淡然一笑，“你多年没来京城，就在这里多住一段时间吧。”

谢幺爷：“……”

这是什么意思？他不仅没能把家主接回去，还把自己给搭进去了？

“谢老，陛下还有奏折没有批阅，老奴送您回去，请。”赵三财上前请谢幺爷出门。

谢幺爷勉强维持着脸上的笑容，迈出门槛的时候，脚下一个踉跄，差点儿摔倒在地。

“谢老，您可要多留意脚下。”赵三财笑眯眯地扶住谢幺爷的手，说道，“若是您有个三长两短，老奴怎么向皇上交代呢？”

谢幺爷心里苦啊，他怎么都没有想到，昌隆帝现在变得如此难说话。难道真要家主一直住在京城里，与外界断了联系？不行，他必须想办法把家主救出来，不然这几十年的谋划全部白费了。

天气渐渐热了起来，乐阳公主被关在公主府里，什么消息都打听不到，唯一让她安心的是儿子被安全送到了宫里，不管出什么事，他都能保住性命。

宫里的御医每天都来，可是驸马的瘾症不见半点儿好转，反而越来越严重了。身边的丫鬟与小厮都在劝她想办法送驸马回南方休养，可是她现在连门都不能出，还能有什么办法？

晚上睡不着时，她起身在院子里透气，听到两个丫鬟在偷偷说话。

“驸马对公主殿下那么好，没想到驸马得了瘾症后，公主竟然眼睁睁地看着陛下圈禁整个公主府。”

“你不要胡说，这是陛下的命令，公主殿下能有什么办法？”

“再怎么说，公主也是陛下的妹妹，若是讲理不行，那就一哭二闹三上吊，陛下与太子总不能眼睁睁地看着公主这样。”

“你出的这是什么馊主意？万一传出去，岂不是让人看皇家的笑话？”

“就算被人看了笑话又怎样，只要能保住驸马就好……”

两个婢女的声音渐渐远去，乐阳公主呆愣地站在院子里，心中久久不能平静下来。

皇兄真的会为了皇家的颜面好看，让她带驸马离京吗？

朝廷加开恩科的消息传开以后，一些家境殷实的学子已经收拾好包袱，开始往京城里赶了，为的是提前适应京城的气候与饮食，这样在考场上就不会出岔子。

离京城较近的学子，已经三三两两赶到了京城。

王启等学子也是提前来京城的，可是由于谢家故意隐瞒消息，他们，比其他提前出发的学子晚到了几天。

屋漏偏逢连夜雨，他们还没到京城，就有同伴感染了风寒，大家为了帮同伴治病，几乎花光了身上的银钱。一路上，大家饿得前胸贴后背，为了省钱，有时候就宿于破庙，或是搭乡民的顺风车赶路。

好不容易快到京城地界的时候，他们已经饿得连路都走不动了，晚上一个劲儿地灌水充饥。

“大家再撑一撑，还有一天的路程，我们就能赶到京城了。”王启与同伴们围坐在火堆旁，小声道，“实在不行，我们就去农家借些米粮，写下借据，等家里把银子送来以后，再加倍还给他们。”

他们从小就读书，什么时候因银钱为难过？

“都怪我不好，若不是我连累你们，你们又怎么会一路上吃苦？”杨文哽咽道，“我都不知道该怎么报答你们。”

“什么报答不报答的，咱们相交这么多年，吃点儿苦算什么，最重要的是人没事。”王启与其他几个学子纷纷安慰杨文，顺便揉一揉饿瘪的肚皮。

第二天一早，他们继续赶路，走到一半的时候，身体最弱的杨文晕了过去。

“杨兄，杨兄？”

“发生了何事？”一辆精致的马车停在路边，车里传出女子轻柔的声音。

王启等人心中一喜，起身向马车里的主人行了个礼，说明了他们近来的遭遇。

“你们是南方来的考生？”马车帘子动了动，一只白皙的手腕轻轻撩起车帘。

车内的少女明眸皓齿，只是面色苍白得有些不正常，看起来像是患了病。

王启等人不好意思盯着少女看，连忙低下头，道：“小生等人正是从南方赶过来的。”

少女吩咐下人们把晕过去的杨文抬到后面的一辆车上，随后疑惑地看着他们道：“听闻南方学子向来重视科举，为何你们竟比其他州府的学子来得还要晚？”

学子们心里有苦说不出，只道因杨文生病在路上耽搁了。

“你们都是有情有义的好儿郎，朋友患病，宁可自己饿肚子也要替他看病。”少女在婢女的搀扶下慢慢走下马车，说道，“世间读书人很多，但是像你们这样有情有义的学子，却值得人敬佩。”

她把一个装银子的荷包放到王启手中，说道：“大晋的朝廷需要你们这样的人才，这些银两是我的一点儿心意，祝愿你们蟾宫折桂，金榜题名。”

“不不不。”王启等学子面红耳赤，不好意思收下荷包，说道，“多谢姑娘好意，您愿意送我们进城，我们已经很感激了，又怎好拿您的银子？”

“这些银子，是因我敬佩你们的为人，不想让你们这样的正人君子因银钱而埋没自身的才华。”少女轻咳几声，再次把荷包放到王启手中，接着道，“我相信，像你们这样的君子，日后入朝为官，也会是为民着想的好官。我赠你们银子，是为了天下百姓。”

“多谢姑娘。”王启红着眼眶收起装着银子的荷包，与其他几位学子一起向少女深深一揖，“若日后真有机会入朝为官，我等必不会忘记姑娘今日之言。”

“咯咯咯。”少女咳嗽几声，看起来很是虚弱，她说道，“时辰不早，几位公子请上马车，与小女子一道进京。”

“郡主，您身子本就不好，前段时间又受了重伤，仔细别吹了风。”一个婢女上前给少女喂了一粒药丸。

少女对学子们歉然一笑，以袖掩面，把药服了下去。

郡主？体弱？受重伤？

王启等学子不由自主地想到了来京城前听到的传言。

虽然理智告诉他们，世间没有这么多巧合之事，但他们仍旧忍不住在心中猜测，这位无意中帮助了他们的好心姑娘，会不会就是福寿郡主？

她不愧是花将军与卫将军的女儿，竟如此善良，还希望他们以后做好官，为百姓谋福利。

这么温柔善良的女子，怎么会有人忍心伤害她呢？

他们几乎不敢去想象，这位柔弱善良的姑娘浑身是血是什么模样。

学子们被送到京城后，杨文已经恢复了精神，看着人来人往、繁华无比的京城，他们感动得眼泪都要掉下来了。

“诸位公子，你们已经安全抵京，我们也该告辞了。”

“姑娘请留步。”王启叫住过来告别的丫鬟，说道，“请恕小生唐突，不知您家小姐是哪家千金，待小生们有了银子后，好去贵府还银钱。”

被他们叫住的丫鬟笑了笑：“诸位公子不必客气，这是我家郡主的心意。”

“郡主见我们遇难，慷慨解囊，是郡主仁善，我们又岂能欠钱不还？”王启作揖，道，“还请姑娘告知我们。”

“罢了。”丫鬟无奈地摇头，“我家主子家住城东的紫府巷，乃当朝大将军之女。”

能被称为“当朝大将军”的武将，整个大晋就只有两个人，那就是花应庭与卫明月。王启等学子虽猜测过救他们的人是福寿郡主，但也只是猜测，他们也不敢相信世间会有这么巧合的事。

“原来是福寿郡主。”王启深深一揖，“多谢郡主出手相助，小生等一定好好温习书本，不负郡主所望。”

“咯咯咯。”马车里传来福寿郡主的轻咳声，这一次她没有掀起帘子，而是隔着马车道，“诸位公子客气，能够相逢就是缘。你们刚好在那里有难，而我刚好又从那里经过，说明上天注定让我帮你们。上天注定的事，你们心中就不要有压力，就算没有我，也会有别人来帮你们。”

王启心里很清楚，若是遇到别人，就算他们获得帮助，帮他们的人也不一定能像福寿郡主那样周到贴心，还照顾他们的颜面。

马车缓缓远去，杨文忍不住感慨道：“福寿郡主真是温柔善良，难怪太子殿下会喜欢她，而不是……”

“杨兄，”王启打断他的话，“京城重地，我们要慎言。”

杨文恍然道：“多谢王兄提醒。”

他们来京城前，谢家做的恶事已经传遍了各大郡县。虽然后来有谢家人出来说那些事不是他们做的，但没人相信他们的话。那个被谢家人推下水的读书人，是他们看着推下去的，只恨当时水流急，等他们跑到岸边时，掉进水里的书生早就不知被冲去了何处。

他们把谢家当作仰望的对象，谁知谢家人并没有他们想象的那么好，甚至胆大包天地隐瞒京城公告，拖延其他学子温习书本的进度，实在是装模作样的伪君子。

“真没想到，我随便救下几个人，刚好就是从南边来的考生。”花琉璃昨天出城，是为了巡视一下皇家赏赐给她的别苑与田地，还在别苑里住了一晚，没想到回城的路上就遇到这种事。

“说明老天都在帮我们。”鸢尾道，“郡主，玳瑁国与金珀国的使臣都还在京城，谢家的长老为了谢驸马也进了京城。奴婢担心他们还有其他的阴谋诡计，您一定要多加小心。”

“我可爱的鸢尾，你忘了吗？”花琉璃伸手勾起鸢尾的下巴，笑着道，“你家郡主可是体弱单纯的娇小姐，你若是那些人，会不会觉得我是整个花家最好对付的人？”

鸢尾半蹲在花琉璃面前，帮她敲了几下腿，说道：“郡主，最近京城里的事情好像格外多，奴婢心里有些不踏实。”

“没事。”花琉璃拉起鸢尾的手，让她坐在自己旁边，说道，“还有你跟玉蓉在，我不用担心。”

鸢尾无奈地笑道：“郡主，奴婢跟玉蓉只懂在马背上打仗，可不懂京城里这一套。”

“没事，你家郡主很聪明的。”花琉璃掀开马车窗帘往外看了一眼，眼中的笑意渐渐收敛，“这么美好又安宁的世间，谁为了一己私利而去破坏，谁就是大晋百姓的敌人。”

花家人既然能在疆场上挥洒热血，保护这块土地，自然也能在风云变幻的京城护住这一地的繁华。

五年前，她敢独自留在军营；五年后，她就敢陪着太子把晋国守护得更好。

这就是花家人的使命。

第八章

叛国通敌

朝堂上，昌隆帝微微抬起左手食指。见状，侍立在一边的赵三财高声道："有事启奏，无事退朝。"

这代表着朝会结束，之后，大家就可以散了。

今天却有一位御史站了出来，说道："臣有本奏。"

昌隆帝坐直身体，面无表情道："讲。"

"微臣近日收到一封，与边境有关的密报。"御史说着，扭头看了一眼站在武将行列之首的花应庭，接着道，"有人发现，花应庭将军的大儿子花景逸与金珀皇室来往密切，有通敌卖国之嫌。"

他这话一出，满朝皆惊。

"陛下，"曹进伯出列，道，"花将军带着儿子守卫边疆多年，还带兵打败金珀贼兵，又怎么会通敌卖国？请陛下明察。"

曹进伯抬头看了一眼面无表情的昌隆帝，心思翻涌，难道陛下让太子与福寿郡主定亲，只是为了麻痹花家，其实陛下早就想打压花家了？

好在太子也来参加了今日的大朝会。曹进伯一脸期望地看向太子，希望他能帮着花家说上几句。

太子站在文臣之首，没有说话，朝臣们也不知道他现在是什么表情。

“花景逸年轻有为，是朕的心腹爱将，你说他通敌卖国，可有证据？”昌隆帝面无表情地看着这个御史。

“这是花景逸与敌国来往的信件，请陛下过目。”御史从袖笼里掏出几封信，双手呈上。

赵三财接过信件，确认无毒以后才转交到昌隆帝手上。

昌隆帝没有急着看信，而是看向太子，道：“太子，你对此事有何看法？”

文臣们在心中感慨，陛下还是看重太子的，这种时候还会照顾太子的颜面。

当然，此时此刻他们更加同情花应庭。

通敌卖国这种嫌疑，只要沾上了，想要洗干净就要掉一层皮。若陛下想要趁机打击花家，他们掉一层皮还不够，恐怕要去大半条命。

“这位御史孤瞧着有些眼生，新来的？”太子瞥了眼那个御史。

“回太子殿下，微臣是本届科举榜眼。”谢御史作揖道，“前些日子刚到御史台任职。”

“哦。”太子点了点头，“你相貌平庸了些，孤只记得状元与探花长什么模样，倒是把你忘了。”

闻言，谢御史面色尴尬。

“你一个刚入朝为官的御史，从何处得知花景逸通敌卖国这事的？”太子迈着步子缓缓走到谢御史面前，“孤倒是怀疑，你嫉妒花长空科考成绩比你好，故意造谣生事。”

“殿下，微臣绝无这样的心思。”谢御史急道，“微臣只是无意间得到这份证据，怕花景逸犯下更多的错事，才在朝会上说出此事。殿下，即使您是福寿郡主的未婚夫，也不能包庇花家。”

“你这是在说孤包庇罪犯？”太子轻笑一声，忽然沉下脸，道，“花家有没有罪，父皇与孤都还没说话，几时轮到你来定罪了？你一个小小的御史，是要帮着大理寺断案，还是要帮着父皇给人定罪？”

说完，他一脚把谢御史踹趴在了地上，骂道：“你是什么狗东西，竟敢在孤面前阴阳怪气的！”

其他文臣默默地往旁边挪了挪，让出更多的空间，好让太子继续发挥。

这位刚来的谢御史真是初生牛犊不怕虎，踩踩花家就算了，偏偏还要把太子牵连进去。

太子是什么脾气，他们早就领教过，他们已经牢牢记住“宁可惹怒陛下，也不可惹太子发疯”的上朝准则。

大家都是当官的，面子还是要的，万一被太子当朝骂了几句或是踹上一脚，面子往哪儿搁？

更何况这个御史实在是……无理取闹，哪个通敌卖国的人，还把私通的国家打得落花流水？这是在侮辱谁的脑子呢？

谢御史被太子一脚踢翻在地，半天没有回过神来。

这不是朝堂吗？陛下不是还在场吗？为什么太子敢一言不合就踹朝臣？

“太子。”昌隆帝干咳一声，“有话好好说，不要动武。回去后，好好抄写十篇大字，养一养心性。”

然后呢？没了？！

谢御史不敢置信，陛下对太子竟然纵容到了这个地步？！你可是皇帝，能不能有点儿脾气，把这坏脾气的太子好好收拾一顿！

可惜谢御史注定要失望了，陛下不轻不重地说了这么几句后，就好像忘了太子当众发脾气的事。其他朝臣也都是一脸云淡风轻。

谢御史：……京城的这些官员是不是有毛病？

“陛下。”倔强的谢御史没有服输，他从地上挣扎着爬起来，忍着疼痛道，“陛下，这些都是花景逸的亲笔信，请您过目。”

昌隆帝认识花景逸的字迹，应该说，他认识花应庭所有子女的字迹。因为花应庭经常拿儿子写的字给他看，就连后来去了边关，花应庭也会在写给他的信里面塞上几幅儿女写的字。

他拆开信封一看，字迹确实像是花景逸的。

这些信，不仅涉及部分朝中政事，还谈及青寒州与他国通商的事，看起来确实很像泄露了晋国的机密。

在某几封信里，花景逸暗示金珀那边的人给他送金银珠宝，不然就取消合作。

看完这些信件，昌隆帝看向花应庭。花应庭脸上带着委屈、疑惑、茫然的表情，唯独没有心虚。

“这些信朕看了一下，确实是花景逸的字迹。”昌隆帝把目光扫向朝中众人，食指轻轻敲击着龙椅扶手，没再说话。

“陛下，微臣以为，其中也许有什么误会。”大理寺卿张硕站出来，道，“花景逸将军年少随父从军，杀敌无数，这样的人又怎么会通敌卖国？请陛下明察。”

“臣附议。”大理寺少卿裴济怀也站了出来。

“陛下，微臣怀疑此乃他国故意栽赃陷害。”工部侍郎林舟也站了出来，虽然他跟花家的关系很尴尬，但他还记得，在他处境最艰难的时候，是花应庭为他求了情。

花家世代为晋国抛头颅洒热血，如果仅仅因为几封字迹相似的信就判定花家通敌卖国，那就实在太草率了。

“父皇，”英王直接道，“依儿臣看，就是这个御史不安好心。瞧他尖嘴猴腮的样子，就不像个好东西，肯定是他故意陷害花家人。”

谢御史：“……”

你们皇家人有事就说事，能不能别提容貌？

“诸位爱卿不要紧张，朕说字迹是花景逸的，不是怀疑他，而是想告诉你们，这一切都是朕授意的。”昌隆帝把信件全部放到了托盘里，哈哈一笑，“只是他要做的事，朕现在不能告诉你们，你们都不要胡乱猜测了。”

众人齐齐松了口气，原来是这么回事。

明白过来以后，大家又有些担心，这事闹出来，花景逸正在进行的行动恐怕也要失败了吧。

想到这里，众人扭头看向谢御史。有什么事不能私下汇报，非要闹得满朝皆知？现在可好，坏了陛下的计划了。

面对诸多朝臣谴责的目光，谢御史觉得自己的人生观受到了重大的冲击。

把这些证据交给他的人分明说，只要有了这些，就能让花家吃不了兜着走，为什么最后吃不了兜着走的是他？

“这场闹剧到此为止。”昌隆帝站起身，语气淡淡道，“退朝吧。”

虽然陛下没有治谢御史的罪，可是很多人都用同情的目光看着他。刚入朝就得罪太子，他真是一位勇士。

谢御史想向同僚打听一点儿消息，哪知他还没靠近，这些同僚就像见鬼般躲开。

“等等。”谢御史看着低头匆匆离开的同僚们，终于害怕起来。

“谢御史……”裴济怀走到他面前，意有所指道，“你是谢驸马的远亲吧？”

谢御史点头，有些不解，道：“不知裴大人这话是何意？”

裴大人冷笑一声，转身走开。

谢御史：“……”

方才在朝堂上一句话都没说的花应庭，默默地跟在昌隆帝身后进了宸阳宫正殿。

“陛下！”花应庭喊了一嗓子，扑通一声跪在昌隆帝面前，抱着他的大腿哭得一把鼻涕一把泪。

“陛下，末将心里苦啊！”

“不知是哪个王八蛋陷害末将，如果不是陛下您护着末将，末将就算有一百张嘴都说不清，呜呜呜。”

在这个瞬间，花应庭就是一个受尽委屈、需要人哄的孩子。

谁说英雄不掉泪，只是未到伤心处。

花应庭哭声震天，吓得刚走到门外的英王往后退了两步，问守在门外的赵三财：“赵公公，花将军……没事吧？”

父皇因为刚才发生的事，责备他了？

“请赵公公帮我传达一下，我想求见父皇。”英王越想越觉得不对劲，想进去看看。

“王爷请稍候片刻。”

赵三财进殿后，很快花应庭的哭声就消失了。英王忍不住探了探头，赵三财走出来，道：“王爷，陛下请您进去。”

英王大步走进殿内一看，只见花将军站在旁边，眼眶发红，看起来受尽了委屈。

他父皇的面色倒是正常，看不出喜怒。

“父皇。”英王向昌隆帝行了一礼，道，“父皇，儿臣怀疑那谢御史故意抹黑花将军一家，是有人在背后指使。”

昌隆帝欣慰地看着这个儿子。他竟然愿意动脑子了，真是可喜可贺。

“嗯，有道理。”昌隆帝点头，“那你觉得，谁最有可能这么做？”

“还能有谁，当然是谢家。他们家惹出这么大的祸事，肯定想把花家拖下水，说不定他们还恨福寿郡主救下太子，坏了他们的大计。”英王肯定道，“依儿臣看，就是他们干的，就连那个污蔑花景逸的御史都是他们谢家旁支的人。”

昌隆帝叹息了一声。大儿子愿意动脑就很好了，对他的要求还是不能太高。

见父皇叹气，英王不解：“父皇，儿臣说错了？”

“没。”昌隆帝疲倦地摆手，“你先回去休息，朕会好好处理此事的。”

“是。”英王看了花应庭一眼，退了出去。刚出宸阳宫，他就遇到了相携而来的太子与花琉璃。

英王沉默地拱了拱手，走开几步后，又回头对花琉璃道：“福寿郡主不用担心，父皇不会相信小人的谗言。”

“多谢。”花琉璃以为英王还会说什么，却见他闷闷地扭头走远，沉默得都不太像他。

“不要看其他男人，多看看我。”太子捧住花琉璃的脸说，“孤比他好看多了。”

“是是是，臣女知道殿下最好看。”花琉璃抓住太子的手，“可我现在更想面见陛下，一时间无心欣赏殿下的美色。”

太子轻笑出声，带着花琉璃往正殿走。

见到太子与福寿郡主，赵三财连通报都不用通报，笑着向他们行了礼，就任他们进门了。

“陛下，此人故意引谢家旁支的人上钩，用心十分险恶。”号啕大哭后，花应庭情绪恢复得很快，说道，“陛下您若是相信末将，那么被牵连进去的就是谢家。所有人都知道谢家女嫁太子不成，因爱生恨这件事。”

“所有人都知道，谢家对末将一家肯定心有嫌隙。但是谢家的老太爷行事十分稳重，又能隐忍，就算真的恨我们花家，也不可能让谢家旁支的人出手。”

最可疑的谢家，其实并没有那么可疑。

“朕也是这么想的。”昌隆帝把谢御史呈上的信递给花应庭，说道，“你来看看这些信。”

花应庭接过来看了几眼，摇了摇头，道：“这些信的字迹与犬子的十分相似，但末将可以肯定，这绝不是他亲笔所写。”

“朕知道。”昌隆帝点头，“不过，为了把谣言与争辩掐死在萌芽阶段，朕只能对外说，这是朕让景逸去做的。”

“陛下的苦心，末将明白。”花应庭单膝跪下，道，“陛下如此护着末将一家，末将都不知道该怎么报答您了。”

谣言永远比真相更引人注意，只要花家有可能通敌卖国的谣言传出去，花家在百姓心中的形象就会受到极大的影响。

所以在没有查出真凶前，昌隆帝只能当着一众朝臣的面说一切都是他授意的。

“你与卫卿家为朕守护江山，朕就该守护你们，谈何报答？”昌隆帝把住花应庭的手臂，想把他从地上扶起来。

可惜他忘记了花应庭是个将近两百斤的壮实男人，以他的力气根本拉不动。

气氛瞬间变得有些尴尬。

花应庭马上顺着昌隆帝的力道站起身，抹着泪道：“得遇明君，是末将之幸，就算是抛头颅洒热血，末将也心甘情愿。”

“花爱卿！”

“陛下！”

“喀喀喀。”太子干咳两声，上前道，“父皇，儿臣有一事相求。”

“何事？”昌隆帝还沉浸在感动的情绪中，见到太子身后的花琉璃，忍不住道，“爱卿好，养出来的子女也好，太子能娶到这样的太子妃，是他的福气。”

“哪里。”花应庭赶紧道，“太子殿下文武双全，貌比潘安，小女能嫁给他，是小女的福气。”

“还是琉璃好。”

“太子殿下更好。”

“多谢父皇与花将军夸赞，儿臣也觉得自己与福寿郡主是天生一对。”太子觉得再让他们夸下去，天都要黑了。

花应庭憨厚一笑，看向太子的眼神比以往亲切了许多。

今日在朝堂上，他本以为太子会保持沉默，没想到为了花家，太子竟当庭与御史对峙，甚至气得动了脚。

若不是看重他家闺女，太子又怎会不惧流言，做到这一步？

其实他心里一直隐隐担心，在边关养大的女儿与太子在一起会不自在。

宫里养大的孩子，讲究多，规矩多，女儿可以因太子出众的容貌与他相守一时，可是以她的脾性，她能跟太子相伴一世吗？

直到今天，他看到太子在朝堂上的行为，那颗提起的心才慢慢地落了下去。

这样的太子，或许不符合文人心中完美的太子形象，但更加适合琉璃。

若真要用词语来形容，大概就是……臭味相投？

身为父亲，他最喜欢的就是听别人夸自家儿子。早就受够了其他人对着太子指指点点，听到花应庭对太子的夸奖，昌隆帝觉得整个人都神清气爽了。

“你刚才进来，是想说什么？”昌隆帝还记得太子找自己有事。

“儿臣以为，谢家人诬陷花家通敌卖国之事，十分严重。”太子道，“儿臣以为，应该彻查谢家，好洗清他们与他国勾结的嫌疑。”

昌隆帝眼睛微亮，问道：“你的意思是……”

“天气越来越热，儿臣想让谢家凉快凉快。”太子翘起嘴角，笑得十分好看，“谢家私养死士，刺杀太子，已是证据确凿。”

“凭借两份口供就去彻查谢家，是不是有些不够？”昌隆帝敲了敲桌面，说道，“谢家在南方势重，仅凭这些还不行。”

“很快就有了。”太子笑眯眯道，“您今天答应让儿臣出宫游玩，就能有。”

昌隆帝不由得扶额：这孩子拐弯抹角说这么多，就是想溜出宫玩？

“请陛下放心，臣女会好好照顾太子殿下的。”花琉璃温柔一笑。

当着未来儿媳的面，昌隆帝不好骂太子，只好忍着气道：“他一个大老爷们儿，好好照顾你才对。让元溯陪你在京城里多看看，多逛逛，你有喜欢的东西就买，让他掏钱。”

花琉璃掩着嘴笑：“多谢陛下。”

“父皇、花将军，我们先告退了。”太子抓住花琉璃的手转身就往外走，生怕走得慢了昌隆帝又改变主意。

“唉。”昌隆帝叹了一口气，对花应庭干笑道，“年轻人，成亲前就该多培养培养感情。”

绝对不能让爱卿看出，他拿太子没办法。

“陛下说得是。”花应庭点头，道，“末将也是这么想的。”

昌隆帝的笑容变得自然起来，有这么一个他说什么都觉得很有道理的臣子，真是让人舒心。

“主公，谢家的那个旁支已经把证据当朝拿了出来。”

“哼。”男人冷笑一声，“然后呢？”

“然、然后……”下属结结巴巴道，“昌隆帝说……那些书信是他授意花景逸写的。”

“你说什么？！”男人坐直身体，连手中的折扇都撕裂了，吃惊道，“看到那些证明花景逸通敌的证据，昌隆帝竟然说那些是他授意的？”

“是啊。”下属一头雾水，那些书信明明是他们安排人临摹的花景逸的字迹，故意让谢家旁支的人发现的，怎么呈到昌隆帝手里就变了一种说法？

正常的皇帝遇到这种难得的好机会，不是该趁机打压花家吗？

“昌隆帝竟然如此信任花家？”男人失神片刻后就明白了昌隆帝的用意，他想把花家完完整整保下来。

身为帝王，他怎么可能不猜忌武将？他看到证据后，都没有半点儿动摇？

这昌隆帝脑子是有病吧？哪儿有这么奇怪的皇帝？

“主公，这下该怎么办？”下属也没料到昌隆帝不吃这一套，不免有些傻眼。

“我听说，花家现在住的大宅是昌隆帝赐下的？”男人沉吟片刻，道，“另外，福寿郡主有一座御赐的别苑？”

“是。”

“如果有人在福寿郡主的别苑里发现了龙袍。”男人优雅地打开折扇，发现折扇刚才已经被自己撕裂了，于是把扇子扔到一边，继续高深莫测道，“我很想知道，昌隆帝看到那件龙袍，是怀疑自己最疼爱的儿子，还是心腹爱将呢？”

“属下明白了。”

花琉璃与太子出宫玩耍了一会儿，正准备乘坐马车回宫，忽然有个衣衫褴褛的妇人跪在了他们面前。

“求青天大老爷为老妇人申冤啊！”

街上人来人往，很快路人便把马车围得水泄不通，太子府的护卫们差点儿拔刀示警。

“王兄，你们快看！”住在客栈二楼的杨文看到这一幕，赶忙叫来王启等同乡，说道，“这位拦马车的老妇人，像不像被推入河中的书生的母亲？”

书生被推入河中之后那几日，他的母亲整日在河边喊儿子的名字，哭得眼睛都凹了下去。

后来，太守府的衙役前来驱赶，老妇人便消失了。

他们以为老妇人被谢家与太守害死了，没想到她竟来了京城。

“青天大老爷，民妇要状告昌尧州太守与谢家草菅人命！”老妇人跪在马车前，从袖子里掏出一份状纸，高举过头顶，哭泣着道，“求大人替民妇申冤！”

众人哗然，昌尧州谢家？

“可是那个出了驸马的谢家？”

“就是那个被公主戴了绿帽还疯了的驸马？”

“他不是心生反意，派刺客刺杀太子，阴谋败露后被吓疯的吗？”

众目睽睽之下，大家又有些担心。这妇人衣衫褴褛，肯定是出身贫苦人家。谢家可是有驸马爷的大家族，也不知道坐在马车里的人敢不敢管这事。

若是不敢管，公主府的人知道老妇人进京告状，会不会杀人灭口？

“老人家，有话慢慢说。”一位护卫上前，神情温和地扶起老妇人，道，“你先说一下究竟发生了什么事，我们家殿下才知道如何帮你。”

“殿下？”老妇人激动道，“是皇子殿下？”

护卫微笑着点头。

“太好了，太好了。”老妇人低头抹泪，“殿下，我儿死得冤啊。”

“老妇乃昌尧州人，孩子三岁时，孩子他爹就去了。”老妇人说自己的亡夫是在边疆杀敌阵亡的。

“孩子他爹去后，朝廷给了一笔数目不小的抚恤金。靠着这笔钱，我给孩子请了先生，让他读书念字，想让他像他父亲那般报效国家，哪知谢家那些畜生……”说到这里，老妇人哭得几乎昏厥过去。

眼看着朝廷就要开恩科了，她独自抚养长大的孩子却被谢家人推进河中淹死，连尸首都没有找到。

可怜的老妇人报官无人理，反而受到了谢家人的恐吓。

悲伤的她，只能一路乞讨来了京城，可她害怕京城的官员像昌尧州太守一样，所以只好在大街上拦了贵人的马车申冤。

听完这个妇人的悲惨遭遇，不少人开始抹泪，疾恶如仇的人已经开始骂起谢家来。

说完了事情所有经过，感染了无数路人后，老妇人晕了过去。

“快把人送去医馆。”

护卫们把人抬走，有热心的百姓担心妇人的安全，也跟了过去。有胆子比较大的，就挡在马车前，希望马车的主人能够表态。

“请诸位父老乡亲放心，我家殿下定会严肃处理此事，不会放走一个恶人。”

“当真？”

“当真。”

“宫里那么多皇子，你家主人是哪一位？”人群中不知是谁扯着嗓子问了一句。

“我家主子乃东宫太子，自小疾恶如仇，对贪官污吏不假辞色。”回话的侍卫高声道，“请诸位放心，太子殿下一定会奏请皇上彻查谢家与昌尧州太守。”

“太子殿下？！”百姓们听到“太子殿下”四个字，顿时放下心来。

听说太子是陛下最看重的儿子，又是花将军的女婿，如果是他的话，肯定不会包庇谢家人。

老妇人被送走了，热闹也看完了，众人不敢冒犯太子殿下，只能依依不舍地散去。

“殿下，”花琉璃掀起马车窗帘，见众人已经渐渐散去，才道，“我觉得此事有异。”

“此话从何说起？”太子笑着看向花琉璃。

“虽然那位老妇人哭得伤心，但她的伤心更像是给别人看的。讲到儿子落水不见时，她的每一句话都恰到好处地引起其他人的同情。”花琉璃想了想，说道，“她表现得太完美了，反而有些不真实。”

太子轻笑一声，伸出食指在她的鼻尖上轻轻一点：“我家琉璃果然冰雪聪明，一眼就能看出很多别人不能发现的东西。”

见太子笑得这么平静，花琉璃心中渐渐有了一个猜测：“殿下，难道此人是你……”

“嘘。”太子把食指放到好看的唇边，说道，“你懂的。”

花琉璃确实懂了。

她盯着太子，半天没有说话。

“为何这么看着我？”太子温柔地看着她，“觉得我不择手段？”

花琉璃轻轻摇头，笑了：“我是在想，殿下的脑子究竟是怎么长的，为何如此机智。”

谢家所图众多，以谢家在南方的地位，如果他不尽快处理，肯定会有非常可怕的后果。

“可能因为近朱者赤？”太子笑道，“有一位聪慧的未婚妻，我如果不多动脑，岂不是会显得太无能？”

花琉璃大笑出声：“殿下这么会说话，一定是嘴巴甜。”

话音刚落，她的嘴角似乎被什么温软的东西碰了一下。她摸着嘴角，看着缓缓坐直身体的太子，瞪大了眼睛。

“不是说我的嘴甜吗？”太子指了指自己的唇，“所以让你尝尝。”

花琉璃脸颊微微发红，虽然她曾经是一个准备养面首的美少女，可她从来只是心动，没有行动。

所以她……害羞了。

马车刚在花家门口停下，花琉璃就跳下车往家里跑。

“琉璃，慢些走，你身体不好。”太子掀起车窗帘，对跑远的花琉璃露出温柔的笑容。

花琉璃脚下一个踉跄，回头看了太子一眼，朝他做了一个鬼脸，溜进花家大门。

太子轻笑出声，斜靠着车壁，忍不住叹息一声。

离八月十二还有三个多月，真是度日如年啊！他心里想着，也不知道礼部那边准备得怎么样了，东宫的摆件要换上一些琉璃喜欢的。

“殿下，”随侍太监小心翼翼地提醒道，“郡主已经回府了，您要现在回宫吗？”

太子收回心神，看了一眼小心翼翼的随侍太监，说道："回吧。"

他想，等下回去就去父皇的私库，看看有没有什么女孩子喜欢的物件儿。

第九章

私藏龙袍

谢家人杀害无辜书生的消息，很快传遍整个京城。一些认识王启、杨文等南方学子的文人，特意跑来跟他们打听是不是真有这种事发生。

王启等人忌惮谢家的威势，可是在他们落难时，福寿郡主救助了他们，还说希望他们以后能够成为为民做主的好官。如果他们连谢家作恶这种事都不敢说出来，以后入了朝，又怎么好意思说自己能做好官？

几人犹豫了片刻后，最终还是把自己知道的事情都说了出来。

“都怪我，若是我会水，也许当日就能把那位兄台救上来，而不是眼看着他被河水吞噬，做了水中亡魂。”王启愧疚不已，这件事几乎成了他心中无法挥去的阴影。

“王兄，你虽然无力帮他，却说出了这些真相，我相信那位学子也会感谢你的。”一位北方文人见王启满脸愧疚，劝慰道，“该感到愧疚的应该是谢家人，而不是你。”

“都说谢家是书香世家，没想到谢家人竟然做出这种没有人性的事。”

南方来的读书人听到这句话，脸都有些发热。南方读书人以谢家为首，谢家出了这么多事，他们也感到不光彩。

“以前就听说南方文人光风霁月，不惧权贵，今日见了诸位兄台，才知南方文人果然有好风骨。”一位北方文人朝南方学子们拱手作揖，道，“谢家势大，诸位却敢说出真相，我辈佩服。”

被北方文人这么一夸，南方学子又是脸红又是愧疚。实际上，他们并没有别人夸的这么好，可是面对其他学子敬佩的眼神，他们心里对谢家的惧怕也渐渐淡了。

有胆子大的，还把谢家收罗书籍、故意拖延朝廷加恩公告、仗势欺人、与太守府勾结等事都说了出来。

“身为读书人，当心怀天下，为国为民，怎能做出这等丧尽天良之事？”平时温和好说话、关键时刻出口成章的京城读书人怒了，有心直口快者，甚至拍着桌子表示一定要写文章骂死谢家人。

“今日谢家可以杀这个读书人，明日就有可能来杀我们。”有个读书人道，“我们必须要为那位学子声讨，让朝廷早日把杀人凶手抓捕归案。”

谢幺爷听说这个消息后大惊失色，几乎不敢相信自己的耳朵，说道：“南方学子向来以谢家为尊，怎么可能与京城学子一起辱骂谢家？”

小厮把事情经过说了一遍。

“糊涂！”谢幺爷气得差点儿呕血，“我临走前不是已经吩咐过，要他们严管家中后辈？为何还会闹出人命来？”

闹出人命便罢了，偏偏死的还是一个读书人，而且被好些人看到是他们谢家人动的手。

被人看到了，他们可以说这个书生欠债不还，或是欺骗了谢家女眷的感情，他们是一时气愤才动手的，可他们倒好，竟然与太守一起说书生的母亲污蔑谢家。

那么多双眼睛看到了，他们竟然还敢说死者母亲污蔑谢家，这些人办事的时候究竟有没有脑子？

问清惹出事情的是哪几个后辈，谢幺爷内心有些绝望，家里最没脑子的几个后辈都凑一块儿去了。

谢家虽是书香世家，但也会有那么两个“干啥啥不行，惹祸他最行”的废物。

“事到如今，只有交出这几个废物，保住整个谢家。”谢幺爷狠下心，说道，“我修书一封，你们快马加鞭送到昌尧州，让家里把那几个废物交出去，以平民愤。”

经此一事，谢家在南方读书人心中的地位就要大幅度下降了。

想到这些，谢幺爷心口就疼。谢家几辈人苦心树立的形象就这么毁于一旦，他死了以后，如何去面对谢家的列祖列宗？

可惜谢幺爷不知道，他连夜让人送去昌尧州的书信刚出京城就被人截了下来。送信的小厮也被关进了京兆府大牢。

谢幺爷的信，很快就出现在了御案上。

昌隆帝看完这封信，叹道：“弃车保帅，谢家人做事真是干净利落，没有半点儿拖泥带水的毛病。”

“父皇，关于谢家的案子，民间呼声很大。”太子道，“为了安抚民心，儿臣以为，我们应该张贴告示，派出钦差大臣，彻查谢家。”

“钦差可有人选？”昌隆帝问。

“父皇觉得大理寺裴济怀与翰林院花长空如何？”太子道，“花长空是新科状元，又是两位大将军的儿子，百姓都会信任他。裴济怀擅长断案，身家清白，为人正直，定不会受谢家影响。”

“看来你早就想好了。”昌隆帝笑道，“还没跟花家姑娘成亲，你就先帮着小舅子谋职位了。”

“举贤不避亲。”太子理直气壮道，“难道儿臣挑选的这两个人不合适？”

“好。”昌隆帝道，“就依你的意思办。”

太子说得没错，以花长空的身份，他确实很适合办理此案。若不是花长空刚入朝为官，太子甚至想让他做主钦差。

朝廷的公告贴出来以后，果然获得了一片赞扬。老百姓觉得，这位花翰林是花将军与卫将军的孩子，入京前还随父母上过战场，他一定会还受害者一个公道。

文人们也很满意，被谢家害死的是书生，陛下特意让新科状元当副钦差，说明陛下认真考虑了文人的感受，对他们很看重。

于是夸颂昌隆帝的文章又多了起来。多好的陛下啊，为了老百姓的安危，宁可得罪妹婿也要一查到底。有这样的陛下，是万民之福！

茶馆里、天桥下，无数个夸耀昌隆帝的故事诞生了。

花琉璃与嘉敏等几个小姐妹特意跑去茶馆里听。不听不知道，一听吓一跳，在这些故事里，陛下已经变成了下凡的龙子。

什么他出生的时候天际有金龙出现啦，登基的时候天上出现五彩祥云啦，甚至有他微服私访时背着老太太过河的版本。

花琉璃默默地扭头看嘉敏，很想知道这些故事里有多少是真的。

"你别看我啊。"嘉敏连连摇头，"我从没听母亲说过这些事，你是皇舅未来的儿媳妇，你都没听说过，我能知道吗？"

"陛下就算要送老奶奶过河，也是让护卫送，怎么可能亲自背过去？"田珊小声道，"一听就不像是真的。"

在她们聊天的这一会儿时间里，关于昌隆帝的故事已经进展到某座宅子闹鬼，有一天昌隆帝坐马车经过以后，这栋宅子里的鬼全部消失了。

"青徽真人过来一看，口念道号，对这位贵人道：'老太爷，你家这座宅子原本是有鬼魂的，但今日有真龙天子经过，便驱散了鬼气。这位天子功德深厚，龙气缭绕，只要有他在的地方，就能百邪不侵。'"

茶客们听得津津有味，打赏的钱如雨水般砸落在台上。

嘉敏等人也扔了一些碎银子上去，再怎么说，这些故事也是夸陛下的，管他是真还是假，态度很重要。

"若不是他说的是我舅舅，我都快要当真了。"嘉敏感慨道，"这些说书先生实在是厉害。"

"说不定陛下真的是真龙转世。"花琉璃笑眯眯道，"你想啊，自从陛下登基后，天下百姓是不是越过越好了？"

小姐妹们纷纷点头。

"就连总是来挑衅我们的金珀，都拜服在陛下的龙袍之下。"花琉璃重重点了一下头，“除了真龙天子，谁能做到？”

“郡主说得对！”

嘉敏看了一眼小堂姐跟田珊，在她们三人脸上似乎看到了“马屁精”三个字，说道：“我也这么觉得。”

好姐妹有难同当，有马屁也要一起拍嘛。

“郡主，出事了。”向来稳重的玉蓉步伐匆匆地走到茶桌边，说道，“有人在您的别苑里发现了龙袍。”

“什么？！”嘉敏吓得把手里的茶杯都打翻了，面色惨白地看着花琉璃道，“是谁在陷害你们家？快，你现在马上进宫，去求太子帮忙！”

私藏龙袍是诛九族的大罪，可太子对花琉璃是有真感情的，他应该会帮她吧？

“等等，先等等。”姚文茵叫住花琉璃，她因为太过害怕，牙齿都在打战。

私藏龙袍这种事，在前朝也是发生过的，牵连进这事的太子最后被废了储君之位，在牢中被圈禁了一辈子。

“不能去找太子。”姚文茵深吸一口气，说道，“越是这种时候，就越不能去找太子。”

“为什么？”嘉敏不解，“皇舅最宠爱太子，这种时候，太子去说情，比谁都有用。”

“可是私藏龙袍是大罪，你们还记不记得前朝被圈禁了一辈子的废太子？”姚文茵急道，“太子是福寿郡主的未婚夫，这件事闹出来，对太子是最不利的。”

嘉敏怔住，她担忧地看着花琉璃：“那现在该怎么办？那个别苑是怎么回事？”

“别苑是我晋封郡主时陛下赏赐的，里面的下人也是殿中省分配过来的。”这些下人，大多是因家里人犯了大罪而被贬为奴籍的。

她除了偶尔去别苑看一眼，连别苑的产业都没有精心打理过，现在别苑突然出现一件龙袍，她都要好好回忆一下别苑里有多少个房间。

由殿中省经手分配的下人，按理说应该不会有大问题，除非有人在他们被分到别苑前就做了手脚。

“那现在该怎么办？”嘉敏急得跺脚，说道，“花琉璃，你先别急，我回去让娘打听打听，看能不能帮着说情。”

说完，她连马车都不坐了，跑下楼抢下护卫的坐骑，翻身上马就准备回府。

“等等。”花琉璃勒住缰绳，马儿嘶鸣了一声，停了下来。

“你做什么？”嘉敏吓了一跳，“你的手没事吧？”

“我没事。”花琉璃摸了摸马儿，对嘉敏道，“闹市不可纵马，你这么急急忙忙的，伤到人怎么办？”

“都什么时候了，你还记得这个。”嘉敏无奈道，“那现在怎么办？”

“还能怎么办。”花琉璃抿着嘴角想了想，说道，“既然是我的别苑出了问题，那就由我去跟陛下解释。”

花琉璃坐上马车，对赶车的马夫道：“走，进宫。”

看着花家的马车不快不慢地离开，嘉敏气得踹了马车轮一脚，生气道：“这么阴损的手段都能用出来，这些人的心是什么做的？！”

花家为了守卫边疆，付出了那么多，好不容易天下太平了，却有人拿私藏龙袍的事陷害花家人，太欺负人了。

想到自己最崇拜的卫将军要受这么多委屈，嘉敏气红了眼睛，转身就走向马车。

“嘉敏，你去哪儿？”姚文茵叫住嘉敏。

“我去求母亲帮忙。”嘉敏咬牙切齿道，“我不相信花家人会私藏龙袍！”

姚文茵重重地点头：“那我也回去求爷爷。”

田珊看了看两位姐妹，小声道：“那我进宫去求求姑母。”不过这话她说得没什么底气，姑母一直不太喜欢太子，更重要的是，太子若是因为此事获罪，获利最大的便是表哥英王，姑母不一定愿意帮忙。

不过，就算没有多少希望，她也要试试。

几位小姐妹，没有一个人觉得花家会做这种事。

花琉璃乘坐的马车行至宫门口，刚好有一辆马车从里面出来。

马车缓缓停下，马车里的人掀起了帘子，花琉璃认出来人，喊道：“二公主。”

“福寿郡主。”二公主似乎已经知道私藏龙袍一事了，她犹豫了一下，开口道，“郡主，父皇的御书房里有好几位大人在，你此时过去要多加小心。”

“多谢公主告知。”花琉璃笑了笑，“臣女没有做过这件事，自然问心无愧。”

“两位将军忠心耿耿，定不会做出这种事的。”二公主勾起嘴角，温柔地说道，“只是父皇还在气头上，若是有什么事，请郡主不要放在心上。太子殿下对你一片真心，他一定会来救你的。”

花琉璃看了二公主一眼，微微勾起嘴角：“是的。”

二公主在花琉璃的脸上没有看到惊惶与害怕，微微颔首后，放下了帘子。

等二公主的车驾离开后，花琉璃的马车才继续前行。

一路无人阻拦，宫女太监们看花琉璃的眼神有些怪异，但也不忘给她行礼。

花琉璃大步来到宸阳宫大门外，守在门外的赵三财看到她，忙上前温和一笑，道：“郡主，您来了？”

“赵公公，臣女有要事求见陛下，还请公公代为通传。”

“陛下已经跟老奴说过，郡主若是来，直接进去就是，不用通传。”

“多谢。”花琉璃道了一声谢，低头走进大门。

花琉璃的小姐妹相信花家，并不代表所有人都相信花家。

“陛下，私藏龙袍乃造反的大罪，在没有查清福寿郡主是否清白前，微臣以为，花应庭不能继续担任禁卫军统领一职。”

“王大人这话真是好笑，既然还没有定罪，为何要卸去花将军的职位？”大理寺卿张硕反唇相讥，“要这么说，我要是怀疑你贪污受贿，你们一家人是不是该全部停职，等事情查清楚？”

“你！”王大人气道，“张大人不要强词夺理。”

“我这是在跟你讲理，不是强词夺理。”张硕道，“查案是衙门跟大理寺的事，若是靠王大人一张嘴就能定案，衙门、大理寺、刑部都可以不用忙了。”

“张大人如此袒护花家，难道是与花家有勾结？”

“王大人这话又没道理了，我现在可是在跟你说话，难道不是在跟你勾结？”张大人不再理会王大人，转头朝昌隆帝拱手，道，“陛下，此事非同寻常，甚至不合常理，微臣以为，应该尽快查清事情真相，还福寿郡主一个清白。”

昌隆帝看着这两个从进门以后就开始唇枪舌剑的臣子，慢慢地喝了一杯茶，说道：“两位爱卿，可是辩论出结果了？”

张硕与王大人这才意识到，从他们进门到现在，陛下还没在这件事上发表意见，想到这个，他们面上有些尴尬。

“福寿郡主的别苑原本是皇家别苑，朕前些日子才赏赐给福寿郡主，就连别苑里的下人也是朕赐下的。”昌隆帝看着御案上绣工精美的龙袍说道，“福寿郡主是朕亲自为太子选的太子妃，她会蠢到在皇家御赐的别苑里私藏龙袍？”

“陛下，有句话叫最危险的地方最安全。”王大人继续道，“若不是别苑里进了小偷被人发现，谁会知道福寿郡主竟然在家中私藏了龙袍？”

“福寿郡主一介女流，这件龙袍自然不是她为自己准备的。”王大人的目光从龙袍上扫过，说道，“也许，她是为在乎的人准备的。”

福寿郡主在意的男人有哪些？无非是花应庭、她的三位兄长，还有……太子。

“陛下，微臣知道您不愿意怀疑花家，可是此事涉及江山社稷，请陛下三思啊。”王大人不敢提太子，只把怀疑对象引向花家。

实际上，他早就怀疑花家了。花家不仅把持边关几十万大军，还掌控着禁卫军大权，若是他们心生反意，京城就危险了。

“陛下，臣女花琉璃求见。”垂帘外，花琉璃躬身行礼。

王大人与张硕齐齐回头，他们惊讶地看着站在外面的花琉璃。这种时候，她竟然还敢进宫？

若是其他小辈出了事，肯定是躲在家里，让家中长辈出来周旋。没想到福寿郡主竟然独身来了，难道她不怕陛下即刻把她关押进大牢？

“进来。”昌隆帝面色温和了一些，他见花琉璃进来的时候，面色虽然苍白，却没有心虚与愧疚的情绪，便道，“赵三财，给福寿郡主拿凳子来。”

“谢陛下。”花琉璃捂着嘴角轻咳了两声。

“你身体不好，不要为了这种小事急急进宫。”昌隆帝等花琉璃落座，才继续道，“太子可知道你进宫？”

花琉璃摇了摇头，老实回答：“殿下不知道。”

昌隆帝的心瞬间提起来了，等会儿太子闹起来，说他欺负了未来的儿媳妇，岂不是伤了父子间的和气？

王大人见陛下不仅没有责备福寿郡主，反而给她赐座，忍不住道：“陛下，既然福寿郡主已经来了，就该让她把事情说清楚。”

“王卿家，”昌隆帝道，“福寿郡主身体不好，年龄又小，有什么话你慢慢说，不要急，别把她吓着了。”

王大人被呛得半晌没出声，心道：陛下，我们现在谈的是私藏龙袍一事，您是皇帝，有人窥视您的位置，您就不能表现得焦急一些？

王大人扭头看福寿郡主，就见这位长得乖巧漂亮的小郡主对他露出一抹既胆怯又羞涩的笑，看着她白嫩嫩的脸蛋，年过五十的王大人不由得想到了家中的小孙女。

“福、福寿郡主，关于你别苑中的龙袍，你有什么要解释的吗？”王大人的声音不由自主地温和起来，“不急，你慢慢说。如果你真的是被冤枉的，陛下一定会还你一个公道。”

“多谢这位大人。”花琉璃对他感激一笑，她本就长得好看，笑起来就更招老人喜欢了。

看到这抹笑容，王大人有些愧疚，也许他真的冤枉福寿郡主了，这么乖巧可爱胆怯羞涩的小姑娘，怎么看都不像是有胆子私藏龙袍的人。

难道是太子干的？

太子借着未婚夫的名义，把龙袍藏在福寿郡主的别苑里，没被发现还好，发现了就把罪责推给福寿郡主……

王大人偷偷看了昌隆帝一眼，越想越觉得以太子那种嚣张的脾气他还真有可能干出这种事，只是可怜了福寿郡主，被牵连进阴谋还不知道怎么回事。

“臣女……”

花琉璃还没来得及说话，赵三财的声音便忽然响起：“陛下，顺安长公主求见。”

昌隆帝有些意外：“她来干什么？”

看了一眼乖巧的未来儿媳，昌隆帝道：“让她进来。”

“皇兄！”顺安一进殿就急道，“这一定是别人故意针对花家与太子的阴谋。”

王大人与张硕齐齐侧头看去，顺安长公主不是最讨厌太子的吗？这种时候，她竟然没有趁机踩太子一脚，反而帮着未来的太子妃求情？皇家人的感情，真是比蜘蛛网还要复杂。

顺安急匆匆地给昌隆帝行了一个礼，转头见花琉璃也在，几步走到她身边，直接道：“琉璃这孩子，体弱又胆小，她哪里敢做这种事？”

“那座别苑是皇家别苑，里面的下人也是殿中省分配的。”顺安道，“我以为，这些下人肯定有问题。不如把这些下人全部抓起来，一个个审问，还福寿郡主清白。”

“你说得对，这些下人是该审问审问。”昌隆帝对花琉璃道，“原本朕是想给你增加些能用的奴仆，哪知道这些下人办事不力，给你带来了这么多麻烦。这件事过后，你重新安排下人去打理别苑，莫委屈了自己。”

花琉璃疑惑地看着昌隆帝。难道陛下一点儿都没怀疑自己？

“对。”顺安见皇兄没有怀疑花琉璃，松了一口气，“你若是难以分辨好坏，我可以送些下人给你。”

张硕心道：她这看起来很像是想趁机在福寿郡主的别苑里安插眼线啊。

“怎么好麻烦公主殿下？”

“有什么麻烦的，我府里下人太多，正愁养他们费钱。”顺安公主笑道，“你这算是为我分忧了。”

“那就多谢公主了。”

张硕腹诽：呵，这也是个傻的。

贤妃带着田珊来到了宸阳宫正殿外，她其实并不太想帮着花琉璃求情，不过能过来看看热闹也是可以的。

刚走到门口，她就听到了陛下的笑声。

她想，陛下这是被花琉璃私藏龙袍一事气疯了？

“两位爱卿有所不知，这件龙袍不是福寿郡主放的，而是朕让人送过去的。”

贤妃脚步一顿，满头雾水：居然还有这种事？

“陛下？”

王大人与张硕同样很吃惊，他们不敢置信地看着昌隆帝，以为自己的耳朵出了问题。

不仅王大人、张硕吃惊，花琉璃也很意外。她前几天去过别苑，并没有在主院发现任何可疑的东西。今天突然被人找出了龙袍，这明显是栽赃陷害，却是最好用的污水。

但凡陛下对花家有半点儿猜忌，这件事就算查清不是她做的，花家在朝中的地位也会变得尴尬。

以后不管他们做什么，说什么，在别人眼里，都有可能被视为别有用心。君臣间的关系，比夫妻之道更复杂。

任何情感，都经受不起考验与怀疑。

她以为陛下下令严查此事，并且不把花家当作罪犯看待，会是最好的结局，没想到陛下竟然直接说这件事是他自己做的。

陛下在撒谎。

“这事吧……”昌隆帝看起来有些不好意思，说道，“本来是朕与太子的私事。”

张硕与王大人垂首站着，耳朵却竖了起来。

既是陛下与太子的私事，怎么把龙袍放到福寿郡主的别苑了？

“近来外面不是在传朕是真龙下凡，能驱邪避煞嘛。”可怜昌隆帝一把年纪，为了保住爱卿一家的名声，要绞尽脑汁想理由，“太子在外面听了民间的谣传，就厚着脸皮来求朕，讨要了一件朕穿旧不用的龙袍，放到了福寿郡主的别苑，说是能让福寿郡主百病不侵。”

“朕自然是不信这些的，不过是为了让太子心安。”昌隆帝无奈地叹气，一副宠爱孩子的老父亲形象，“本来这种私事朕不愿意讲出来，谁知龙袍刚放到别苑里就被人发现了，还连累福寿郡主担上谋反的大罪。”

王大人一脸“我是谁，我在听什么”的表情，他觉得自己才五十五岁，可能还不够老，所以理解不了皇家父子间的情感交流方式。

随后他又觉得尴尬，人家父子之间你情我愿的事，他却如此兴师动众，实在没脸见人了。

“王爱卿一心为朕，朕心甚慰。”昌隆帝还不忘帮大臣找回面子，赏赐了他一些东西后，又道，“朝中有王大人这般心细如发的臣子，是朝廷之幸。”

被昌隆帝夸奖了一番，王大人的尴尬顿时消失了，他美滋滋道：“陛下言重了，为君分忧是微臣应尽的职责。”

“既然事情已解决，王大人先退下，朕与张大人还有事相商。”

“是，微臣告退。”王大人退出宸阳宫，见贤妃在殿外，心想，贤妃娘娘肯定是来看福寿郡主的笑话的，可惜这事陛下早就知情，贤妃娘娘是白跑这一趟了。

贤妃还没从刚才听到的消息中回过神来，见王大人出来，朝他瞥了一眼，没有说话。

王大人沉默地拱了拱手，匆匆往外走，没想到迎面遇上太子，连忙避让到一边。

瞅着坐在步辇上的太子，王大人的心情很复杂。没想到太子竟然相信民间那些传言，为了保护福寿郡主虚弱的身体，连挂龙袍的法子都使了，实在让人哭笑不得。

虽然这方法不太好，不过由此可以看出，太子殿下对陛下十分崇拜，不然怎么会相信陛下穿过的龙袍可辟邪祛煞？

不仅如此，太子殿下还是一个重感情的人。福寿郡主舍命拦住刺客，身受重伤，太子便娶她为太子妃，还为了她放下太子身份求来陛下的龙袍。

身为臣子，不怕皇帝有情有义，就怕帝王冷血无情，不念半点儿情义，因为在这种帝王手下办事，一个不小心就有可能丢了性命。

也许是他以前误会了太子殿下，太子殿下为人还是不错的。

“王大人。”太子抬手示意抬步辇的太监停下脚步，他扭头看向王大人，收起脸上焦急的神情，问道，“你刚从御书房出来？”

“回太子殿下，正是。”王大人拱手行礼，“殿下有何吩咐？”

“听说你在御书房里指责福寿郡主私藏龙袍了？”太子微微皱眉。

王大人沉默了。

这个问题，真不好回答。他确实指责了她，但他又不好当着太子的面说，只好垂着脑袋保持沉默。他心道：殿下，微臣已经知道这事其实是您跟陛下干的。

“实不相瞒，此事与孤有关，与福寿郡主毫无干系。”太子垂着眼，语气冷淡，“此事自有孤与父皇说清楚，你们不得妄言。”

“是。”

王大人道：“请殿下放心，微臣绝不外传。”

太子有些意外，这位王大人是杜太师的学生，为人处世也很像杜太师，执拗不知变通，虽然有时候做事不懂看人眼色，但也算得上是个正直的官员。事关朝廷，他还以为王大人会跟他争执一番，没想到王大人就这么应了下来。

习惯了王大人油盐不进的模样，他突然变得这么好说话，太子还有些不适应。

赶到宸阳宫后，太子等不及赵三财通报，直接大步冲了进去：“父皇，此事跟福寿郡主无关，请您……”

看到殿内的景象，他脚步一顿，准备出口的话瞬间咽了回去。

不是说有人在琉璃的别苑里找到了龙袍？为什么顺安长公主、贤妃还有琉璃都安安稳稳地坐在椅子上？

“朕当然知道此事跟福寿郡主无关。”昌隆帝看了一眼坐在旁边喝茶、不愿意走的贤妃，直接道，“贤妃，带顺安去你宫里坐坐。”

贤妃看了太子一眼，热闹还没看够的她不情不愿地站起身，带着顺安长公主一起离开了。

“朕怀疑伪造花景逸通敌卖国书信的与把龙袍藏到福寿郡主别苑的，是同一伙人。”昌隆帝面色有些不好看，“能趁人不注意把龙袍放进皇家别苑的，只有别苑里的那些下人。”

这些下人是殿中省安排的，能提前在殿中省安插眼线的人，很有可能来自宫中。

张硕没有说话，陛下的后宫人员简单，除了几位妃嫔，就是皇子和公主。不过他能理解陛下的心情，谁也不会轻易怀疑身边的人。

他原本就觉得太子把龙袍放到别苑的理由荒唐了些，现在听陛下一说就明白了过来，陛下这是在替花家打掩护。

对于陛下这种反应，他感到万分震惊，陛下得知这件事，竟不怀疑花家，而是找理由保住花家，不让花家名声有半点儿损害。

要对花家有何等的信任，他才能做到这一步？

都说鸟尽弓藏，陛下对待花家的态度哪里像是要把弓箭藏起来？他分明是恨不得给这把弓镀上一层金，然后把它悬挂在高处向所有人显摆：快来看我家的弓，是不是很厉害？看到这把弓你们怕不怕？

“张爱卿，这件案子就交由你来办，不要打草惊蛇。”昌隆帝看向张硕道，“尤其是那个偶然发现龙袍的人，一定要严加审查。”

“微臣领命。”张硕看了福寿郡主一眼，“郡主，不知别苑的下人里有没有让你觉得可疑的？”

花琉璃摇头：“别苑是陛下赏赐给我的，除了偶尔去看一下，我并没有更换里面的人员，就连家具摆件都是原来的样子。”

“微臣明白了。”张硕朝昌隆帝行礼，“陛下，微臣这就去清查别苑可疑的下人，微臣告退。”

“花家丫头，这次的事情让你受惊了。”

走到殿门口，张硕听到陛下说了这么一句。

“花家丫头”这个称呼，听起来比封号亲近多了，看来陛下对这个未来儿媳是真的很满意。

他看着殿外汉白玉柱上雕刻的龙纹，叹了口气。这件事，若把皇子牵扯进来，可就难办了。

明面上，借着私藏龙袍这件事，那人能把花家与太子一网打尽。太子一倒，皇子里面身份最尊贵的就是英王了。

无论是东宫刺杀事件，还是近几个月其他几个大案，似乎都跟英王脱不了干系。表面上，这些事都对英王有利；实际上，英王才是最倒霉的那一个。

所有人都知道，陛下最疼爱的是太子，太子若是出了事，陛下不会转而重视皇长子，反而会忍不住怀疑这一切是皇长子为了自身利益设计的。

还有临翠宫福寿郡主中毒一案，查到最后临翠宫的宫女畏罪自杀。自杀的宫女嘴上说着此事与贤妃娘娘无关，实际上每一个举动都恨不得告诉他们大理寺，贤妃与英王最可疑，一定不要放过他们。

可是他们大理寺是这么容易被蒙蔽的吗？

把所有疑点都告诉陛下以后，他们没有把案子宣扬出去，贤妃与英王殿下最终也没有受到半点儿牵连。

“陛下，”花琉璃起身跪在昌隆帝面前，道，“臣女的事情让您为难了。”

俗话说，君子一诺重千金，陛下为了不让她有困扰，竟然在臣子面前说了谎言。

“元溯，快把花家丫头扶起来。”昌隆帝见未来儿媳跪下了，安慰她道，“朕知道你是被冤枉的，便不觉有何为难之处。”

“你还小，不懂人心险恶。”昌隆帝笑道，“不少人想给花家染上污点，想让我们君臣失和。可朕不能遂他们的意，更不仅仅是你们花家，朕护的是姬家王朝的百年基业与民心。”

花家倒了，最高兴的莫过于玳瑁、金珀等国。眼下几年，他们或许不敢乱来，可是十年后、二十年后呢？

花家不仅仅是花家，还是大晋震慑列国的利器。

“元溯，花家丫头可能被这事吓坏了，你陪她在御花园里逛一逛，散散心。”昌隆帝不忘让儿子与未来儿媳培养感情，“其他事不要担心，朕相信你们花家的忠心。”

“谢陛下。”花琉璃行了一个大礼，退了出去。

太子走在花琉璃身边，表情看起来不是很开心，问道：“闹出这么大的事，你刚才害怕吗？”

花琉璃摇了摇头，又点了一下头：“原本我是有些害怕的，可是我又觉得，既然我问心无愧，陛下一定会还花家一个公道。”

太子伸手揪下一朵小花，扯着上面的花瓣，看起来既委屈又难过：“我以为，你会先进宫找我，我在东宫等你，结果你一直没来。”

得知花琉璃直接到了宸阳宫，他才匆匆赶过来。

“殿下，是在生气？”花琉璃觉得太子是真不高兴了。

太子偷偷看了花琉璃一眼，扭了扭身子，说道：“嗯。”

见太子闹别扭了，花琉璃走到他身边，拉了拉他的袖子，说道：“不要生气了，好不好？”

太子轻轻一扯袖子，没想到竟然把袖子从花琉璃手里拉了出来，他别别扭扭地把袖子塞回花琉璃手里，扭过头，道：“你是不是不相信我？”

“殿下，我正是因为相信你，才没有来找你。”花琉璃握住太子的手，太子的手温润干净，握住后她便有了无限的安全感。

“古往今来，私藏龙袍都是大罪，前朝太子因为私藏龙袍被他的父皇软禁了一辈子。你是我的未婚夫，在我没有弄清陛下对此事的态度之前，我不能把你牵连进去。”花琉璃温柔地笑道，“殿下你不知道，你笑起来的样子有多好看，京城虽然有春夏秋冬，可只要有你，就永远是最美的春天。”

“说我自私也好，自以为是也罢，我舍不得让你吃一点儿苦。”

花琉璃，把太子的一只手轻轻拽住，摇来摇去，说道，“殿下，不要生气好不好？”

太子听到花琉璃这番话，面红耳赤，心中暗喜。他故作生气地看着花琉璃道：“不要以为你说好听的话，我就不跟你生气了。”

“那要怎样殿下才能原谅我？”花琉璃可怜巴巴地看着太子，“殿下因为这么件小事，就不喜欢我了？”

“莫要胡说。”太子望着花琉璃，他的眼中翻涌的情绪，最后全部化作无限的温柔，“琉璃于我，是心，是肝，是命。你不舍得让我受苦，我又怎么舍得让你身陷阴谋？”

“以后……”太子微微俯身，仿佛要亲花琉璃的嘴角，“以后遇到这种事，先来找我好不好？”

花琉璃愣怔地看着太子，面对这么深情漂亮的眼睛，就算他是要她的命，她也忍不住想点头。

“好不好，嗯？”

花琉璃闻到了太子身上淡淡的熏香味道，她点头：“好。”

“我记住了。”太子紧紧抓住花琉璃的手，说道，“以后遇到事，你一定要先来找我，两个人出的主意，总比一个人多。”

花琉璃笑道：“就算我连累你也没有关系吗？”

“我们之间的事，不叫连累，只能称为同甘共苦。”太子忽然指了指枝头，说道，“你看，这株玉兰开得多好。”

花琉璃抬头看去，几朵洁白的玉兰花开在枝头，如蒙着面纱的仙女。

脸颊被温热的唇轻轻碰了一下，花琉璃瞪大眼睛，扭头看向太子。

“这叫声东击西。”计谋得逞的太子笑得一脸得意，“琉璃出身于武将世家，应该懂的。”

花琉璃伸手捏住太子的脸颊，把他那张俊美的脸拉成了四方形，说道：“太子不愧与家父有师徒之谊，连声东击西都知道。”

“疼……”太子委屈巴巴地看着花琉璃，任由花琉璃扯自己的脸。

“真疼了？”花琉璃赶紧松开手，捧住太子的脸揉了揉，“殿下的脸太水嫩了，轻轻一捏就红了。”

“玉兰虽美，可有琉璃在，我便被你迷去了所有的心神。”太子苦恼道，“要怪就只能怪你太好，好得让我每时每刻都想靠近你。”

“所以归根结底还是怪我？”花琉璃捧着太子的脸，挑眉瞪他。

“怪我，怪我，怪我的心它不听话。”太子抓住花琉璃的两只手，笑道，“我们家琉璃不会犯错的，就算错了，那也是我的错。”

听说福寿郡主犯下私藏龙袍大罪的英王匆匆赶进宫，远远看到玉兰树下说笑打闹的太子与花琉璃，他停下了脚步。

在他的印象里，福寿郡主是柔弱的，需要人捧在掌中细心呵护，就连笑的时候都是羞怯的模样。

可是现在他才知道，原来福寿郡主也会跟人说笑，甚至会主动伸手扯人的脸颊，只不过被扯的人不是他。

“王爷？”随侍太监知道英王匆匆赶进宫是为了替福寿郡主求情，可是现在福寿郡主有心情与太子说笑，说明事情根本就不严重。

“王爷，太子对福寿郡主还真是好，连私藏龙袍这样的大罪都敢去向陛下求情。”随侍太监垂首行礼，道，“浪费了您……”

“闭嘴。”英王看着这个从小就跟在自己身边的随侍太监，语气恶劣道，“你现在是越来越不知道规矩了，皇家的事情，岂容你一个太监说三道四！”

“王爷恕罪。”随侍太监跪在英王面前，样子卑微极了，“奴才只是瞧着您为福寿郡主付出这么多，她却什么都不知道，反而与太子打情骂俏，心里忍不住为您打抱不平。”

“本王需要你来打抱不平？”英王一脚踹在他的肩膀上，把他踹得一个翻滚，说道，“不要在本王面前多嘴多舌，这里没有你说话的地儿。”

“是。”太监从地上爬起来，不敢去拍身上的尘土，跟在英王身后匆匆离开了皇宫。

王大人出宫以后，探听消息的大臣们便围了上来。

“王大人，陛下可有旨意？”

“福寿郡主别苑里的龙袍是谁私藏的？”

“是太子……”

王大人的话还没说完，就见一些官员露出“果然如此”的表情。太子这些年被陛下惯坏了，如今又有了花家做后盾，心也就跟着大了。以太子这般狂傲的性格，他做出私藏龙袍的事，一点儿都不让人觉得意外。

“——跟陛下放到别苑里的。”

“啥？！”正准备回家写折子弹劾太子的几位官员当场惊得发出呼声，“怎么可能？！”

“是真的，老夫去面见陛下以后，陛下已经把事情说清楚了，此事与福寿郡主没有半点儿干系，你们也不要胡乱猜测，免得惹陛下发怒。”王大人实在不好意思说出太子放龙袍的理由，只好故作高深道，“陛下与太子做事自有他们的深意，你们不要打听，免得坏了陛下的事。”

几位大人纷纷露出恍然大悟的神情，连连点头：“原来如此。”

其实他们什么都不知道，但是想到他们刚才还为了此事义愤填膺，还说了几句福寿郡主的坏话，他们就有些后怕。那可是未来的太子妃，甚至有可能是未来的皇后，万一他们说的这些话，万一传到福寿郡主耳朵里，就不太好了。

“我就说嘛，福寿郡主出身于忠臣良将之家，又是温柔善良的性子，怎么做得出这种事？”

“本官也是这么认为的。家中女眷提到福寿郡主向来是赞不绝口的。她可是陛下亲自为太子殿下挑选的太子妃，这样的好姑娘怎么可能做出这等谋逆之事？”

“对对对，我也是这么想的。”

至于刚才那些“乱臣贼子”“知人知面不知心”等胡话，都不是他们说的，一切都是误会。

福寿郡主私藏龙袍这件事，以闹闹腾腾开场，以无声无息结束，甚至在第二天的朝会上，都没人拿这件事出来讨论。

唯有几个胡乱揣测过花家与太子的朝臣闷头站在臣子堆里，一句话都不说，就怕花家与太子知道他们昨天说了什么。

好在直到朝会结束，花家人与太子都没有来找他们的麻烦。只是因为心里有鬼，他们想得有点儿多。他们莫名觉得，太子经过他们身边时，步伐似乎格外慢。

“太子殿下。”张硕叫住太子。

太子回过头：“张大人？”

“不知太子能否与下官去大理寺小叙片刻？”张硕给太子作揖行礼。

“好。”太子点了点头，当即答应了下来。

到了大理寺，张硕开门见山道：“殿下，微臣把福寿郡主别苑里的下人都排查了一遍，确实有几个形迹可疑的人靠近过发现龙袍的地方。”

张硕把一张写着名单的纸放到太子面前，说道：“这些人看似没有关联，但他们或多或少都与临翠宫或是英王府有关系。”

“英王？”太子拿起那份名单看了一眼，随后把它放回桌面上，食指轻轻叩着桌子，问道，“张大人为何与孤说这些？”

“陛下有命，此案交给殿下全权负责。”张硕看着太子，不想放过他脸上任何表情，又道，“所以微臣来请示殿下的命令。”

“你们可以去英王府询问，但孤以为，此事与英王无关。”太子语气平静，“虽然英王与孤称不上兄弟情深，但是以他的性格，他不会做这种下作的事，更不会让忠臣良将之后牵扯到这种事情里。”

张硕有些意外，他一直以为太子与英王不合，以往英王与太子发生矛盾，太子也从不会给英王留颜面，没想到在这种可以收拾英王的好机会面前，太子竟然帮着英王说话。

都说皇家无真情，他却有些看不懂姬家皇朝这些人的感情。

“殿下此话当真？”张硕还想确认一下太子是不是在说谎。

“难道张大人以为，孤会帮着他说好话？”太子嗤笑一声，“满朝上下，谁不知道孤与皇长兄关系不好？只是暗算忠良之后这种事，他是肯定不会做的。张大人若是不信，可以慢慢去查，左右他若是倒了霉，对孤还算是好事。”

“张大人不必犹豫，有什么事直接问本王就是。”

正在此时，英王忽然推门进来，也不知道他在门外听了多久，他面色看起来很平静，看也不看坐在一边的太子，直接对张硕道：“张大人请问吧。”

张大人看了一眼太子，太子正盘腿坐在蒲团上悠闲地品茶，仿佛大理寺的茶叶是今年新出的稀罕物似的。

“这些人，王爷可有印象？”张硕把那些他重点怀疑的下人的名单递到英王面前。

英王接过这份名单，发现上面列得很清楚，连那些下人与临翠宫、英王府哪些下人有过来往，或是有过间接联系，全部列了出来。

“请张大人放心，一个时辰之内，本王会把这些人全部送来大理寺。”英王面色非常难看，就算他不爱动脑子，也看出这里面有阴谋。

这个阴谋不仅针对太子与花家，也针对他。

是谁干的？

宁王？不像，宁王是个温吞性子，最爱干的事就是品尝美食与看热闹，干不出这种事。

是姬启辰还是姬宴丘？

他就知道，这两个弟弟一定是来讨债的。

“多谢王爷配合微臣查案。”张硕松了口气，没想到英王殿下竟然这么好说话，此刻的他一点儿都不像平时脾气暴躁的他了。

太子放下茶杯，微笑着道：“既然事情已经说清楚，孤就先告辞了。”

“等等。”英王叫住太子，“我跟你一起走。”

太子没有应他，把手背在身后，出了张硕办公的屋子。

英王想也没想便追了出去。

出了大理寺，兄弟二人骑在高头大马上，一时无言。

英王心浮气躁地看着似笑非笑的太子，忍了片刻后，开口问道：“你为什么要帮着我说话？”

“帮你？”太子知道，英王是听见他刚才说的那些话了，他轻笑一声，“我不是在帮你，只是说出事实，不让父皇操心。”

“这种时候，你不是应该趁机打压我，消除我这个威胁吗？”英王想不明白太子为什么会放过这么好的机会。

“威胁？”太子挑眉，对英王露出了招牌式的气人微笑，“大皇兄，知道为什么你只比孤大七天，看起来却比孤老好几岁吗？”

英王瞪着他不说话，因为他知道太子肯定说不出什么好听的话。

“想太多的人，容易老。”太子哼笑一声，“不是孤针对你们谁，你们在孤的眼里，都从来不是威胁。”

英王有些动容：“难道你……”

“你们谁能威胁孤？”太子懒洋洋一笑，“不要想太多，想太多不仅容易老，还容易自我感觉良好。”

英王：“……”

他还是打死这个太子算了，有这么一个太子，对他们这些皇子来说，简直就是精神上的折磨。

“大皇兄不要生气。”太子笑眯眯道，“孤说话向来是这个样子，都这么多年了，你怎么还气呢？”

英王咬牙切齿道：“闭嘴。”

太子微笑着看他，竟然当真不说话了。

明明对方听他的话，当真不开口了，英王却又觉得憋屈。应该说，他与太子对上，就没有不憋屈的时候。

他们都是父皇的儿子，为什么就只有狗太子格外气人？

英王沉默了一会儿，说道：“你跟福寿郡主，真的把婚期定在了八月十二？”

“大皇兄是担心来不及准备送给孤与琉璃的新婚贺礼？”

琉璃。英王在心中默默念了一遍这个名字，他知道自己这辈子都无法把这个名字说出口。现在他唤她郡主，以后他要唤她太子妃。

若是当初他不顾虑那么多，也许新郎便是他。

英王嘴角动了动，移开目光，道：“不知福寿郡主喜欢什么，我也好提前准备。”

“大皇兄不必客气，你若是不知道送什么，便送我们金子银子好了，地契铺面也可以，孤跟琉璃都不会嫌弃。”太子微笑着道，“金银这种东西，谁都不会嫌多。”

“好。”英王闷声应下，“福寿郡主身体弱，你好好待她。”

“多谢皇兄关心，琉璃是孤的心头珍宝，孤怎么舍得委屈她？”太子仿佛没有看到英王面上的异色，提起心爱的琉璃，连语气都轻快了许多，“等孤的亲事办完，皇兄你的好事应该也近了。”

英王觉得自己的心头仿佛被太子扎了两刀，不仅要忍着心隐隐作痛的难受，还要强颜欢笑。

他与太子分开以后，回到王府便让人把那些可疑的下人捆了起来，悄悄塞进马车里，从后门送去了大理寺。

被太子扎刀就算了，他可不会容忍这些下人。

“王爷……”

随侍太监过来，英王心情正不好，一把推开他，不耐烦道：“都滚出去，本王想静静。”

“是。”随侍太监躬身退出屋子，小心地替他掩好了门。

在门关上的那一刹那，随侍太监透过门缝看到了英王脸上似有痛苦的表情浮现。

太子回到宸阳宫中，把那件从别苑里搜出来的龙袍细细看了一遍。龙袍的绣工十分精湛，绣龙纹的金线也特别好，不像是紧急赶制出来的东西，一般民间的绣娘做不出这样的好东西。

“衣服的尺寸量过没有？”太子拉起龙袍袖子看了一眼，转头问赵三财。

“殿下，这件龙袍的尺寸……”赵三财犹豫了一下，说道，“跟您平日穿的衣服的尺寸相仿。”

“连孤的尺寸都知道？”太子把袖子丢开，仿佛这东西烫手，说道，“看来此人不简单。”

“这么多人天天盯着你，朕实在不放心。”昌隆帝叹了口气，看着太子语带担忧道，“不如朕直接退位，让你登基为帝，这样就不会再有人用这种手段来针对你或是花家，朕也能省点儿心。”

“父皇，请恕儿臣说话不好听，您正是年富力强的时候，怎么能想这么荒唐的事？”太子连忙道，“儿臣年轻，没见过世面，您放心把百年基业交到儿臣的手里？”

“朕很放心。”

太子：“……”

这话他不好接。

“父皇，为了咱们姬家的列祖列宗，请您千万不要有这么消极的想法。”太子道，“您是真龙天子，为了大晋的百姓，您再辛苦辛苦。”

“儿臣还小呢，不仅没有娶亲，也没有生子。”太子退得离龙袍越来越远，说道，“有句话说得好：‘嘴上无毛，办事不牢’。儿臣太年轻了，靠不住的。”

昌隆帝：“……”

他究竟是作了什么孽，才会养出这样的儿子。

夜色渐渐降临，月亮爬上树梢，身着浅色锦袍的男人站在金桂树下，神情冷漠。

“主公，龙袍计划失败，那些下人暴露了。”下属跪在男人面前，觉得自己脖子上的脑袋已经摇摇欲坠，快要滚落在地。

“失败了？”男人皱起眉，“龙袍没成功放进去？”

“回主公，龙袍不仅放进了福寿郡主的别苑，还被人发现，呈送进了宸阳宫。”下属咽了口口水，不敢说接下来发生的事。

“说下去！”

男人面色更加阴冷。

“可是很快宫中传出消息，龙袍不是福寿郡主放的，而是陛下与太子放进去的。”下属瑟瑟发抖，“所以，此事没有人追究。”

那么珍贵的一件龙袍，花了好几个月时间才做好的龙袍，明明是他们派人放进去的，怎么只是进了一趟宫，就成了昌隆帝让太子放进去的了？

昌隆帝这个人，脑子是不是有毛病？

“你是说，昌隆帝对外宣称龙袍是他放的？”男人面目扭曲，显然被气得不轻，“他是不是被太子与花家把持了朝政？”

下属摇头：“据宫里的那位说，一切如常。”

一切如常才是最大的不正常！

哪儿有皇帝看到臣子家私藏龙袍，会自己跑去背黑锅，昭告天下人：你们不要误会，这都是我自己放的。

是不是有病？！

他还是不是皇帝了？！能不能有点儿做皇帝的猜忌心？！帝王的尊严与脾气呢？！

男人扶住金桂树，没忍住心头的火气，把桂树枝丫折断了一截。他说道：“宫里那位不是想报仇吗？她既然那么恨贤妃，就把贤妃最在意的人杀死。”

“据说英王与太子不合，甚至常有争吵。”男人从怀里拿出一个拇指大小的玉瓶，说道，“此药名为三息散，曾让福寿郡主逃过一劫。”

只可惜，英王不会有这么好的运气了。

既然他的计谋总是会因福寿郡主失败，那么这次的计划，他就避开福寿郡主。

第十章

毒樱桃

私藏龙袍这件大事能够圆满解决，花琉璃的小姐妹们都很高兴。为了感谢小姐妹们为自己东奔西走，四处求人，花琉璃请她们到京城最好的酒楼吃饭。

吃完饭，嘉敏看了一眼天色，说道："离宵禁还有几个时辰，要不我们找个地方听几首小曲儿？这么早回去，多没意思。"

"嘉敏说得对，听说有家乐坊来了几个琴师，长得眉清目秀，十分养眼。"姚文茵道，"最近因为百国宴的事，我已经好久没有去过乐坊了。"

"还是不了吧。"花琉璃干笑两声，万一让太子知道她去了乐坊，他肯定会委屈，她要花多少时间才能哄好？

"走走走，我请客。"嘉敏挽起花琉璃的胳膊，道，"你好歹也是有食邑的郡主，平时也不见你节约，这会儿怎么抠门起来？"

"别别别别。"花琉璃赶紧道，"嘉敏，我不太适合去。"

"为什么？"嘉敏不解，几个月前，她不是还在跟她们抢琴师吗？现在竟然连乐坊都不去了，难道她有什么难言之隐？

"我舍不得太子难过啊。"花琉璃叹气道，"太子待我情深义重，我若是去了这种地方，他会在心里偷偷难过的。”

嘉敏的表情变得一言难尽，因为她无法想象太子偷偷难过是什么样子。

“委屈你了。”她伸手拍了拍花琉璃的肩膀。好好一个姑娘，就这么变成了“夫管严”，真是令人唏嘘。

就太子那脾气，一般人还真拿他没办法，花琉璃能让他动真情，也是有本事。

就是……嘉敏担忧地看了花琉璃一眼，太子知道花琉璃的真面目吗？

年轻之时，他们也许会因为容貌而互相吸引，但仅仅靠容貌，两人无法长久地走下去。

太子身份尊贵，以后若是有什么……吃亏的还是花琉璃。以花家对皇室的忠心程度，就算太子以后负了花琉璃，花琉璃为了天下安危，也绝不可能做出伤害太子的事。

她越想越觉得，这门亲事，是花琉璃吃亏了呀！

“只是听曲儿，又不是去包养面首，有什么关系？”嘉敏试图让花琉璃在成亲前再享受一下自由。

“不了。”花琉璃笑着摇头，“让他伤心，我舍不得。”

嘉敏看着花琉璃眼底的认真，沉默了片刻，摇头叹息：“算了，不劝你了。”

以后太子若是对不起花琉璃，她一定会在背后骂死他。

“那算了，我们去茶馆听书。”嘉敏挑眉，道，“《陛下奇遇记》，我才听到一半呢。”

“好。”花琉璃笑道，“想喝什么茶，吃什么点心，尽管点，我请客。”

“今年最新出的大红袍也行？”

花琉璃拍了拍腰间的荷包，道：“没事，我有钱。”

“发财啦？”

“嗯。”花琉璃笑得眉眼弯弯，“太子隔三岔五送我那么多金银珠宝，我也没地方花呀。”

嘉敏：“……”

空气中缭绕的酸味是什么？是她的嫉妒啊。

“郡主真好。”姚文茵感慨道，“拿太子的钱来养我们，真是感天动地的姐妹情啊。”

嘉敏眉头皱了皱，她这么说，好像也有些道理。可是按照这种思维，她颇有一种花琉璃是渣女的感觉。

呸呸呸。

“小堂姐，你别乱开玩笑。”嘉敏打断脑子里可怕的猜想，说道，“我身上的鸡皮疙瘩都起来了。”

姚文茵想说，自己不是有意开玩笑，可是她想到太子的脾气，把这句话咽了回去。

算了，算了，惹不起。

京城百姓喜欢凑热闹，加上民风开放，朝廷也不太管着他们拿昌隆帝编故事的行为，所以关于昌隆帝上天入地斩妖魔的故事在民间十分受欢迎。

幸好嘉敏在茶楼有固定的包厢，不然连座位都没有。她们到的时候，说书先生正讲得兴起，不少百姓鼓掌叫好。

花琉璃一行人在二楼包厢坐下，让堂倌撤去屏风，方便她们听楼下的说书人讲故事。

“说时迟，那时快，陛下反手就是一剑，只见那铁齿铜皮的怪兽被劈成了两半……”

“太后娘娘说过，皇舅年轻的时候不擅骑射，别说提剑斩怪兽，他连重弓都拉不开。”嘉敏嘀咕道，“这些人可真会编，不过听起来倒是挺有意思的。”

“哎，你们看那边。”田珊伸手偷偷指了一下角落，说道，“那是不是玳瑁国的三皇子？”

花琉璃与嘉敏齐齐望过去，看到玳瑁三皇子贺远亭坐在角落里喝茶，神情忧郁，陪坐在旁边的除了玳瑁使臣，还有大晋禁卫。

这几个禁卫，都是精挑细选出来的高手，以保护使臣安全的名义跟在玳瑁使臣身边。花琉璃怀疑，让禁卫跟在玳瑁使臣身后是为了防止三皇子逃跑，但这个命令是太子下的，她不能拆自家未婚夫的台。

“听说玳瑁国太子病逝了，三皇子是太子同母兄弟，下一任太子很有可能是他。”嘉敏是皇亲，关于其他国家的消息多多少少听说过，她又道，“不过玳瑁国不止他一个皇子，他现在被留在咱们晋国京城，心里不定急成什么样呢。”

“听你的语气，你好像不太喜欢他。”花琉璃有些意外，嘉敏与这位玳瑁三皇子应该没什么交集。

“是不太喜欢。”嘉敏点头。

“为什么？”姚文茵追问。

“没有理由。”嘉敏愣了愣，她讨厌玳瑁三皇子确实没有理由，就是觉得看他哪里都不顺眼，于是她道，“讨厌一个人，需要理由吗？”

姚文茵：“……”

花琉璃看了嘉敏一眼。嘉敏自己或许没有察觉，实际上花琉璃早就发现，嘉敏的直觉有时候很准。

当初她刚进京，嘉敏下意识地觉得她表里不一。对于京城里的其他贵女，嘉敏竟然也能准确地察觉出谁只是表面讨好她，谁是真正想跟她好。

也正是因为如此，从小被娇惯到大的嘉敏养成了讨人厌的“说话不过脑”毛病。

不过经过她这几个月与嘉敏的“友好交流”，嘉敏这个毛病已经好了很多。

正想着，花琉璃发现贺远亭抬起头看向了她们这边。

她端起蜂蜜水轻啜一口，掩饰了眼底的情绪。这位三皇子殿下，警觉性很高，她们仅仅是看了他两眼，他就能察觉出来，并且可以准确找到视线来源。

“两位郡主好，姑娘们好。”贺远亭红着脸过来，他可能是不太习惯离女子这么近，有些手足无措，笑道，“没想到这么巧。”

几位穿着常服的禁卫跟了过来，见贺远亭要见的人是福寿郡主，全部打起了精神。

“三殿下。”嘉敏起身回了个礼，花琉璃跟在后面行了个礼，没有说话。

贺远亭的目光从花琉璃身上扫过，随后很快地垂下头：“你、你们好。”

嘉敏身子扭了扭，把花琉璃挡在自己身后，她语气淡淡道：“三殿下怎么会在此处听书？”

贺远亭神情微黯：“前两日，在下得到敝国快报，在下的兄长……”一句话未说完，他的眼眶先红了，“我身在贵国，无法赶回去见皇兄最后一面，只好出来散散心。”

贺远亭长得好看，难过的样子也很惹人心疼，若是一般女子，早就生出了恻隐之心。可他面对的是大晋京城有名的几位贵女，她们早就见惯了楚楚可怜的男人，所以对贺远亭的样子已经有了免疫力。

至于有怜香惜玉之心的花琉璃，天天面对脸好看、说话好听、出手大方却爱吃飞醋的太子，已经有了不去招惹其他男人的自觉。

所以他这番话说完，竟没有一个人开口说话，气氛就这么僵冷下来。

最后还是心比较软的田珊道：“人死不能复生，三殿下请节哀。”不过除了这一句，她也没其他话可说了。看过各种话本的她觉得，这种时候说太多话，就是给对方机会。

“多谢姑娘。”贺远亭不好意思看田珊的脸，朝田珊作揖致谢。

花琉璃看着这个不擅长跟女子交流的玳瑁国皇子，眉梢微微一挑。

“今日，在下来找两位郡主，是有一事相求。”贺远亭深吸一口气，对他来说，开口求人是件有些难以启齿的事，“舍妹要留在贵国学习，在下回国以后，不知何年才能见到舍妹。舍妹善良温柔，是个不争不抢的性格，恳求两位郡主在闲暇之时能照应照应她。”

嘉敏在心中讽笑。她一个公主之女，哪儿能管皇家学堂的事？至于玳瑁公主未来会被怎么安排，她更是无法插手。

他哪里是来求她的，分明是来求花琉璃这个未来太子妃的。

这事儿若是放在几个月前，她定会因为这席话对花琉璃心存不满。而现在，她只保持微笑，没有任何想法。

“请殿下放心。”花琉璃也听出了贺远亭话里的意思，沉默许久，她道，“贵国公主来敝国学习，那就是敝国的学子。敝国尊敬的昌隆陛下向来看重求学之人，就算令妹只是普通的姑娘，敝国也会善待她，更何况她还是一国公主。”

“有了郡主的话，在下就放心了。”贺远亭拱手道谢，“待在下回国，一切都托付给贵国了。”

听他数次提到“回国”两个字，花琉璃笑而不语。

贺远亭看了看花琉璃，犹豫着道：“郡主，在下还有一件事，想求郡主帮在下问一问。贵国风土虽好，但在下思乡心切……”

他话还没说完，就有一个身着黑色锦衣的男人走进来，他排场很大，引起了不少茶客的注意，就连嘉敏等人的注意力也被吸引了过去。

“英王爷怎么来了？”姚文茵倒吸一口气，说道，“我们要不要派人下去，让说书先生不要再讲了？”

英王自己请人唱歌颂陛下的曲儿可以，但容不得别人胡编乱造。要是他听清说书人讲了什么，恐怕要掀场子。

“来不及了。”嘉敏叹了口气，说道，“英王已经发现我们了。”

自从她不再喜欢英王爷以后，她就发现他身上有很多毛病。比如说，他走路的姿势没有五皇子优雅，甚至有些像螃蟹，穿衣服没有太子有品位，长相也不够精致。

再次看到英王，她不是心如止水，而是有股难言的淡淡的嫌弃。

英王听身边的太监说，这家茶馆有说书先生在胡乱编排父皇便立马赶了过来。父皇是天子，若任由这些说书先生编排，那还得了？这些读书人有他品位高，有他感情深吗？只有他让人编的曲子，才是最好的！

他进来的时候，说书先生正好讲到“昌隆帝梦游天宫，玉皇大帝夸昌隆帝做得好”这一段，因为英王进来，故事被打断了。

茶客们正想骂“是谁这么不长眼”，扭头看了一眼英王身后的仆从，立刻把即将出口的恶言咽了回去。

他们京城人士，讲究的是以和为贵。

英王也很想骂人，可是他仰头看到坐在二楼的花琉璃，赶紧把粗鲁话都咽了回去。他拍了拍衣袍，朝二楼走去。

他走路的力道很大，踩在楼梯上，木板发出咯吱咯吱的声响。

“英王殿下。”楼上的茶客里有认识英王的，三三两两上前行礼问安。

英王对他们略点了点头，大步走到花琉璃面前，道：“福寿郡主？”

“英王殿下。”花琉璃起身行礼，眼角余光看到，贺远亭在英王朝她走过来的时候，有意无意地看了嘉敏一眼。

她垂下眼，没想到玳瑁国的三皇子也这么八卦，想看热闹的心思都写到脸上了。

英王跟花琉璃打完招呼，有些尴尬地往后退了一步，扭头对嘉敏道：“嘉敏，你也在啊。”

嘉敏：“……”是啊，我这么大个活人总算被你注意到了，真是可喜可贺。

“王爷到这里，也是为了听书？”嘉敏问，“我与几位小姐妹在这里听书，楼下说书人的故事虽是胡编乱造的，不过听着还算有趣。”

英王沉默片刻，问花琉璃：“福寿郡主与嘉敏一起来的？”

“回王爷，正是。”花琉璃微笑着道，“若不是王爷您进来，他就要说到玉皇大帝见陛下的情节了。”

英王脸颊上的肌肉动了动，他没想到民间吹嘘起父皇来，比他还离谱。

最让他无法理解的是，几个月前，姚嘉敏与花琉璃还是仇人相见分外眼红，现在却在一起听书聊天了。

不是说，大多数女人小气记仇吗？

他看着花琉璃，有很多话想说，却又一句话都说不出口。一是因为他想到母妃那歇斯底里的哭声就头疼，二是因为他想到太子在张硕面前说他不会做下作的事。

在心里偷偷惦记弟弟的未婚妻，也算是下作了。

“那、那……”越是心虚，英王就越不能好好说话，他把视线从花琉璃身上收回来，说道，“那你们慢慢看，本王与玳瑁三皇子到旁边去坐。”

话音刚落，也不管贺远亭同不同意，英王伸手把他拉过来，问：“三殿下，你坐哪儿？”

如果贺远亭敢说与这几个小姑娘是一起的，他能当场冷脸。

“王爷，在下坐在对面。”贺远亭温和地笑着道。

英王不与他废话，转身就在贺远亭订好的茶桌边坐下。

“王爷，您喝什么茶？”

英王正在听楼下说书人讲玉皇大帝要给父皇封神位，听到贺远亭的问话，心不在焉道：“随意就好。”

一杯热茶放到英王手边。直到这杯茶放凉，英王都没有碰它一下。

皇家人从小就养成了习惯，不是心腹之人送来的东西，是不会入口的。当着贺远亭的面，英王身边的随侍不好验毒，所以维持着表面的客气。

英王摩挲着茶盏的边缘，抬头看着对面，不知嘉敏几人跟福寿郡主说了什么，她笑得很开心。

楼下吵吵嚷嚷，一会儿有人叫好，一会儿有人鼓掌，英王忽然觉得有些厌烦。抬眸见贺远亭带着讨好的笑容看着自己，他站起身，道：“三殿下，本王该走了。”

“王爷慢走。”贺远亭亲自把英王送到楼下。

英王扭头看着他，忽然道：“不用讨好本王。”

贺远亭表情有些僵硬。

“讨好本王也没用，本王不会帮你求情的。”英王语气很是冷酷无情，“还有，离我们大晋的小姑娘远一点儿。”

尤其是福寿郡主！

英王瞥了眼贺远亭的脸。长相如此平庸，他也好意思往福寿郡主面前站？

贺远亭表情彻底僵住了，他从未见过说话这么直接、这么不留情面的贵族，所以这话他彻底没法接了。

英王才不管他能不能接话，是不是在忍辱负重，翻身上马，高傲地离开了。

盯着英王离去的背影看了一会儿，贺远亭回到茶楼里，看了一眼已经没了热气的茶杯，叹了口气，对身边陪同的使臣道："也不知我们什么时候才能离开京城。"

其他大大小小的国家的使臣已经陆陆续续离开了，除了几个真心想留在晋国学习的使臣，就只剩下他们玳瑁与金珀的人被"热情好客"的昌隆帝留了下来。

"殿下不用担心，等金珀把他们的大皇子送过来，我们应该就能走了。"他们不明白金珀国要送质子过来与他们有什么关系，也不敢问。

万一多问两句，昌隆帝突发奇想，让他们的三殿下也留在京城学习，陛下恐怕也会答应下来。

这次跟贺远亭一起来晋国的使臣大多是太子派系的，太子病逝，他们伤心难过之余，也怕陛下会立其他皇子为太子。

在他们看来，除了太子的亲弟弟三皇子，其他皇子都不是合适的储君人选。可他们人在晋国京城，想再多都没有用，除非昌隆帝愿意放他们回去。

现在他们除了住在别苑里吃吃喝喝，根本见不到昌隆帝，身边还有晋国禁卫守着，简直就是寸步难行。

想到这里，使臣摇头叹息一声："可惜了。"

可惜福寿郡主已经与晋国太子殿下有了婚约，不然三殿下也能靠着美男计，让这位郡主出手相助了。

想到晋国皇太子的长相，这些使臣沉默下来。福寿郡主有这样一位未婚夫，再想让她中他们家三殿下的美男计，确实有些困难。

晋国这个地方有毒，女人能做将军，男人却要靠脸吃饭。

回到自己的王府，英王刚换下身上的外袍，就听下人说二公主来了。

英王披上外袍，系好腰带，来到正殿，开门见山道："皇妹，你今天怎么有时间来我这里？"

"我前两天听说你在收集成色好的宝石，我那里有很多用不上的，就先给你拿过来。"二公主指了指桌上装着宝石的盒子，顺手拿起盒子上的请帖，道，"我园子里的樱桃都熟了，就让厨子办了宴席，大皇兄过两日也来凑个热闹？"

英王顺手接过请帖，问道："还有谁去？"

"其他几位皇兄皇弟，还有一些贵族姑娘。"二公主笑道，"贤妃娘娘见到太子殿下定了亲，心里着急呢。"

英王顿时明白，这是母妃让皇妹帮他挑王妃。他盯着请帖看了片刻，说："好。"

"皇兄能答应就好，我这就回宫告诉母妃去。"二公主没有久留，匆匆离开了。

英王打开她送来的宝石盒子看了看，把盒子盖上后，抱起盒子就走。

"殿下，您去哪儿？"随侍太监连忙跟上。

英王去了东宫，把宝石匣子放在太子面前，道："拿去。"

太子打开盒子看了一眼，问道："大皇兄这是做什么？"

"就当你前几天在大理寺帮我说话的还礼。"英王面无表情道，"我不爱欠谁的人情。"

太子挥手让宫侍把宝石抱下去，连假意推辞都没有，说道："大皇兄，孤一般不帮谁说好话。"

"你什么意思？"英王瞪他。

"孤的意思是，一匣子宝石不够。"太子微笑着道，"孤听闻贤妃娘娘那里有一盏十分漂亮的琉璃灯，能在月色下发出璀璨的光芒。"

听懂太子的暗示，英王不敢置信地看着他，心道：这太子能不能要点儿脸，连女人的东西都要抢？

"我记得父皇曾经赏赐过你好几盏价值连城的琉璃灯……"英王嫌弃地看着太子，早知道太子这么不要脸，他连宝石都不该送。

“东西……永远是别人的好。”太子唰的一下打开折扇，笑道，“皇兄，你说是不是？”

英王沉默片刻，说道：“你不用暗示我，放心吧，我不会再靠近福寿郡主的。”

太子慢慢收起折扇，轻笑一声：“皇兄想到哪儿去了？孤相信琉璃的眼光。”

英王：“……”

“做人，想法不能太复杂。”太子慵懒一笑，“孤只是单纯想要那盏琉璃灯。”

英王忍了忍，再忍了忍，最终还是咆哮出声：“姬元溯！”

“啧。”太子叹气，“脾气怎么这么大。舍不得就算了，这个人情你愿意欠着就欠着，孤不介意的。”

英王气冲冲地走出东宫，心中暗道，他以后如果再主动找太子说话，他就是猪。

接到二公主送来的请柬，花琉璃不禁感叹：二公主真是个喜欢举办宴会的人，今天赏花宴，明日樱桃宴，到了夏天，可能还会有什么观荷宴吧？

为了避免她还没嫁到皇家，外面就传出什么未来太子妃对二公主不满之类的谣言，她就算不想参加，也要去凑个热闹。

自古姑嫂关系不好处理，皇家也一样啊。

反正她是个娇弱无力的美少女，除了吃吃喝喝，也不用做其他的事。

更重要的是，太子又送了她新首饰，她总要找机会戴出去，不然他又要委屈地问自己是不是不喜欢他送的东西。

自己的未婚夫嘛，她总是要哄着些的。

众所周知，昌隆帝是个对儿女慈爱的皇帝，他心疼女儿不能当政，所以给了女儿不少田庄地产。

二公主闲着没事就举办宴会，就是因为她名下的东西多，举办得毫无心理负担。

花琉璃到得不早不晚，因她身份特殊，别苑里的下人待她很热情。

“郡主，园子后面就是大片的樱桃林。”二公主见花琉璃来了，亲热地迎了上来，“嘉敏郡主、姚姑娘方才说要自己去摘樱桃，这会儿应该去了后园，你若是也想体验一下摘樱桃，我让下人带你过去。”

她的目光扫过花琉璃鬓边的红珊瑚垂珠钗，眼睫微微颤动了一下。

“那就有劳二公主殿下了。”花琉璃福了福身，伸手接过一只精致的手提小竹筐，说道，“臣女还是第一次采摘樱桃。”

“青寒州气候不好，樱桃种在那边挂不了果，也是没办法的事。”二公主是个八面玲珑的性子，虽然大家都知道她属于贤妃英王一系，但是对花琉璃这个未来的太子妃，她的态度也十分亲昵。

“是啊。”花琉璃笑道，“好在现在回了京。”

两人寒暄了几句，又有其他客人来，花琉璃趁机离开了。

二公主看着花琉璃离开的背影，眉头轻皱，那支红珊瑚垂珠钗用的料子，倒像是她前几日送到大皇兄那里的。

“太子殿下、四皇子殿下、五皇子殿下到了！”

二公主看着意气风发的太子，嘴角露出好看的笑容。

高高在上的太子，知道他的未婚妻头上戴着其他男人送的发钗吗？

太子到了别苑，听说花琉璃去找小姐妹们一起摘樱桃后，就懒洋洋地坐在一边，不再动弹一下。

英王进来的时候，看到太子就想坐到对面去，离太子越远越好。

“大皇兄。”五皇子看到英王，朝他行礼，道，“快来坐。”

英王看着热情的五弟，再看了一眼太子身边的空桌，一点儿都不想过去。五弟怎么一点儿眼色都没有，他看起来像是想跟太子坐在一起的样子吗？

太子慢悠悠地抬起眼皮，说道：“五弟，大皇兄并不想与孤坐在一起。”

“为何？”五皇子不知是真无知还是假无知，竟然问了出来。

“你我容貌出众，大皇兄又怎么愿意与我们坐在一起？”太子用好听的嗓音说出气死人的话，“大家都是兄弟，我们要体谅他。”

英王在心里冷笑，他看了一眼五皇子，没想到太子竟然把老五变成了他的走狗。他大步走到太子旁边坐下，冷哼道：“太子多虑了。”

身为男人，最重要的就是能力，长得跟个小白脸似的，有什么好得意的？

樱桃林里，花琉璃挑了会儿，摘了一些又红又大的樱桃放进篮子里。

远处有女孩子说话的声音传来，她凝神听了一下，好像是嘉敏在跟人争吵。她走近几步，听清了她们的交谈内容。

“论识时务，谁比得上嘉敏郡主？”说话的女子穿着红衣，语气十分不友好，“福寿郡主刚回京城的时候，你对她冷嘲热讽；现在人家跟太子定了亲，你就跟人家成了好姐妹。”

“直爽的嘉敏郡主，可真是直爽得恰到好处。”

“郡主……”鸢尾听着这话实在过分，这不是故意挑拨离间吗？再好的朋友，也经不起这样的挑拨。

花琉璃把装着樱桃的篮子递给鸢尾，从里面挑了一颗最大最红的樱桃，用手帕擦干净，慢慢放进嘴里。

“跟你有关系？”嘉敏沉着脸道，“我就是喜欢去讨好福寿郡主怎么了？我不讨好她，难道来讨好你？你也不用在我面前装模作样，当别人都看不出你是在嫉妒福寿郡主似的。”

“你胡说八道！”

“我就胡说八道怎么了？”嘉敏呵呵一笑，“听说某个人做梦都想嫁进宫里做太子妃，也不拿镜子好好照照自己，清醒清醒。”

“你含血喷人！”说话的红衣女子似乎被嘉敏激怒了，她尖声骂道，“姚嘉敏，你跟在花琉璃后面，贱不贱哪？靠着她，你母亲封了长公主，你被太后接进宫。为了这些荣耀，你连自己喜欢的男人都能放弃？”

“男人算什么？”姚嘉敏抬了抬下巴，说道，“有了地位，什么男人没有？”

红衣女子还想说什么，忽然注意到树丛后站着几个人，那是……花琉璃的婢女？

她心中一喜，继续道：“原来你对福寿郡主半点儿情谊都没有，只是为了利用她。”

嘉敏皱起眉：“你这人管天管地，还要管人交朋友了？”

“我只是替福寿郡主鸣不平。”

嘉敏嗤笑出声，一个想要做太子妃的人，替花琉璃鸣不平？这跟猫哭耗子有什么区别？

“怎么，被我说中心思，心虚了？”见嘉敏不说话，红衣女子更加咄咄逼人。

“我如果是你，就少说两句。”嘉敏懒得再跟她废话，讽刺道，“你外祖谢家麻烦事缠身，你还有心思来参加樱桃宴，在我面前说三道四，是不是有毛病？上一个用尽手段想嫁给太子的是你的表姐，她这会儿还在大理寺的监牢里待着呢。”

红衣女子被嘉敏说得面红耳赤，忽然扭头看向旁边，惊呼道：“福寿郡主？”

嘉敏面色一僵，扭头看过去，见花琉璃站在一棵樱桃树下，手里还拿着几颗樱桃，不知道站在那里听了多久。

她嘴角动了动，扭过头轻哼一声，没有解释。

“福寿郡主，我跟嘉敏郡主只是闲聊几句，她并不是有意利用您的感情，请您不要责怪她。”红衣女子焦急道，“请您不要因为我的几句胡言乱语，影响了你们之间的情谊。”

花琉璃瞥了一眼说话的女子，靠着树干微笑着道：“你们继续聊，不用在意我。”

红衣女子表情有些尴尬，看了看花琉璃，又看了看神色不安却不愿意开口的嘉敏郡主，把头低了下去，看起来十分柔弱无助。

“怎么不聊了？”花琉璃叹了口气，“要不我走远一点儿，免得打扰你们？”

嘉敏看了一眼花琉璃，从她的神情里，嘉敏看不出她究竟有没有把别人的话当真。

“没事了。”红衣女子连忙道，“只要郡主没有因为我的话误会嘉敏郡主就好。”

“你放心吧，一定不会。”花琉璃走到嘉敏身边，伸手挽住嘉敏的手臂，对红衣女子笑着道，“不过刚才你有些话说错了。”

“什、什么？”看着花琉璃与嘉敏挽在一起的手臂，红衣女子有些傻眼，难道花琉璃是真的不介意？

“我能跟嘉敏做朋友，不是她故意讨好我，是我故意讨好她呢。”花琉璃笑眯眯地看着嘉敏道，“对吧，嘉敏？”

嘉敏：“啊？”

花琉璃什么时候讨好过她？不是一直威逼加恐吓吗？

她有些别扭，脸颊微微发红，心里却像是被人倒进了一大碗糖水，甜丝丝的。

“太后娘娘召嘉敏进宫小住，那是因为嘉敏是太后的外孙女；顺安公主被封为长公主，是因为她是陛下的妹妹。”花琉璃歪了歪头，一派天真模样，“你是哪家的千金？我以前怎么没有见过你？”

“我……我……”红衣女子不知道花琉璃想干什么，一时间竟不敢说出自己的真实身份。

“你胆子挺大的，我来京城这么久，像你这样敢对皇家说三道四的人，真是不多见。”花琉璃眼睛笑成了弯月，说道，“你放心，我一定会在太后还有太子面前好好夸夸你的。快跟我说，你姓甚名谁，家里是做什么的？”

红衣女子被花琉璃的话吓住了，支支吾吾说不出个所以然，最后快步匆匆跑走，连头上的发钗被樱桃树的枝丫挂落在地都顾不上去捡。

“体力真好，跑得还挺快。”花琉璃松开嘉敏的手臂，双手环胸看着她。

“你看我做什么？”嘉敏有些不自在，她想跟花琉璃说，刚才那个女人在胡说八道，可是好面子的她说不出口。

“我看你傻啊。”花琉璃恨铁不成钢，道，“你平时跟我吵嘴的时候不是挺厉害吗？反正这里又没有什么人看见，她这么胡言乱语，你就该狠狠地收拾她。你说你从小学武有什么用？竟然老老实实任由别人泼脏水。”

“唉。”她摇头叹气，“跟我做了这么久的朋友，你竟然一点儿长进都没有。”

嘉敏：“……”

想到跟花琉璃认识以来她在花琉璃身上吃的暗亏，嘉敏竟无法反驳。

“你不信她说的话？”

“她是谁啊她，我为什么要信她的话？”花琉璃挑眉，“再说了，她把你说得那么识时务，那么聪明，我能信吗？”

嘉敏觉得，自己内心满满的感动在这个瞬间流失了一半。

“走吧，我特意挑了又大又红的樱桃摘，等下分你一小半。”花琉璃重新挽上嘉敏的手臂，准备带她回别苑。

“你摘这么多，就分我一小半？”嘉敏瞥了眼竹筐里的樱桃，她怀疑花琉璃全挑最好的摘。

“没办法，我还要喂我亲爱的未婚夫。”花琉璃把自己的重色轻友说得光明正大，“虽说姐妹如手足，男人如衣服，但咱们做人的，怎么能缺了衣服？”

嘉敏沉默片刻，说道：“刚才那个人名叫李茹。她的父亲是上个月调任回来的。她的母亲姓谢，是谢驸马的亲姐姐。”

“难怪她会在这个时候挑拨离间。”花琉璃把两颗擦干净的樱桃分给嘉敏，说道，“下次遇到这种人，你得拿出你长公主之女的气势骂死她，不要给她留脸面。”

嘉敏想起刚认识花琉璃时，花琉璃使计让英王误以为她要对花琉璃动手，忍不住笑着道：“她的手段，比你可差远了。”

花琉璃眨了眨眼：“我就当你是在夸奖我咯？”

嘉敏扭头道：“你高兴就好。”

虽然被花琉璃嫌弃了几句，但是低头看了一眼两人挽在一起的手，嘉敏脸上渐渐露出了笑意。

虽然知道花琉璃做作又表里不一，但……既然两人是朋友，她就要包容花琉璃的缺点嘛。有时候眼一闭，忍忍也就过去了。

两人边走边吃樱桃，遇到又红又大的，还不忘把它们摘下来。等她们吃得差不多，摘得差不多时，别苑里已经坐满了宾客，十分热闹。

花琉璃让鸢尾找来几片大树叶，把篮子里的樱桃遮住。

“你干什么？”嘉敏不解。

“人这么多，不分显得小气，分出去就不能给太子了。”花琉璃答得理直气壮，“这可是精挑细选的樱桃，更何况这里面还有属于你的一部分呢。”

嘉敏被花琉璃的抠门程度惊呆了。

两人正在嘀咕，只见一个蓝衣太监捧着一盘色泽红润的樱桃过来，花琉璃顺口道：“这太监看起来有些眼熟。”

“那是英王身边的长随太监。”嘉敏随意看了一眼，没怎么在意。

“等等。”花琉璃叫住那个蓝衣太监，“你过来。”

蓝衣太监犹豫了一下，躬身来到花琉璃面前，道：“奴才见过两位郡主。”

“你是英王的随侍？”花琉璃发现对方盘子里的樱桃似乎比自己摘的还要红，还要大，看起来格外诱人。

“是。”随侍太监躬身回道。

“把你摘的樱桃给我看看。”花琉璃见他的袖子遮住了一半盘子，便道，“站直了回话。”

随侍有些为难：“郡主，这些樱桃是王爷要的……”

“谁说要这些樱桃了？”花琉璃失笑，“我只想知道，你这些樱桃是在哪儿摘的。”

“回郡主，是在西边的林子里。”

“西边？”花琉璃看了一眼西面的林子，她刚才最先去的就是西面的林子，没见到这么大的。

“你很热？”花琉璃注意到小太监额头上有细汗冒出，眉梢微微一挑，“把樱桃给我。”

“请郡主恕罪，这樱桃真是给王爷准备的。”小太监似乎很怕英王发脾气，说道，“要不奴才让人把樱桃给王爷送进去，奴才带您去找那棵樱桃树？”

嘉敏有些惊讶地看着花琉璃，平日里，花琉璃对下人向来温和，怎么这会儿她刁难起英王身边的下人了？

以花琉璃的脾性，就算不喜欢英王，她也不会拿一个无辜的太监出气啊。

爱情的力量真伟大，居然让一个身份高贵的郡主做出抢人樱桃的事。

“鸢尾，去告诉英王爷一声，就说我看上了他的随侍手里的樱桃。”花琉璃把手伸到蓝衣太监面前，观察着小太监脸上的表情，“不要怕，有什么事本郡主替你担着。”

“是。”蓝衣太监面上的惊恐之色渐渐淡去，双手把盘子递到花琉璃面前。

就在花琉璃即将接过盘子时，他的手不小心一抖，盘子掉在了地上，红艳艳的樱桃滚落了一地，染上了尘土。

“请郡主恕罪。”蓝衣太监惊惶地扑到地上，试图把这些樱桃捡起来，可是看到樱桃沾上了灰土，他停下了动作，跪在地上瑟瑟发抖。

旁边有人经过，看到这一幕后，有些不满地皱了皱眉。可是当发现为难太监的人是未来的太子妃与姚嘉敏以后，他们就把目光收了回去。

英王还不知道自己的随侍太监与花琉璃起了冲突，他闷不吭声地坐着，时不时端起樱桃酒喝上一两口。

樱桃酒不够烈，喝起来有些没滋没味。

“大皇兄不喜欢这种酒？”二公主端着一壶酒过来，给英王和自己各倒了一杯，说道，“我就知道你可能不会喜欢樱桃酒，这是我特意寻来的女儿红。”

她端起酒杯，朝英王敬酒，道：“尝尝？”

英王端起酒杯抿了一口，说道：“尚可。”

“大皇兄对酒还是这么挑剔，可惜我不是懂酒之人，还请您担待。”说完，二公主仰头喝下杯中的酒，又问道，“我见大皇兄一直不说话，可是有什么心事？”

英王放下酒杯，说道：“没事。”

“没事就好。”二公主笑了笑，“我差点儿以为你当真有了心仪的女子，正在为她苦恼。”

英王诧异道：“为何这么想？”

“前几日，你一直在找各种好看名贵的宝石，若不是以为你是想讨好心仪的姑娘，我才舍不得把那一匣子珠宝首饰送给你。”

英王忍不住偷偷看了一眼坐在旁边的太子，爱面子的他，是不可能当着其他兄弟姐妹的面说那些珠宝首饰都是他找来送给太子的。

万一被人误会他在讨好太子，他的面子还要不要了？

想到这里，他干咳两声，掩饰住心底的尴尬。

二公主见英王神情尴尬，还偷偷看了太子两眼，似乎很心虚的模样，内心十分震惊：大皇兄竟然真的背着太子与花琉璃……

怕英王察觉自己已经知道他的秘密，二公主赶紧岔开话题，寒暄起家长里短。英王有一搭没一搭地应着，显然对这些话题并不感兴趣。

“王爷。”一位穿着红衣的女子走到英王面前，道，“臣女看到您的随侍似乎得罪了福寿郡主，正跪在她面前请罪呢。”

“什么？”英王皱起眉，“怎么回事？”

“臣女也不清楚，只是远远地看到福寿郡主把您的随侍叫过去，也不知说了什么，您的随侍便跪下了。”

英王眉头皱得更紧了，大步往外走去。

坐在旁边的太子脸上的笑容微微收敛起来，他站起身看了一眼红衣女子，问道：“你是哪家的姑娘？”

“臣女姓李，小名茹茹。”红衣女子似乎没想到太子会主动与她说话，神情有些激动。

“哦。”太子唰的一下打开折扇，问道，“可有婚配？”

李茹脸颊绯红：“回、回殿下，臣女还未婚配。”

太子突然收敛起脸上的笑容：“女孩子婚配与否不重要，重要的是心灵美。不然就算拥有绝世容颜，也只是空有一副皮囊。”

李茹脸上的笑容消失。太子殿下这话是什么意思？

二公主看了一眼面色煞白的李茹，又看了一眼正往外走的太子，对李茹温和地笑着道：“你不必将此事放在心上，太子与福寿郡主情深似海，很是不喜他人说福寿郡主半点儿不好，他并不是有意针对你。”

李茹勉强笑了笑：“多谢公主，臣女无碍。”

二公主担心闹出事来，这些都是身份尊贵的主儿，得罪谁都不好，她要出去看看才放心。

“这么好的樱桃就这么掉在地上，可惜了。”花琉璃叹了口气，她不笑的时候，便没了平日里温和可亲的样子，让人想到了征战沙场的卫明月。

“奴才手脚不利索，奴才有罪。”说完，蓝衣太监就举起手准备打自己的脸。

“哎，你这是干什么？”玉蓉伸手拦住蓝衣太监的动作，说道，“我家郡主只是惋惜掉在地上的樱桃，又没有让你受罚。这里人来人往的，别人要是瞧见你的动作，岂不是要误会我家郡主故意刁难你？”

“奴才不敢。”蓝衣太监乖乖把手收了回去。

英王出来的时候，正好看到自己的随侍太监跪在地上，而花琉璃的贴身婢女抓住他的手，看起来像是要打人。

“王爷。”蓝衣太监看到英王，眼睛微微发亮，小心翼翼地看了一眼花琉璃，跪在旁边不敢说话了。

“怎么回事？”英王走过来，看也不看跪在旁边的蓝衣太监，对花琉璃道，“福寿郡主，可是这不懂事的奴才得罪了你？”

“王爷言重了。”花琉璃笑道，“臣女刚才见这太监手里的樱桃又红又大，就想拿过来看看，没想到一不小心掉在了地上。”

“你这狗东西，连盘樱桃都拿不好。”英王踢了蓝衣太监一脚，蓝衣太监打了个滚，压碎了不少掉在地上的樱桃。

“只是误会，请王爷不要放在心上。”花琉璃弯下腰，隔着纱绢捡起两颗完好的樱桃，端详起来。

“郡主，樱桃已经脏了，本王让他重新给你准备一份。”英王以为花琉璃要捡地上的水果吃，赶紧劝道，“你放心，一定给你挑最好的。”

听说边关气候恶劣的时候，物资特别匮乏，所以大多在边关待过几年的人都见不得好东西掉到地上。

福寿郡主是金尊玉贵的大将军之女，竟然也有这样的习惯。

“没事，东西没有坏，洗一洗就好。”花琉璃用纱绢把这两颗樱桃包起来，转身递给鸢尾。

“郡、郡主，奴才罪该万死。只是地上脏污，还请郡主万万不要食用掉在地上的樱桃。”蓝衣太监又怕又急，连连朝花琉璃磕头。

“你若是喜欢磕头，记得跪远一点儿。”太子走过来，面无表情地看着这个太监道，“我家郡主胆小心软，见不得别人受苦。”

跟出来的二公主听到这话，似乎已经看到了英王暴跳如雷的画面。

她看着英王，准备在英王叫骂起来的时候冲过去劝住他。这里人多，他就算是皇长子，也不能对太子不敬。

但是让她意外的是，英王竟然忍住了，他不仅忍住了，竟然还真的按照太子的意思让他的随侍太监跪远了一些。

不对，这不对！英王什么时候这么听太子的话了？

英王这种人自愿低头，只会有两个原因：一是真心崇拜对方，二是对对方心怀愧疚。

英王会真心崇拜佩服太子？那比让太阳从西边升起还要难。

所以只有一个可能，那就是愧疚。那……英王为什么会觉得愧对太子？

二公主看了花琉璃一眼，越来越肯定心中那个荒谬的猜测。英王私底下与花琉璃暧昧不清，所以才在太子面前失去了争执的底气。

此时的大理寺里，他们已经完全查清了私藏龙袍案的来龙去脉，福寿郡主别苑里那些可疑的下人确实与宫里的人有联系，但是让他们没有料到的是，所有证据都指向一人——英王身边的随侍太监。

裴济怀看完所有资料，忽然站起身，道：“不好！”

“什么？”张硕与苟敬祺扭头看向裴济怀。

“张大人，下官怀疑，那个太监会在近日杀害英王。”裴济怀匆匆拿起桌上的佩刀，问自己的属官，“英王现在在哪儿？”

属官愣住。英王的行踪，他们这些小官员哪儿能知道？

“我听说二公主在她的樱桃园里举办宴席，皇室里不少人去了。”苟敬祺摸着自己的胡须道，“以英王与二公主的交情，他应该也会赏脸参加。”

“樱桃宴上人多嘴杂，恰是下手的最好时机。”裴济怀神情凝重，“现在已经快到午时了。”

若是那随侍小太监找到合适的机会，说不定已经得手了。英王身边的这个太监，在英王十岁左右的时候就跟在他身边伺候。

谁会轻易怀疑跟在身边十年的贴身随侍？

裴济怀带着几个属官，骑上快马，匆匆往京郊赶。

“大理寺办案，无关人等通通避开。”他掏出腰牌，让两边的行人让路。

一般情况下，大理寺的人并不会在闹市骑快马，见到这个场面，京城百姓在心中暗暗嘀咕，这是出什么大事了？

裴济怀心中十分着急，英王若真是死在随侍手里，负责此案的大理寺，从上到下都要倒霉。负责皇室内务的殿中省，以及与随侍太监有关的一干人等也会跟着倒霉。

一路快马加鞭到了山脚，裴济怀看着建在半山腰的樱桃园忍不住骂了一声，把袍子往腰间一系，带着属官们往山上跑。

真不知道这些皇家人都有什么毛病，把别苑建在哪里不好，非要建在半山腰，多费体力啊！

山脚到别苑的路上站满了护卫，他们见到佩剑的裴济怀，伸手拦住了他：“公主有令，没有请帖者不得入内。”

“下官乃大理寺少卿裴济怀，怀疑别苑里会有重案发生，特来阻拦。”裴济怀掏出腰牌，他心里着急，却又无法强闯。

“这……”护卫当然不会认为裴济怀在撒谎，可他们是宫里的护卫，自然要听公主的命令。

“让他进去。”一个女声响起，“若是发生什么事，由本将担着。”

“卫将军！”皇宫里的护卫几乎无人不认识卫明月，见她发了话，那个护卫便收回了拦住裴济怀的手。

“多谢卫将军。”裴济怀感激地向卫明月行了个礼，大步往上跑去。

卫明月方才见大理寺的人一路疾行到这边，猜到可能是出了事，所以跟了过来。她望着裴济怀等大理寺的人匆匆跑上去的背影，不紧不慢地跟了上去。

她家闺女也去参加樱桃宴了，所以她并不怎么着急。她虽然也没有带请柬，但没有哪个护卫敢拦她。未来的太子岳母，大晋最神武的女将军，谁敢拦？

参加宴席的宾客还不知道大理寺的人即将来临，得知英王的随侍太监得罪了福寿郡主，他们很想跑出去看热闹，但是理智不允许他们犯这种错误。

皇家的热闹看不得，轻则倒霉，重则丢命，在权势与地位面前，好奇心其实也没那么重要。

二公主走到英王身边，小声道：“有什么事，我们进去再说，莫让其他人看了笑话。”

英王走到随侍太监身边，用脚踢了踢他：“去，重新取一份干净的来。”

“是。”随侍太监连忙小跑着出去，很快取了一盘新的过来。

“有劳了。”花琉璃接过盘子，这一次小太监的手很稳，樱桃没有摔在地上。

“奴才不敢。”

花琉璃轻笑出声，转身从鸢尾手里拿过纱绢，缓缓摊开，露出里面两颗红艳艳的樱桃，说道：“这两颗樱桃赏给你。”

“多谢郡主。”蓝衣太监伸手准备去接。

“不必这么麻烦。”花琉璃拿着纱绢的手往后躲了躲，微笑着道，“方才多有误会，让你受委屈了。樱桃碰不得，摔不得，你把这两颗吃了再去做事吧。”

蓝衣太监看着躺在纱绢上的两颗樱桃，慢慢伸出手：“多、多谢郡主，只是奴才吃相不雅，不敢当着郡主的面吃。”

“我自小在边关长大，军士们的吃相千奇百怪，还有什么是我没有见过的？”花琉璃的笑容更加温柔，“没事，吃吧，我看着你吃。”

英王看着这一幕，隐隐察觉到了不对劲。

“来人，替郡主拿着樱桃，喂他吃。”太子把玩着手里的折扇，冷哼道，“郡主赏赐你东西，你拒不接受，是瞧不起孤的郡主？”

“太子明鉴，奴才绝无此意。”蓝衣太监连连磕头。

“那就给孤把东西吃了。”太子转着手里的扇子道，“这般不懂规矩，你若是在孤的东宫，早被孤送回殿中省了。”

“殿下，奴才觉得，这人仗着是英王爷的随侍，便不知天高地厚了。”东宫太监站出来，鄙夷地看着跪在地上的蓝衣太监，仿佛在看一个太监之耻。

众目睽睽之下，蓝衣太监抖着手拿起一颗樱桃，慢吞吞地往嘴里放，可是樱桃在即将触及嘴唇时滚落在地。

“求郡主饶命！”他猛地朝花琉璃磕头，“求郡主饶命！”

第十一章

双生？天阉？

“郡主只是让你吃樱桃，又不是让你去卖命，什么饶命不饶命的？！”东宫太监见蓝衣太监磕头磕得咚咚响，皱眉道，“难不成樱桃有毒？”

蓝衣太监身子一僵，猛地跪倒在英王面前，道：“王爷，求您救救奴才！奴才只是一时糊涂，奴才也是受人胁迫。求王爷救我！”

看着跪在自己面前哭求的随侍太监，英王才渐渐缓过神来，那盘樱桃真的有毒？

这个小太监十岁时便跟在自己身边，到现在已经十一年了，他竟然想杀自己？

这件事太出人意料，英王有些蒙，甚至顾不上难过或是愤怒，只是盯着蓝衣太监那张哭泣的脸，半天不说话。

东宫太监意识到不妙，他们看了一眼太子的脸色，赶忙上前把这个蓝衣太监拖到一边，不让他靠近英王殿下。

嘉敏被这一系列的变故惊呆了，她张口结舌，道：“花、花琉璃，你早就看出他不对劲了？”

“其实也没有，只是他的态度让我觉得有些不对劲。”花琉璃叹气，道，“没办法，我在边关待久了，看谁举止不对劲，都会忍不住怀疑是探子。”

她只是想拿樱桃试探一下，没想到里面真有毒。

“你连一颗樱桃都不敢吃，说明这里面下的是很厉害的毒。”花琉璃用纱绢包好樱桃，收了起来，说道，“想必你也很清楚，只要英王殿下吃下一颗，他就会死。”

原本还在求饶的蓝衣太监听到这句话以后，竟然奇迹般地安静了下来。

“作为英王的随侍太监，你也算得上太监里有头有脸的人物。”花琉璃皱起眉，“我实在不明白，英王死了对你有什么好处？”

蓝衣太监沉默不语，他脸上的谄媚、惊恐全部消失不见，一双黑黝黝的眼睛看着英王，里面满是恨意与嫉妒。

“因为高高在上的英王殿下不知道，我跟他同年同月同日生，就连手腕处的痣都长得一模一样。”蓝衣太监哈哈笑了几声，“王爷就不好奇，这是为什么？”

嘉敏与花琉璃交换了一个眼神，这是……皇家秘闻啊。

“吃点儿樱桃压压惊？”花琉璃把后端来的那盘樱桃递到嘉敏面前。

“别动，樱桃有毒！”随着一声急吼，嘉敏只看到眼前一道黑影飞过。

只听“哐当”一声，这道黑影把花琉璃手里装樱桃的盘子砸得四分五裂。

与碎瓷片躺在一起的，还有一个剑鞘。

看着滚落一地的美味樱桃，嘉敏与花琉璃都沉默了。

鸢尾甚至看到自家郡主的手在微微颤抖。

“英王殿下，有人想要害你，下官怀疑这樱桃里有毒，请诸位贵人不要食用。”裴济怀见英王还好好地站着，不像是中了毒的模样，终于放松下来。

但是让他奇怪的是，他说了这么重要的事，竟然没有一个人感到惊讶，甚至他们看他的眼神，都带着一股……莫名的怜悯？

难道他的推测是错的？

“太子殿下，英王殿下。”裴济怀在这种怪异的气氛里，坚强地走到英王与太子面前，道，“请容下官解释。下官根据大理寺查探的消息推测，英王殿下身边有居心叵测之人。”

英王顶着一张麻木又沧桑的脸，指向被东宫太监押住的随侍太监：“你说的可是他？”

裴济怀扭头看去，只见一个蓝衣太监狼狈地被按在地上，垂着头，看不清容貌。他愣了一下，问道：“这就是英王殿下身边的随侍太监？”

原来英王与太子已经猜到了？

英王看了裴济怀一眼，没有说话，因为他已经无话可说了。

太子没有管英王与裴济怀，他大步走到花琉璃身边，伸出食指弹了弹她的脑门：“生气了？”

“我特意给你准备的樱桃。”花琉璃看着地上的樱桃，眉头皱了起来，“挑的最大最红的……”

“不气，不气。”太子在花琉璃身边小声道，“皇家园林里也有樱桃园，明天我们一起去摘。”

“可你最近不是很忙吗？”花琉璃伸手勾着太子的袖袍，在他耳边小声道，“谢家那边的事处理得怎么样了？”

太子看了一眼裴济怀，在她耳边小声道：“明日裴济怀与令兄就要出发赶往南方，不用担心。”

花琉璃眼神微微一闪谢家在南方势大，事情闹出来以后，原本应该赶往南方的钦差还在京城里，会不会让谢家以为皇家只是雷声大雨点小，为了堵住悠悠之口才对外宣称彻查谢家，实际上却是有意放他们一马？

她若是谢家人，得知这种消息，肯定会欣喜若狂，甚至暗自放松警惕。这样一来，两位钦差也能安全不少。

实际上，彻查谢家的人早就抵达了昌尧州。所谓的钦差，只是明面上的幌子，真正负责查清谢家的另有其人。

花琉璃看了一眼站在不远处满脸震惊与迷茫的二公主，没有把心里的猜测说出来。

“福寿郡主。”跟英王说明原委后，裴济怀走到花琉璃面前，行礼，道，“下官方才一时情急，有失礼之处，还请郡主多多包涵。”

花琉璃看了一眼地上的樱桃，又看了一眼身边的太子，深吸了一口气。

她的男人如此美丽，她不生气，不生气，气坏身体无人替。

“无碍，裴大人也是为了我们的安危着想。”花琉璃扯了扯嘴角，尽量让自己看起来温柔又宽容。

裴济怀：“……”

为什么他觉得福寿郡主的这个笑容里没有半点儿喜笑意？

“多谢郡主体谅。”裴济怀表情变得更加小心翼翼。

花琉璃看了蓝衣太监一眼，说道：“这太监满嘴胡话，裴大人有什么想问的，可以找一个安静的房间，慢慢审问。”

太子抬了抬下巴，示意东宫随侍把蓝衣太监的嘴巴堵住，免得旁人听到他说出一些乱七八糟的谣言，被误导。

二公主这才从震惊中回神，忙道：“诸位随我来。”她带大理寺的人来到后院的屋子里，关上门后，才结结巴巴道，“这个太监在大皇兄身边待了十余年，平时看起来老实又听话，没想到……”

她倒吸了一口凉气，扭头看向花琉璃：“方才若不是福寿郡主在，那盘有毒的樱桃就要送到大皇兄桌上了。”

裴济怀有些意外：“是郡主发现此人不对劲的？”

习惯了福寿郡主柔弱的模样，裴济怀几乎快要忘记，这位郡主曾将计就计，在敌人的军帐中活捉阿瓦。

“都只是凑巧。”花琉璃笑得眉眼弯弯，“一开始，我只是瞧着这太监盘子里的樱桃好，想问问他在哪里得的，没想到他竟然露出这么多马脚。”

说到这里，花琉璃不解地看着被堵住嘴的蓝衣太监：“说来也奇怪，这太监看到我表情就变得不对劲，难道我平日里待人很苛刻？”

“郡主貌若天仙，又有着菩萨似的心肠。您若是苛刻，天下就没有宽容的人了。”东宫太监不会放过任何一个可以拍马屁的机会，“定是这太监做贼心虚，在善良的您面前觉得无地自容，才暴露了他的阴谋诡计。”

裴济怀皱了皱眉，东宫的下人是不是过于谄媚了？

“说得有道理。”太子握住花琉璃的手，“孤也是这么认为的。”

裴济怀在心底叹息：原来是上梁不正下梁歪。

二公主瞪着蓝衣太监道：“你这些年跟在大皇兄身边，大皇兄一直待你不薄，你为什么要做出这么阴狠的事？”

东宫太监扯下堵住蓝衣太监嘴巴的手帕。

“待我不薄？”蓝衣太监冷笑道，“他是高高在上的皇子，我却因为天阉之体做了太监。他高兴了赏赐我一点儿东西，不顺心了就拿脚踹我，这也叫不薄？”

二公主扭头看了太子一眼，欲言又止。

太子倒是不打骂宫人，但只要是惹他不快的，他就把人送回殿中省，一点儿情面都不留。

“就因为这些？”裴济怀觉得事情没有这么简单。

“当然不是因为这个。”蓝衣太监忽然拉起袖子，露出手腕上的红痣，恨恨地看着英王道，“王爷手臂上也长了这个，你不会忘了吧？”

英王感到莫名其妙：“本王是长了这个，可是跟你有什么关系？”

“因为我与你乃双生兄弟，我因为天阉之体被贤妃娘娘放弃，做了宫里的太监。”蓝衣太监双眼充血，“你们知不知道，十岁以前我过着什么样的日子？！”

不知众人是被这个消息惊呆了，还是不知该说什么，一时间无人说话。

“这个……”鸢尾忽然撩起自己的袖子，露出自己结实有力的手臂，说道，“奴婢手腕上也有一颗红痣，这是不是代表，奴婢也是英王殿下失散多年的妹妹？”

“鸢尾，今晚早点儿回去睡觉。”花琉璃微笑着拍了拍鸢尾的肩，

“早睡着早做梦，梦里什么都有。”

蓝衣太监恨恨地瞪了这主仆二人一眼，他正在述说与自己的身世有关的血海深仇，这两人是来破坏气氛的？

“你继续说，你继续说。”接收到蓝衣太监愤怒的眼神，花琉璃用手帕捂住嘴角，轻笑道，“我这个丫头也在我身边跟了不少年，被我惯坏了。”

“郡主，奴婢虽然脾气不好，但不会弑主。”鸢尾这话明显意有所指。

一时间，大家竟不知这对主仆是在嘲讽英王，还是在讥讽蓝衣太监。只是蓝衣太监制造出来的凝重气氛，被主仆二人成功破坏掉了。

英王回过神，怒骂道：“胡言乱语，母妃就只生了本王一人，你是从哪儿听来的谣言？”

“胡言乱语？”蓝衣太监冷笑道，“几个月前，我在当年被遗弃的地方找到了几块破烂的布料。根据殿中省的记录，那种布料是二十一年前专供给皇子使用的襁褓布。”

“我还查到，当年贤妃娘娘产子后，曾鬼鬼祟祟地让人往宫外送了什么东西。”蓝衣太监哈哈大笑，笑得眼中掉出了眼泪，“送出去的哪儿是什么东西，分明是我这个生来就不健全的皇子。”

英王想也不想就道：“不可能，你若真是皇子，母妃绝不可能遗弃你。”

“不可能？！”蓝衣太监笑了一声，“当年贤妃与容妃都想诞下皇长子，若是让人知道她生下的双子中有一个残缺不全的天阉，不仅她会被陛下厌弃，就连她那个健全的儿子也有可能受到牵连。”

“最重要的是，我查阅过太医院二十一年前的诊脉记录，曾有太医怀疑贤妃娘娘腹中怀的是双胎。”蓝衣太监望向英王的眼里满是恨意，“我唯一感谢你的，就是你让我做随侍太监，也让我有机会靠近太医院，查清那些资料。”

“当初在临翠宫酒杯上淬毒的人，也是你？”裴济怀追问道。

“临翠宫的人，就像贤妃娘娘一样愚蠢。”蓝衣太监轻笑一声，“我只暗示她下毒是英王的意思，事成之后，英王会纳她进府，她就照做了。”

“哦，还有，”事迹败露，蓝衣太监忽然破罐子破摔起来，“混入东宫的杀手，也是我帮她带入宫里的，只可惜她太愚蠢，连福寿郡主不喝茶都不知道，结果泄露了行踪。不过我也没盼着她能成事，只要能让太子忌惮英王。”

“福寿郡主与嘉敏郡主在田家被歹徒带走，也是你在里面帮忙？”裴济怀眉头紧皱，看着这个疯狂的太监，心情十分复杂，“你有没有想过，田家会因为此事受到牵连？”

“田家帮着贤妃那个女人把我抛弃在荒郊野岭，我巴不得他们被连累。”蓝衣太监咬牙切齿道，“可是我做了这么多，为什么贤妃与英王还是好好的？”

“你是太子，为什么遇到这么多事，你都不收拾他们？！”蓝衣太监最想不明白的就是，太子明明平时行事嚣张，但是遇到有可能被贤妃与英王暗算的事，竟然一点儿反应都没有。

皇家兄弟争名夺利，甚至为此丢了性命，这才是他们正常的相处模式。

只是想看个热闹的太子，莫名其妙被点了名，他打开折扇扇了扇，慢条斯理道：“英王是孤的兄长，俗话说‘兄弟同心，其利断金’，孤又怎么能为了证据不足的疑案怀疑自家兄弟？”

蓝衣太监胸口一闷，差点儿被气得吐血：“就算他派杀手取你的性命，你也能忍？”

“现在不是证明了幕后凶手是你？”太子挑眉，很是正直大度，“可见孤当初不怀疑大皇兄是正确的。”

“哇！”蓝衣太监没忍住，呕出了一口鲜血。

太子嫌弃地往后退了一步，转头见英王呆呆愣愣，一副深受打击的模样，把扇子一合，在他的肩上敲了敲：“时隔这么多年，真相究竟如何，不能听信这个太监的一面之词。”

“太子说得对。”英王回过神，难得没有在意太子拿扇子敲他的行为，说道，“裴济怀，把这个太监捆起来，本王带他进宫面见父皇。”

说完，他转身打开门准备走，转头见太子拉着花琉璃跟在自己身后，问道：“你跟来做什么？”

“跟来看热闹啊。”太子理直气壮道，“这么大的事，孤不在场怎么能行？”

“你……”英王额头上的青筋凸了凸，很想把太子按在地上揍。

可他不敢，所以他忍了。

“大皇兄，太子，我就不跟过去了。”二公主小声道，“此事不宜闹大，我去安抚宾客。”

太子看了她一眼，微微颔首。

二公主担忧地看了英王一眼，让自己脸上的笑容更加自然一些后，才大步走出屋子。

东宫随侍熟练地堵上蓝衣太监的嘴，蓝衣太监连都说一个字的机会都没有。

贤妃正在吃二公主让人送进宫的樱桃，听得宸阳宫召见，起身问传话的太监：“还有谁在？”

“回娘娘，太子殿下、英王殿下、福寿郡主、大理寺裴大人都在。”

贤妃心中咯噔了一下：该不会是她家儿子跟太子闹矛盾了吧？

想到这里，她也来不及补妆，匆匆往宸阳宫赶去。到了宸阳宫正殿，见太子还有闲心与福寿郡主偷偷勾小指头，她默默地松了口气。

太子还有心情与福寿郡主打闹，说明没有大事发生。

“妾见过陛下。”贤妃向昌隆帝行了个礼。

“不必多礼。”昌隆帝表情看起来有些古怪，他指着被绑缚的看起来有些狼狈的蓝衣太监道，“这个太监，你可认识？”

“这是昊儿的随侍太监，他犯了什么事？”贤妃漫不经心地问。

“他在明昊食用的樱桃中投毒……”

“什么？！”贤妃面色大变，也不管这里是宸阳宫，三步并作两步上前抓住英王的手臂，把他从头到脚摸了一遍，惊慌地问道，“昊儿，你可吃了那些樱桃？有没有哪里不舒服？！”

“母妃，儿子没事。”英王见贤妃吓得面无人色，连忙抓住她颤抖的手安慰道，“那盘樱桃被福寿郡主发现不对劲，已经打翻了。”

“没事就好，没事就好。”贤妃吓得差点儿落泪，转头对花琉璃连连道谢。

“高贵的贤妃娘娘只知道关心这个儿子吗？”蓝衣太监神情执拗，“你难道没有发现，奴才的眼睛与你有两分相似？”

他双目灼灼地看着贤妃，不想错过她的任何反应。

“放肆！”贤妃恶狠狠地瞪着蓝衣太监道，“你这狗东西，想要毒害我儿便罢了，竟然还敢骂本宫丑！”

在场其他人：“嗯？”

“你们这么看着我干什么？”贤妃见所有人都看着自己，顿时更加不高兴了，“怎么，你们也觉得我跟这狗奴才长得像？”

花琉璃看了贤妃一眼，又看了看蓝衣太监，平心而论，这个太监与贤妃几乎没有相似之处，包括他说的眼睛。

“琉璃。”太子在她耳边道，“你怎么看？”

“宫中守卫森严，田家人想要配合贤妃娘娘把一个活着的婴儿带出宫太难了。”花琉璃摇头，小声道，“把一个孩子遗弃在荒郊野外，说明扔他的人根本不想让他活。既然如此，何不先把他弄死，再带尸首出宫？”

这件事处处是漏洞，花琉璃根本不相信太监的说法。她看向蓝衣太监，大声问：“你被人捡走以后，被穷苦人家收养了？”

蓝衣太监冷笑道：“是。衣不蔽体、食不果腹。”

“宫中给新生皇子用的襁褓布料柔软贴肤，谁会把一个天阉孩子捡走，却把珍贵的襁褓布留在原地？”花琉璃忍不住嗤笑出声，“撒这种谎的人，根本不知道普通老百姓连巴掌大的布头都舍不得丢掉。就算襁褓的布料太过精致，不能做外衣穿，也可以洗干净做贴身的衣物。”

蓝衣太监反驳道：“他们胆小怕事，不敢带那些布料回来，有何奇怪？”

“布料都不敢捡，还敢捡一个刚出生的婴儿？”花琉璃反驳道，“是谁让你怀疑你是贤妃娘娘的孩子，还引你去查这些所谓的真相的？”

正在气头上的贤妃一脸茫然，这事儿怎么还跟她扯上关系了？

蓝衣太监没有看花琉璃的眼睛，冷笑着道：“没有谁，是我自己发现了真相。福寿郡主身为未来的太子妃，竟然帮着英王说话？”

太子二话不说，上前就是一脚，随即斯文地抖了抖袍子，说道：“你怀疑英王可以骂他，牵扯到孤的未婚妻，孤的脾气就不好了。”

可能是以前领教过太子的坏脾气，蓝衣太监被太子踹了以后，竟然真的不敢吭声了。

昌隆帝已经派人去搜查蓝衣太监的屋子了，见太子动脚踹人，昌隆帝干咳一声，对贤妃道：“贤妃，这太监怀疑他与明昊是一胎双生，但因为……天生残缺，被你遗弃了。”

“不可能。”贤妃吓了一大跳，顾不上生气，急切地向昌隆帝解释，“陛下，这跟妾没有关系，妾生了几个孩子，自己还能不清楚？再说了，这后宫内院的，您给妾十个胆子，妾也不敢把孩子往宫外送啊。”

说完，她从袖子里掏出一块手帕，眼看着就要捂着眼睛号哭。

昌隆帝一看她这个动作，太阳穴就突突地发疼，赶紧道：“朕只是在跟你说明事情的原委，何时说过不相信你了？后辈们都在，你好好坐在旁边，把事情慢慢说清楚。”

后辈？贤妃扭头看了一眼太子，举止顿时端庄起来。

她可是立志让太子叫她母后的女人，绝对不能在太子面前失去她端庄优雅的形象。

确定贤妃不会号哭，昌隆帝松了一口气，随后用慈爱的眼神看着太子。他为儿子挑了一个温柔、体贴、善良并且愿意拿命保护他的太子妃，以后他的儿子就不用体验他受过的苦了。

“花家丫头，你继续说。”昌隆帝对花琉璃和蔼一笑，眼中泛着“儿子捡着大宝贝”的光芒，“朕认为你的推测很有道理。”

太子得意地笑着道：“我家郡主就是冰雪聪明。”

裴济怀往旁边挪了挪步子。东宫真是从上到下一个样，都爱见缝插针地夸奖福寿郡主。

“陛下，臣女只是说一说自己的猜测，不一定准的。”花琉璃叹了口气，道，“臣女在边关的时候曾听军医讲过，有一种病人因生活困顿会产生一种臆想，想象自己是权贵的亲戚，或是喜爱之人的爱人，严重的时候，他们分不清眼前是现实还是想象，最后把想象当了真。”

这个蓝衣太监是天阉，从小到大可能受到身边不少人的刺激，进宫在英王身边伺候后，见惯了荣华富贵，也看多了贤妃对英王的好，也许就产生了想象，若他也是贤妃的孩子，生活是不是也会这么好？

但想象只是想象，一个靠着想象救赎童年的人把想象当了真，一定有人刻意引导。

“能不能跟我说说你从小到大的经历？”花琉璃问蓝衣太监。

“为什么？”蓝衣太监有些后悔，他下手之前就有人提醒过他，千万要避开这位福寿郡主。他虽然不信这种说法，但到了别苑后，还是特意打听了福寿郡主的行踪，确定她去摘樱桃一时半刻不会回来，才挑了这个时机下手。

没想到这位郡主不仅提前赶了回来，还刚好看到他端着樱桃经过。

之前别人说这个福寿郡主十分邪门，他还不以为意。一个身体娇弱，别人还没把她怎样她就开始嘤嘤哭泣的女人，有什么好怕的？

事实证明，这个郡主确实邪门。

若是没有她，英王现在早就气绝身亡，贤妃也会陷入丧子之痛中。

“因为我好奇呀。”花琉璃的笑容十分天真，“我最喜欢听故事了。”

蓝衣太监：直接让我死吧，我不想说话。

“孤就知道这个太监是在撒谎，连过往都不敢提，哪里是什么皇室血脉。”太子用折扇轻轻敲着掌心，像是看街边热闹的纨绔子弟，他说道，“皇家子弟个个长得眉清目秀，你这张脸怎么看也不像是姬家的人，别胡言乱语了，直接拉出去砍了。”

“个个眉清目秀？”蓝衣太监冷笑一声，抬头看向脸青面黑的英王。

众人也顺着他的视线看向英王。

英王皱起眉：“都看着本王干什么？”

“虽偶有意外，但绝对不会发生遗弃皇室血脉的事。”太子干咳一声，“有人在骗你。”

“不可能！”蓝衣太监斩钉截铁道，“她亲口跟我说过，不会错。”

“他？”裴济怀皱起眉，“他是谁？”

蓝衣太监却没有理会裴济怀，他看着花琉璃道：“你几次破坏他们的计划，他们不会放过你的。”

花琉璃默然无语，她只是一个柔弱多病的美少女，这些事跟她有什么关系？

“我从小被领养我的人打骂，被逼着在地上学狗爬哄他们全家开心。”蓝衣太监突然疯狂地笑起来，“七岁进宫，领班的老太监更是畜生不如。十岁那年，我因生辰年月与英王一样，高贵的贤妃娘娘便让我到英王身边伺候。这一切，都只是因为贤妃娘娘觉得我的八字能为英王挡灾。”

“本宫是见你小小年纪被老太监打骂不忍心，才找了个理由让你去我儿身边伺候。”贤妃差点儿被气笑了，“我儿乃皇亲贵胄，有陛下的龙气护体，怎需你一个小太监挡灾？”

“贤妃娘娘当然不会认下这种事。”蓝衣太监面带嘲讽，笑着道，“你这种女人，连抛弃子嗣的事都能做到，还有什么事做不出来？”

“你既然这么不满意，当初就该回到那个老太监身边。”贤妃脾气大，受不得别人冤枉，说道，“何必留在我儿身边伺候？”

蓝衣太监沉默几秒，说道：“若不是留在英王身边，我又怎么会知道你对另外一个儿子这么好？”

“本宫只有一个儿子。”贤妃冷着脸重申了一遍。

很快有人把从蓝衣太监的住处里找到的东西呈了上来，跟着过来的还有两个御医。

这些东西里，有已经破旧不堪的襁褓布料，有发黄的太医院脉案，还有一些与贤妃、英王有关的东西。

“你是疯子吗？”贤妃在里面看到一条自己无意间丢失的手帕，说道，“本宫不是你的生母。”

“母亲不愿意认儿子便罢了。”蓝衣太监声音渐渐平静下来，“我生来被人厌弃，死时无人怜惜，只怪命不好。”

“可是你有没有想过，如果贤妃不是你的生母，你做下的这一切会让你再也找不到生父生母？”花琉璃往蓝衣太监面前走了几步，她的眼神里没有厌恶，也没有怜悯，“你在宫里这么多年，难道真的以为田家与贤妃能在后宫里带走一个活生生的孩子？”

“当年两位后妃产子，宫中守卫森严。临翠宫里那么多人，你觉得抱走一个孩子还不让其他人发现可能吗？”

当时容妃与贤妃都想生下皇长子，肯定早就派人盯住彼此的寝宫。如果有这种事，最高兴的就是容妃，她又怎么会帮着贤妃隐瞒？

蓝衣太监的眼神变得慌乱起来，他疯狂地摇头：“我不信，你在骗我！”

“你既然能去太医院找到二十一年前的脉案，为何就不查一下当年贤妃产子时在临翠宫产房伺候的人员名单？”花琉璃眼神很干净，干净得让原本已经发疯的蓝衣太监渐渐冷静下来。

“也许你潜意识里知道贤妃不是你的生母。”花琉璃叹息道，“可你的童年太苦了，你想要一个母亲，想要一个仇恨的对象，便听信了他人的误导，开始受他们的利用。”

“事实上，你若不是英王随侍，连被他们利用的价值都没有。”花琉璃怜悯地看着他，“你这一生太不容易了，告诉我们利用你的那个人是谁，我们帮你报仇。”

蓝衣太监愣神了片刻，随即冷笑着道：“福寿郡主以为我是三岁小孩子，会轻易上你的当？”

“陛下，这是二十一年前所有与贤妃娘娘有关的脉案。”太医把一沓发黄的脉案交给昌隆帝，说道，“二十一年前，贤妃娘娘有孕三月时，脉象确实有双生之兆，几位御医大人重新请脉以后，才发现脉象诊看有误。关于这些请脉过程，太医院皆有记录。”

“这么多记录，你却只找到贤妃娘娘脉象疑似双生的脉案。”花琉璃扭头看着蓝衣太监道，“你这一生，唯一怜悯过你的只有贤妃娘娘，你却听信他人的谎言，试图毒害她的儿子。”

“我不信，这不可能！”蓝衣太监疯了一般看向贤妃，“母亲，母亲，我是你的孩子对不对？”

贤妃冷漠地摇头：“本宫自始至终，只有姬明昊一个孩子。”

“那襁褓呢，这个襁褓呢！”蓝衣太监仍不放弃，“这个襁褓，只有皇子才能用。”

“这些布料，在二十二年前，由玳瑁使臣赠送。”赵三财道，“后来咱们大晋皇室虽然不再使用这种布料，玳瑁皇室却不曾断过，哄骗你的人若是有心，自然有办法取来这些布料。”

“玳瑁……”蓝衣太监喃喃自语，“我被骗了？”

“那我的生父生母是谁？！”他看向众人，“生下我却又抛弃我的人是谁？”

没人能回答他。

此时，在某个院子里，男人收到下属传来的消息。

“主公，计划失败了。”

男人眼神阴冷地盯着下属看了很久，问道：“这次又是为什么？”

提到“又”这个字，他的心情竟然神奇地平静了许多。

听到主公提到“又”这个字，下属愣住了，见主公望过来，吓得赶紧开口：“下了毒的食物被福寿郡主发现了。”

“我不是说，出手的时候要避开她吗？”男人气得揉了揉额头，说道，“这个花琉璃简直就像是姬家皇室的福星，自从她回京以后便事事不顺利。再完美的谋划，只要遇到她就会出岔子。”

“既然如此……主公，不如我们先杀了她？”下属道，“她是晋国太子的未婚妻，又是花应庭与卫明月的女儿，她一死，晋国必乱。”

“就怕晋国人发了疯，开始拿别人撒气。”男人神情微变，很快又恢复如常，说道，“以前我们曾派人向她下过手，代价是我们安排在晋国京城的人手几乎全军覆没，派出去抓她的人都死得不明不白。”

“虽然上次没有成功，但这次也许会……”

“我的命令，你听不懂？”男人眼神变冷，“没有我的命令，不许打花琉璃的主意，免得惹出事端。”

“是……”下属不敢再说话，只是心里隐隐有些疑惑。福寿郡主当真如此邪门，连主公都对她心生忌惮？可她明明只是一个体弱多病、胆小貌美的普通女人。若不是受家中父母宠爱，以她那种三步一喘的体质，她根本就活不到这么大。

“那我们现在该怎么办？”下属有些焦急，“难道一直留在此地？”

男人端起桌上的茶轻轻抿了一口，说道：“急什么呢？”

“可是京城那边……”

“由着他们斗。”男人神情平淡，“留在这里，反而更加安全。若是我的哪个兄弟死了或是残了，那也只能怪他们命不好，怨不到我的头上。”

下属心中一喜，道：“原来主公心中早有成算。”

男人垂眸不语，面上无喜无怒。

宸阳宫中，蓝衣太监怎么都不愿意说出与他有牵连的人。

“难道你不恨他故意误导你，让你落入这种境地？”裴济怀看着蓝衣太监道，“只要你说出他是谁，我们就能帮你报仇。”

“帮我报仇？”蓝衣太监哈哈大笑，“我一个阉人，哪里配得上让各位高高在上的贵人为我报仇？”

“反正我难逃一死，为什么要说出这个人让你们安心？”蓝衣太监状似疯狂地一笑，“你们就互相猜忌吧，哈哈哈！”

在场众人脸色十分难看。

“真想看到你们得知真相时的表情，可惜我快死了。”蓝衣太监笑着笑着，眼中忽然掉下泪来，他擦干眼角，又咧嘴露出快意的笑，“那个人，生于皇宫，长于皇宫。皇帝陛下，您觉得谁最可疑？”

昌隆帝神情平静地看着蓝衣太监道：“裴济怀，把他押下去。”

大理寺的人架着蓝衣太监往外走时，蓝衣太监忽然扭头看向花琉璃，对她悚然一笑：“你也逃不掉的。”

花琉璃还没说话，鸢尾便一巴掌拍在了蓝衣太监的后脑勺上。

“装什么装，故意露出这种笑容吓谁，啊？！”鸢尾又“啪啪”拍了好几下，斥道，“谁叫你笑得这么恶心的？！”

鸢尾跟着卫将军上过战场，拍人的手劲儿比很多男人还大，每一下都把蓝衣太监的脑袋敲出沉闷的声响。

“这位姑娘。”裴济怀忍不住道，“他脑子本来就不太好，你再敲下去，脑子里的水都要流出来了。”

“抱歉，奴婢护主心切，让大人见笑了。”鸢尾把钢铁般的手掌收了回来，行了一个礼，“我家郡主体弱胆小，受到惊吓后旧疾容易复发。这段时间，她好不容易把身体养好了一些，可不能前功尽弃。”

“没事，不怕不怕。”太子轻声安慰花琉璃，“有孤在，不怕。”

看到福寿郡主身边的婢女用手拍人脑袋竟然拍出了砖头所能达到的效果，昌隆帝不由自主地想到了卫明月。他后背直冒冷汗，看了一眼柔弱的福寿郡主，心说：还好还好，至少儿媳妇是温柔的。

裴济怀看了一眼面色煞白、仿佛受惊小鹿的花琉璃，脑海中浮现的却是花琉璃气疯谢瑶，让谢瑶说出全部真相的一幕。

虽然她敢去大理寺天牢，敢以性命保护太子，但她还是一个胆小的好姑娘。

蓝衣太监被押进了大理寺天牢，他在看到云寒与青衫书生时，步伐慢了半拍。虽然他面色没有变，但是裴济怀可以肯定，他认识这两个人。

“牢房不够，把他关押到这边来。”裴济怀指了指云寒，示意狱卒把云寒与青衫书生关在一起。

云寒神情有些惊恐，他真的不想过去。

可惜他的抗拒与反对无人在意。狱卒像拎狗崽一样，把他拖进了青衫书生的牢房。

空出来的牢房，就成了蓝衣太监的。

青衫书生、云寒、蓝衣太监三人的目光在空中交会，然后极有默契地同时收了回来。

“我换邻居了？”隔壁牢房的话痨犯人靠着围栏热情地喊道，“哥们儿，看你身上这衣服，像是在宫里当差的？”

蓝衣太监没有理他。

“我祖上也曾阔过，还去过皇宫。”话痨犯人见蓝衣太监不理自己，敲了敲围栏，又道，“跟我说说呗，皇宫是不是真的很大很漂亮？”

蓝衣太监冷漠地瞥了他一眼，在他是英王随侍的时候，这样的人连在他面前点头哈腰当狗的机会都没有。

“哥们儿，你是犯了啥事进来的？”

“安静点儿！”狱卒走过来敲了敲围栏，喝道，“不要吵闹！”

说完，狱卒瞅了蓝衣太监一眼：“他犯的罪，可比你的严重多了，他毒害皇子未遂。”

“啊！”话痨犯人赶紧坐回原位，离狱友阿大近了许多，然后拉着阿大继续讲述他曾阔过的祖上。

“闭嘴！”阿大忍无可忍，“你不是想找新来的人说话吗？不要烦我！”

“其他人哪儿有狱友你在我心中重要？”话痨犯人小声解释道，“再说了，从小我娘亲就教育我，不要跟傻子玩。你说他一个宫里的太监，连毒害皇子的事都敢做，不是傻子是什么？”

阿大额头青筋直跳：“闭嘴。”

这里最大的傻子，分明就是他自个儿。

深夜，牢中的犯人已经陷入沉睡，鼾声、磨牙声此起彼伏。云寒小心翼翼地睁开眼，结果就对上青衫书生幽冷的眼神。

他赶紧坐起身，想朝青衫书生跪下去。

青衫书生皱眉，伸出手指了一下坐在桌边的狱卒，翻身躺了回去。

云寒缩着身子，抱着脏臭的被子，靠坐在角落里，昏昏沉沉地睡了过去。他们牢房对面的话痨犯人翻了一个身，梦呓了几句。

阿大在黑暗中看着云寒与青衫书生，眼神变得怪异起来，原来这两人认识。

他回头看着话痨犯人，因为翻身，话痨犯人脖子上戴的珠子露了出来，在微弱的烛火映照下闪着润泽的光辉。

虽然这个话痨犯人喜欢吹牛又爱撒谎，但是阿大从他的话里提取到了很多有用的东西。

他说他的祖上给他留了一枚很重要的印章，只是他小时候不懂事，不知道掉到了什么地方。

据传，妖妃被太后与昌隆帝治罪时，有很大一批金银珠宝消失不见，很多人猜测这些珠宝被妖妃藏了起来，以待她的后人为她报仇雪恨。只可惜太后没有给她这个机会，把她所有的希望都断绝了。

也许这个话痨提到的印章，就与那批珠宝有关系。想明白这一点，第二天去采石场挖石头时，阿大只略加引导，话痨就把自己小时候的住处和家里有哪些还来往的亲戚，都交代得清清楚楚。

从采石场回来的时候，阿大故意用石子儿打中话痨的膝盖，趁着他摔跤引起犯人队伍混乱时，把消息传给一个看似过来瞧热闹的路人。

第十二章

父不父，子不子

谢幺爷被软禁在京城以后，虽然不像谢驸马与乐阳公主那样哪里都不能去，但也只能在京城里走走，连城门都出不去。

从阿大那里得到的消息令他兴奋，顺着阿大提供的信息成功找到那枚印章，发现那是某个地下钱庄贵宾独有的信物后，沉闷许久的谢幺爷仿佛年轻了好几岁。

谢家在南方虽然有名望，但他们缺钱啊，人活在世上，干什么不要钱？

只要有了妖妃留下来的这些珠宝，谢家往后行事就能方便许多。

天刚亮，谢幺爷便乘坐着一辆极其普通的马车，捧着装印章的木盒，来到了藏着妖妃珠宝的钱庄。

这座钱庄是家老字号，但是在京城里并不算显眼，任谁都想不到这种小钱庄会藏着妖妃留下的那些珠宝。

“客官，取物、典当还是售物？”掌柜见来人虽然年迈，但衣着华丽，身边还跟着伺候的下人，忙热情地迎了上去，“小店也出售一些物件儿，客官若是感兴趣，小的亲自带您到楼上看。”

“可有九十九个月的女儿红？”

“九十九个月的女儿红没有，三十一年的女儿红倒是有一坛。”掌柜笑容微变，“客官是要三十一年的女儿红，还是要金珠酒？”

谢幺爷缓缓往楼上走，他年纪大了，爬楼梯的背影看起来有些佝偻，但仍旧能看出几分文雅之气。他说道：“金珠酒来九钱，女儿红来九钱。”

楼上没有其他人，谢幺爷把印章拿出来，说道：“我是来取旧人之物的。”

“老先生当真要取？”掌柜脸上的笑意敛去。

“是。”

“旧人之物，可不好取。”

“只要掌柜愿意拿出来，老朽自然能取走。”谢幺爷把印章放回木盒，说道，“还是说，掌柜不愿意？”

“老先生说笑了，我们钱庄讲究的就是一个信誉，别说是三十年前的东西，即使是三百年前的，只要有人来取，我们都会给。”掌柜带着谢幺爷来到一扇门前，说道，“只是请容在下再问一句，老先生当真要取？”

谢幺爷面色不变，只道：“开门。”

掌柜笑了笑，弯腰缓缓推开这扇沉重的雕花木门。

雕花门许是很少打开，发出嘎吱的声响，谢幺爷透过门缝看到了墙上挂着的珍稀古画，还有珍宝玉树。

装着元宝的箱子堆积在角落里，让看到这一幕的谢幺爷呼吸重了几分。

雕花大门彻底打开，谢幺爷猛地睁大眼，惊讶地看着站在屋子里的人道：“世子，你怎么在这儿？”

谢世子面色惨白地看着谢幺爷道：“没想到，你真的来了。”

谢幺爷意识到不对，往后退了几步，可是身后已经有人拦住了他的退路。他回头一看，是东宫的金甲卫。

“真巧。”太子从谢世子身后的屏风里走出来，似笑非笑地看着谢幺爷道，“孤来钱庄查一查账本，谢先生竟然也在？”

谢幺爷心跳如擂鼓：“这家钱庄……”

“让你见笑了，这家钱庄是皇祖母的嫁妆，前些年，她老人家把钱庄给了孤。”太子坐到一张金丝楠木椅子上，眉梢微挑，笑容越发温和，问道，“谢先生想来这里拿走什么？”

“这是你的阴谋？！”谢幺爷失声怒吼，“你故意下套！”

“什么阴谋与下套，谢老先生说的什么，孤怎么听不太懂？”太子转着手里的扇子，指了指旁边摆好的椅子，说道，“千山万水都是情，孤向来尊老爱幼，谢老先生坐下说话。”

不等谢幺爷回答，就有人把他拉到椅子上坐下。面对谢世子不敢置信又痛苦的眼神，他不自在地移开了视线。

“叔公，为什么？”谢世子从小被乐阳公主保护得很好，养成了善良娇憨的性格，他无法接受平日里正直的幺叔公突然变成贪婪的野心家，就像他无法接受二姐毒害了大姐，还要刺杀太子一样。

美好的生活，突然被身边的人撕开一道巨大的裂缝，裂缝后面是亲人们肮脏的野心与欲望。

他不明白，谢家乃南方有名的书香世家，他们家不缺吃不缺穿也不缺书读，甚至母亲还是皇舅亲封的长公主，他们这样做，又有什么意义？

谢幺爷避开谢世子的视线，不说话。

“因为人的欲望是无穷的，贪婪会让人丧失本性，变成被欲望支配的怪物。”太子看着谢幺爷道，“你们谢家传承六七代，你们祖上出过史上留名的大文学家，你们这些做后人的，真是……”

他摇头叹息：“不知谢家祖上泉下有知，会不会气得从地里爬出来？”

“世上读书人千千万，真正能够名留青史的又有几人？”听太子提到祖上的荣光，谢幺爷似乎受了刺激，说道，“我们谢家每个后人从能走路就开始读书习字，可不管我们如何努力，世人提到的总是曾经闻名天下的先祖。”

“所以你们便起了歪心思，想借着修改大晋礼仪的机会，让谢家再次名扬四海？”太子脸上的笑容淡了下来，“为了这些虚名，你们宁可与他国勾结，私养家兵死士？”

见事迹败露，谢幺爷也不再做无谓的挣扎，他面无表情道：“殿下身为太子，前有圣明之德的父皇，后有表现优异的兄弟，等你登基为帝，就会明白个中滋味了。”

表现优异的兄弟在哪儿？太子挑眉。难道他还有个没有见过的兄弟？

“可是这些虚名有什么用！”谢世子情绪有些崩溃，“为什么不能好好地过日子？这些东西生不带来，死不带去，难道没有好好活着重要？”

“天真！”谢幺爷冷笑道，“寒窗苦读这么多年，图的不就是青史留名，后人敬仰？”

谢世子眼眶发红：“可是你们提出的那些东西，真的能让后世之人仰望你们吗？”

“人心会变。”谢幺爷不甘心道，“只要陛下愿意支持我们谢家提出的礼仪改制，就算一时间有人反对，百年以后也不会有谁抱怨。他们能记住的，只有我们谢家在这件事上的贡献。”

在谢世子的记忆里，幺叔公虽然对后辈严肃，但是个不重外物的清贵之人。此刻看着他脸上无尽的野心，谢世子忽然发现，原来身边的一切都是虚假的。

太子带他过来的时候，他一直在心中祈祷，不会有谢家人来，一定不会有谢家人来。

可是在门被推开的那一刻，他失望了。

太子说得对，谢家早就被欲望吞噬，所有的清贵与高雅都只是欲望外的那层面具。

他看着谢幺爷，突然失去了说话的力气。他失魂落魄地站起身，踉踉跄跄地走了出去。

“谢世子，”等在外面的掌柜见他出来，微笑着道，“您准备走了？”

“我想见家姐一面，可否？”他虽生来天真，却也猜到这些事不是谢幺爷一个人能做到的，他的父亲或许也牵涉其中。

难怪母亲会把他送到太后娘娘那里，让他留在宫里读书习字。原来她是担心事迹败露，他会受到牵连。

“当然可以。”掌柜笑了笑，“会有金甲卫带您前去大理寺天牢，请您稍等。”

谢世子本以为对方会拒绝，没想到对方这么轻易就答应了下来，他说道：“多谢。”

知道一切真相以后，谢世子有些迷惘，他不知道自己该如何面对这一切。他的父母是做错了，可他们一直待他如珍宝。可他若是视他们的行为若不见，他又过不去良心上的那道坎。

他不想去见父母，也不想进宫去见皇家学堂里那些同窗，唯一能见的只有关在大理寺天牢的姐姐。

谢世子离开以后，谢幺爷表露出所有情绪，冷笑着道：“太子为了今天，计划了很久吧？”

“我这是姜太公钓鱼，愿者上钩。”太子给自己调整了一个舒服的坐姿，接过随侍太监端来的葡萄，吃了一颗，说道，“你们谢家如果没有起别的心思，又怎么会掉进这个圈套？”

“从你进门后，孤给了你三次机会，只要你转身离开，孤就不会追究你的责任。”太子把葡萄核吐进碗里，又道，“可惜你坚持要推开这扇门。”

“老朽岂不是还要感谢太子的宽宏？”谢幺爷冷笑道，“那个自称祖上是妖妃派系的囚犯，是你派去的人？”

太子笑而不语。

“堂堂一国太子，为了铲除对手，竟然用这种手段，若是传出去，你不怕笑掉天下人的大牙？”

“所以你放心，孤不会让这件事传出去的。”太子潇洒地把玩着手中的扇子，说道，“孤可是一手遮天又受父皇偏爱的皇子，这种问题你不用替孤考虑。”

谢幺爷被太子气得眼前一花，他抖着手指向太子：“你……”

“与区区骂名比起来，孤更在意你们这些衣冠禽兽什么时候能够束手就擒。”太子冷笑，“若是有利于天下百姓，孤这名声又有什么重要的？”

谢幺爷悚然一惊，他忽然想起来，关于太子的那些传言，说被太子无礼针对的官员最后都被查出了严重的问题，轻则欺男霸女，重则鱼肉百姓。他身在南方，以为这只是昌隆帝保护太子的手段。

可若那些官员的罪名是真实的呢？

等案子慢慢查清，不知会牵连多少无辜的人进去，太子率先发难，找理由把这些官员打进大牢，再把他们的黑暗势力一网打尽……

他们谢家现在跟那些“不小心”得罪太子，最后被查出大罪的犯官有何区别？

想明白这些，谢幺爷全身被寒意笼罩。姬元溯此人，根本就是心狠手辣之辈，那些关于他行事张狂、目中无人的传言，让人下意识地忽略了他的心计与手段。

是了，是了。

一个能让昌隆帝如此看重，不管做了什么，都能稳坐太子之位的皇子，又怎么可能是无脑之辈？

谢幺爷这才意识到，谢家自以为聪明，实际早就掉进了姬家的陷阱。

先帝当年死得不明不白，昌隆帝登基以后，朝政稳抓在手心，一边安抚文臣，一边重用武将，把大晋江山守得铁桶一般。

花应庭立下不世之功，本该引得文臣猜忌，可他的儿子转头去参加科举，还一举得中状元。武将的幺子弃武从文的举动，极大地满足了文臣的虚荣心。

这样一来，原本文武对立的危机也悄然被化解了。

这些看似巧合的事，凑在一起就是一环扣一环，让大晋的朝廷与江山变得更加稳固。

昌隆帝让太子娶花家的女儿，既不是因为猜忌花家，也不是因为猜忌太子，而是想间接把大晋的兵权交到太子手里。

世人都以为太子荒唐，昌隆帝偏心。实际上，傻的是他们。

满朝上下都被这对父子还有花家骗了。

想明白这些，谢幺爷颓然一笑：“我的事与谢家无关，无凭无据的，你不能对谢家下手。”

“谢老先生，你以为钦差晚离京几天，给了谢家掩饰证据的机会？”太子从袖笼里掏出一沓厚厚的纸，说道，“你们谢家私藏兵器、低价强买农户良田、偷开矿山的证据，全在孤的手里。你们谢家……完了。”

“你不能这么做！”谢幺爷急道，“杜颂闻已死，杜家后继无人。你们又要铲除我们谢家，难道就不怕天下读书人说皇室故意打压读书人？”

“朝廷连恩科都开了，又怎么会打压读书人？”太子嗤笑道，“没有你们谢家，也许还会有张家、陈家、王家、李家。天下心怀正义的读书人何其多，只要百姓喜欢他们，爱戴他们，你们谢家又算什么？”

“更何况，谁说杜家后继无人？”太子把手背在身后，说道，“杜颂闻的孙女，天资聪颖，博览群书，是难得的饱学之士。不久后，她便会去清河书院担任山长。”

清河书院是晋国数一数二的书院。这所书院的历史，比晋国的历史还长，教出无数的能臣好官。

“她是女人。”谢幺爷冷笑着道，“难道你想让一个女人撑起杜家？”

“在事情没有结果之前，不要盲目去判定一个人能不能做成一件事。”太子微微抬起下巴，得意地笑着道，“反正，你们谢家是不能了。”

谢世子跟金甲卫来到大理寺天牢，见到了形容憔悴的谢瑶，他激动地趴到围栏前，问道：“二姐，你怎么样了？”

谢瑶的态度却冷淡得很，她看着身穿锦衣华服的谢世子，忽然笑了：“你没离开京城？”

“父亲与母亲……还在公主府。”谢世子不想把家里的现状告诉谢瑶，关切地问，“你呢，在牢里有没有吃苦？”

“你说呢？”谢瑶摊开双手，上面全是劳作时留下的血泡，她说道，“你跟母亲有没有帮我求情？”

谢世子看着这双粗糙的手，眼神闪烁着，说不出话。

“别装了，我知道你们根本不想救我出去，不仅不想救我，还想派杀手取我的性命。”谢瑶嗤笑一声，“你们想抛下我远走高飞，门儿都没有！”

“二姐，你在说什么？”谢世子讶然道。

“父亲与母亲是不是已经被软禁了？”谢瑶见谢世子变了脸色，就知道自己猜中了，说道，“我们是一家人，大难临头时怎么能各自飞？”

谢世子面色惨白，他看着面目狰狞的谢瑶，一句话都说不出来。

“我的好弟弟，你怎么被养得这么傻？”谢瑶笑出声来，“你可能还不知道，在我被关进大理寺后，父亲并没有想过救我出来，他想杀我灭口。只可惜我命不该绝，父亲大概很失望吧？”

“听说父亲得了癔症？”谢瑶神秘一笑，“我的好弟弟，你回去仔细观察观察，看父亲的癔症是真还是假？”

谢世子脑子嗡嗡作响，他觉得身边这些人都太可怕了，父不父，子不子，他所经历的一切都像是一场噩梦。

他一定是在做梦，一定是。

裴济怀与花长空带着大理寺高手，以及金甲卫伪装成的普通护卫，一路快马加鞭赶到昌尧州。

谢家与当地太守热情地接待了他们，金银珠宝更是不要钱地送到两人面前。

裴济怀冷眼看着一箱箱宝石。昌尧州太守祖上并不显赫，以他的俸禄与祖产，根本拿不出这么多金银财宝。

“王太守客气了，这怎么好意思？”花长空笑眯眯地弯腰拿起一锭金元宝，看了几眼后把它放回原位。

“这都是下官等的一番心意。”王太守见裴济怀冷着脸，还有些担心，甚至考虑起要不要暗中使计让这两位钦差死于“乱匪”的刀下。

可是看到花长空眼里的贪婪，他安下心来。花长空是未来太子妃的兄长，只要讨好了他，一切问题都能迎刃而解。

一番假意推辞后，花长空勉为其难地收下了这些珠宝，说道："王太守热情好客，本官最喜欢你这么豪爽的朋友，等你调任到京城，本官一定请你多喝几杯。"

调任到京城？王太守的眼神变得灼热："能跟花大人做朋友，是下官几辈子修来的福分。"

两人推心置腹了一番，王太守又掏出一沓银票放到花长空手里。

花长空面色更加温和："王太守久不在京城，大概不知道得到京城的肥缺有多难。不过咱们交情这么好，再难的事也不是事。"他压低声音，在王太守耳边道，"本官的妹妹再过两月就要嫁到东宫，什么事不能成？"

"是是是。"若是能搭上太子妃兄长这条好门路，他又何须再小心翼翼地捧着谢家那些人？他对花长空吹捧了一番，才面带笑意地离开钦差居住的院子。

院子外面都是太守府的人，裴济怀走到花长空身边，小声问："你这是什么意思？"

"拿好处咯。"花长空极其自然地把银票塞进自己的袖子里，伸手拍了拍裴济怀的肩膀，说道，"裴大人放心，本官不会坏了你的好事。"

接下来的几天，太守府的人带他们去看了粮仓与农田，裴济怀察觉到里面有猫腻，正想多问几句，便被花长空打断了。

"好好好，王太守果然是爱民如子的好官。"花长空夸道，"待本官回京，本官一定要把昌尧州富饶的景象告诉陛下。"

"多谢花大人愿意替下官美言。"王太守看了裴济怀一眼，这裴济怀虽然是正钦差，可是在花长空面前，连多一句嘴的胆量都没有，可见花长空在陛下心中的地位有多高。

有个好爹好娘好妹妹就是不一样，年纪轻轻就能这般风光。发现这位花大人不仅好金银，还喜欢去乐坊、酒馆等地，王太守渐渐放松了警惕。两位钦差离开的那一日，他热情地把两人送上马，并且赠送了不少土仪。

“裴大人，花大人，一路顺风，下官在此等候花大人的喜信。”

“王太守就安心在家等本官的好消息吧。”花长空微笑着道，“如果一路顺畅，你还能进京参加舍妹的婚礼。”

王太守闻言，赶紧掏出一沓厚厚的银票放到花长空手里，说道：“不知郡主喜欢什么，这是下官的一点儿心意，请花大人代为转达。”

“好说，好说。”花长空把银票塞进袖子里，袖管被塞得鼓鼓囊囊，显得他很是贪婪。

裴济怀盯着他全身上下叮叮当当的金银玉饰，怕闪花眼，默默地移开了视线。

出了昌尧州地界后，花长空摘下自己身上叮叮当当的配饰，拿出扇子扇风，说道：“可累死我了。”

裴济怀朝他拱了拱手，问道：“不知花大人有何收获？”

“也就顺手收了几个愿意给本官做牛做马的仆人。”花长空把扇子挥得呼呼作响，说道，“说来也巧，这几个人竟然都受过谢家与王太守的迫害，你说神奇不神奇？”

裴济怀不由得腹诽：花长空每天不是收王太守与谢家的好处，就是去酒楼茶馆戏院吃喝玩乐，上哪儿把这些人找出来的？

“没办法，人都带回来了，本官总不能不管。”花长空叹了口气，说道，“等回京以后，这些人就交给裴大人带回大理寺，本官只是一个刚入朝的翰林，什么事都不懂，还要裴大人多担待。”

裴济怀仿佛在花长空身上，看到了自称柔弱却能把谢瑶气晕的福寿郡主的影子。

回京路上，裴济怀很担心他们一行会被谢家的杀手伏击，或是被王太守派人追杀，所以连续好几晚没能睡成安稳觉。

每天早上看到神采奕奕、捧着当地美食大快朵颐的花长空，他都有种也许他们不是出来办案，而是出来公费吃喝玩乐的错觉。

“裴大人，听说当地的煎饺乃一绝，我特意给大理寺各位兄弟准备了几份。”花长空笑眯眯道，“大家都来尝尝。”

大理寺的人办案，从来不贪图享受，他们跑过天南地北，但是从不贪图口腹之欲。见花长空这副悠闲的样子，裴济怀实在无法相信，这样的富贵公子竟然还随父母上过战场。

他默默地提醒自己，这是太子殿下未来的小舅子，他得罪不起。

裴济怀板着脸在花长空身边坐下，花长空把装煎饺的碗碟往裴济怀面前一推，说道："这里不比京城，也就这些煎饺能勉强入口了。"

裴济怀语气平静地说："我不讲究，能吃就行。"

"我就不行，从小在边关苦日子过多了，回了京城就爱吃好吃的，过舒适的日子。"花长空的声音不大不小，刚好够邻桌的食客听清他的话。

等邻桌的客人离开，花长空收敛起脸上的笑意，说道："谢家与昌尧州太守府对我们还是不放心，竟然派人一路跟到了这边。"

裴济怀面色微变："真是狼子野心。"更让人意外的是，花长空与他带来的人竟然比大理寺的人还要警惕。

看花长空天天睡得那么好，他还以为对方当真万事不管呢。

"不必紧张，有我这个拿了好处的纨绔子弟在，只要他们相信了我的说辞，就不会故意为难我们，还会盼着我们一路平安回到京城。"花长空掏出手帕一边慢条斯理地擦嘴角，一边说道，"我拿了人家那么多好处，总要替人说两句好话。"

"花大人，请恕我问个有些冒犯的问题。你们花家的人，都这么深藏不露？"

"都？"花长空微微垂下眼，叹了口气，说道，"舍妹体弱多病，是个温柔良善的性子。更何况这些只是雕虫小技，算不得深藏不露。"

温柔良善？裴济怀觉得，在这个词语的理解上，他跟花长空可能存在着一些分歧。

"你不用紧张，事情闹得这么大，陛下还留我们在京城里待了好几天，才让我们出京。"花长空笑道，"说明陛下早就心里有数，派我们到昌尧州只是为了迷惑敌人。"

身为大理寺少卿，裴济怀当然知道。他这个钦差只是明面上的，彻查谢家与王太守的另有其人。但这件事他没有告诉过花长空，没想到花长空竟然猜了出来。

他不愧是身为武将之后，却能考上状元的人。太子有这样的人做助手，简直是如虎添翼。

裴济怀笑道："可是即使如此，花大人也找到了一些人证，在下佩服。"

"裴大人说笑了，一切都是巧合，都是巧合。"花长空又恢复了那副纨绔模样。

裴济怀抬起头来，正好有一个旅人打扮的中年男人背着包袱走了进来。他端起稀粥喝了一口，心说：不愧是花家人，这份警觉也是很多人比不上的。

想到这份警觉可能是在战场上培养出来的，裴济怀心里忍不住对他多了几分敬仰。

京城最近几天很平静，没发生什么大案子，就连谢家老太爷被关押的消息都没有传扬出去。

唯有谢驸马身边的小厮，在好几天没有收到谢幺爷送来的消息后，察觉到了不妙。无奈之下，他给谢驸马喂了解药。

谢驸马清醒以后，把自己身上染了脏污的外袍顺手脱下扔在地上，问道："这么久了，公主那边可有什么消息？"

小厮道："公主这几日除了看望您，其余时间都闭门不出，小的不知道公主的想法。"他把京城里近来发生的事情全部说了一遍。

"必须找机会离开京城。"谢驸马砸碎桌上的花瓶，拿起碎瓷片往自己的手臂上深深一划，说道，"去通知公主，就说我发疯了，开始自残。"

看着不断往地上滴的鲜血，谢驸马冷着脸道："我现在唯一的出路，就在她身上了。"

小厮面色惨白地点头，拉开房门大喊："快来人哪，驸马自残了！"

天气越来越热，花琉璃变得不爱出门。太子让东宫的厨子做了很多消暑解渴的食物，才把人哄到自己面前。

东宫詹事府的官员对太子如此在意福寿郡主的行为有些不满，在他们看来，一位合格的帝王接班人不应该有太多的情感牵绊。

由于东宫素来有“铁打的詹事府，流水的官员”的说法，因此没人拿这事多说。福寿郡主每次来东宫，他们都有美味可口的冰碗消暑解渴，于是他们内心的想法渐渐发生了改变。

想要抓住一个人的心，要先抓住他的胃，这理论无论何时都很实用。

再后来，他们发现太子骂他们的次数少了，有时候还主动在福寿郡主面前召他们商议一些政事，差点儿感动得落泪。

休息的时候，一位官员忽然感慨道：“男人，还是要有个喜欢的女人看管着，这样才能更加成熟稳重。”

其他官员都知道他在说太子，可是没人敢点明。

“俗话说得好，阴阳调和，万事顺遂。”另一位官员应和道，“要不然老祖宗怎么会有先成家再立业的说法？”

“不知福寿郡主明日还会不会来？”一个刚来东宫詹事府的年轻官员十分耿直地问了这么一句。

其他官员扭头看着他。新来的还是太年轻，怎么什么都敢问出来？

不过，他们也十分期盼福寿郡主明天能来东宫啊。

被东宫詹事府官员盼望着明天再来的花琉璃，刚离开东宫不远，都还没走到宫门口。太子怕她热着，特意安排了步辇送她到宫门口，再让她乘坐马车回府。

宫里的几位后妃都知道福寿郡主身体不好，没人觉得此举不合规矩，只是私下感慨，以太子那种能得罪天下所有女人的狗脾气，他居然对福寿郡主如此细心，也算是天下奇事了。

就连以前喜欢在背后念叨花琉璃几句的贤妃，这次也没说什么。自从英王的随侍太监毒害英王的阴谋被花琉璃识破后，贤妃面对花琉璃都是未语先露三分笑。

为人母亲，面对儿子的救命恩人，贤妃实在说不出难听的话，所以近几天十分安静，让昌隆帝清净了不少。

弄明白贤妃近几天老实安静的原因，昌隆帝让赵三财送了不少好东西给花琉璃。反正送给未来的儿媳妇就等于送给自己的儿子，他不心疼好东西，只要贤妃能多安静几天就好。

昌隆帝心情一好，连谢世子回公主府暂住一晚的请求也答应了。

得知自己能够回公主府居住一晚，谢世子并没有很高兴，反而有种说不出的恐惧，他怕二姐说的成了真。

父亲假装得了癔症的事，母亲知道吗？若是母亲不知道，她为父亲流下的泪，做出的那些努力，岂不成了可悲的笑话？

他慢吞吞地走在宫道上，感觉高高的城墙压得他喘不过气来。身后有脚步声响起，他扭头看去，几个太监抬着步辇朝这边走来，坐在步辇上的是穿着如月华般华丽的裙衫的福寿郡主。

面对福寿郡主，他总有一种难言的愧疚与尴尬，他往旁边退了两步，让步辇先通过。

"世子？"花琉璃差点儿没认出这个穿着灰蓝色锦袍的少年。不过大半个月未见，他看起来沉闷了许多，眉头下意识地皱起，看起来有些愁苦。

"福寿郡主。"谢世子拱手行礼，身上没有半点儿年轻人的朝气。

"世子面色看起来有些不好，可是中了暑气？"花琉璃见他面色青白，额头上全是汗水，从锦囊里取出一个小瓶，说道，"这是解暑的药，世子若是觉得不适，可以服食一粒。"

"多谢郡主。"谢世子这才发现自己全身发软，脑子有些晕，接过花琉璃递来的解暑药，想也不想便吃了一粒。

薄荷的清香让他瞬间清醒过来。他再次向花琉璃道谢："多谢。"

"世子不必客气，这种解暑药军中常备，并不是什么稀罕东西。"花琉璃失笑，这个世子性格还是单纯的，她递过去的药也敢吃，难道他不怕药里有其他东西？

由于谢世子现在的身份比较尴尬，花琉璃不想因为自己让他更难堪，便找了个理由离开了。

“郡主慢走。”谢世子目送着步辇离开，从药瓶里又倒了一粒解暑药放进嘴里。

感受着薄荷的清香味，他似乎有了回家面对一切的勇气，他抬起头颅，大步朝宫外走去。

公主府的大门依旧华美，但是谢世子看着紧闭的大门，感觉到了几分难言的冷清。他没有从正门进，而是绕了一个弯，进了东角门。

地上有一些下人没来得及清扫的枯叶，谢世子刚穿过跨院，就听到了下人们吵嚷的声音。

“快来人，驸马自残了！”

“公主，这可怎么办？”

他一路快跑，来到了父亲居住的院子里。只见父亲浑身血污，几个仆人按着他给他的伤口上药。母亲心疼地看着父亲，泣不成声。

“驸马，”乐阳哽咽道，“我一定会想办法送你回南方养病，一定会。”

听到母亲的话，谢世子苦笑起来，哪儿还有南方？母亲还不知道谢幺爷已经被抓走，皇舅与太子早就猜忌上了谢家。

谢家早就自身难保，就连那些好名声也被毁得干干净净。

他们一家，注定是回不了南方了。

“母亲。”谢世子走到乐阳公主身边，扶住哭得站不稳的她，说道，“太医很快就会过来，您要注意自己的身子。”

“太医？太医若是有用，驸马怎么会病了这么久还不好？”乐阳公主心中又急又气，破口大骂道，“都是些没用的庸医！这都快一个月了，驸马的病半点儿没好，反而越来越严重了。”

谢世子知道自己不该怀疑父亲，可他控制不住地想，谢幺爷刚被抓住没几天，父亲的病就严重了，真的只是巧合，还是……

刚走进院子的两个太医脸色有些不太好看，他们能在太医院做事，大多是世代行医、医术精湛之辈，被乐阳公主骂是庸医，心里当然会不畅快。

不过医者父母心，有时候病患家属因为伤心过度口不择言，他们只当作没听见，便过去了。

为避免谢驸马继续发疯伤害自己，太医让公主府的下人用柔软的布条把谢驸马的手脚捆绑起来。

开好凝神的药方，太医对守在旁边的小厮道：“三碗水煎成一碗，吃完药以后观察一段时间，近几天不能留驸马一个人待着。”

“多谢大人。”小厮感激道，“以驸马现在这个情况，去他熟悉的环境生活，是不是更利于养病？”

两个太医没有回答，收拾好药箱以后，便作揖请辞。公主天天闹着想把谢驸马带回南方养病，宫里一直没有同意，说明这事有猫腻。他们只是看病拿药的大夫，不想蹚这浑水。

“两位太医大人请留步。”谢世子追上两位太医，行礼，道，“请问二位大人，家父的症状为何突然加重了？”

“癔症属于脑疾，这种病比较特殊，有时候受到刺激就会发作。”一位太医答道，“世子也不用太担心，谢驸马这种情况还是有机会好转的。”

谢驸马身边十二个时辰都有仆人环绕，公主又对他上心，这样的患者已算幸运。

“多谢。”谢世子心事重重地谢过两位太医，转身回到父亲居住的院子。谢驸马此时已经换上干净的衣服，伤口也被太医包扎好了，躺在床上，没有继续闹腾。

听到母亲悲切的哭声，谢世子上前安慰：“母亲，父亲已经睡下了，您不要担心，父亲一定会没事的。”

乐阳公主擦去脸上的眼泪，看了一眼床上睡过去的谢驸马，带着谢世子去了院子里，问道：“你怎么回来了？”

“儿子想你们了，所以求了皇舅，让他同意儿子回府小住一日。”谢世子看着乐阳公主红肿的双眼，十分心疼，让下人取来冰块，给乐阳公主敷上。

“傻孩子，我与你父亲已经遭到陛下的厌弃，你别老想着回来看我们，万一陛下连你也讨厌怎么办？”乐阳公主想让谢世子马上离开公主府，回到宫里去，于是说道，“你现在马上……”

忽然，她语气一顿，眼神有些闪烁，不敢看儿子：“那你在家里住一晚，明天早点儿回宫里。”

“好。”谢世子没看出乐阳公主眼神的不对劲，他哄着乐阳公主回了屋子，让她早点休息。

乐阳公主是个既怕苦也怕受委屈的性子，从小到大，但凡她想要的东西，她都会用尽手段得到。当年她对驸马一见钟情，得知父皇想让顺安下嫁给他，她便使计让父皇厌恶顺安，最后谢家公子就成了她的驸马。

婚后，她发现，驸马对她虽好，可心里还藏着一个人。一开始，她以为那人是顺安，后来她发现，驸马对顺安根本没有感情，他真正心仪的是名动京城的卫明月。

这成了她心头的一根刺。后来卫明月怀着身孕上战场，她总是忍不住想，若是卫明月死在战场上或是容颜被毁就好了。

可是卫明月不仅没有死，还成了整个大晋最有名的女将军。无数女子敬仰她，就连一些文人也为她写下歌颂的文章。

夜深人静时，她就会控制不住地猜测，自己身边这个她最爱的男人，是不是真的已经放下那个女人了？

她在床上辗转反侧，耳畔回响起一个月前那两个丫鬟说的话：一哭二闹三上吊……

皇兄虽然因为谢瑶刺杀太子一事，对他们家产生了厌恶之情，但是他向来待亲人很好，如果她闹着自杀，也许皇兄会看在她的面上放过他们一家。

乐阳从床上爬起来，从柜子里找出一把锋利的匕首，强忍着痛苦划破了自己的手指，写起了血书。

她能依仗的，只有皇兄的心软。

夜色渐深，谢驸马捂着被划伤的手臂，从床上坐起身。他摸了摸自己的额头，发现自己有些发热。

他端起桌上的凉茶喝了一口，突然意识到不对，转身准备躺回床上，发现床帐后站着一个人。

“父亲……”谢世子掀开纱帐走出来，说道，“父亲装疯卖傻这么久，辛苦了。”

“什么装疯卖傻？”谢驸马愕然，“这几日，京城里外国使臣多，你不早点儿休息，守在我的屋子里做甚？”

“使臣？”谢世子走到谢驸马面前，道，“使臣早在一个月前就开始离京，如今还留在京城的唯有金珀与玳瑁的使臣。”

“一个月前？”谢驸马痛苦地揉着头，“不是才举行百国宴不久吗？”

谢世子看着谢驸马，沉默良久后才移开自己的视线，说道：“父亲，别装了，您根本就没有患癔症，对不对？”

“什么癔症？”谢驸马面色更加痛苦，“我最近做了什么？”

谢世子从未如现在这一刻这般清醒，他看着谢驸马道：“父亲，这些日子以来，母亲为了您的癔症，吃不好，睡不安，整日以泪洗面，憔悴了许多，您做这些事的时候，有没有为母亲想过？”

“你在说什么？我听不懂。”谢驸马揉着额头，说道，“你这孩子怎么回事，竟然用这种语气跟我说话。”

谢世子正欲说什么，外面传来下人们的哭叫声。

“来人啊，不好了，公主殿下自缢了！”

谢世子如遭雷击，推开谢驸马，跌跌撞撞地跑向公主居住的院子。跨过门槛时，他重重摔了一跤，可他仿佛不知道疼，爬起来便继续跑。

冲进母亲的院子里，看到被下人们七手八脚抬到床上的母亲，他颤抖着手轻轻探了探母亲的鼻息。还好，还有鼻息。

“快去请太医，快去！”

向来不爱发脾气的他，大声吼着屋子里的下人：“都围在这里做什么？请医问药都不懂吗？！”

下人们连滚带爬跑去请医生，谢世子哭了一场，起身看到了放在桌上的血书。血书散发着阵阵血腥味，全是母亲为父亲求情的话，她甚至说自缢也是为了父亲。

“臣妹自知罪孽深重，万死难辞其咎，但求皇兄饶驸马一命……”

看到这一句，谢世子手抖得厉害，他看着床上昏迷的母亲，想要大声呐喊：你为了那个男人得罪了自己的兄弟姐妹，为了他甚至愿意放弃生命，可你知道他在骗你吗？！

谢世子红着眼眶把这封血书收了起来，放进自己的袖中。

乐阳公主的贴身婢女看到这一幕，小声道：“世子，您……”

“谁也不许说。”谢世子沉着脸，冷冷地看着屋子里的几个婢女，“你们记住，公主没有写过任何信，明白吗？只要有人敢说漏嘴，你们全部不用活了。”

“明、明白。”贴身婢女们瑟瑟发抖地应下。

她们怎么都没想到，以往温和善良的世子竟然也会有如此无情的眼神，让人只看一眼就觉得害怕。

乐阳公主自缢的消息，很快就传到了宸阳宫与寿康宫。昌隆帝披上外袍，看着躬身站在自己面前的赵三财，良久后叹了口气，说道：“她怎么说也是朕的妹妹，让太子与……”

他想说让太子与英王前去探望，可是想到英王在宫外不方便，改口道：“让太子与五皇子探望一番。若她是为了替驸马求情而自缢……就不用再管。”

昌隆帝的面色在明明灭灭的烛火中看不太清晰，可是伺候昌隆帝多年的赵三财知道，陛下这是彻底对乐阳公主失望了。

五皇子在梦里睡得正香，被随侍太监催促着起床，不情不愿地起身穿衣服，没心没肺地问道：“人死了没？”

“听说公主殿下身边的婢女发现及时，人虽晕了过去，但命保住了。”

“身为公主，却使出这种一哭二闹三上吊的卑劣手段。她哪里是想死，她是在以死相逼，想求父皇饶了驸马的性命。”五皇子困意未消，不满道，“她闹也应该白天闹，这大半夜的，净折腾太医跟我们这些晚辈。”

“殿下，您且消消气。”随侍太监见五皇子不高兴，连忙劝道，“太子殿下也要一起过去呢。”

“太子三哥也要去？”五皇子的困意顿时消了大半。以太子的脾气，他哪儿受得了乐阳姑母玩这种手段？

“快替我换好衣服，不能让太子殿下久等。”五皇子开始积极配合，只要太子骂的人不是他，他就喜欢看这种热闹。

太子刚出东宫，就见五皇子充满期待地看着他，满脸想要搞事情的表情。

“上马车。”太子招呼五皇子一起坐上东宫的马车，说道，“等下到了公主府，不管他们说什么，你都不要轻易应下。”

“请太子三哥放心，弟弟唯您马首是瞻。”五皇子立刻表忠心，“只要您不同意，弟弟坚决不点头。”

面对五弟如此灼热的眼神，太子往旁边挪了挪。

他有种街头地痞老大带着小弟去闹事的错觉。

五皇子见太子往旁边挪了挪，也跟着挪。

搞事，搞事，咱们一起去搞事。一哭二闹三上吊这种坏行为，可惯不得！

“世子，太子殿下与五皇子殿下到了。”

谢世子正陪着太医给母亲诊脉，听到皇子们来了，起身大步出去相迎。

有太子出现的地方，永远是热闹的。谢世子看着众星拱月般被围着的太子，作揖行礼，道：“见过太子殿下，见过五皇子殿下。”

“表弟不用多礼。”太子站在院子里没有进去，乐阳虽是他的姑母，但也是女眷，他不好直接往屋子里走，于是问道，“姑母身体可有大碍？”

自缢不是什么光彩的事，太子不想挂到嘴边，大家都姓姬，他丢不起这个人。

谢世子面色有些不自然，连他都能猜到母亲自缢的原因，太子与皇舅又怎么会猜不到？他把头埋得更低了，说道：“太医正在为母亲把脉，母亲没有性命之忧。”

“太医也在？”太子抬脚，道，“那孤进去看看。”

“殿下请。”谢世子没有阻拦，他低头在前面引路，踩上台阶时，他伸手捂了一下放血书的地方。母亲清醒以后，也许会怪他，可他不想让母亲错上加错。

谢家犯下的罪，已经不是母亲自缢就能弥补的了。

“殿下，请。”他掀开帘子，让太子与五皇子进屋。

一走进屋，太子便闻到了淡淡的药味，他朝床上看了一眼，乐阳公主还没有醒过来，脖子上有一道清晰的印记。抬手免了屋子里众人的礼，太子把屋子打量了一遍，问道：“姑母休息的时候，没有人守夜？”

“回殿下，往日都有下人守夜，但是今天晚上公主心情不好，所以没有留人伺候。”一个穿着翠衫的婢女上前回答。

太子看了她一眼，又问：“她为何心情不好？”

翠衫婢女看了世子一眼，见世子不说话，只好继续道：“几个时辰前，驸马爷癔症加重，砸碎了花瓶，拿碎瓷片划伤了手臂。”

“患了癔症的人，屋子里就不该放瓷器。”太子皱起眉，“你们谢家的下人真是不懂照顾病人。幸好在京城还有我们皇家看着，若是他被接回南方，焉能保住性命？”

谢家的下人听到这句话，表情有些呆愣。他们都知道太子在栽赃毁谤，但他们不敢反驳。

“定是这些下人不好好伺候姑母，才让姑母起了不好的心思。”太子抬起眼皮，语气冷淡，“来人，把谢家这些下人全部拉去京兆府审问。公主与驸马身边伺候的下人，由殿中省重新委派，万事以公主与驸马的安全为上。”

“求太子殿下恕罪！”屋子里的下人吓得变了脸色，全部跪下求饶，还有人满脸祈求地望向谢世子，希望他能帮着求情。

可是让他们失望的是，谢世子只是沉默地低着头，看也不看他们。

“姑父癔症严重，姑母身体又这么不好。你们这些下人仗着孤的表弟年少心善，便奴大欺主了。”太子怒喝道，“若是饶了你们，姑母与姑丈岂不是白受了这些罪？就算孤是个宽容性子，也容不得这些事发生！”

他击了击掌，便有金甲卫进来，把屋子里的下人全部拖了出去。

谢驸马听说公主自缢后，就一直躺在床上等新消息。他等了很久，都没人给他传消息进来。就在他准备装疯卖傻闯出去时，外面响起了脚步声。

“金甲卫奉命办案，尔等罪仆还不快快束手就擒？”

谢驸马听到动静，眉头轻皱。金甲卫是太子亲兵，怎么跑到公主府拿人？

“我是驸马随侍，你们不得无礼。”

听到心腹小厮的呼声，谢驸马暗道不好，情急之下，他只好翻身下床，披头散发地冲出屋子，把小厮的手臂拽住。

“我的伙伴，不能带走。”他拉住小厮的衣摆，就地一坐，蹬着腿儿号哭起来。

“这是怎么了？”五皇子走进院子，看着在地上号啕大哭的谢驸马，把手背在身后，对金甲卫道，“不要愣着，太子三哥说了，这些居心叵测的下人，一个都不能留。”

“贵人，我家驸马现在的心智如同幼童，小人在驸马身边伺候了十几年，您现在让兵爷们把小的带走，驸马怎么办？”小厮朝五皇子跪下，道，“求贵人开恩。”

“殿中省安排的下人很快就到，难道你觉得宫里出来的下人不如你伺候得好？”五皇子冷着脸道，“就算姑丈现在只是个三四岁的幼童，也没有为了不让幼童苦恼便任由危险留在他身边的道理。”

“好孩子不是惯出来的，是好好教出来的。”五皇子抬手，“带走。”

谢驸马抱着小厮的大腿不放，小厮护着谢驸马不让金甲卫碰到谢驸马。即使看着这感人的生离死别的场景，金甲卫也不得不把主仆二人拉开。

“驸马！”

“伙伴！”

谢驸马与小厮朝彼此伸着手，这个场面看起来悲情极了。

然而看到这一幕，谢世子只觉得可笑与可悲，都这个时候了，母亲躺在床上昏迷不醒，他都不忘装疯卖傻。

他既然这么能装病，为何不找机会跑到母亲的院子看一看母亲是否安好？

谢世子伸手捂着嘴，他忽然觉得这一幕恶心得让人想吐。

“表弟，你的脸色很差。”太子见谢世子的面色在刹那间突然变得惨白，问道，“生病了？”

“多谢太子关心，我没事。”谢世子勉强笑着道谢。

“这边有五弟处理就好，表弟随孤回姑母住的地方。”太子带着谢世子回了乐阳公主住的院子，还让太医给谢世子把了脉。

“世子有中暑的症状，不过之前似是吃过解暑药，症状并不严重。”太医把几粒药丸递给谢世子，让他就着白水服下。

谢世子想起回家前福寿郡主给他的那瓶药，看来就是那药缓解了他的症状。

整座公主府的下人被带走大半，屋子里安静极了，只有几个东宫太监在旁边帮着伺候。他扭头看了一眼太子，小声道谢。

“你是孤的表弟，姑母与姑丈现在又这样，孤不能不管你。”太子笑容温和，一副好哥哥的模样。

谢世子欲言又止，恰好床上的乐阳公主动了动，他赶紧起身走到床边：“母亲？”

乐阳公主悠悠醒转，张嘴想说话，却发觉喉咙疼得厉害。

“母亲，你先不要急，太医说你伤了喉咙，要养几日才能说话。”谢世子握住她的手腕道，“听说您出了事，太子与五皇子都过来看您了。”

太子来了？乐阳公主忍住喉咙处的剧疼，扭头看向坐在屋子里的太子，张了张嘴，却发不出声音。

她写的血书，太子看见了吗？她的目光转向桌面，可血书已经不见了。她抓住谢世子的袖子，指了指自己之前放血书的地方。

“母亲请放心，儿子会好好招待太子的。”谢世子捏住乐阳公主的手腕，把她的手塞进锦被中。

乐阳瞪大眼。她不是这个意思！

谢世子神情平静地看着她，沉默了片刻后，说道："母亲，您好好休息，儿子送太子出去。"

他松开乐阳的手，起身朝太子行礼，道："因家母的事，累太子与五皇子走这一趟，我心中十分愧疚。家母已醒，两位殿下早些回宫休息吧。"

"见姑母醒过来，孤就放心了。"太子站起身，看向躺在床上两只眼睛瞪得浑圆的乐阳公主，"姑母，孤竟不知你在谢家受了这么多苦。谢家这些下人实在胆大包天，连公主都敢欺辱，你且放心，孤一定为你讨回公道。"

谢家下人欺辱她？

乐阳公主发现自己竟然听不懂太子话里的意思。她挣扎着想要起身，想用笔再次写下自己的请求。

"公主殿下，您躺着别动。"东宫太监把乐阳公主按了回去，满脸关切与愤怒，说道，"十指连心啊，那些狗胆包天的下人竟然敢以下犯上，在您的手指上留下这么多伤口，太子殿下瞧着可心疼了。"

乐阳公主被气得急促地喘息着。

太子是故意的！什么以下犯上，胆大包天，都只是太子的借口！他想把她自杀的原因全部推到谢家头上去。

她忘了，她怎么就忘了？

姬元溯从小就是胆大包天、心狠手辣的主，无论她做什么，只要他不想让她好过，他就永不会罢手。

"听到孤要替你报仇，姑母竟然高兴成这样？"看着呼吸急促的乐阳公主，太子微微一笑，"你放心，孤不会让你白吃这些苦的。"

乐阳公主眼一翻，被气得晕了过去。

第十三章

谢家倾覆

第二日，京兆府就有流言传出：谢家的下人趁着谢驸马得了瘾症，以下犯上欺辱乐阳公主，乐阳公主受不了这样的委屈，竟然上吊自杀了。幸好当晚乐阳公主的儿子回府发现不对劲，把乐阳公主救了下来。

谢家的名声在京城早就臭大街了，听说谢家下人把金枝玉叶的公主逼得自杀，竟没什么人怀疑，他们只是骂谢家从上到下没一个好东西。

就连从南方来的书生都对这些事深信不疑。谢家旁支都敢当着其他书生的面把一个读书人推进河里活生生淹死，谢家下人趁着谢驸马犯瘾症时欺负公主，也就不让人感到意外了。

当坊间开始流传各种谢家下人欺负乐阳公主的故事时，金珀国终于把大皇子送到了大晋的京城。

金珀大皇子坐在马车里看着这座繁华的城市，面色倒不怎么愁苦。

在金珀战败、二弟被俘后，他就猜到自己可能要被送到晋国做质子。他没有猜到的是，就算他被送到晋国都城为质，二弟也仍旧要留在晋国为囚。

质子比囚犯好。做人嘛，就是要学会苦中作乐。这些年，他被二弟刁难过无数次，没想到第一次好过二弟的机会，竟是来晋国做质子。

人生啊，真是起起落落……

面对简装快行赶来的大皇子，留在晋国的几位使臣神情都有些奇怪。拿大皇子换二皇子虽是他们的陛下的决定，但毕竟是他们在昌隆帝面前提出来的。

他们都清楚，大皇子被送到晋国做质子，代表着从此他与皇位无缘，若是金珀以后闹出什么让晋国不高兴的事，最先送命的就是留在这里的大皇子。

“大殿下……”使臣们躬身朝大皇子行礼。

“你们脸色不必这么难看，这不就是丢了芝麻又丢西瓜的事？”大皇子微微一笑，“没事，本王这个‘芝麻’都不放在心上。”

众使臣面色更加难堪，原来大皇子对他们原本的打算也一清二楚。

“还有一件事忘了告诉你们。在本王来晋国前，父皇给本王赐了封号，封号为‘和’。”被封为和王的大皇子往椅子上一坐，说道，“和平共处，才是两国百姓最盼望的事。诸位大人，你们说本王这个封号好不好？”

使臣们硬着头皮夸奖了一番。

“我就知道。”和王似笑非笑道，“你们也不是不会夸人，现在夸得多好听？以前在金珀，本王竟无缘体会诸位大人夸人的本领，真是令人遗憾。”

诸位使臣心虚理亏，只能装作没有听懂和王的冷嘲热讽。

和王进京的第三天，他就受到了昌隆帝召见，他领了礼部送达的口谕后，转头见身后的使臣们神情激动，心里有些嫌弃。就算他们急着把自己留下来当质子，也不用表现得这么激动吧？他还站在这里没走呢。

使臣们一看和王的脸色，就知道他误会了，忙解释道：“王爷，我们在京城里住了这么久，从未得到昌隆帝召见。您刚来三天，昌隆帝就主动提出见您，说明他还是看重您的。”

和王终于明白，这几个使臣究竟是怎么把他送过来、把二弟弄丢的，他们连晋国皇帝的面都见不到，还能做成什么？

当年父皇为什么非要招惹晋国？若当初不闹出那么多事，金珀也不会有今日的下场了。如今这些战战兢兢的使臣，在当初金珀派兵攻打晋国时，眼神里满是势在必得，仿佛晋国就是他们的囊中之物。

哪知道晋国出了两位名将。更可怕的是，两位名将是夫妻，彼此间不会因为争夺权力产生分歧，在战场上心有灵犀，配合默契，把他们金珀打得落花流水。

最爱的将领战死，最看重的皇子也被抓走，而今父皇终于知道爱护世界和平的重要性，可他早干吗去了？

人生难买早知道。

这句话也适用于谢驸马。现在他身边最得用的下人被换得干干净净，整座公主府被围得密不透风，外面的消息传不进来，里面的消息也传不出去。

他现在就是睁眼的瞎子，除了每天按时喝那些乱七八糟的苦药，别无他法。知道太子与昌隆帝不会放过他，他连病也懒得再继续装了。

乐阳公主养了三天，勉强能说话了。她开口说的第一句话，就是拉着从皇家学堂赶回来的谢世子问："我的那封血书，太子看见没有？"

"什么血书？"谢世子神情平静地安慰乐阳公主，"母亲，您放心吧，那些不懂事的下人已经被带走了，以后不会再有人对您不敬……"

"我说的是那封能够救你的父亲的性命的血书！"乐阳公主声音沙哑，拽住谢世子的手用尽了全部力气，瞪着他，"我做了那么多，就是为了救你的父亲，你懂不懂？！"

"即使父亲做的那些事有可能引起天下大乱，让无数女子失去自由，让百姓吃苦，您也毫无顾忌地护着他吗？"谢世子看着母亲愤怒的面庞说道，"母亲，您是晋国的公主，是天下百姓的公主。"

"我不管，我只要驸马平安无事！"乐阳公主一把推开谢世子，说道，"他是你的父亲，你竟然指责他！"

"父亲犯下滔天大罪，儿子无法违背自己的良心当这一切都不存在。"谢世子掀起衣袍，跪在乐阳公主面前，说道，"儿子不孝，该被天打雷劈，这是儿子的罪。母亲打我也好，骂我也罢，即使现在取走儿子的性命，儿子也绝无怨言。”

他对着乐阳连连磕头，很快额头便磕得头破血流。他伤心地说道：“儿子不孝，罪无可赦，请母亲好好养病，儿子告退。”

鲜血流了满脸，谢世子面无表情地转身走出长公主居住的院子，有下人尖叫着想要给他止血，却被他一把推开。

他来到谢驸马居住的院子里，看着坐在屋檐下喝茶的谢驸马，沉默不语。

谢驸马看到他额头上的血，面色微动，他倒了一杯茶放到桌上，说道：“过来坐。”

谢世子随意抹了抹额头上的血，坐到谢驸马对面。父慈子孝的二人，竟相顾无言。

“今年的茶，比往年的要更苦一点儿。”谢驸马端起茶杯抿了一口茶水，不再装疯卖傻的他仍是那副优雅的模样。

谢世子端起茶杯，凑到嘴边，又放了回去，问道：“你不继续装了？”

“既然装疯已经无用，我又何必再自取其辱？”谢驸马看着院子里长得茂盛的花草树木，问道，“外面发生了什么？”

若不是找到了谢家的罪证，太子不会这么无情地对待谢家。只是让他有些想不到的是，五皇子竟然是坚定的太子派系，太子指哪儿他就打哪儿。

姬家皇朝的兄弟关系实在让人看不明白，仿佛历朝历代的兄弟阋墙在他们这一代突然消失了。

“儿子不知。”谢世子轻轻摇头，没有把太子查到的事说出来。

“你不愿说，便罢了。”谢驸马叹了口气，说道，“我最后悔的，便是把你养成这般善良天真的性子。”

“在儿子心中，父亲您曾是世界上最高洁、最伟大的人。”鲜血从没有愈合的伤口中滑落，顺着鼻梁掉进他面前的茶杯里。

殷红的血液与青翠的茶叶混合在一起，散发着怪异的味道。

谢驸马看着谢世子手里的那杯茶，忽然想到了什么，笑了笑：“你现在跟着太子也好。以昌隆帝对太子的宠爱，日后继承皇位的必是姬元溯，靠着他，你能好好活下去。”

只是谢家风光不再，子孙后代会成为碌碌无为的庸人。

“这些年，您真心爱过母亲吗？”谢世子看着谢驸马的脸，忍不住问，“她为了您，可以放下尊贵的身份，甚至愿意去死，您知道吗？”

谢驸马稳稳端着手里的茶杯，水面纹丝不动，他避开儿子的眼神，良久后道：“我这一生，最爱的是谢家，其次是自己。”

“那母亲呢？我与姐姐们呢？”

“你与她们不一样，你是谢家下一代的传承人。”谢驸马看着儿子说道，“在我的想象里，谢家几十年的计划会在我手中成功，而下一辈的谢家人，需要一位真正善良的君子。”

可是所有的计划遇到太子全部失败，他的行事作风让人完全摸不着头脑。

若是谢瑶派杀手时取了太子的性命就好了，偏偏太子他活下来了。从此，谢家便逐步陷入深渊，几代人的努力与计划毁于一旦。

谢家，毁在了太子手里。

“所以你派人去暗杀二姐，甚至利用母亲的感情，让她为你自杀？”谢世子觉得眼前这个人陌生极了，记忆中那个优雅温柔的父亲就像是泡影，在阳光下变得虚无。

“这只能算是合理利用，更何况你母亲根本没事，不是吗？”谢驸马摩挲着茶杯，微笑的样子还是那么温柔，“我这一生，注定不会为任何女人疯狂。”

“所以你在装疯的时候，说福寿郡主是你的女儿，卫将军是你的夫人，也是故意的？”谢世子神情痛苦，“你有没有想过，你这样做会让母亲多难过？”

谢驸马面色微变，随后轻笑出声：“我说过，我这一辈子，不会为任何女人动心。从出生开始，我就注定了为谢家而活。”

“我明白了。”谢世子站起身，悲伤地看着谢驸马，“所以对你来说，我跟母亲还有姐姐们，都只是谢家的工具，是吗？”

“是。”谢驸马苦笑道，“孩子，以后不要再这么天真了，世上没有那么多好人。”

谢世子在谢驸马面前跪下，行三拜九叩大礼，郑重道：“父亲的养育之恩，儿子一生不忘，还请父亲悬崖勒马，不要一错再错。”

“一错再错？”谢驸马笑出声来，他偏过头，看到了站在院门口泪流满面的乐阳公主，露出温柔体贴的笑容，“公主，你都听到了？”

看着这个笑得如此好看的男人，乐阳公主觉得自己浑身发冷，控制不住地发着抖。

若这些年的一切都是假象，她付出的所有真心又算什么？为了嫁给他，她用尽了手段，付出了一切，得到的却只是一句“不会为任何女人动心”，她这一生原来只是一场笑话吗？

“母亲……”谢世子没想到母亲会过来，刚才他与父亲谈的那些话，她都听见了？

乐阳公主走到谢驸马面前，问道：“这些年，你当真没有爱过我？”

“若是能让公主开心，我也可以说爱过。”谢驸马站起身，伸手温柔地摸了摸她的鬓角，帮她把一支发钗扶正，说道，“你不该来的。”

“我若是不来，又怎会知道你从未爱过我？”乐阳公主泣不成声，“你、你好狠的心！”

“别哭了，再哭就不好看了。”驸马用手帕轻轻擦去乐阳公主的眼泪，勾起嘴角笑了起来，好看极了。

乐阳公主的心却越来越冷。她说错了，他不是狠心，他根本就没有心。

甜言蜜语是假的，誓言是假的，就连温柔的眼神也是假的，一切都是假的。只有她傻傻的把一切当真，为他付出所有。

“为什么？”她哑着嗓子问。

谢驸马叹息一声：“当年，我原本打算娶的人是顺安公主，我也不想欺骗你的，可你坚持要嫁过来，你忘了吗？”

“哈哈哈。”乐阳笑出了眼泪，“我抢了顺安的男人，所以这是我的报应，报应……”

谢驸马把手背在身后，温柔地看着她道：“公主，若是恨我能让你的余生好过一些，你还是恨我吧。”

说完这句话，他的嘴角与鼻孔流出了殷红的血液。

“驸马，你怎么了？”看到谢驸马这个样子，乐阳浑身抖得更加厉害，她掏出手帕想要替他擦去血迹。

“不必了。”谢驸马拦住她的手，“方才的茶里，我放了三息散，此毒无解。”

“为什么？你为什么要这么做？”乐阳公主疯狂地大吼，“御医，快叫御医！”

谢世子愣愣地看着桌上的茶杯，仿佛听不到母亲疯狂大吼的声音，他的脑子嗡嗡作响，明白过来父亲方才是想让他死。

“身为谢家人，我宁可你干干净净地死，也不希望你在太子手下苟且地活。”谢驸马知道儿子在想什么，他看着谢世子道，“只可惜你命不该绝，竟然没有喝下那杯茶。”

他捂住胸口，吐出一大口鲜血，苦笑道：“不过这样也好，以后你就会明白一个道理，别人送的东西，不要随便入口。”

“驸马……驸马！”乐阳公主伸手捂住谢驸马的嘴，仿佛这样就能止住鲜血流出，可是大口大口的鲜血还是顺着她的指缝流了出来。

她痛苦地哭喊道：“怎么办，怎么办？你别死，你不能死！”

谢驸马推开她，踉踉跄跄地坐回屋檐下的椅子上。他看着桌上犹带热气的茶，掏出手帕轻轻擦干净自己的下巴，然后无力地靠在了椅子上。

大门被人重重撞开，卫明月带着禁卫军大步走进来，高举手中昌隆帝赐给的令牌说道：“抱歉，打扰了。末将奉陛下的命令，捉拿谢驸马，彻查谢家之案，请乐阳公主配合。”

谢驸马偏头看向走进来的女人，卫明月。

那年，他初到京城，远远便看到一位红衣女子高坐在雪色大马上，美艳不可方物。

还是翩翩少年郎的他忍不住想：这是哪家的姑娘？！她竟如此大胆，又如此美好。

可惜她太聪明了，而他不能娶一个聪明的女人。

他这一生，到底有没有对一个女人动过心？

眼见着卫明月朝自己走来，他闭上眼睛笑了。

世上哪儿有那么多的一眼万年，情深似海？他这一生，从未爱过人，也从不后悔没有爱过人。

他只恨自己小瞧了太子，让谢家的百年基业毁于一旦。

“将军，他死了。”有人上前探了一下谢驸马的鼻息，吓得缩回手，有些无措地看向卫明月。

“嫌犯畏罪自杀。”卫明月端起桌上的茶杯看了一眼，说道，“茶中有毒。”

“驸马没有死！”乐阳公主疯狂地扑向卫明月，喊道，“卫明月你这个贱人！驸马没有死！”

卫明月拦住乐阳公主挥过来的手，叹息一声，道：“公主，事到如今，您还这么闹，是想让陛下彻底厌弃您？就算您不为自己想，也该为您的孩子想想。谢家犯下滔天大罪，若您也惹得陛下不满，谁还能护住他？”

“你放开我！”乐阳公主号啕大哭，“驸马已经死了，我还活着做什么？”

谢世子忍着痛苦上前劝说乐阳公主，却被她狠狠打了一巴掌。

“我没有你这种吃里爬外的儿子！若不是你，你的父亲又怎么会死？”乐阳公主看向谢世子的眼神里带着恨意，“为什么死的不是你？”

谢世子愣怔地看着乐阳公主，颓然地垂下了双臂，任由乐阳公主在他身上捶打，谩骂他。

“把她拉开。”卫明月看不下去，伸手把谢世子拉到一边，对他道，“你这孩子，到底懂不懂大杖则走的道理？”

谢世子眼睛红肿，没有说话。看着疯狂怒骂的母亲，他有些惶然。

天地之大，竟无他的容身之处。

花琉璃在寿康宫陪太后下棋，两人棋艺都算不上好，凑在一块儿倒下得有滋有味。太后时不时告诉她一些掌管后宫的诀窍，不知情的大概会以为她们才是亲祖孙。

“太后娘娘，乐阳公主府那边传来消息，谢驸马服毒自杀了。”红袖看了花琉璃一眼，说道，“今日一早，裴大人与花大人从昌尧州赶了回来，进宫面见陛下后不久，陛下就让卫将军去公主府捉拿谢驸马，没想到谢驸马竟然提前服毒自杀了。”

这事严格说起来，就是卫将军办事不力。她与福寿郡主交好，所以迫不及待地赶回来禀告太后。

“乐阳公主怎么样了？”太后看着乐阳长大，对她还是有感情的，听到这种事，忍不住叹息了一声。

她放下手里的棋子，对花琉璃道：“你去宸阳宫看看，就说是奉了哀家的命令，皇帝不会为难你的。”

“多谢太后娘娘。”这件事牵涉到太子、三哥还有娘亲，花琉璃放心不下，听太后这么说，谢恩后匆匆赶向宸阳宫。

守在门口的赵三财见福寿郡主赶过来，笑着道：“郡主不用担心，谢驸马畏罪自杀，与卫将军没有干系。这会儿殿里有不少人，您进去便是。”

“多谢公公。”花琉璃放下心来，朝赵三财道谢后，走了进去。

殿内确实有不少人，花琉璃上前行了个礼：“臣女见过陛下。”

“花家丫头来了？”昌隆帝指了指太子身边的空位，说道，“坐着说话。”

“谢陛下。”她看了一眼爹爹与娘亲，见他们神情如常，更放心了，在太子身边坐下。她还没来得及开口跟太子说话，太子就偷偷牵住了她的手。

“谢家的罪证已经搜集了很多，就算判他们满门抄斩也不为过。”太子在花琉璃身边小声道，“不用担心，案子已经水落石出，谢驸马就算服毒自杀，也救不了谢家。”

花琉璃看了一眼站在角落里的谢世子，轻轻叹息一声。

“陛下，这些证物证明，谢家人与玳瑁国已经保持了多年的密信来往。”一位穿着常服的金甲卫道，“其中一封信里提到让谢家杀了福寿郡主，但微臣无法确定这封信是从玳瑁寄来的，还是从京城里寄出的，因为这封信的字迹与其他的不同，更像是女子的字迹。”

“女子的字迹？”卫明月眼神一冷，“谁想动我的宝贝闺女？！”

花琉璃睁大眼，她只是一个无助可怜的小姑娘，为何这么多人想杀她？

看到卫明月沉下来的脸色，坐在御座上的昌隆帝忍不住往后挪了挪屁股，说道：“查，立刻查清这封信的来源！”

卫明月起身向昌隆帝请罪：“求陛下恕罪，末将失态了。”

“为人父母者，谁不护着自家孩子？”昌隆帝大度地说道，“朕明白爱卿的感受。”

只要卫明月不当着他的面拍碎桌子，一切都好说。

站在角落里的谢世子听到昌隆帝的话，忍不住苦涩一笑。世间总有不愿意护着孩子的父母。

大理寺的人带着金甲卫在昌尧州秘密搜集的证据离开了宸阳宫，正殿就只剩下姬家人、花家人，还有站在角落里没有说话的谢世子。

昌隆帝看了谢世子一眼，叹了口气。没想到谢聘在事迹败露后竟然想带着儿子一起自杀。这个人骨子里瞧不起普通人，也无法接受谢家从高高在上的地位跌落。

御案上，放着清楚记录着谢家这些年来私底下干的坏事的资料。

因怀疑茶馆的堂倌听到了他与谋士的话，他让堂倌一家死于走水。堂倌一家老小共有七口人，最小的还不满周岁，就这么死得不明不白。

谢家还偷偷收养孤儿，以养蛊的方式来挑选死士，合格的孩子留下，不合格的孩子全部没了性命。

在谢家的计划里，平民的生死并不重要，他们高高在上，冷漠得近乎残忍。昌隆帝爱民如子，实在无法容忍犯下累累恶行的谢家。他深吸一口气，把卷宗拿起来，说道：“赵三财，把这份卷宗拿给谢世子看看。”

谢世子抖着手接过这份卷宗，每看一段面色就白一分。里面记录的每一个死去的冤魂拷问着他的良心，让他无法呼吸。

卷宗还没看完，谢世子便跪了下去。

谢家，罪不可恕。

昌隆帝看着被愧疚击垮的谢世子说道："为了这些冤魂，朕将严惩谢家，你莫要恨朕。"

"陛下。"谢世子已经不敢唤昌隆帝为皇舅了，他朝昌隆帝磕了一个头，"一切乃谢家咎由自取，罪臣心中只有愧疚，又岂会恨您？"

昌隆帝叹了口气，唤来一个小太监，交代道："送谢世子回去。"

按照大晋规矩，外嫁公主诞下的儿女，长子加冠后封郡王，长女及笄后封郡主，但是谢家牵涉这么多大案，谢世子是不可能晋封郡王了。

"宣礼部尚书进殿，朕欲册封乐阳公主长子为平侯。"昌隆帝沉默片刻后说道，"赐平侯京中府邸，无召不得出京。"

这是他身为帝王的最大仁慈。

谢世子加封平侯的第二天，朝廷便将谢家犯下的累累罪行昭告天下，震惊了天下人。

暗杀平民，私养家兵死士，圈夺民田，与他国勾结，卖官卖爵……与这些惊天恶行比起来，之前闹出的淹死书生案简直轻微得不值一提。

大理寺开堂审案时，引来无数百姓围观。这些人证，有些是金甲卫带回来的，有些是花长空"无意"找到的。

听着这些人证句句泣血诉说着家中发生的惨案，百姓们愤怒不已，大吼着要把谢家人千刀万剐。

"你们还不知道，主犯已经在案发时自杀了。"有个消息灵通的百姓小声抱怨道，"真是便宜他了。"

"真是没想到，谢家竟然做了这么多恶事。"有百姓摇着头道，"没想到这些读书人表面上看起来知书达理，实际上这么坏。"

"你可别胡说，谢家犯下错事，与其他读书人何干？"有明理的百姓立刻反驳，"那些为咱们老百姓做事的，很多也是读书人，就连这次去昌尧州查案的钦差也有一位是新科状元，难道他也坏？"

其他人也纷纷对此表示赞同。

被反驳的百姓面带羞愧，掩面而去。有位南方读书人听到这段对话，心里好受了很多。谁愿意自己什么都没做，就担上坏名声？

“真是没想到，谢驸马竟然会服毒自杀。”石榴树下，花琉璃与太子坐在一起闲聊，桌上放满了花琉璃喜欢的零嘴。

“谢聘这个人十分自傲，让谢家凌驾于所有读书人之上，是他毕生的追求。当这份希望落空，整个谢家败落，他宁可死也不会承认自己走上了错路。”太子抿了一口茶，语气淡淡道，“说到底，他并不想承认自己失败了。”

一个自诩聪明、看世间众人皆是蠢材的人，有他独有的“骄傲”，其他人的生死皆不在他眼中心中。

谢家这场大戏落幕，花琉璃心里隐隐有些不舒服，她总觉得还有什么事是她忽略了的。

“与谢家勾结的玳瑁人会是谁？”花琉璃皱起眉，“玳瑁太子病逝，三皇子还留在我们大晋京城，其他的皇子或是玳瑁皇帝会不会是与谢家有来往的人？”

“玳瑁皇帝重文轻武，沉迷美色享乐，对玳瑁国内的政务都疏于管理，更别提费尽心思与谢家联手唱这一出戏。”太子取了一颗葡萄喂到花琉璃嘴边，说道，“愿意做这种事的，自然是某个有野心的皇子。”

玳瑁皇子比金珀与大晋的皇子都多，这是玳瑁皇帝沉迷女色的后果。据说玳瑁太子有仁德之相，很多心系天下的玳瑁官员都对这位太子充满了期待。

哪知道这位太子忽然就死了，不知有多少玳瑁文臣哭湿了枕头。

“殿下，陛下召您去宸阳宫处理政务。”宸阳宫的小太监已经摸清了一个规律——只要福寿郡主在，请太子去宸阳宫，太子都会乖乖答应。

要面子的太子，在心爱的姑娘面前也要维持有责任、有能力、积极向上的形象。

“陛下召见啊？”花琉璃道，“殿下不要耽搁，快去陛下那里吧。家兄刚从南边回来，我也该回去陪陪他。”

“哦。”太子深深怀疑自家父皇是故意的，为了让他去宸阳宫帮着处理奏折，真是无所不用其极。

可是他能怎么办呢？是男人就不能让媳妇儿觉得自己不上进啊。

太子耷拉着脑袋走了，花琉璃想起太后前几日说御花园里的花开得好，就准备去采几枝送到寿康宫再回家。

到了御花园，她见二公主跟几位宫女在园子里扑蝶，不时发出悦耳的笑声，气氛很是欢乐。

她驻足看了一会儿，没有上前打扰。

二公主没有扑到蝴蝶，伸出左手采了一枝花别在鬓边，侧头见花琉璃站在假山石旁边，笑道：“福寿郡主，你怎么也在这里？”

“二公主安好。”花琉璃走到二公主面前，向她行了个礼，“臣女过来采几朵花，送到太后娘娘的寿康宫去。”

“原来如此。”二公主点头，“你请随意。”

自从花琉璃回京以后，皇祖母对花琉璃就格外喜欢，她这个亲孙女都比不上花琉璃在皇祖母心中的地位。

她原本以为皇祖母喜欢花琉璃是因为花琉璃父母的关系，后来父皇定了花琉璃为太子妃，她才明白过来，皇祖母这是爱屋及乌。

他们都偏爱太子，自然也就喜欢花琉璃这个未来的太子妃了。

二公主带着宫女离开御花园，见英王朝这边走过来，脚步一顿：“大皇兄。”

“二皇妹，你这是打哪儿来？脸怎么晒得红扑扑的？”英王见二公主额头带着细汗，笑道，“跟猴子屁股似的。”

“大皇兄，这是最近流行的妆容。”二公主扯着嘴角勉强笑了笑。

“谁会把猴屁股画在脸上，多难看啊。”英王摇头表示不解，有时候，女人的审美实在太奇怪。

“可能……可能是方才在御花园里捕蝶，不小心弄花了妆。”二公主脸上的笑容已经快维持不下去了，她拿出手帕轻轻擦了一下脸颊，说道，“方才福寿郡主过来采花，我便带着宫女离开了。”

“福寿郡主？”英王大骇，“福寿郡主也化了你这样的妆容？”

二公主脸上的笑容彻底消失，干巴巴道：“并未。”

英王松了口气，看来福寿郡主的审美还是正常的。

“福寿郡主在御花园西面。”二公主补充了一句，福了福身，“大皇兄，我先告辞了。”

英王看着二皇妹离去的背影，不解地想：福寿郡主在御花园西面跟他有什么关系？他一个大老爷们儿，总不能去帮着福寿郡主采花吧？

想不明白，英王只好摇着头走开。

去寿康宫送完花，花琉璃便离开了皇宫。她乘坐马车路过大理寺时，见大门口围着许多百姓，以为发生了什么大事，便让鸢尾过去问问。

没过一会儿，鸢尾打探完消息回来，说道：“郡主，谢家的判决下来了。”

“跟我说说。”花琉璃看着那些围着公告栏指指点点的百姓，微微垂下眼。谢家祖上出过有名的大文豪，后人本该在祖宗的庇佑下，修身养德，不损先祖名声，结果他们却欲壑难填，做下那么多错事。

他们想要史上留名的愿望达到了，不过是遗臭万年，而不是名留青史。

“谢家牵扯到罪案里的男女，被判斩首刑的有二十人，被判流放刑的有三十余人，其他罪罚各有轻重。没有犯罪的外嫁女并未受到牵连，嫁到谢家的女眷，若是查清对案件不知情，也能携嫁妆返回娘家。”鸢尾叹息道，“若是早知有今日的下场，不知谢家人会不会为当初做的事感到后悔？”

“若世上真有后悔药，他们也只会后悔事情做得不够隐蔽，被陛下发现，而不会后悔做这些事。”花琉璃摇了摇头，“欲望这种东西，只要在心里发了芽，就再难消除。”

“公告里并没提到如何处置乐阳公主。”鸢尾把冰盆里的水果捞起来，切开放到盘中，端到花琉璃面前。

花琉璃正欲开口说话，便听到马车外传来男人的声音。

“请问，马车里可是福寿郡主？”

花琉璃掀开车帘，见到站在不远处的人是裴济怀。

“裴大人。”花琉璃微微挑眉，问道，“不知裴大人叫住小女子，所为何事？”

“下官有些事想托郡主相助，请郡主到大理寺一叙。”裴济怀给花琉璃行了个礼。

花琉璃走下马车，对裴济怀点点头：“大人，请。”

“请郡主往这边走。”

“家兄回家后，说裴大人一路上照顾他良多，在此小女子代家兄向裴大人道声谢。”花琉璃踏进大理寺，只见里面的人脚步匆匆，卷不离手。

放眼望去，头发稀疏者竟占了将近一半。

她看了一眼头发浓密的裴济怀，心想：这样的人在大理寺会遭人嫉妒吧。

“郡主说笑了，是花大人照顾在下才对。”裴济怀表情有些微妙，他们从昌尧州回来以后，就直接进宫去面圣了。花长空当着陛下的面，把收到的银票与珠宝单子呈给了陛下。

事后，陛下不仅让花长空把这些东西收下，还夸他做事灵活。

花长空出宫以后，把收受的大部分贿赂捐到了善堂，剩下的银票二一添作五，分了他一半。

他当了这么多年的官，还是第一次见到收受贿赂却被夸奖的人。不过陛下夸得没错，花长空此举不仅安抚了谢家与昌尧州太守，让他们能太平地回到京城，还打了他们一个措手不及，让他们连掩盖证据的机会都没有。

花琉璃跟着裴济怀来到大理寺官员办公的地方，进门后，她发现大理寺卿张硕与另一位大理寺少卿苟敬祺都在。

不知道是不是她的错觉，在她踏进门的那一刻，张大人似乎用幽怨的眼神看了她的头顶一眼。

迎着张大人有些微妙的眼神，花琉璃弄明白了大理寺叫她是来干什么的。

“三位大人的意思是，让我在宫里查探这封信上的字迹与宫里哪位主子的字迹相仿？”花琉璃拿起那封信看，觉得那句“花家女琉璃，引得太子动心，为防意外，当杀之”格外刺眼。

“请郡主出手相助。”张硕起身向花琉璃行了个礼，“宫中女眷身份尊贵，墨宝也不宜随意流入大理寺官员手中，我们实在没有其他办法。”

后宫妃嫔虽不多，但都是陛下的女人，他们大理寺一群臭老爷们儿，总不好去讨要这些娘娘的墨宝，只好请同是女眷的花琉璃帮忙。

现在幕后之人在暗处，他们在明处，他们不敢轻易请人帮忙，万一帮忙的人就是真正的凶手怎么办？

他们思来想去，发现最合适的人选就是福寿郡主花琉璃。一是陛下、太后、太子都看重福寿郡主，二是福寿郡主常入宫中，由她来办这事再合适不过。

“张大人您太客气了。”花琉璃起身回礼，“我尽力而为，只是能不能成，并不敢保证。”

“郡主愿意出手相助，我等已经感激万分。”张硕喜道，“郡主若有需要我们大理寺帮忙的地方，请尽管开口。”

花琉璃点头，走出张硕办公的屋子，见外面的大屋子里有几位官员正在抄写卷宗。他们写字的速度极快，不多时便抄了几排字，更有甚者，左右手各拿一支笔，在两张纸上誊写。

不愧是神秘的大理寺，真是卧虎藏龙。

花琉璃对此叹为观止，也对大理寺官员心生一股莫名的敬仰之情。

第十四章

钓鱼

乐阳公主闹自杀，谢家倒台以后后宫的妃嫔们变得安静极了，就连最爱哭号着告状的贤妃都老老实实待在自己的宫里，绝不去招惹昌隆帝。

金珀大皇子战战兢兢地跟在太监身后，跨进了宸阳宫正殿的大门。原本在三天前他就要进宫面见昌隆帝的，因为谢家案发，当时刚走到宫门口的他被拦了下来。他在别馆里又等了三天，才等到昌隆帝的再次宣召。

与金珀皇宫相比，晋国皇宫建筑风格多了几分婉约与精致，他不敢多看，规规矩矩地行礼，然后献上父皇亲笔书写的国书。

“令尊客气了。你来我晋国学习，又能花用多少，何须献上一城？”昌隆帝面上露出笑容，“盛情难却，朕只好勉为其难地收下了。”

和王心想，您要是不勉为其难地收下，金珀满朝文武也放心不下呀。

吃了这么大的败仗，金珀上下已经被吓破了胆，胆小者甚至连做梦都在担心花家军会打进皇城。

“你的封号为‘和’？”坐在旁边的太子看向和王，道，“这个封号很好，万事以‘和’为贵，贵国国主有这样的感悟，真是令人感动。孤原本还担心贵国不懂得和平的重要性，若是那样该如何是好呢？”

和王听到这话，身子一抖，赶紧道：“在尊贵的晋国陛下的感召下，敝国上下都很热爱和平，绝不敢侵犯他国。”

“朕与爱子都是热爱和平的人。”昌隆帝欣慰地笑道，“贵国有这样的想法，很好。”

和王欲哭无泪。如果不好的话，金珀是不是要挨打？

不过得到昌隆帝的答复，和王还是松了口气。按照他的意思，只要他们金珀不再冒犯他国，晋国就不会再向金珀发动战争了。

想明白这一点，和王连连道谢。

“和王与二皇子很久没见，想来对他应很是思念。”

和王：不，我一点儿都不想他！

“贵国二皇子杀害我国百姓，罪无可赦。看在令尊曾拿出数座城池补偿的分上，我国可以不杀他，但他余生都要在大理寺天牢里度过。”太子看了一眼面露欣慰之色的和王，嘴角微扬，“但我大晋国人并非不讲理之辈，并不会阻拦你们兄弟见面。以后每隔一个月，你都能去大理寺天牢探望二皇子一次。”

和王先是一愣，随后高兴地谢恩：“多谢尊贵的太子殿下的大恩。”

从小到大，他与母亲遭受二弟母子无数责骂与侮辱。现在他终于有报仇的机会，怎能轻易放过？

君子骂人，十年不晚！

和王离开皇宫时，带走了一份恩准金珀使臣离开晋国的手谕。金珀使臣看到这份手谕，喜极而泣。

在晋国过了近两个月不敢出门、一出门就被吐口水的日子，他们终于能够解脱了。当天夜里，他们背着收拾好的包裹，偷偷摸摸、头也不回地离开了大晋京城。

“这个鬼地方，我再也不来了。”一位金珀使臣骑在马背上，回头看了一眼京城高耸的城墙，心有余悸道。

晋国皇城实在邪门，太邪门了。

他们回去以后，一定要对身边的女眷客气一些。见识过晋国的女人后，他们深觉自家最厉害的女眷都配得上“温柔似水”这个词。

第二天一早，玳瑁国使臣才知道金珀使臣离京的消息，他们围坐在一起，想着该怎么开口让昌隆帝放他们回国。

“当初晋国留住我们的借口是要一视同仁，现在金珀使臣都已经离京了，没道理还继续留着我们。”使臣甲道，“要不我们今日就进宫面见昌隆帝，求他放我们归国？”

“你们可知道昌隆帝为什么放人放得那么痛快吗？”打听消息回来的使臣乙端起桌上的凉茶喝了两大口，说道，“金珀不仅把他们的大皇子送来了，还送了一座城池给昌隆帝，美其名曰‘大皇子的学费与生活费’。”

当年主动打杀晋国百姓的金珀有多狠，现在的金珀国跪得就有多干脆。

“金珀与晋国有血海深仇，割城让地也是活该，可咱们又没杀过晋国的无辜百姓……”使臣甲忽然一顿，面色沉下来，“你们可还记得，谢家犯下的数条罪状中，有一条是通敌卖国？”

“与谢家私通的不是金珀？”其他使臣不解，“这跟我们有什么关系？”

使臣甲面色煞白：“我听闻谢家曾提议，让晋国按照我们玳瑁的风俗礼仪重新制定晋国礼仪规制。你们说，跟谢家私通的，会不会是我们玳瑁的哪位大臣或是……”

皇子？

使臣甲看了坐在上首的贺远亭一眼，不敢把剩下的两个字说出来。

贺远亭看了使臣甲一眼，沉默良久，起身道：“我进宫求见昌隆帝，若是事情不成，我们再另想办法。”

“殿下，昌隆帝若是不想放我们走，必不会见您，您进宫只会遭遇难堪。”使臣乙道，“公主殿下在宫中的学堂念书，不如让她去求一求宫里的贵人，让贵人帮着探一探话？”

贺远亭苦笑道：“只要能让诸位大人平安归国，我受些难堪又如何？”

使臣们听到这话，感动得红了眼眶。三殿下乃皇后所生的嫡子，为了他们与玳瑁国，他真是受尽了委屈。

使臣们预料得没错，贺远亭的求见被拒绝了，理由是昌隆帝最近政务繁忙，请他过几天再来。

“前两日，微臣还在外面看到晋国太子陪他的未婚妻去买首饰，昌隆帝若真那么忙，身为储君的太子怎会有空闲陪女人？”

其余使臣皆沉默了下来，一位使臣安慰道：“事情要往好的方面想，万一晋国太子生来就是游手好闲的性子呢？”

这样，晋国下一代就倒霉了。

和王还不知道，玳瑁的使臣因为无法离开晋国，都开始偷偷羡慕他们金珀了。金珀使臣昨天连夜离开，他早上起来以后，就挑出最好的衣服换上，大摇大摆地去了大理寺。

在狱卒的带领下，和王来到了一间牢房门前。

他左看右看，也没看到二弟的身影，心里有些失落。他打扮得这么好看，如果不能刺激一下二弟，还有什么意义？

狱长拿着一串钥匙，打开了旁边一间牢房的门，朝叽叽喳喳说个不停的犯人道：“你，出来。”

“哎！”话痨犯人站起身，拍了拍阿大的肩膀，说道，“哥们儿，等我回来，我继续跟你讲我家先祖的光荣事迹啊。”

阿大无声地对他说了一个“滚”字。

自从跟这个话痨关在一起，他才知道死不是最可怕的，最可怕的是被人如此折磨。可他被大理寺废去了一身武艺，打又打不过这个人，只能硬生生忍着。

他瞥了一眼站在牢门外的锦衣华服的和王，翻身躺了下去。

短暂的安静时光，对他而言都是无上的享受。

“老大，你也被关进来了？”

和王还在迷茫的时候，他面前牢房里的大胖子开口说话了。看着这个胖子油汪汪、脏兮兮的脸和挤成一团的下巴，还有衣衫盖不住的肚子，他被吓得往后退了一步，忍不住高声问狱卒：“你们晋国大理寺监牢，还会关野猪妖？”

“啥叫野猪妖，世上哪儿来的妖怪？”狱卒抬了抬下巴，说道，“这不就是你弟弟吗？”

和王沉默了。

虽然他看二弟非常不顺眼，但是他的良心告诉他，二弟真没这么丑。

兄弟二人隔着牢门沉默地对视了一会儿后，和王转身往外走。

“老大，老大……”阿瓦伸出手臂试图挽留和王，然而和王越走越快，几乎用跑的速度远离了阿瓦的视野。

他怕自己再跑慢一点儿，就会忍不住在晋国狱卒面前大笑出声。

阿瓦隔壁牢房的阿大等了很久，都没有等到话痨回来。夜晚来临时，他忍不住向狱卒打听话痨犯人的去向。

“他啊？”狱卒意味深长地看了阿大一眼，“刑满释放了，你以后都不会见到他了。”

阿大愣了愣，问道：“官爷，大理寺的犯人能否戴首饰？”

狱卒轻笑一声，没有回答他，哼了两句曲儿，转身离开了。

花琉璃去东宫的时候，发现太子身边多了一个沉默寡言、没有表情的小太监。与东宫其他能说会道的宫侍站在一起，这个太监显得格格不入。

更重要的是，这个太监身材高大、肌肉结实，看起来不像是太监，更像是金甲卫穿上了太监袍。

“他前些日子替孤去办事，昨日才回来。”太子注意到花琉璃的眼神，主动解释道，“当年他全家被奸妃所害，他是忠臣之后。”

“原来如此。”花琉璃看向这个太监的眼神温和了几分。能在一众擅长吹捧的太监里面脱颖而出，在太子面前争得一席之位，说明此人是有些本事的。

高壮的太监向花琉璃行了个礼。

“他似乎不太爱说话？”花琉璃小声道，“是因为全家受那位奸妃迫害，他这些年一直没有从悲痛中走出来？”

“他家里遭难的时候，他还未出生。”太子摇头，“想来他是前段时间话说得太多，近来不想开口了。”

花琉璃若有所思道：“哦。”

虽然她根本没有想明白，但这并不影响她假装明白。

“郡主。”鸢尾拿着一沓纸走进来，向太子行了个礼，继续对花琉璃道，“各宫主位以及她们身边会写字的女官的笔迹全部在这里了。”

“辛苦我的好鸢尾了。”花琉璃接过这沓纸，快速翻阅起来。

昨天，她跟太后串通好了，以她跟太后娘娘梦到神仙为由，让宫中会写字的女眷抄写几句祈福的话，烧给仙人，为自己和大晋积攒福气。

不管这些宫里的女眷们信不信，只要太后表现出对梦境深信不疑的态度，她们都会积极表现。

谁让陛下不好女色？宫里就那么几位娘娘，宫斗是斗不起来的，大家总要找点热闹的事情做。

太子知道花琉璃想做什么，两人凑在一起，头挨着头，拿着这些纸张，与那封从谢家搜出来的信件的字迹一一比对。

“原来宫里擅书法的女眷这么多。”翻了一半，太子伸手替花琉璃轻轻捏着肩膀，道，“休息一会儿再看？”

“等等。”花琉璃抽出一张纸，神情凝重地放到太子面前，说道，“殿下，你看这份。”

太子拿起来一看，这份祈福书的字迹几乎与那封信上的一模一样。两人对望一眼，把剩下的祈福书全部翻阅了一遍，又从里面挑出两份字迹有些相似的，但都比不上最开始找出来的那一份像。

花琉璃把信纸与祈福书放在一起，说道：“几乎一模一样。”

“这份祈福书是谁写的？”太子问。

花琉璃看了一眼落款，表情有些微妙：“是临翠宫的女官。”

“怎么又跟贤妃牵扯上了？”太子食指轻轻点着桌面，说道，“那个恨贤妃的小太监已经被押送进了监狱，宫里还有谁想把这种勾结谢家的大罪栽赃到贤妃头上？”

“殿下，你有没有想过，幕后之人或许已经料到你并不相信这事是贤妃做的。”花琉璃把信好好保存起来，想着等下还要把这个证物还给大理寺。

“嗯？”太子挑眉。

“也许在他的计划里，这是一把他送给你的刀。因为他觉得你恨贤妃母子，就算你知道这件事不对劲，也会借着这次机会除掉他们母子。”花琉璃歪了歪头，继续道，“可是这么多年你都忍下来了，为什么他觉得在这件事上你会忍无可忍？”

不是她想故意羞辱贤妃母子，而是按照太子与英王的大脑聪明程度，太子如果想要坑死英王早就坑了，不会留他到现在。

“殿下，你觉得英王对你做什么，你会无法原谅他？”

“他蠢成那样，我都没要他的命，还有什么是不可原谅的？”太子表情微妙地看了花琉璃一眼，“此事你不用再管，我去跟大理寺那边的人商量。”

“好。”花琉璃想也不想便点头，她实在不想再面对大理寺张大人那奇怪的眼神了。

在东宫用完午膳，太子去了宸阳宫。花琉璃准备出宫找嘉敏几位小姐妹玩，刚走到宫门口就有人唤住了她。

“福寿郡主。”玳瑁公主娇娇怯怯地走到花琉璃面前，朝她行了个礼，“这厢有礼了。”

“公主殿下安。”花琉璃回了一礼，笑问，“公主殿下叫住臣女，所为何事？”

玳瑁公主紧咬下唇，看起来有些紧张不安，她抬头见福寿郡主笑吟吟地看着她，很是温柔的样子，鼓足勇气道：“我……我来找郡主，有一事相求。”

“公主请说。”花琉璃笑容不变。

“听闻金珀国使臣前两日已经启程归国，我斗胆请郡主帮敝国使臣问一问尊贵的昌隆陛下，何时能恩准敝国使臣回国？敝国太子病逝，三皇兄与太子兄弟情深，若是他赶不及参加太子的葬礼，这恐怕会成为他一生的伤心事。”玳瑁公主见花琉璃沉默不言，咬了咬牙，掀起裙摆作势欲跪下，被鸢尾一把拎了起来。

“公主使不得，您贵为皇族之女，我家郡主受不得您的大礼。”鸢尾轻轻巧巧地把她的身子扶正，说道，“有话您可以慢慢说。能帮的我家郡主自然会帮；若是不能帮，也请公主殿下体谅我家郡主。”

“是我失礼了。”无奈使出以下跪来逼人同意的手段，玳瑁公主自己也觉得有些抬不起头，可是想着向来温和的三哥红着眼眶的样子，她只好昧着良心道，“郡主，您是未来的太子妃，在太子与昌隆陛下面前都很得脸，求郡主帮我这一次。”

“公主，我不是不愿帮你，不过我只是领了爵位的外臣之女，不曾在朝中任职，若是插手朝中大事，便是僭越。”花琉璃拒绝了玳瑁公主的请求，满脸忧郁又无奈，挤出一丝苦涩的笑意道，“公主非我大晋人，不知我这个太子未婚妻有多难。”

鸢尾眉毛抖了抖。

太后隔三岔五送衣服首饰，陛下也常有赏赐，东宫上下更是把郡主当成了女主人，加之有两位将军撑腰，郡主病弱的名声无人不知、无人不晓，谁也不敢招惹她，这日子可真是难得很呢。

“郡主，你……”玳瑁公主脑子里浮现出无数的念头，比如花琉璃与太子只是表面恩爱，昌隆帝猜忌花家，花琉璃被京城未出阁的女子排挤。

“我们都是女子，你一定懂我，对不对？”花琉璃轻轻握住玳瑁公主的手，神情更加忧虑，“为了能嫁给我最爱的人，我在宫中如履薄冰，话不敢多说一句，饭不敢乱吃一口，更是不敢惹陛下不满。咱们大晋并不是没有解除皇子婚约的先例，先前为英王殿下订的王妃就是因为说错了话，被退了婚约。”

说到这里，花琉璃拿手帕轻轻抹了一下眼角，说道：“关于贵国的事，我虽然愿意帮忙，可实在是有心无力。太子于我，是血肉，是心灵的寄托，是未来的一切希望，我真的不想落得前一位姑娘的下场。公主殿下，你会原谅我的无能与软弱，对吗？”

玳瑁公主没想到福寿郡主也这么不容易，她往日只看到太子对福寿郡主的好，倒是忘了皇家规矩森严，伴君如伴虎。福寿郡主身为武将家的女儿，却要嫁给太子，肯定会遭受不少非议与嫉妒。

想明白这些，她心中内疚不已：她怎么能拿这种事去为难这位善良温柔的姑娘呢？为了嫁给心爱的男子，福寿郡主已经付出了那么多，若是他们玳瑁国的事害得福寿郡主被退婚或是遭到厌弃，岂不是毁了她的一辈子？

“此事我只是随口一说，请郡主莫要放在心上。”玳瑁公主越想越愧疚，见福寿郡主看起来比自己还要内疚，哄劝了好一会儿才让福寿郡主没有心理负担地离开。

“公主，为何您不再劝劝福寿郡主？”身后的婢女见花琉璃走远，急道，“没了福寿郡主帮忙，三殿下那里可怎么办？”

“宫中女子本就不易，我们岂能因自己的事害了她？”玳瑁公主摇了摇头，“这件事你不必再劝，只能请三皇兄……再想别的办法。”

皇宫里的日子有多难熬，她比谁都清楚。福寿郡主这般惹人怜惜的好姑娘，不该像她那样，没人在意，没人重视，活得浑浑噩噩。

“这位玳瑁公主是个好姑娘。”花琉璃登上马车，叹了口气，道，“可惜脸皮太薄，心太软。这样的性子太容易吃亏了。”

“那您何苦骗她？”鸢尾忍不住问。

“我这样骗她，是为了她好。”花琉璃挑眉解释，“天子脚下，她一个异国公主与我交谈，定会有人查到她跟我说了什么。一个心软善良的人，可比一个为达目的不择手段的人讨喜许多。”

“那倒也是。”鸢尾顿时明白过来，“玳瑁皇帝本来是想把她嫁到咱们大晋，可陛下没有同意，反而让她以学子的身份留在京城。她的身份本就不尴不尬，若是传出一些不好的话，她以后的日子便会更加难熬。”

“依奴婢看，那玳瑁的三皇子与使臣都不是好东西，明知道这位公主处境艰难，还让她来向您求情。”玉蓉一边拿着扇子给花琉璃扇风，一边道，“他们不是向来瞧不起女人吗？怎么这会儿打起女人的主意来了？可见那个玳瑁皇子只是表面憨厚老实，心眼儿好不到哪里去，不过是个伪君子。”

“那些真小人好歹坏得明明白白，伪君子才最让人恶心。”玉蓉把玳瑁使臣与三皇子好一通骂。

花琉璃笑道：“咱们玉蓉这张嘴，若是去战场与敌军对骂，定能胜过千军万马。”

她垂下眼，心想：玉蓉说得也对，那位三皇子行事确实算不得厚道。做哥哥的，对亲妹妹都这么无情算计，平日里的斯文和温和恐怕也是装出来的。

太子对英王都没这么阴损呢。太子最多嘲讽英王两句，让英王破财免灾，真正让英王后半辈子都在苦难中度过的事，他从没干过。

为了让昌隆帝答应自己与琉璃成婚后可以休息一个月，太子最近几天在宸阳宫做牛做马，常常忙到夜色降临才从宸阳宫出来。

今天照例如此。他坐在步辇上，途经荷花池，突然听到假山后有宫女提到了福寿郡主。身边的太监想要上前呵斥，他抬手阻拦了他们。

他走下步辇，轻手轻脚走到假山后面，听这两个小宫女在小声说些什么。

“贤妃娘娘原就觉得福寿郡主是个装模作样的狐狸精，才拒绝了她与英王殿下的婚事。没想到她与太子定了婚约以后，还这么不安分。”

“你说的是不是前几日英王殿下与福寿郡主在御花园私会那件事？”

“竟然还有这事？我说的是福寿郡主参加二公主的樱桃宴时，头上还戴着英王送的发钗。”

“天哪，她怎么能这样？！”

太子面无表情地看着这两个宫女道：“都是孤惯的，你们有什么意见？”

两个宫女这才发现太子就站在她们身后，吓得瑟瑟发抖，语不成句，几乎要晕过去。

“你们是哪个宫的人？”太子看着她们，面上看不出喜怒。

两个宫女只是发抖，一个字都说不出来。

她们不愿意说，东宫的宫侍也能查出来。不一会儿，他们就查出这两人是临翠宫的宫女。这两人不知道在哪儿听了谣言，躲在假山后纳凉时便说了出来。

“她们刚进宫不久，都是临翠宫的粗使宫女。”殿中省掌印太监听说出了事，匆匆带着管事赶了过来。

除了刚进宫又没脑子的宫侍，谁敢说这种会掉脑袋的话？

“去，把英王请进宫。”太子坐在步辇上，看也不看跪在自己面前的宫女，说道，“这话也让他来听一听。”

东宫随侍太监心中一紧，忍不住担忧：太子与英王不会打起来吧？

听到太子叫自己进宫，英王一边在心里骂，一边骑着马匆匆赶进宫。等他赶到，见太子面前跪着两个宫女，他绷着脸道：“太子请我来，就是为了让我看你惩罚人？”

太子瞥了他一眼，眼神冷极了。英王心里有些发虚，忍不住往后退了一步，心道：难道宫里又闹出什么跟他有关的事了？

东宫随侍太监学着这两个宫女的语气，把她们说过的话复述了一遍。

“什么御花园？”英王感到莫名其妙，道，“前几日，听说福寿郡主在御花园西边，我为了避嫌，特意绕了一个大圈，这算什么私会？”

“还有，别说福寿郡主参加樱桃宴那天戴了什么首饰，我连她穿的衣服是什么样式都弄不清，只记得还挺好看。”说完“好看”两个字，英王察觉太子又看了自己一眼，想到自己确实对福寿郡主有那么些不明不白的心思，他有些不敢看太子的眼睛，只轻声道，“可不能冤枉我。”

“福寿郡主那天戴的首饰，确实是你送来的。”太子轻轻敲着步辇的扶手。

英王不敢置信地瞪大眼睛，他从没见过主动织绿帽子给自己戴的男人。他什么时候给福寿郡主送首饰了？这事若传到父皇与母妃耳里，他岂不是会被打断腿？

刚想到这里，他的屁股就被人重重一踹。他回头望去，只见自家母妃一只手叉腰，一只手拎着裙摆，正死死地瞪着自己。

“母妃，我是被冤枉的！”被自家母妃二话不说踹了一脚，英王有些委屈。这么多人在，他不要面子的吗？

“废话少说，我先打死你这个不安分的不孝子！”贤妃也心疼自家儿子，可是此时她若不打，等太子缓过劲儿来，就要由太子来打了。

想到这里，贤妃又踹了英王几脚，一时间，现场鸡飞狗跳，热闹不已。

等贤妃踢得差不多了，太子才道：“贤妃娘娘，你误会了，此事与大皇兄没有关系。”

“啊？”贤妃收回抬起来的脚，小心翼翼地看着太子道，“此事当真与他无关？”

太子微微点头：“只是这两个传谣的宫女是你宫里的。”

“怎么又跟本宫有关？”贤妃忍不住道，“本宫又不是脑子有问题，怎么可能让宫里的仆从跑到外面说明昊给你戴……”

太子微笑着看向贤妃，贤妃把后面三个字咽了回去。

“樱桃宴前，大皇兄曾送给孤一匣子珠宝，孤见那些打磨好的珊瑚珠不错，便让东宫的匠人连夜赶制出几样首饰，送给了未婚妻。”太子笑容更加冷漠，“这本是孤与大皇兄的私事，不知你们是从何处得知那珊瑚珠与英王有关的？”

贤妃不敢置信地看着英王。他得了珠宝玉石不送给她，竟送给太子去讨好花家丫头？这样的儿子留着有什么用？！

两个宫女胆子小，在太子的冷眼凝视下，竟然晕了过去。

太子转头看向英王：“大皇兄，不知你送孤的那盒珠宝从何而来？”

英王拍着衣服上的脚印，随口道：“是二皇妹送来的。”

“哦？”太子抬手示意殿中省的太监把两个晕倒的宫女带下去，又让东宫随侍搬了几张凳子，说道，“贤妃娘娘、大皇兄，今晚月色正好，我们坐在这里赏月，把二皇妹请来一起，人多热闹。”

英王挥手拍开嗡嗡作响的蚊子，不情不愿地坐了下来。他扭头看了一眼坐在旁边的贤妃，从扇套里取出折扇，打开扇子替贤妃赶蚊子。

太子抬眸看了这母子二人一眼，很快又垂下了眼。

“太子、大皇兄、母妃？”二公主匆匆赶过来，看着排排坐的三人，一时间有些不敢相信自己的眼睛。

他们不是向来不合，站在一块儿都会向对方翻白眼吗？这会儿竟然没有对骂，没有互相嘲讽，而是心平气和地……赏月？

她抬头望天，今晚的月色难道有什么特别之处？

“二皇妹来了？”太子指了指旁边的空位道，“坐。”

二公主偷偷看了一眼贤妃与英王，见他们都不说话，神情疑惑地坐下。结果她刚坐下就有蚊子朝她的面部飞过来，她连忙用团扇挥开。

“太子，此事既然是误会，说开便好了。”虽然贤妃不太喜欢福寿郡主，但福寿郡主是她儿子的救命恩人，又是如花般的年纪，若她因为这种事与太子起了嫌隙，岂不是后面大半辈子都会过得不顺畅？

“贤妃娘娘不必多心，孤与福寿郡主情比金坚，孤又岂会因为这点儿事情与她闹得不愉快？”太子身边有太监打扇，有太监捧烛，倒是没受到蚊虫叮咬。他的目光扫过二公主，手中的玉串被他转得轻声作响。

“太子，这手串好生精致。”尴尬的气氛令人窒息，二公主坐得浑身难受，只好主动找话说。

“孤也这么觉得。”太子勾起嘴角，“这是福寿郡主送孤的。”

二公主干笑两声，假装没看出太子是有意显摆。

尴尬的气氛持续着，直到福寿郡主的声音传过来。

“臣女见过太子殿下、贤妃娘娘、英王殿下、公主殿下。”

“琉璃，来。”太子招手让花琉璃在自己旁边坐下。

花琉璃坐下后，从腰间解下一个香囊，说道：“叫我来的太监说你在荷塘边赏月，我想着荷塘边蚊虫肯定多，就带了两个驱蚊香囊来。”

“我们一人一个。”花琉璃把解下来的香囊系到太子腰间，扭头对其他人歉然一笑，“对不住，臣女来之前，以为只有太子殿下一人在此。”

不等其他人说话，太子便道：“没关系，他们不会介意的，对吗？”

贤妃等人只能点头。你是太子，我们得罪不起，所以你说什么都对。

“郡主带来的香囊真好，才这么一会儿，蚊虫就不见了，连奴才等人都跟着享福了。”东宫的宫侍们又是一顿夸，仿佛花琉璃送来的不是驱蚊香囊，而是什么厉害的物件。

看着东宫随侍谄媚的嘴脸，英王想嘲讽两句，可是想到他们吹捧的人是福寿郡主，他又把话咽了回去。

吹捧过后，东宫太监把刚才发生的事向花琉璃说了一遍。

“那两日，我从父皇的私库里拿了些宝石出来，大皇兄也送来了一些，我从中挑拣色泽最好的那些宝石做成首饰，给你送了过去。”太子握住花琉璃的手道，“此事与你无关，只怪那些多嘴多舌的人乱传谣言。”

“只要殿下信我，其他人的愚蠢之言我不会放在心上。”花家的女儿，必要的时候可以不拘小节。

“可臣女有一事不明。”花琉璃扭头看向二公主，“除了二公主，还有谁知道樱桃宴当日臣女戴的珊瑚钗曾是英王的东西？”

二公主面色尴尬，随后看向身后几名亲信宫女：“你们谁泄露了消息？”

几名宫女吓得面无人色，通通跪了下来。公主送了英王哪些宝石，除了她们，再无他人知晓。现在宫里传出这样的流言，除了她们，还有谁更可疑？

“事关储君的婚姻大事，你们竟敢如此儿戏！”二公主气得全身都在发抖，连说三个“好”字，“既然你们都不愿意说，那你们就一起受罚，我用不起你们这样的好宫女！”

花琉璃看了一眼二公主的表情，她愤怒的样子不像是假的。

宫女们齐齐求饶，磕头作揖。

大概见公主不愿意松口，有个宫女心一狠，牙一咬，说道：“请殿下容禀，奴婢前几日发现她半夜偷偷出过屋子。”

被指认出来的宫女是个穿着绿衫的宫女，她被指出来以后，神情有些慌乱，连忙推诿。

“你不用辩解了，那天夜里，我发现你神情有异，所以并没有喝下你端来的水。”指认的宫女道，“其他喝了水的人，当天夜里都睡得格外香甜，大概也不知道你偷偷出过门。”

绿衫宫女面色惨白，她大概知道自己已经暴露了，再无可辩之言，突然冷笑着看向二公主道：“公主，您是气奴婢乱传谣言，还是气奴婢破坏了您的计划？”

“你在说什么？”二公主皱眉看着她，“你这贱婢，造谣生事便罢了，还想反咬本宫一口？”

“公主可还记得福生？”绿衫宫女笑出了眼泪，“若不是您，他怎么会对自己虚构出来的身份深信不疑？”

英王与贤妃听到“福生”二字，面色有些难看，此人正是前些日子说贤妃是他生母的疯太监。

“胡言乱语！”二公主指着绿衫宫女道，“把她拉下去，行杖刑，本宫这里容不得造谣生事的人。”

“等等。”太子不让人把绿衫宫女带走，笑道，“孤最喜欢听别人编故事，来，你继续说。”

“太子殿下，奴婢与福生进宫不久后便相识了，只是福生不受管事公公待见，他便不让我表现出两人相识。”绿衫宫女泪如雨下，“他到了英王殿下身边伺候后，日子渐渐好过。哪知从两年前开始，他突然跟我说，他可能是贤妃娘娘的孩子。”

“奴婢怀疑其中有诈，多次苦劝他。直到前些日子，他才跟我说，他定是贤妃娘娘的儿子，因为这一切都是公主殿下告诉他的。”绿衫宫女死死盯着二公主道，“这些年来，奴婢与福生相依为命，甚至打算等公主出嫁后就恳求公主让奴婢与福生结成对食。可这一切，都被二公主毁了！”

“笑话。”二公主气急反笑，“本宫骗他，说他是贤妃娘娘的儿子，对本宫有什么好处？整座宫里，谁不知道贤妃娘娘对本宫有养育之恩，本宫与贤妃娘娘情同母女？”

“是了，奴婢原本也这么认为。”绿衫宫女脸上露出大仇得报的疯狂笑容，“可您忘了，奴婢是您的贴身宫女，您的一言一行，奴婢都看在眼里。您大概不知道，樱桃宴前一夜，你在睡梦中笑出声来，口称‘娘亲，女儿为您报仇’之类的话。”

“您哪儿是与贤妃情同母子，您分明恨不得她去死！”

花琉璃被皇宫里的恩怨情仇惊呆了，她忽然觉得有些遗憾，刚才应该带点儿零嘴过来的，边吃边看才更有气氛。

“来点儿？”太子似乎猜出了她的想法，拿了包松子糖放到她手里。

花琉璃喂了一颗给太子，自己吃了一颗，见刚才还情绪激动的几个人都望向他们这边，温柔一笑：“你们继续，不用顾虑我们。”

青衫宫女的哭声顿了顿，她抹去脸上的眼泪，继续道：“这一切真正的幕后黑手并不是福生，而是她！”她伸手指向二公主。

被宫女这般指认，二公主反而不气了，她挑眉反问：“这不过是你的一面之词。无凭无据便诬陷我，说到底，你只是气本宫不愿护你，想倒打一耙。”

“太子与福寿郡主感情正好，你故意让人散播出这样的流言，究竟是何居心？”二公主平日里是个温和好相处的性子，发起怒来倒有几分威仪。

“感情正好？”宫女哈哈大笑，“最希望太子与福寿郡主不合的人，不就是您吗？您这么恨奴婢，不过是因为奴婢提前放出流言，害得您形迹暴露，被太子怀疑。”

“这么争吵下去，也不是办法。”太子看向贤妃，“贤妃娘娘，你派人去看看二皇妹的屋子，看看二皇妹宫中有没有可疑的东西，这样也能证明二皇妹的清白。”

“公主殿下不要担心，太子殿下是相信您的。”花琉璃对二公主道，“今晚这里的宫人这么多，若不把事情查清楚，岂不是要影响您的声誉？”

贤妃从头到尾听得云里雾里，但听到太子让她派人去查二公主的屋子，她想也不想就按照太子的意思办了。

下了命令以后，她又有些后悔。她堂堂贤妃，为什么要听一个小辈的话？

“公主与贤妃娘娘情同母女，别人若是去搜查你的宫殿，显得过于孟浪了。”花琉璃面带微笑道，“倒是做长辈的贤妃娘娘正合适，可见太子替你想得十分周全。”

二公主在心里冷笑：若真是想得周全，他又何必派人去搜她的屋子？

“贤妃娘娘身边的女官个个似仙女般，不宜太过劳累。”花琉璃点了点鸢尾与玉蓉，说道，“臣女身边的这两个丫头从小在边关长大，没别的优点，只有一身力气，让她们跟过去帮一把。”

贤妃从太子面色上察觉到些许不对劲，点头应了下来。

“说起来，那日在御花园，臣女虽未与英王殿下见面，却见到过二公主殿下。”花琉璃笑着对二公主眨了眨眼，“公主似有用左手摘花的习惯，难道你是左撇子？”

二公主把手缩进袖笼，说道：“本宫不知道这事与福寿郡主有什么关系。”

旁边的贤妃一拍大腿，激动道：“她的母亲也是左撇子。不过这丫头向来是用右手吃饭写字的，不像是左撇子。”

“也许是公主年幼的时候，见身边的人都用右手，便偷偷改正了这种习惯。”花琉璃看了一眼神情不明的二公主，又道，“但有些习惯是改不了的，有时候会不经意地显露出来。”

“臣女说得对吗，二公主？”

“我不懂你在说什么。”二公主沉着脸不说话，她面上没有什么惊恐的神情，似乎笃定自己没有犯错，所以问心无愧。

公主殿里，贤妃身边的女官确实没找到什么可疑的东西，她们正准备离开的时候，看到福寿郡主身边的两个婢女不时东敲敲西摸摸，竟然找出了几支有问题的发钗，还有一些看起来有些可疑的物件儿。

她们正准备上前帮忙抬东西，谁知这两个婢女把东西一捆，单手拎了起来。这场面惊得想要开口说帮忙的女官们都闭上了嘴。

鸢尾与玉蓉把拎来的东西，放在众人面前。

“太子殿下，这瓶子底部是空心的，奴婢怀疑里面藏了东西。”说完，鸢尾徒手劈了下去，花瓶底应声碎成两半，从里面掉出一封泛黄的信。

“这发钗重量有异。”玉蓉单手掰断金发钗，从里面撒落出白色的粉末。

大概是两位婢女的气势太足，一时间竟无人说话。众人就这么静静地看着她们徒手碎宫砖、单手捏开金元宝金花生，然后从里面翻找出一些东西。

东西拆完以后，鸢尾与玉蓉见大家都不说话，解释道：“奴婢二人自幼跟在卫将军身边，为了避免敌军混入城中，自小就养成了搜可疑物件儿的习惯。”

二公主藏东西的方式确实十分隐蔽，但是对于久经考验的她们而言，这都不是事儿。

一个身份尊贵的公主偷偷收藏这些东西，绝对有猫腻。

这些东西里面，有些是她的生母的遗物，还有一些来历不明的字条，上面的内容却很普通，什么衣服颜色，什么宝石几粒云云。

二公主动作轻柔地把生母的遗物收起来，声音有些颤抖：“我想留些亡母的东西在身边，当作念想，这也不成吗？”

“你想留便留着，何须偷偷摸摸行事？”贤妃忍不住道，“难道我还能因为这点儿东西故意刻薄你不成？”

她自己有儿子，养育二公主只是怜她早早没有母妃，至于她是否怀念生母，贤妃向来是不在意的。反正又不是她生的，她管那么多做甚？

二公主轻轻摸着一条泛黄的手绢道：“贤妃娘娘当年不是对身边的宫女说莫让我看到母妃的东西吗？”

贤妃仔细回想，良久后，道：“可是你七岁生病那一回？”

二公主沉默了。

“我是怕你小小年纪，听了身边人的胡言乱语生出不好的心思，耽误了病情。”贤妃没想到自己会因为随口说的一句话被人记恨这么久，忍不住抱怨道，“到底不是自己肚子里出来的。”

“这些应该是暗语。”花琉璃拿起那些大多只写了几个字的字条，问道，“公主殿下，臣女在大理寺看到有人能左右两只手同时抄写卷宗，公主殿下会用左手写字吗？”

二公主对上花琉璃的目光，笑了：“郡主真会说笑，能在大理寺任职的都是有过人天赋的人，我怎么会用左手写字？”

“会不会不重要。”花琉璃把所有的字条都收了起来，说道，“不如请公主配合臣女来玩一个游戏？”

“什么游戏？”二公主沉默不语，倒是贤妃有些好奇。

太子笑而不言，似乎已经决定把这件事交给花琉璃做主。

“钓鱼。”

花琉璃拿出手帕，捂着嘴角轻咳两声，说道：“臣女虽生来体弱，但习得了钓鱼之术。”

贤妃有些茫然：会钓鱼很了不起吗？只要有鱼竿，有鱼饵，谁不会？

第十五章

幕后真凶

“主公，宫中传来消息，太子与福寿郡主发生争吵，福寿郡主怒气冲冲地乘坐马车回了将军府。”下属来到男人身边，小声禀告道，“福寿郡主离开以后，姬元溯砸了东宫不少物件儿。”

“为何？”男人睁开眼，眼神中有莫名的情绪涌出，但很快便平复下来。

“宫里的那位说，太子发现福寿郡主与英王似乎有来往，两人争吵过后便不欢而散。”

“当初英王与福寿郡主差一点儿订下婚约？”男人想到这段过往，眉头微皱，说道，“太子被昌隆帝偏宠着长大，受不得半点儿委屈，眼里也容不下沙子。”

“不过，这对我们而言是个好机会。”男人起身推开窗，仰头望着窗外的皎月，说道，“在这里耽搁这么久，该回去了。”

得知太子与花琉璃吵架红了脸，太后把太子叫到寿康宫，骂了他一顿。

太子在寿康宫挨了将近半个时辰的骂，去宸阳宫的时候，看到父皇神情凝重地看着他。

“父皇？”太子以为父皇也要责怪他，哪儿知父皇看了他很久都没有说话。

“元溯，这几日若是碰见卫将军，你……离她远些。”半晌，昌隆帝说了这么一句话。

“儿臣谨遵父皇之命。”太子虽然有些不明白父皇为何这么说，但还是应了下来。

将军府里，花长空从翰林院回来，见小妹在院子里纳凉，感到有些意外：“你怎么在家？”

平日这个时候，小妹不是在跟姐妹们逛街就是进宫陪太后、太子了，现在她忽然出现在家里，他还有些不习惯。

花琉璃抿着嘴角不说话。

“看你这气冲冲的样子，是跟太子吵架了？”花长空欣慰地笑了，“我原以为按照你们的脾气，你们早就拌嘴了，没想到今天才发生争吵，看来你们感情确实很好。”

“三哥！”花琉璃轻哼一声，“你回来就回来，怎么还取笑我？”

“你这傻姑娘。”花长空拍了拍她的头顶，笑道，“不高兴的话，就跟小姐妹们一起去逛逛街，不要闷在家里，会闷出病来的。”

他在腰间摸了摸，掏出钱袋放到花琉璃手里：“这些钱，你拿去花。”

“谢谢三哥。”花琉璃接过钱袋，顶着一张忧郁的脸，带着丫鬟们出了门。

看着小妹离去的背影，花长空脸上的笑意慢慢消失。做兄长的，宁可妹妹不懂得情爱，也不希望她不开心。

但感情这种事，只要沾上，就很难再放下。

他叹息一声，被刚好进门的卫明月听到，她问道：“叹什么气？”

“母亲，”花长空对卫明月勉强笑道，“刚才得知小妹与太子吵架，儿子心里有些感慨。”

“我看你就是舍不得你妹妹跟其他人好。”卫明月摇头，“年轻人之间，偶有争吵是正常的，小事上，我们做父母兄长的切忌插手太多，这样反而不好。”

有些小夫妻本来感情很不错，可是家里人胡乱插手，反而把关系弄得僵硬。更重要的是，她相信琉璃会处理好这些事。

茶楼里。

“你跟太子吵架了？”嘉敏忍不住提高声音，想到隔壁包厢还有其他客人，连忙压低声音问道，“怎么回事？”

“就那么回事，不提这个。”花琉璃语气含糊，神情看起来有些伤心，“还是说说最近京城有什么好玩的地方，你们带我去解解闷吧。”

“前段时间你不是还说要为了太子放弃爱好？”嘉敏一面替花琉璃感到生气，一面又忍不住心软，“男人有什么好，说发脾气就发脾气，还是我们这些小姐妹靠得住。”

“嘉敏，你还是少说两句吧。”姚文茵扯了扯嘉敏的袖子，小堂妹不会说话的毛病什么时候能改改，这哪里是在安慰人，分明就是在往人伤口上撒盐。

“那个啥，我不是这个意思……”嘉敏反应过来，偷偷看了一眼花琉璃的脸色，见她果然更加难过了，连忙道，“要不、要不我带你去听曲儿？”

但求不要被太子发现。

“好。”花琉璃站起身，道，“反正无论我做什么他都要怀疑，那我干脆去听曲，找几个眉清目秀的……”

“等等！”嘉敏突然改口，“我好像忘记带荷包了，你们带了吗？”她把目光投向田珊与姚文茵，两人也跟着摇头。

“好巧哦，我们也没带。”姚文茵说这话的时候，有些不敢看花琉璃的眼睛。

“今天怎么这么不凑巧？”嘉敏讪讪道。敢带花琉璃去听曲儿，却不敢带她去找美男子玩。这事若是传出去，不等太子找她麻烦，她的母亲就会先打断她的腿。

叩叩叩。包厢外响起敲门声。

嘉敏皱起眉。谁这么没规矩，在这个时候打扰她们，难道是相熟的人？她拉开门，待看清外面站的人，有些疑惑：“贺三皇子？”

“诸位姑娘好。”贺远亭见里面坐的皆是女子，有些害羞地掏出一袋银子，说道，“在下方才路过时，听到几位姑娘说忘记带钱袋，这是在下的一点儿心意……”

嘉敏沉默了，她真没想到这种时候还有人来献殷勤。

“多谢贺三皇子的好意，我们不需要这些。”拿人手短，嘉敏很怕今天他送了这么小一袋银子过来，明天就跑到她家，让母亲帮着他求情，希望皇舅能恩准他回玳瑁。

“谁说我不要的？”花琉璃站起身，挤开嘉敏，对贺远亭道，“三皇子殿下，走，你陪我去。”

“去哪儿？”嘉敏连忙伸手拉住花琉璃，“花琉璃，你别冲动。”

“我心里有数。”花琉璃拿出手帕捂着嘴角轻咳，说道，“你不要管我，我只是想四处走走。”

嘉敏想劝，又怕在气头上的花琉璃会跟她打起来，到时候，全京城的人就会看到，她姚嘉敏练武多年，却被病弱的福寿郡主一巴掌拍在了地上。

这么丢人的事，她是坚决不会让它发生的。

“请郡主放心，在下会把福寿郡主完好无缺地送回来的。”贺远亭对着嘉敏笑了笑，跟在花琉璃身后出了茶馆。

“我就知道，恋爱中的人脑子都不好。”嘉敏急得不行，扭头问田珊，“按照话本定律，这种情况一般会怎样？”

“一般就是他们被太子发现，然后误会变得更深。”田珊愁得皱起眉，“那我们现在要不要去拦着？”

“拦不住。”嘉敏在心里道：你们不知道她的真实战斗力有多吓人。

三人面面相觑，都不知道该怎么办。最后还是嘉敏咬了咬牙，追了上去。

酒馆里，花琉璃伸手拿起酒壶，准备往杯中倒酒，被贺远亭一把拦住：“郡主，在下听闻你身体不好，不宜饮酒。”

“反正就是一副病恹恹的残躯，我活了十六年，既不敢吃也不敢喝，甚至连喜怒情绪都不敢表现得太明显。”花琉璃推开贺远亭的手，给自己倒上酒，接着道，“世人笑我身为花家后人却拿不动刀剑，难道这是我可以选择的吗？”

嘉敏原本伸出去阻拦的手忽然顿住，她看了一眼花琉璃，慢慢地缩回了自己的手，在旁边找了个位置坐了下来。

花琉璃瞥了嘉敏一眼，随即端起酒杯喝了一口，辛辣的酒水呛得她面色通红。

“生死喜怒皆不能由自己选择，这样的人生有什么意思？”她一边咳嗽，一边又喝了两口酒，双眼中染上一层水雾。

“郡主，你醉了。”贺远停劝道。

“你胡说。”她单手撑着下巴，皱起好看的眉头，“酒这种东西，真难喝。”

“酒这种东西，本就是越喝越愁。”贺远亭笑了笑，拿走了花琉璃面前的酒杯，说道，“郡主以往没有喝过酒，这种伤身体的东西，还是少碰为妙。”

“殿下，你为何不信我？”她突然醉眼惺忪地看着贺远亭道。

贺远亭微微一怔，看到花琉璃的这双眼睛，他顿时明白过来，她口中的殿下指的不是自己，而是晋朝太子姬元溯。

“早知道你如此伤人心，当初我就不该让爹爹与娘亲答应这门婚事。”她自嘲一笑，“你宁可信宫女的谣言，也不信我？”

贺远亭看着她，没有说话。

“你怎么不说话？！”可能是贺远亭的沉默激怒了醉酒的花琉璃，她似乎想去抓他的衣角，却因为胸口难受，只好捂着胸口颓然地坐了回去。

“郡主，你认错人了。”贺远亭伸手移开酒盏，不让酒水打湿花琉璃的衣摆，说道，“在下是贺远亭，非你的未婚夫。”

“贺远亭是谁？”花琉璃揉了揉脑袋，说道，“哦，那个回不了家的倒霉皇子？”

贺远亭捏着酒杯的手微微用力，笑道：“郡主，你说笑了，在下在贵国做客，怎么算得上倒霉？”

“亲哥哥病死了，都不能回去送最后一程，他不倒霉谁倒霉？”花琉璃打了个酒嗝，说道，“不过谁让大理寺查到玳瑁国有人……”

她越说声音越小，贺远亭没有听清后面的字眼。

他神情温和，似乎并没有把花琉璃的话放在心里，也不在意她说了什么。在他的眼里，花琉璃就是一个说话前言不搭后语的醉鬼。

见花琉璃趴在桌上，嘉敏正打算唤花琉璃的婢女过来帮着扶一把，包厢的门就被人从外面踹开了。

贺远亭抬起头，目光与太子的视线交锋，起身朝太子行礼：“在下见过尊贵的晋国皇太子殿下。”

太子看了他一眼，没有说话。他走到花琉璃身边，面色阴沉地看了她许久，弯腰把人抱进怀里，大步离去。

“太子殿下慢走。”

贺远亭看着桌上几乎没有动过的菜，面上露出担忧之色，似乎在害怕太子误会。

嘉敏更加不安，太子会不会怀疑是她让花琉璃喝酒的？想起刚才太子的那张冷脸，嘉敏抖了抖，扔下贺远亭，跟着匆匆离开。

太子抱着花琉璃下楼，刚把她放在马车上，就忍不住揉了揉手臂。这种抱法太考验臂力了。

“对方很有戒心。”刚才还一副醉醺醺模样的花琉璃坐起身道，“几乎表现得滴水不漏。”

“你不怀疑他？”

“不。”花琉璃摇头，“我在装作醉酒时，故意含糊地提起他不能回玳瑁的原因，他却半点儿反应都没有。”

只要是正常人，在这种情况下听到与自己有关的事，都会下意识地产生好奇心。

不感兴趣的只有两种人，一种是真正的圣人，另一种是假装不在意的人。

“这件事对我们而言，并不是最重要的。你先朝地上呸三下，对老天爷说你是童言无忌。”

“什么？”花琉璃没反应过来。

太子严肃而认真道：“你刚才跟贺远亭说的那些话有些不吉利，万一被老天爷当真可如何是好？”

“老天爷那么忙，不会有时间管我们的。”花琉璃失笑。

“可是谁让你长得这么好看，长得好看的人，连老天都会多关注几分。”太子牵住花琉璃的手轻轻捏了捏，笑道，“就当是哄我一下，好不好？”

“真是拿你没办法。”花琉璃“呸”了三下，双手合十道，“老天爷，童言无忌，您千万别放在心上。”

两人甜甜蜜蜜地腻歪了好一会儿，马车在花家门口停下，花琉璃抖了抖衣服，对太子道：“近来京城可能会传出一些谣言，要委屈你了。”

“我不委屈，只担心你……”

“殿下，你又忘了？”花琉璃笑着打断太子的话，“身为花家人，生来以国家与百姓为重，我的名声不重要，只有国富民强，天下百姓能过上安稳的日子，才不算辜负祖宗的教诲。更何况，有殿下你站在我身后，我又有何惧？”

太子怔住，是了，平日与琉璃在一起嬉笑打闹，倒是忘了身为花家人，他们刻在骨子里的忠诚与大义。

“我只担心你。”太子张开双臂抱了抱她，“不过你不要忘了，待此事了了，我们就该举行大婚了。”

花琉璃推开太子，说道：“那接下来几天，就要委屈殿下了。”

她下了马车，“醉醺醺”地靠在婢女身上，注意到旁边有其他马车经过，垂泪痛哭道：“殿下，臣女告退。”

那辆马车十分可疑地减缓了速度，但是在花琉璃跨进花家大门后，马车速度又快了起来。

到了第二天，便有不少人得知太子与福寿郡主闹矛盾了。据说事情闹得还挺大，从不饮酒的福寿郡主因借酒浇愁，当天夜里便旧疾复发，惊得花家连夜去请医生。

还有人看到，早上花应庭去宫里见了陛下与太子，不知太子说了什么，花应庭离开的时候面色非常难看，回家之后便称旧伤复发，不再任禁卫军统领一职，递了请辞的折子。

昌隆帝驳斥了花应庭几句，没有批准他的请辞。

众人怎么都没有想到，在他们以为花家会受陛下猜忌的时候，花家什么事都没有，就在他们以为皇家对花家深信不疑时，却因为太子的婚事，双方闹出了矛盾。

一个是被陛下捧在手心的太子，一个是被花家捧在心尖尖上的宝贝女儿，眼看着再过一两月就要举行大婚了，没想到现在闹出这么大的事来。

有跟花家交好的，上门探望病重的花琉璃后，回来都摇头叹息："福寿郡主这次病得不轻，连向来坚毅的卫将军都红了眼眶，只怕是情况不太好。"

若福寿郡主真被太子气死，花家岂不是要对皇家心生怨气？有人不安，甚至有人鼓足勇气去劝太子到花府探望病重的福寿郡主。

"孤身为男子，岂能为一女子低头？"面对前来劝解他的人，太子当场冷着脸道，"诸位不必劝孤，孤是不会同意的。"

劝解太子的人沉默了。

当初是你们姬家主动求娶福寿郡主，现在两人闹了矛盾，连人家病重都不顾，当真是无情。

众人无法，有人想起五皇子近来与太子关系很是亲近，便转头求到五皇子面前，让他去劝一劝太子。

谁料五皇子去了东宫后，也被太子拒之门外，显然是谁去劝都没用。

太后娘娘与陛下倒是给花家赏赐了不少东西，就连贤妃都跟着送了不少珍贵药材。

临翠宫。

"本宫就知道，太子那个脾气不会好到哪里去。"贤妃感慨道。她以前还有些讨厌花琉璃，现在对她只剩下同情，"他俩前些日子还好好的，怎么转眼就闹成这样？"

闻言，来看望贤妃的英王眉头紧皱，面色有些不好看。

贤妃注意到他的表情，说道："你可不要去花家，你若是去了，太子与她的矛盾只会越来越深。"

"母妃放心，儿子知道。"英王跟贤妃含含糊糊说了一会儿话，便起身离开了临翠宫。

英王骑马经过花家门口时，在门外驻足了片刻，然后沉着脸走远。半路上遇到玳瑁国的三皇子贺远亭，对方邀请他去酒楼喝酒，他心中本就烦闷，于是同意了。

面对好酒好菜，英王几杯酒下肚，面色却没有半点儿变化，眼神也一片清明。

"王爷好酒量，前几日福寿郡主来此处吃酒，不过一杯就醉了。"贺远亭满怀愧疚，"早知道，在下就不该答应福寿郡主喝酒的提议。"

英王放下酒杯看了他一眼，抬手又给杯子倒满酒。

他心里正烦闷，没心情搭理贺远亭的絮絮叨叨，酒足饭饱之后，他便起身离开了。

望着英王离去的背影，贺远亭眉头微皱。身为皇长子，英王对皇位肯定有着不小的野心，可是他刚才说了那么多诱导的话，对方竟然一点儿反应都没有。

难道他是深藏不露，这些年来的冲动莽撞都是装出来的？

英王走出酒楼以后，对身边的太监道："那玳瑁国的三皇子也太聒噪了，唠唠叨叨说个不停。"

太监不敢说话，自从福生被查出有问题以后，其他在英王身边伺候的太监，谁都不敢乱说话，也不敢向王爷胡乱出主意。

"我最烦说话唠叨的人，以后你们见到他，提醒本王离他远一点儿。"英王没把这件事放在心上，带着一身酒气回了王府。

这日过后，福寿郡主的病情加重，疼爱女儿的花将军再次进宫求见太子，最后双方仍旧不欢而散。

之后，宫里又传出消息，当天晚上宸阳宫烛火亮了一夜，也不知陛下跟太子说了什么，太子终于愿意去花家探望病重的福寿郡主了。

听闻太子终于愿意去探望福寿郡主，有好事者蹲在花家门外大街上看热闹。哪知不到半个时辰，花家大门里就传出争吵声，随后，太子与东宫一干随侍狼狈地走出大门，卫明月站在大门口，面若冰霜道："恭送太子，末将高攀不起殿下，殿下以后不用来了。"

再看太子用袖子遮掩住的脸，好事者大惊，卫明月竟然把太子打了？！

卫明月年轻的时候脾气不太好，没想到这么多年过去了，她的脾气还是没有丝毫改变。她连太子都敢打，事情是真的要闹大了。

与花家交好的人听到这个消息后，一夜都没有睡好，早上天不亮就派人去打探消息，想知道陛下会不会责罚花家。

结果当天什么事都没有发生，上早朝的时候，陛下见花应庭与卫明月没来上朝，还体贴地问了两句，仿佛不知道太子挨打这件事。

很快就有谣言传出，陛下其实早已对花家心生不满，只是花家手握兵权，皇家一时半刻不敢动他们家。

只是普天之下，莫非王土，且陛下仁德爱民，花家就算手握兵权，又岂能撼动陛下的地位？

曹进伯不忍花家遭此劫难，加之花家兄妹对他的好友林辉之有救命之恩，所以他顶着有可能引得陛下与太子不满的压力去了花家拜访。

走进花家，他发现下人们面色愁苦，还有小丫鬟在偷偷抹泪，他心底一沉，莫不是福寿郡主真的不好了？

去了待客的正厅，曹进伯跟花应庭寒暄时，发现花应庭衣袍上的褶皱明显，神情也十分疲倦，看起来像是一夜没有休息，听到有客来访便匆匆赶了出来，连衣服都没来得及换。

看到这样的花应庭，曹进伯在心底叹息：可怜天下父母心，福寿郡主现在病成这个样子，也难怪卫将军……

想起卫将军年轻时的脾气，他心里有些害怕，忍不住往四周看了看，然后说道："在下前些日子得了新茶，送来给将军尝尝。"这话说得有些不自然，他与花应庭交往不多，又不好空手上门，只能借送茶的理由上门拜访，"为何卫将军不在？"

“内子在照顾小女。”花应庭勉强笑了笑，“小女现在昏迷不醒，她放心不下，就一直在旁边陪着。”

听到这里，曹进伯更加说不出话了。当年的卫明月，何其动人潇洒，如今为了心爱的女儿，居然连门都不出了。

虽不知太子与福寿郡主之间究竟闹了什么矛盾，但是事情闹到这个地步，既不利国，也不利民。

“曹大人，我知道你今天是为何而来。”花应庭叹息一声，“你放心吧，花家对大晋忠心耿耿，绝不会做出任何有损大晋利益之事。”

“将军……”曹进伯心头微颤，从这句话里听出了几分心酸，说道，“请两位将军多多保重，您的几个孩子都还年轻，需要您为他们撑着呢。”

花应庭勉强一笑，只是笑起来很沉重，就像哭了一样：“可我这个做父亲的，又能为他们撑起什么呢？”

曹进伯安慰了几句，见花应庭精神不济，便起身告辞。

休沐在家的花长空送他到门外，躬身道：“曹尚书慢走。”

“贤侄请留步。”曹进伯看了一眼花长空，见他眉宇间有化不开的忧愁，伸手拍了拍他的肩膀，“福寿郡主吉人自有天相，不会有事的。”

“借大人吉言。”花长空送曹进伯坐上马车，再次作揖道谢。

“花大人。”这时，贺远亭从马车上下来，他手里提着东西，身后的几位玳瑁使臣抬着箱子，显然是特意前来拜访的。

“贺三殿下。”花长空看到贺远亭，行了个礼。

“听闻郡主病重，在下前来探望与赔罪。”贺远亭回礼道，“那日怪我没有拦住郡主饮酒，她醉酒后把在下认成了太子殿下，说了些伤心的话。”

“舍妹跟殿下说了什么？”花长空面色微变，做了个“请”的手势，说道，“请殿下进寒舍饮一杯淡茶。”

“那在下就厚颜叨扰了。”贺远亭嘴角微扬，身姿优雅地跟在花长空身后走进花家大门。

两人往里面走了几步，厚重的大门应声关上。贺远亭停下脚步，朝关上的大门看了一眼。

“殿下，这边请。”

“有劳。”贺远亭微微颔首，与花长空继续往里走去。

贺远亭被迎入花家大门时，一位在京城颇有名望的神医也被花家下人从侧门迎了进去。

神医鹤发童颜，衣袂飘飘，看起来不像是大夫，更像是一个修道之人。

花家下人待他很是热情，又是点头又是作揖，承诺只要治好他们家郡主的病，黄金白银还是高官厚禄都可以。

神医拈着胡须道：“老朽听闻，若想在京城做官，很是不易。老朽乃无功名的白身，想要做官岂是容易的事？”

“别人做不到的事，难道我家两位将军也做不到？”接待他的下人不屑地冷笑道，“姬家的江山，还不是我们家两位将军打下来的？如今他们不仁，就别怪我们花家不义。”

神医云淡风轻地一笑，似乎对花家拥有的权势和地位并不感兴趣。走进福寿郡主住的院子，他闻到屋子里浓重的药味。

“闻这药味，似乎有几味药是驱寒、宁神、固元的？”神医鼻子微微一动，朝屋子四周看了看。

花家下人顿时被惊呆了，十分敬仰道：“神医真是医术高明，仅仅是闻药味就能判断出用了什么药。”

“这有何难？”神医淡然一笑，“老朽从医多年，辨气识药不过是基本功。”

此言一出，下人们眼中的崇拜情绪更加强烈了。

给福寿郡主把完脉，神医表情十分凝重，他收回手，长叹一声，道：“郡主郁气结于心中，元气虚弱，只怕是……”

“神医，连您也没有办法吗？”屋子里有丫鬟低声啜泣道，“宫里的御医总是开些没什么用的温养方子，郡主吃了这么多药，病却半点儿不见好转，反而越来越严重了。”

“神医，求您想想办法，花家三代皆生男子，到了郡主这一代，好不容易才得了一个宝贝女儿。我家将军身怀六甲奔赴战场，不幸早产，以致郡主自小就体弱。家中待她如珍宝，若她有个三长两短，两位将军怎么承受得住？”

“若不是太子，我家郡主又怎么会变成这样？！”另一个丫鬟满腹怨气道，看得出她背后没有少说皇家的坏话，所以即使他这个外人在，她也没有半点儿掩饰的意思。

可见花家对皇家甚是不满，连下人都无所顾忌。

神医摸着胡须沉吟半晌，叹息道：“可怜天下父母心，老朽且试一试。郡主神元俱虚，普通药物对她已是无用。老朽家中有一套金针，可对郡主施针法固元，这便让童儿取来。”

“多谢神医，我们这便送您的童儿回贵居……”

“不必，我们神医谷有规定，外人不可入药居，由他自己去便好。”神医说完，又补充了一句，“你们再给老朽说说郡主病症刚发时的情况。”

花家下人不敢得罪老神医，自然是神医说什么就是什么。只是在送药童出门的时候，他们抓了一大把银子给药童，只求药童脚程能快些。

“放心吧。”药童接过银子，脸上笑容带着些说不清道不明的得意，“会很快的。”

可惜花家下人只担忧病重的郡主，并未察觉出他有哪里不对。

正厅里，贺远亭与花家父子寒暄着，父子二人精神状态看起来很不好。

“花大人，你今日不用去翰林院……”

不等贺远亭说完，花长空便冷着脸道：“朝廷对我家无义，花某何必在朝为官？”

贺远亭有心想劝，见一下人来报：“将军，外面有自称是贺三皇子随侍的人，说是有要事禀告。”

“下人无礼……”贺远亭面色尴尬，起身赔罪。

“正事要紧，快快请进来。”花应庭态度意外地和蔼，无半点儿当初对玳瑁使臣的冷淡。

贺远亭再次道谢，很快便见一位穿着红袍的玳瑁侍卫进来，说什么亡太子即将下葬，陛下来信盼他早归。

“贵国亡太子与殿下乃一母同胞，殿下为何不早些归国？你们兄弟情深，若是殿下连兄长的葬礼都赶不及，岂不是一生的遗憾？”花应庭看着贺远亭，眼中有着算计。

贺远亭苦笑道：“非在下不愿归国，只是尊贵的昌隆陛下留在下在贵国做客……”

“他也不过是个伪君子。”花应庭冷哼道，“故意伪造通敌书信跟龙袍，一面陷害我花家，一面又在朝堂上大度地为花家脱罪。”

“若不是那夜小女无意间听到二公主与宫女交谈，我花家一辈子都会被蒙在鼓里。”花应庭越说越愤怒，“什么仁义天子，明德贤君，一切都只是骗我们花家为他卖命的手段！”

“为了他姬家，我花家上下待在边关苦寒之地，抛头颅洒热血，便是宫中年年有金银赐下又如何？在那种苦寒战乱之地，即便有银子也没处花。”花应庭一拳拍在桌上，把桌子砸得四分五裂，咆哮道，“我花家世代忠良，没想到我居然是在为这样一个伪君子卖命！”

贺远亭看着愤怒到极点的花应庭，犹豫了一下方才说道：“在下见昌隆陛下待将军一家极好，里面莫不是有什么误会？”

难怪太后以挑拨太子与福寿郡主感情的罪名，把二公主关在了寿康宫里。背后的真相有可能是她说了这些话，被昌隆帝与太后得知，引起他们不满了。

看来英王身边的太监被抓，让她坐不住了，她才会出此狠招。为了复仇，她倒是狠得下心来。

“误会？！”花应庭仿佛听到了天大的笑话，说道，“若不是他们皇家人自己说出来，我们又怎能知道？若是如此便也罢了，没想到太子也不是个东西。”

“太子殿下待福寿郡主情深义重，年轻人有争吵也是正常的……”

“狗屁情深义重！”坐在一旁没怎么说话的花长空忍无可忍，说道，“太子私下跟人抱怨我家小妹体弱多病，根本连孩子都生不出来。他说，‘若不是为了借花家的权势打压其他皇子，我又怎么会愿意娶一个不会下蛋的母鸡？’”

“我花家捧在掌心的珍宝，被他当成了什么？！”花长空气得面色赤红，向来斯文的他连五官都扭曲了起来，“难道他们姬家人高贵无比，我花家姑娘便不是人了吗？”

“贺三皇子，你可想回玳瑁登上太子之位？”花应庭把脚边的碎木片踢到一边，说道，“我可以助你一臂之力。”

贺远亭满脸恐慌：“花将军，您这是何意？且不说在下现在恐怕无法归国，即便是能回去，也不敢妄想太子之位。储君之位珍贵无比，一切皆由父皇决断。”

“三殿下的意思是，你无意太子之位？我还以为，三殿下今日登门，是因为近些日子收到我给你的那些信件而心动，没想到只是单纯地来探望小女。”花应庭冷笑一声，“既然如此，那我就只能支持你其他的兄弟了。我花家虽没有权倾朝野，但手中还有几个兵，几个有脑子的谋士。与贵国皇子里应外合，助他登基以后，再领兵攻打姬家皇室也不难。”

花应庭方才对贺远亭的和蔼消失不见，只剩下冷漠与不耐烦：“三殿下请回。只是有一件事我必须要提醒你，若无我花家帮忙，只怕你这一辈子都回不了玳瑁。”

“在下虽不在意太子之位，但故土难离……”贺远亭面上的谦和之色不变，说道，“还请将军帮我。”

“呵。”花应庭意味不明地笑了一声，似乎在嘲笑贺远亭的虚伪，他又道，“三殿下若愿意与我合作，我自然是愿意帮你的，毕竟谁会舍近求远呢？”

贺远亭眼神微动，没有说话。

“不过我只担心送你归国后你会翻脸不认人，岂不是让我很为难？”花应庭直接道，“老夫可以助你回国，助你夺得储君之位，甚至是帝位，但我只有一个要求。”

“将军请讲。”

“我要你在登基以后，发兵攻打晋国，届时花家军会与你里应外合。”花应庭面色阴冷，“想必三殿下明白我的意思。”

花家想要造反？！

贺远亭怎么也没有想到，让花家与皇室彻底决裂的竟然是花应庭的女儿的事。想起过往种种，他脸上突然露出笑容：“在下明白。”

“殿下的茶冷了，重新换一杯上来。”花应庭面色好了很多，开始与贺远亭商量如何送他出晋国，如何助他登上储君之位。

贺远亭越听越心惊，花家暗中的势力竟然如此可怕？

“唯一难的就是在宫中安插人手。”提到这事，花应庭再次发怒，“这些年来，花家镇守边疆，何曾想过背叛朝廷？若不是姬家欺人太甚，谁又愿意走到这一步？”

看着花应庭脸上的痛苦与愤怒，贺远亭想，恐怕花家以前对皇室有多忠心，现在就有多失望与愤怒。

“这一点将军不用太担心，在下可以为你分忧。”贺远亭被花家的诚意打动，终于松了口，“将军只需要助在下夺得储君之位便好。”

花应庭有些意外，看向贺远亭的眼神里少了几分轻视，多了几分看重：“宫中规矩森严，能进宫者，身份都要经过层层核查，殿下身为他国皇子，又怎能在晋国的皇宫安插人手？”

贺远亭淡然一笑：“这就是在下的诚意，不知将军满意不满意？”

“若只是普通的洒扫太监宫女之类，安插进去也不难。”花应庭很快就冷静下来，说道，“殿下提出的这个，可算不上什么诚意。”

能够指挥几十万大军的人，果然不会因为愤怒便失去理智，这是只不见肉不松口的老狐狸。

“这点将军不用担心，我的人不仅能够出入御书房，还能打探各宫的消息。”贺远亭轻笑一声，“不会有人比她更好用。”

花应庭沉默片刻，问道：“此话当真？”

“自然。”贺远亭道，“将军手握几十万大军，您夫人的娘家也掌握着不少兵力，难道在下敢骗你？”

花应庭看着贺远亭没说话，似乎在判断他的话的真假。

贺远亭微笑着回望他，不见半点儿怯懦之色。

从花家前几日开始给他送信，频频示好时，他就察觉到了花家的用意。只是他不敢轻易相信，所以让人假扮神医去花家后院探听消息。

没想到连花家的下人，都对皇家颇有抱怨。

有其主，必有其仆。花家到底是对皇室起了不臣之心，不然下人是不会敢当着外人的面表露出对皇家的不满的。

恐怕连高高在上的昌隆帝与晋国太子都没想到，当初的假信件与龙袍事件会成为让花家生出反心的导火索。

多亏了妄自尊大的晋国太子，若不是他对福寿郡主无情，又哪儿会有这个意外之喜？

想到自己这些年的谋划即将在花家的支持下成真，贺远亭脸上再次浮现出笑容。

“三殿下，请恕在下冒昧问您一句。”花长空把手搭在腰间，说道，“您在宫中的内应，可是二公主？”

贺远亭脸上的笑意渐渐消失，说道：“花三公子这话是何意？”

他隐隐察觉到了不对劲的地方。

“贵国使臣刚来敝国时，出现了使臣自杀事件，敝国为了查案，就把贵国诸位使臣与随侍的墨宝都留存了一份在大理寺。”花长空脸上露出笑容，接着道，“比较巧合的是，我们在二公主的住处发现有几张字条上的字迹与殿下的十分相似，你说有趣不有趣？”

贺远亭带来的随侍意识到不对，纷纷围在了贺远亭四周。

京城人都知道，二公主挑起太子与福寿郡主之间的矛盾，惹得太后大怒，罚她在寿康宫抄写经书。贤妃为二公主求情，却被太后大骂一顿，连贤妃也遭到了厌弃。

太后有多喜欢福寿郡主，在太子与福寿郡主闹翻以后，就有多讨厌二公主。

但如果一切都是假的……

难道二公主早就暴露了？这些日子以来发生的所有事情，都是为了引出他这个与二公主有联系的人？

“花三公子真会说笑，在下身为他国皇子，怎会与贵国公主有来往？”贺远亭面露不满之色，“在下好心前来探望郡主，不想竟受如此侮辱，花将军莫要欺人太甚，告辞！”

“来都来了，何必急着走？”屏风后面突然走出一个人来，犹如皎皎明月，让万物都失了色。

此人正是晋国太子姬元溯。

贺远亭面色彻底沉了下来。

“哦，忘了告诉贺三皇子，孤这个人既喜欢热闹，又热情好客，所以还请了几位贵国的使臣一起来看热闹。”

屏风被下人抬走，贺远亭看到几个被捆住手脚、堵住嘴巴的玳瑁使臣，还有晋国的几位重要官员。

这几位使臣，都是玳瑁颇有名望的文臣，他们最推崇的是已经死去的太子。

他面色变了几变，忽然笑道：“花将军与太子有心与在下闲谈，不如想一想福寿郡主怎么样了。”

“哦？”太子挑了挑眉。

“扑通”一声，一个被捆得结结实实的人，被鸢尾单手扔进了屋子里。

面对屋内众人震惊的目光，鸢尾行了一个万福礼，道：“各位贵人，奴婢一不小心就抓了个假神医，请诸位贵人定夺。”

为了钓起这条大鱼，大理寺的人几乎三天三夜没有合过眼。他们收集可疑人员的墨宝，再一一进行比对。圈定主要的怀疑对象以后，又开始梳理他们身边人员的来往轨迹。

既要查得准确清楚，又不能引起对方怀疑，以免影响后续的计划。他们大理寺的人很辛苦，可他们已经习惯了不说出来。

确定贺三皇子最为可疑后，他们却不能直接把人抓起来拷问，一是因为对方身份特殊，二是因为证据还不足。

对于一个有野心却拼命压抑着野心、深谋远虑的男人，想要抓住他的把柄实在太难，所以花家便显得尤为重要。

近段时间，花家私下频频向贺三皇子示好，让贺三皇子开始怀疑花家与姬家产生了矛盾。

有野心、权欲重的人，往往会觉得天下人都跟他一样。所以贺三皇子从不相信，姬家与花家会君臣一家亲。

贺远亭不相信的事情，在他眼前发生了。他看着晋国的太子与大臣，谦和的脸上第一次出现了扭曲的神情，问道："这一切都是你们的圈套？"

"幸好有这些事，才让我们认识到贺三皇子更加真实的一面。"太子微笑着抬手让金甲卫松开玳瑁使臣身上的绳子，掏出他们嘴巴里塞的东西，说道，"大晋对玳瑁一直秉持着友好的态度，但是贵国三皇子做下的种种事情已经侵犯了我大晋的利益。"

几位被迫看完全程的玳瑁使臣已经说不出话来了，他们怎么都没有想到，平日里看起来温厚谦逊的三皇子殿下竟然还有这样的一面。

他是想回国，但他不是为了赶回去祭奠亡太子，而是去争夺储君之位。

那个不恋权势、对太子恭敬又亲近的三皇子殿下去哪儿了？

他们渐渐从震惊中回过神，随即又陷入恐慌中，三皇子犯下这么多事，会不会引得大晋发兵攻打玳瑁？

以玳瑁现在的实力，哪儿有还手之力？

玳瑁使臣内心忐忑不安，无人敢给贺远亭求情，另外几个敢站出来与晋国作斗争的使臣，都没在这里。

屋子里静寂无声，直到太子下令把贺远亭关押到大理寺天牢，才有玳瑁使臣鼓足勇气道："尊贵的晋国皇太子殿下，贺三皇子虽犯下大罪，但他……"

"这位大人的意思是，等我们两国谈了以后，再来处置这位贺三皇子？"太子挑眉道，"既然你有这样的想法，孤也可以满足你。"

玳瑁使臣听到这话，顿时噤若寒蝉。两国谈？用什么谈？

贺远亭看着这些在晋国太子面前软弱无用的使臣，既悲凉又不甘地笑了一声。晋国君臣一心，人才济济，玳瑁却陷入了一味推崇文学、抑制农商武的怪圈。朝中只剩下这群没用的大臣，还有他那几个愚蠢的兄弟，玳瑁危矣！

他没有问太子是从什么时候开始怀疑他的，也没有问派去控制花琉璃的人为什么会失手。他的目光扫过屋内众人，最后看了一眼福寿郡主身边的贴身婢女，冷笑一声，任由大理寺的人把他带走。

假扮神医的下属见主公被抓，绝望地趴在了地上。

事情怎么会变成这样？今天早上出门前，他还斗志昂扬，对未来充满希望，为何短短几个时辰过去，一切都变了？

从仙境掉入地府，莫过于此。

大理寺天牢最近处治了一批犯人，所以又有牢房空了下来。阿瓦隔壁的牢房，一个犯人刑期满了被放了出去，另一个因为害了无数人命，被判了斩首之刑。

习惯了那个话痨犯人时不时骂他几句，现在牢房安静下来，他反而有些不习惯了。他啃了两口白馒头，听到脚镣的声音，顿时来了精神，难道来新狱友了？

被送进来的人，身穿锦衣，头戴玉冠，容貌俊秀，比以前那个自称是美男子的云寒好看多了。不少犯人都在偷偷打量这个人。

“贺远亭？”阿瓦认识此人，几年前他出使玳瑁的时候，与贺远亭打过交道。在他的记忆里，贺远亭总是跟在玳瑁太子身后，别人也很少注意到他。

听到有人叫自己的名字，贺远亭脚步微顿，看了一眼牢房里油腻腻的大胖子，冷漠地收回自己的目光。

狱卒打开阿瓦旁边的牢房的门，把贺远亭关了进去。

“你怎么也被关进来了？”阿瓦一脸幸灾乐祸道。日子太苦的时候，若别人跟着一起苦，自己也就能苦中作乐了。

对面牢房的青衫书生看到贺远亭被抓进来，一直没什么表情的他瞬间冲到牢门边，眼中满是担忧与惊讶。

贺远亭却没有看他，被关进牢房以后，他就盘腿坐下，自始至终都没有开口说过话。

他知道，软弱的父皇不会为了他得罪晋国皇帝。为了平息晋国皇帝的怒意，父皇甚至有可能亲自写国书斥责他。

多年的谋划，本该一切如愿，可是自从谋士告诉他在晋国客栈刺杀林辉之失败以后，便开始频频出现意外。

就像是老天爷在故意跟他作对，他每走一步棋都会发生意外，甚至连逃到永州的谋士也被金甲卫抓进了大理寺。

贺远亭抬头看了一眼青衫书生，眼神里满是冷漠，仿佛认不出这是他的谋士。

主仆二人隔着牢门与走廊对望，贺远亭率先移开了视线。

从他被晋国皇太子怀疑的那一刻起，他就输了。前尘往事，即使追究又有何用？

寿康宫偏殿里，二公主靠着窗户发呆，贤妃进来的时候，她冷笑着道："不必在我面前做出伪善的样子。"

"你想多了。"贤妃哼了一声，道，"本宫只是来告诉你，你一直不愿意说出来的那个人，已经被关进了大理寺天牢。"

"你在骗我！"二公主猛地转头看向贤妃。

"爱信不信。"贤妃翻了个白眼，说道，"我就是想不明白，身为皇家公主，从小陛下不缺你吃不缺你穿，你怎么会做出与他国皇子勾结的事？你是脑子不太好，还是生来就是白眼狼？"

"父皇偏宠你，连我母妃的死都不愿意追究，为人子女者，为母报仇有何不对？"二公主恶狠狠地瞪着贤妃道，"只恨花琉璃那个女人频频破坏我的好事。"

贤妃皱眉道："本宫早跟你说过，你的母妃是难产而亡。你信与不信都没关系，反正本宫也不在乎了。不过本宫觉得，像你这样的白眼狼，不会为了没见过面的母妃做到这一步。"

"母妃可还记得刘家？"二公主眼中带着思念，"就是那个被英王殿下连累，最后被太子查出贪污受贿，圈占农田的刘家。"

"贪污受贿，圈占农田，被按律处置，有什么问题？这事跟你又有什么关系？"

"我爱的人，是刘家长子！"二公主声音凄厉道，"若不是他们，刘郎又怎么会在被发配边疆的路上染病而死？"

贤妃恍然大悟："原来你不仅是白眼狼，脑子也不太好。他被发配边疆，难道不是因为他们刘家作恶多端？"

"你懂什么？"二公主眼中恨意汹涌，仿佛她人生中所有的不幸都是贤妃一手造成的。

她生来便失去了母妃，有人说她八字不好，才会克母。她被寄养在贤妃宫里的那几年里，贤妃虽然表面待她一样，实际上真正关心的人只有大皇兄。

无母无兄弟的她，只能小心翼翼地讨好贤妃、讨好大皇兄，做一个永远乖巧贴心的二公主。

直到十四岁那年，她遇到刘大人家的大公子。

与他在一起，她有了发自内心的笑容，她可以不完美，可以不善解人意，不需要小心翼翼、察言观色。

他们约好，等她年满十六岁后，刘郎就进宫向父皇求娶她。然而就在她即将年满十六岁之时，刘家满门被打入天牢，斩首、流放者无数。

她去天牢探望刘郎，说要为他求情，可是刘郎说，刘家犯下滔天大错，落到这个下场是报应。

他说，要她忘了他。

她对他说，她要等他回来。

可是他死了，在流放途中死了。负责押送刘家人的人，正是贤妃母族的旁支亲戚。生她者，爱她者，都死在了贤妃手里。

她闭上眼，不愿意接受自己所有计谋都失败的结局，说道："你走吧，我不想再见你。"

"养只猫狗都有感情，更何况养大一个人。"贤妃面上的幸灾乐祸渐渐被忧伤取代，"当年你的母妃生你的时候，太后与陛下都守在外面，你以为本宫有那么大的手段，能在太后娘娘与陛下的眼皮子底下做手脚？"

"你若是因为失去了母亲而对本宫产生怨恨，本宫看在这些年的母女情分，可以不怪你。"贤妃站起身道，"可你处处算计本宫，还与他国皇子勾结，全然不顾这一切会给我们大晋带来什么样的灾难。

你做这一切的时候，有没有想过你的父皇，有没有想过天下百姓？”

“你父皇待你不好？”贤妃问，“这些年来，他何曾忽视过你，冷待过你？”

“因为我不像你，父皇对你一点儿好，就心满意足。”二公主冷笑道，“好？他最喜欢的一直是太子，而不是我。”

贤妃沉默良久，说道：“事实证明，陛下更喜欢太子是有道理的。”

若是最喜爱的孩子变成白眼狼，那得多让人痛心！

贤妃叹息一声，转身准备离开时，忽然道：“以前我不知道你与刘家长子有私情，所以有件事就没有跟你说过。刘家长子并非病故，而是自杀。陛下怜他一片赤子之心，不愿世人笑他懦弱，才对外宣称他是病故。”

二公主愣怔地看着贤妃的背影，良久后，她摸着脸上的泪，声音凄厉地大笑起来。

好不容易睡了两天好觉的大理寺众人，在抓住贺远亭这条大鱼以后，又忙了起来。

不出他们所料，与谢家勾结的玳瑁人，就是这个三皇子。

“贺远亭好深的心机，他派往晋国的暗探与谋士竟然都不知道他私下与谢家也有来往。”苟敬祺翻着卷宗，对贺远亭的一桩桩计划感到震惊。

“刺杀文臣，想要挑起文武官员的矛盾，啧啧啧。”

只可惜人算不如天算。下毒的食物被花家侍女一脚踹倒，这个文臣不仅没死，还被福寿郡主派人安全地送到了流放之地。

潜伏在容妃娘家的小厮准备趁乱杀死贤妃娘家侄儿，结果因为福寿郡主意外出现，计划失败。

派杀手刺杀太子，不管成功与否，都打算把黑锅甩到英王身上，哪儿知福寿郡主不小心摔倒，影响了杀手发挥。

后面还有不少阴谋诡计，哪一个计划成功都会给大晋带来无数的麻烦。但还是那句老话，人算不如……天算。

“福寿郡主虽然体弱多病，但是她为咱们大晋立下的功劳，不比她的三位兄长少。”荀敬祺把卷宗收起来，装进卷筒，又拿起桌边的密封纸，贴在了卷筒上，再在上面盖上自己的少卿印章。

裴济怀神情复杂地看了荀敬祺一眼，把自己的少卿印章拿出来，同样在上面加了印。

卷筒转送到大理寺卿张硕手上，张硕拿着这份沉甸甸的卷筒，长叹一声，这个卷筒，装着的却是近几年的风云变幻，以及两个国家的未来。

好在，上天保佑的是他们大晋。

他在密封纸上盖上最后一个印，起身把这卷筒封存在了大理寺的绝密档案中。

或许千百年后会有人发现这份卷筒，窥得历史的风云变幻。

咔嗒，铜锁落下，锁住的不仅是卷筒，亦是针对大晋的阴谋诡计。

第十六章

大婚

七月流火，京城已经变得凉爽了一些。

花琉璃坐在东宫的凉亭中，悠闲地吃着玫瑰冰，东宫的宫女太监围在她身边，好不悠闲。

刚从宸阳宫忙完赶回东宫的太子看到这一幕，走到花琉璃身边坐下，恹恹道：“琉璃，我的手腕好累，你帮我捏捏。”

花琉璃喂了他一勺子玫瑰冰，开始帮他揉手：“殿下辛苦了。”

“知道有你在宫里等我，我就不觉得辛苦了。”太子单手拿着勺子吃玫瑰冰，看着花琉璃白嫩嫩的脸，心想，他喜欢的姑娘，一定会是天底下最美的新娘。

看着她的侧脸，太子有些失神，忽然道：“琉璃。”

“嗯？”花琉璃微笑着看他。

“再有二十多天就是我们成亲大礼的日子了。”太子把花琉璃的手握进自己的掌心，“你会一直陪在我身边的，对不对？”

花琉璃抬头看他，轻笑出声：“对。”

“我这么好看，你拥有了我，就不会再想养面首这种事了吧？”太子的内心还有那么一点点小担心。

“殿下，你忘了？”花琉璃伸出手指在太子的胸口处轻轻点了点，“我早就说过，见过殿下你以后，我便知道，世间万千男儿，都不及你。”

太子把她的手按在自己的胸口处，眼神温柔：“我记得，我会记一辈子。”

八月初八，太子殿下大婚在即，礼部上下忙得晕头转向，一会儿要跑去花家议定大婚流程，一会儿要去宫里跟陛下汇报进度。

昌隆帝对太子大婚典礼要求十分简单——要隆重、要盛大、要热闹。

京城里某些还盼着太子被废的官员，看完礼部拟定的大婚流程后，内心希望的火苗几乎要熄灭了。

今天的陛下依旧对太子很好，太子仍然没有被废呢。

清河书院中，杜琇莹刚整理完一卷书籍，便接到了一份烫金的请柬。

她翻开请柬，上面是花琉璃亲笔书写的字迹。

看完这份请柬，杜琇莹无声地笑了。从她决定不嫁给太子时起，她就知道，她这一生并不适合跟任何男人共度。不过，看到自己的好友大婚，她的心里还是高兴的。

在书院待了好几个月的她，第一次决定下山。

书院的学子与先生并不愿意让一个女人来担任山长，碍于杜琇莹乃杜太师亲手教养出来的孙女，大家才勉强答应下来。

杜琇莹来到书院以后，很快凭借自己的学识获得所有人的尊敬。学子们见她要离开书院，都吓了一跳。难道山长不打算待在这里了？

学子们有上前挽留的，有上前劝说的，好不热闹。

“你们想到哪儿去了？”杜琇莹嘴角露出笑意，“我有一位好友即将成亲，我去参加她的婚礼。”

众人既惊讶，又有些恍然：原来整日里沉迷于钻研学问的山长也有朋友。

“山长，不知您的朋友是？”一位助教不放心，厚着脸皮打破砂锅问到底。

“花将军与卫将军之女，福寿郡主。”

众人更加震惊，山长的好友竟然是未来的太子妃！曾经说过新山长坏话的人更是忐忑不安，怕被报复。

杜琇莹看了一眼众人的面色，淡然一笑，转身下了山。

八月初十，花府上下都在忙碌，唯有花琉璃这个马上要做新娘子的人最为悠闲。她住的院子已经挂上了红绫，贴上了双喜字。

怕花琉璃大婚前紧张，嘉敏特意赶过来陪她。吃着瓜果，嗑着瓜子，嘉敏在花琉璃脸上实在找不到所谓的紧张情绪。

其实也对，真正该紧张的人应该是太子表哥，谁能想到这位看起来娇弱的郡主是个能倒拔垂杨柳的人物？

“你说想做史上留名的病弱美人，其实是骗我的吧？”离开花府前，嘉敏忽然道，“花家手握兵权，你身为花家唯一的女儿，不管嫁给哪位皇子都有可能引起皇子之间的纷争。不管嫁给哪个权贵之子，也都有可能引起党派的斗争。”

“你做的这一切，都是为了朝廷安宁、花家平安，对不对？”

花琉璃眨了眨眼：“原来我在你的心中这么厉害？”

嘉敏面颊微红，扭过头道：“若不是太子主动求娶你，你是不是会牺牲自己一辈子的幸福，即使遇到喜欢的人也选择终身不嫁？”

“不要胡思乱想。”花琉璃轻笑出声，“年轻的小姑娘想太多，会掉头发的。”

最近确实有些脱发的嘉敏沉默了，她瞥了一眼花琉璃浓密的乌发，一脸麻木：“打扰了，告辞。”

既生嘉敏，何生琉璃啊！

八月十二，大吉，天气晴朗，整座京城都被喜庆的红色所包围。

花琉璃很少穿红色的衣服，换上红色嫁衣的她，笑脸比天上的太阳还要灿烂。

花家大哥大嫂、二哥二嫂都从边关赶回了京城，一大家子人看她的眼神既欣慰又带着几分担忧。

“小妹啊，”沉稳的花家大哥花景逸语重心长道，“有事不要急，能动口的时候，咱们坚决不动手。”

其他人纷纷点头表示赞同。

皇宫里，太子穿着大红喜服，骑着高头大马，喜滋滋地出了皇宫，去花家接自己未来的太子妃。

昌隆帝站在观景台上，看着迎亲队伍走出宫门，欣慰一笑，对赵三财道：“福寿郡主温柔善良，又是元溯喜欢的姑娘，朕总算能放心了。”

“陛下说得是。”赵三财也是满脸的笑容。

唯有挤在花家门口看热闹的人们有些奇怪：别人家嫁女儿都是垂泪不舍，花家嫁女儿没人哭就算了，他们的神情为何还如此凝重？

花景逸把花琉璃背进花轿里，转身对骑在马背上的太子拱手道：“殿下，您……”

还是多保重吧。

“大舅兄。”太子脸上笑意盎然，眼神亮闪闪地看着花景逸。

面对这张满是喜悦的脸，花景逸的良心有一点儿痛，回了一个最温柔的笑容。

花轿抬进宫，一道又一道的繁复礼仪完成后，小两口终于能够安安稳稳地坐在床上。

他们坐下的时候，还被铺在被子下面的桂圆、红枣、花生等物硌着了屁股。

“好累。”花琉璃有气无力地趴在床上，哼唧着让太子帮她取头冠。

太子笑着帮她取下头冠，与她并排趴在一起，两人面对面望着对方，都忍不住笑出声来。

“殿下，你的脸好像有些红。”花琉璃伸手扯了扯太子的脸颊。

太子：“这是高兴红的。”

“我还以为你是在害羞。”花琉璃眼睛笑成了弯月。

“我没有害羞。”太子握住花琉璃的手，“还有，你不该再叫我殿下。”

“那叫你什么？”

“叫我……夫君，或是唤我的名字，元溯。”

两人手指交扣在一起，就像是两人的人生，原以为不会有太多的交集，最后却成为彼此最深的牵绊。

“我们注定有缘。”太子笑道，“你还在卫将军肚子里时，我们就相遇了。那时候我就在心里偷偷祝愿，卫将军肚子里的小宝宝，一定要平安生下来。”

“上天听到了我的话。”

所以上天让我们再次相遇，相识，相知，相爱，最后走在了一起。

两人额头相抵，甜蜜无比。

在这满室的喜庆红色里，他们才是最美的风景。

太子大婚，各国派使臣来贺，京城里热闹无比。

那些大龄未娶未嫁的孩子，被家中长辈训斥了一番：“连人家太子都成亲了，你们怎么还是一个人？”

被长辈们絮叨得头晕，世家公子小姐们只好出来踏青游玩，倒还真成了好几对儿恩爱夫妻。

玳瑁国送来的贺礼比其他国家的都要丰厚，至于被关在大理寺天牢里的三皇子贺远亭，他们连问也没敢问。

只要晋国不派兵攻打他们的国家，他们可以放弃这个嫡子。

在天牢里得知这个消息的贺远亭愣怔片刻后，自嘲地笑了一声。

“别笑了，老老实实搬石头吧。”胖乎乎的阿瓦从他身边经过，手里还抬着一大块石头。

身为玳瑁皇子，他在天牢里本有不参加劳役的特权，但是前几天天牢里的犯人们开始闹事，说什么都是犯人，凭什么有些人就有优待。

因事情实在闹得太大，最后就变成所有人都要去参加劳役。

贺远亭何曾经历过抬石头、抢饭吃这种日子？若不是有青衫书生与云寒护着，说不定他连饭都吃不上。

每次心情郁闷的时候，阿瓦就抬头看贺远亭两眼，便恍惚觉得这日子勉强还能过下去。

“这几天太子大婚，连咱们犯人的伙食都比平时好一些。”午饭的时候，犯人能休息小半个时辰，犯人们捧着大碗，就地一坐，在狱卒的监视下，小声说着打听来的消息。

“听说花家嫁女儿那天，十里红妆，街边挤满了看热闹的百姓。”一个每月都有家人来探望的犯人叹息道，“若我没被关进来，就能去凑热闹了。”

被关进大理寺天牢的犯人，犯的都是大案，大多数人余生都只能在牢里度过。

听着犯人们谈论太子大婚时有多隆重，阿瓦走到贺远亭身边坐下，冷哼道：“姬元溯跟那个女人，到底是在一起了。”

贺远亭面无表情地看了他一眼。

“看在大家都是落难皇子的分上，你的态度不要这么冷淡。”阿瓦完全不在意贺远亭的冷漠，他三两口啃完手里的馒头，瞥了眼陪坐在贺远亭身边的两个人，说道，“我就说这两个人之间的气氛有些奇怪，原来都是你的人。”

贺远亭仍旧不说话。

阿瓦也不在乎他的态度，自顾自地说道：“我说你也是，在你们玳瑁好好当皇子不好吗？你的大哥一死，太子之位必然是你的。你倒好，跑来招惹谁不好，偏偏招惹了花琉璃，那个女人就是世上最阴毒的美人蛇。”

听阿瓦提到花琉璃，贺远亭终于愿意用正眼看他了。

“兄弟，看你这个眼神……”阿瓦表情变得微妙起来，“难道你也是栽在她的手里？”

“不要胡言乱语，谁跟你是兄弟？”青衫书生冷冷地看了阿瓦一眼，毫不掩饰自己对他的厌烦。

牢中的生活让他看起来十分落魄，他已不太有书生的样子了。

“嗤。”阿瓦顺走他们三人面前的一个馒头，起身拍了拍屁股上的尘土，说道，“都是阶下囚，你有什么好得意的？”

云寒看了看离去的阿瓦，又看了看贺远亭，没有出声。

贺远亭沉默地站起身，眺望远方，那是晋国皇宫的方向。

初来京城，第一眼看到那个人群中的红裙少女时，他是心动的。那么明艳活泼的姑娘，只需要一眼，就能让人把她的样子记在心底。

从他出生开始，身边的人都在告诉他，女人只是男人生命中重要的消遣品，男人可以喜爱女人，却不可以沉迷。

当父皇想要把皇妹当作礼物送给晋国时，他没有反对。

所以当他被父皇当作平息晋国怒气的礼物送出来时，也没有人反对。

在利益面前，不管是女人还是男人，都有可能是牺牲品。他这一生所求甚多，为了这些东西，他放下了所有，终是一场空。

他闭上眼，山间的风吹过他的耳朵，吹过他空荡荡的心。

皇宫观景台上，花琉璃趴在围墙上，看着远处山头泛红的枫叶，时不时从宫女端着的盘子里取点儿东西吃，姿态很是悠闲。

“太子妃，等山上的枫叶全红的时候，景色会特别美。”东宫女官小声道，“秋高气爽登高远眺，也是人生惬意之事。”

正说着，太子拿着一件披风上来，走到花琉璃身边，伸手揽住了她的肩膀：“上面风大，小心不要着凉。”

见到他来，花琉璃把手里的水果喂到他的嘴里，问道：“父皇不是让你去宸阳宫吗？”

“你刚住进东宫，我怕你不习惯。”就着花琉璃的手，太子把她喂的水果吃下，说道，“我们成亲前，我已经跟父皇说好，成亲后可陪你玩耍一段时日。”

花琉璃轻声一笑，没有劝太子回宸阳宫帮着处理政务。两人坐在石凳上，你一口我一口分享着水果。

刚爬上来的英王看到这一幕，与太子、花琉璃的视线对上，彼此无言。

“打扰了，你们继续。”英王转头就走。

宫里是缺吃的吗？他们你一口我一口也不嫌腻歪？

他匆匆往前走了一段路，抬头看到临翠宫的牌匾，才停下脚步。想到母妃天天念叨着要给他找个比福寿郡主更好的王妃，他就觉得头疼，又转身往外走。

“王爷？”伺候的随侍连忙跟上他。

英王一路疾行，出宫前忽然停下脚步，仰头看向观景台的方向，心想：姬元溯这会儿恐怕还在跟福寿郡主腻歪吧？

街上人声鼎沸，英王准备翻身上马时，忽然想起福寿郡主曾被纵马的表弟吓得旧疾复发，上马的动作顿了顿，把缰绳扔给身后的随侍，继续闷闷地走着。

他心里不畅快，也知道自己是为了什么不畅快，但他开不了口。

“英王殿下。”

听到有女人叫自己，英王扭头看去，表情变得有些微妙：“是你啊。”

林菀看着眼前这个差一点就成为她夫君的男人，走到他面前，行了个万福礼：“臣女见过王爷，王爷近来还好吗？”

她生来性格敏感，早就看出英王对花琉璃有几分心思，所以她不喜欢花琉璃。即使她心里明白，男人有这种心思，怪不得其他人。

难道要让她承认，自己的一切都比不上花琉璃，英王才会视自己这个未来王妃如不见，反而对花琉璃抱有他意吗？

父亲曾对她说过，嫉恨是令人面目丑恶的魔鬼，她记下了，却做不到。即使是现在，听到与花琉璃有关的消息，她内心仍旧无法平静。

“挺好的。你有事？”英王挑眉，他们的婚约早就解除了，孤男寡女站在大街上，是不是有些难看？

“无事。”林菀面色僵硬地一笑，“只是见到王爷，过来行个礼。”

“礼行完了，你可以走了。”英王看不懂林菀的愁肠百转，也看不懂她的欲言又止。

“王爷，臣女有话想跟你说……”

“你一个闺中的姑娘，与本王有什么好说的？”英王警惕地看着林菀，“你也知道咱们是退过亲的关系，站在大街上见个礼没关系，再做其他的，本王担心其他人误会。”

“臣女问心无愧，不怕他人诋毁。”

“你虽然不怕，但是本王怕。”英王紧皱眉头，“万一到时候毁了你的名声，本王岂不是要纳你进府做侧妃？”

有人想要在这件事上算计他，没可能成功。

他可是皇家聪明绝顶的好男人。

林菀惨笑起来，英王撇清一切的态度太明显，她想装傻都做不到。一直以来，她怨花琉璃害了她，怨自己家世不够显赫，才让她陷入现在这种被人嘲笑、忽视的境地。

可是看到英王眼神里的嫌弃，她忽然就明白了过来。

她被退婚，归根结底……是英王根本不喜欢她。

“王爷竟如此厌恶臣女？”

英王看着林菀泫然欲泣的脸，叹了一口气：“林菀，本王知道，你根本无心于我。你想做的是英王妃，至于英王长得是高是矮是胖是瘦，都不重要。所以在本王面前，你不必如此做派。”

林菀紧咬下唇，直到咬破了唇才抖着声音问：“若是花琉璃呢，即使她不喜欢你，你也会娶她吗？”

“你是不是傻？”英王嗤笑道，“拿太子妃打比方？”

林菀狠狠地瞪着他，似乎坚持要得到一个答案。

英王不懂她在坚持什么，甚至不明白她以前为什么要与花琉璃作对，明明两人之间毫无交集。

“就当是看在往日的情分上，请王爷回答臣女。”

“会。”

“为什么？！”林菀轻声道，“你果然对她……”

“她好看。”英王扔下这一句话，匆匆离开。

她好看？！林菀愣怔片刻，心头所有的情绪都被愤怒替代。花琉璃好看，难道她就不好看吗？

说她别的什么都可以，为什么偏偏要攻击她的长相？！

英王回到府中，靠坐在树下，为自己倒上一杯酒，慢慢喝着。

“你说……”他扭头看身边的随侍太监，“人是不是格外贱？”

随侍太监不敢说话。

英王似乎也没打算从他那儿得到答案，又道："得不到的，不能得到的，就会觉得格外好。"

秋叶落下，他伸手接住。

"不过本王聪明着呢。"他把玩着枯黄的树叶，嗤笑一声，"别人会犯的错，本王绝不会犯。"

秋风呜呜咽咽地吹着，他把杯中残酒喝尽，扔掉手中的枯叶，说道："冬天快要到了。"

他心中只是有那么一丝后悔。

去年冬天，父皇让他娶花家的姑娘，那时的他如果能点点头就好了，可惜……

这是他人生中犯过的最大的错误，无法弥补，也不能去弥补。

不过好在他很聪明，懂得放弃。

番外

拖油瓶

姬宴丘觉得自己是所有兄弟中最有才华、最优雅、最会画画的人，只是大多数人不懂他，也不理解他。

绘画的美，来源于生活，又高于生活，意境永远重于形态。在时光的洪流中，万物皆会发生改变，唯有画卷里的神韵永不磨灭。

作为五个皇子中最小的那一个，他其实并不喜欢太子，可是打小母妃就告诉他，绝不可以得罪太子。

所以，他每过几天就要给太子请安。但他感觉得出来，太子其实也不太稀罕他去请安。

不过做人嘛，最重要的就是讲礼仪，太子喜不喜欢不重要，重要的是他按规矩做了。

把心与灵魂都献给绘画的他，很不想跟这几个不正常的兄弟来往，但是母妃说了，不好好跟兄弟们来往，等他们其中一位登基后，他连画笔都有可能摸不上。

事实上，他打心底里觉得五兄弟里只有他一个正常人，其他四个多多少少有些毛病。

老大脑子简单，老二脑子蠢笨，老三脾气怪异，老四性格阴沉，就连那个被幽禁在皇家天牢里的二姐也是个性格偏执又糊涂的。

年纪最幼小的他，只能承受着本不该承受的压力，保持清醒。

他以为太子会一直这么奇葩，但是福寿郡主出现了。

不知道福寿郡主与太子是怎么走到一起的，反正等他反应过来的时候，太子与福寿郡主之间的气氛已经变得微妙又暧昧了。

他很希望福寿郡主能做太子妃，知音难求，有一个欣赏他的画作又温柔的太子妃，对他而言是件天大的好事。

可他心里也很明白，花家坐拥大晋近半的兵权，父皇但凡对太子有半点儿忌惮之意，都不会让花家女嫁到东宫。

其实这样也好，花琉璃身体虚弱，不管父皇愿不愿意让她嫁到东宫，身体虚弱都是她进可攻、退可守的挡箭牌。

没多久之后，父皇就让皇叔皇婶亲自去花家为太子提亲了，在那个瞬间他就彻底明白过来，不管太子怎么闹，父皇心中的储君人选从未改变过。

世人都以为，他忽然跟太子亲近是因为他看透了父皇的心思。其实不然，他与太子亲近，只因太子是所有兄弟中第一个当着百官的面夸他的画技的。

士为知己者死，身为皇子，他可以为知己站队。虽然他的父皇总共就这么几个儿子，其他皇子都不是太子的对手。

太子与福寿郡主大婚后的第二日，他信守承诺送出了自己亲手作的画。

这是他第一次违背自己平日作画的爱好与意愿，用时下通俗的作画技巧画下了一幅《万里红妆喜瑞图》。

“殿下好画技。”他在太子妃的眼里看到了惊喜。

五皇子心中有些得意，用通俗的写实画法作画都能让太子妃如此赞赏，难怪以前那些意境高深的画能让太子妃夸成那样。

“三嫂喜欢就好。”五皇子笑得十分谦虚。

几日后，他见这幅画被挂在了东宫墙上，既有些得意，又有些遗憾，忍不住问太子：“太子三哥，此画匠气过重，不及弟弟送的其他画作，为何你只挂了这一幅？”

太子喝茶的动作略顿了顿，抬头用一种慈爱又包容的眼神看着他，道：“此画记下了孤与太子妃大婚之时的情景，意义非凡。更何况五弟其他几幅画意境深远，画技非凡，孤实在舍不得挂出来让一些俗人糟蹋。”

五皇子大为感动，他就知道太子与太子妃对他的画珍惜无比。

此后，每年他都会给太子、太子妃赠送俗气的写实派画作，也会给他们赠送意境高深的非写实派的画作。

那些意境高深的画，太子一直没舍得挂出来，写实派的倒是挂了不少。渐渐地，他在画技上的造诣越来越高，名声也越来越大，成为大晋最有名的绘画大家。

他这漫长的一生，画了很多的画。

他画过山，画过水，画过人，也画过动物，但是每年必画的就是三哥与三嫂。

为了记录下二人的生活状态，他只能用匠气十足的画法留下他们恩爱的画面。

三嫂的身体总是看起来很虚弱，京城里甚至有一些不太好的流言传出。但是娇弱的三嫂让他们失望了，她没有芳华早逝，反而一直好好地陪在三哥的身边。

她陪着三哥登基，陪着三哥吃饭，也将陪着三哥在寂静的宫廷中度过余生。

三哥从未纳过妃。

三哥刚登基没多久，就有朝臣上奏，说三哥后宫空虚，无大国皇帝之风范。

“大国之风范，不在于朕的后宫有多少妃嫔，而在于众卿心系百姓，在于百姓安居乐业。”帝王立于高台之上，面色坚毅，一如年少之时，“当年朕陷入危难之际，皇后以命相救，今又陪伴朕住在这深宫内院中。得此情分乃朕十世之福，尔等却让朕纳他人为妃，是不欲朕惜福？”

众臣再不敢劝，谁若是劝，就是想让陛下折福，谁担得起这样的罪名？

有朝臣还不死心，想去行宫求见太上皇，希望他老人家能劝劝陛下。

哪知太上皇当场拒绝道：“做父亲的管天管地，总不能管到后辈的房里去吧？”

太上皇他老人家很忙，他忙着下棋、钓鱼、作画、赏曲儿，有时候还要调解几位太妃之间的小矛盾，实在没时间去管儿子要不要纳妃。

再说了，花家丫头是多好的小姑娘，皇儿待她又痴心一片，还让其他女子进宫做什么，蹲在冷宫里看他的皇儿与儿媳感情有多好吗？

皇宫已经属于新任的帝王与皇后，太上皇与太妃们搬去了风景优美的行宫，宫廷的某个院落，仿佛被人遗忘了，无论花开还是叶落，总是寂静无声。

院门被人从外面推开，坐在院子里的林太妃看向来人，脸上浮起一个有些怪异的笑容：“当年你初进皇宫，我就觉得你跟其他女人不同，没想到……”她顿了顿，又道，“你竟是死死勾住了太子的心，让他为了你空置后宫，不再纳妃。”

花琉璃笑着走到林太妃面前坐下，说道：“多谢太妃夸奖。”

“皇后娘娘想多了，我不是在夸你。”她表情冷漠地低下头，不再说话。

见她不说话，花琉璃也不再开口，她默默地坐在一边，从怀里掏出话本慢悠悠地看了起来。

不知过了多久，她听到林太妃问：“陛下还好吗？”

花琉璃明白，林太妃口中的陛下是指父皇，说道：“父皇一切都很好，前几日与几位太妃娘娘去了行宫游玩，约莫半年后才会回来。”

林太妃望着宸阳宫的方向，神情有些落寞：“他把所有人都带去了，唯独忘了我。”

“太妃娘娘，你可还记得你私下借用林大人的势力，在永州买卖户籍的事情？”花琉璃见林太妃黯然神伤，一副太上皇负了她的模样，直接开口道，“你大概不知，你卖出去的那些户籍，有些是玳瑁国贺远亭派来的奸细买的。”

“不可能！”林太妃震惊道，“我只是趁着兄长不注意，让他身边的人帮着处理一些商人的通关文书与户籍！”

她想要儿子登基，却从未想过要出卖大晋。

花琉璃看着林太妃震惊的模样，轻笑出声：“大概陛下也是信你的，所以这件事并没有牵扯到你跟林大人身上。”

当年金甲卫把青衫书生从永州带回来，却没有提户籍一事，花琉璃就猜出这里面肯定还牵扯到了其他人。

林太妃听到这话，先是笑，随后又哭了起来。

她出身寒门，入宫后虽未宠冠后宫，但也受陛下爱重。若不是她的野心变得难以控制，她又怎会落得今天这个下场？

她有丈夫，丈夫却不愿再见她。

她有儿子，但是母子间的感情比陌生人还要淡漠。

“你今天来又是为了什么？”林太妃回过神来，冷笑着对花琉璃道，“看我的笑话吗？”

“你是父皇的后妃，今日我过来，只是想看看你过得好不好。”花琉璃并不在乎林太妃对她的态度，“更何况，你这儿有什么笑话可以看的？”

“是了，皇后娘娘身边讨好者无数，自然无须拿我当笑话。”林太妃垂眸轻笑一声，忽然道，“皇后，你遣退宫人，我有一个秘密要告诉你。”

花琉璃沉默地盯着林太妃看了片刻，抬手让身边伺候的人都退了下去，空荡荡的院子里只剩下她跟林太妃，气氛安静得有些诡异。

“我想说的秘密就是……”林太妃忽然从怀里拿出一把匕首，朝自己的心口扎去。

她不想活了，临死前能为新帝与皇后增加麻烦，她很乐意。

然而她用尽全身力气一扎，刀尖还没触及皮肤，就被人拦了下来。她的手腕被一只柔弱无骨的手稳稳地握住了。

她有些不敢置信。体弱多病的花琉璃，哪儿来这么大的力气？

“你……”林太妃大骇。

什么体弱多病，这都是花琉璃装出来的，她在撒谎！她骗了京城里所有的人！

花琉璃轻轻松松地夺过这把匕首，在匕首柄上一捏，匕首的刃身与柄分成了两截。

“林太妃不要叫喊，因为就算你叫了，也不会有人进来。”花琉璃把刀刃踢到一边，起身用手帕擦了擦掌心，说道，“父皇与几位太妃娘娘正在行宫玩乐，我不希望你打扰他们的兴致。”

林太妃冷笑道：“若是我活着，你就不怕秘密暴露？”

“林太妃撒谎成性，你说的话，谁会信？”花琉璃笑着挑眉，“是陛下会信你，还是朝中官员会信你？”

林太妃面色惨白，沉默不语。

京城里的人，确实不会再相信她的话。

“我知道太妃不怕死，但是俗话说得好，人活一张脸，树活一张皮。太妃现在自刎，就不怕死后进不了妃陵，做下的恶事闹得天下皆知，遗臭万年？”

“你在威胁我？”

“太妃说笑了，我这是在劝阻你。”

“我的生死与你有何关系？你为何要这么做？”林太妃不明白。

“因为你死了，会影响父皇的心情。父皇心情不好，我家元溯就会操心难过。”花琉璃抬头看了一眼湛蓝的天空，说道，“我不在意你，却在意他。”

林太妃只觉得这话荒唐可笑，可是看到花琉璃认真的神情，她扯了扯嘴角，笑不出来。

原来，她的生死对于别人来说，早已经不那么重要了。

“你直唤帝王名字，为他考虑周全，有没有想过他会有变心的一天？”林太妃眼中充满恶意地看着花琉璃，盼望从她的眼神里看出难过的情绪。

可是她失望了。

“没有。”花琉璃笑了，“没有发生过的事，我不会去想。”

说完，她转身往院门外走去。

林太妃看着花琉璃离去的背影，呢喃道：“我不信，我不信。”

可是她在宫中孤寂地活了一年又一年，直到她死去的那一天，姬元溯的身边也只有花琉璃一人。

临死的那一刻，她看到了曾经被她嫌弃的儿子。

他站在她的床边，神情认真道：“母妃，下辈子我们不要再做母子了。”

她伸出手，第一次试图主动牵起他的手。可是她已经没有了力气，手软软地垂了下去，咽下了最后一口气。

姬启辰看着这只垂下的手，沉默了许久，缓缓地伸出了手。可是在他指尖即将碰触到她的手背时，又收了回来。

他们此生注定没有母子缘分，这样就很好。

下一辈子，就不要再相遇了。

他走出院门，来到了宸阳宫。

三哥与三嫂肩并肩站在一起，似乎是看上了快要成熟的柿子，正指着对树上的柿子说着什么。

嘉敏郡主与花长空站在他们身后，低声说笑着，气氛十分融洽。

“四弟？”三嫂看到了他，笑着朝他招手，“来，过来看看，这棵柿子树上的果实快熟了，你喜欢哪个，我让宫人帮你盯着，等长好了就摘下来给你送过去。”

三哥闻言也望了过来，虽然没有说话，但眼神是温暖的。

他走到他们跟前，在他们眼中看到了自己的影子。

就像多年前，他独自行走在宫道上，被三哥三嫂带去观景台，坐在一起分零嘴吃，然后再一起去东宫厨房下厨。

他，总是被需要，被在意着。

直到很多很多年后，他已经老了，最小的孙儿都已经开始描红念诗。三哥三嫂仍旧喜欢肩并肩站着或是坐着，然后同他分享着各种不同的小玩意儿。

若有来生……

若有来生，希望三哥三嫂仍旧恩爱不分离，而他继续厚着脸皮待在他们身边。